MARINA FIORATO
Das Purpurmädchen

Die Autorin

Marina Fiorato studierte Geschichte, Kunst und Literatur in Oxford und Venedig. Sie arbeitete als Illustratorin, Schauspielerin und Filmkritikerin. Mit ihren Bestsellern »Die Glasbläserin von Murano« und »Das Geheimnis des Frühlings« begeisterte sie die Leser auch in Deutschland. Sie heiratete ihren Mann, einen englischen Filmregisseur, auf dem Canal Grande und lebt mit ihrer Familie im Norden von London.

Von Marina Fiorato bereits erschienen

Das Geheimnis des Frühlings
Das Herz von Siena
Die Heilerin von San Marco
Das Herz der Kriegerin

Besuchen Sie uns auch auf www.facebook.com/blanvalet
und www.twitter.com/BlanvaletVerlag

MARINA FIORATO

DAS
PURPUR
MÄDCHEN

Historischer Roman

Aus dem Englischen
von Nina Bader

blanvalet

Die Originalausgabe erschien 2017 unter dem Titel
»Crimson & Bone« bei Hodder & Stoughton, London.

Sollte diese Publikation Links auf Webseiten Dritter enthalten,
so übernehmen wir für deren Inhalte keine Haftung,
da wir uns diese nicht zu eigen machen, sondern lediglich auf
deren Stand zum Zeitpunkt der Erstveröffentlichung verweisen.

Verlagsgruppe Random House FSC® N001967

1. Auflage
Copyright © der Originalausgabe 2017 by Marina Fiorato
Copyright © der deutschsprachigen Ausgabe 2019 by Blanvalet Verlag,
in der Verlagsgruppe Random House GmbH,
Neumarkter Straße 28, 81673 München
Redaktion: Barbara Müller
Umschlaggestaltung: www.buerosued.de
Umschlagmotiv: Magdalena Russocka/Arcangel Images
JB · Herstellung: sam
Satz: KompetenzCenter, Mönchengladbach
Druck und Einband: GGP Media GmbH, Pößneck
Printed in Germany
ISBN: 978-3-7341-0794-8

www.blanvalet.de

Für Charlie Rablin, einen wahren Gentleman

ERSTER TEIL

London

PROLOG

London, 1853

Man nannte sie die Seufzerbrücke, weil kaum eine Nacht ohne Selbstmord verging. In dieser Nacht verhielt es sich nicht anders.

Genau in der Mitte der Waterloo Bridge, jener neun grimmigen Bögen aus frisch gehauenem Granit, die sich über der eisigen Themse erhoben, kletterte eine Gestalt auf die Brüstung. Eine junge, sehr schlanke Frau. Der gierige Wind entriss ihr ihre Haube, und ihr rotgoldenes Haar wehte wie ein zerfetzter Wimpel hinter ihr her. Wie Christus am Kreuz breitete sie die Arme aus. Ein zufälliger Passant, der durch den wabernden Nebel einen Blick auf ihre erhobenen Arme und den Glorienschein goldenen Haares erhaschte, hätte sie für einen Engel halten können. Aber sie war kein Engel. Sie war eine Prostituierte, und ihr Name lautete Annie Stride.

Annie Stride warf ohne Bedauern einen letzten Blick auf London. Ihre Atemzüge bildeten Wölkchen vor ihrem Gesicht, doch die Ausdünstungen wurden vom Nebel verschluckt. Durch die sich verlagernden Schwaden konnte sie das Wasser unter sich sehen – grau wie Stahl und so kalt wie die Wohltätigkeit, das Spiegelbild des Mondes war bereits darin ertrunken. Diejenigen, die hier heruntersprangen, überlebten nicht lange, nicht im Januar. Es war die Kälte, die einen tötete, hieß es, nicht so sehr das Wasser. Nun, kalt war ihr bereits. Der einzige Mensch auf der Welt, aus dem sie sich etwas machte, die einzige Gefährtin, die ein freundliches Wort für sie übrig gehabt, eine Schale Haferbrei mit ihr geteilt oder ihr eine Haube geliehen hatte, hatte sich vor drei Monaten just von dieser Brücke gestürzt. Und das, mutmaßte Annie, musste um die Zeit herum gewesen sein, als sie schwanger geworden war.

Anfangs hatte sie gedacht, ihre Blutung wäre wegen dem, was Mary Jane widerfahren war, ausgeblieben – der Schock und die Polizisten und der Coroner und das Armenbegräbnis. Doch dann hatte sie begonnen, sich zu übergeben und dicker zu werden, und da wusste sie Bescheid.

Sie presste die eisigen Finger auf ihren Bauch. Noch war nichts zu sehen. Noch konnte sie ihr Korsett schließen. Und noch immer konnte sie Geld verdienen, wenn ihr nicht zu übel war. Aber das würde nicht mehr lange anhalten. Und dann? Sollte sie mit all den anderen Frauen, die sie dort gesehen hatte, unter den Bögen des Adelphi sitzen, mit diesen zerlumpten Vogelscheuchen mit Babys unter ihren Röcken, und um Münzen betteln, statt sie auf dem Rücken liegend zu erarbeiten?

Ohne Mary Jane war es eine schlimme Adventszeit und ein noch schlimmeres Weihnachtsfest gewesen. Annie hatte fröstelnd in ihrem kleinen kalten Loch über dem Haymarket gesessen und sich zu elend gefühlt, um Kapital aus der

Freigiebigkeit der Feierlustigen zu schlagen – sie konnte weder einen Kanten weißen Brotes noch ein paar schwarze Kohlen erstehen. Am Ersten des Monats hatte sie ihre letzten Münzen in die behandschuhte Hand ihres Vermieters zählen müssen, und wegen der zu geringen Mietzahlung hatte er sie auf die Straße gesetzt. Sie hatte ihm gesagt, sie könnte sonst nirgendwo hin, aber das hatte nicht der Wahrheit entsprochen. Es gab einen Ort, an den sie gehen konnte. Sie konnte Mary Jane in die Themse folgen.

Es gab jetzt keine Seele mehr, der sie fehlen würde, und sie ihrerseits würde diese erbarmungslose Stadt nicht vermissen. Sie würde weder die spitzen Konturen des Neuen Parlaments vermissen, wo Big Ben letzte Nacht das neue Jahr eingeläutet hatte, noch die Inns of Court oder die Bank oder das Change. Diese noblen Etablissements waren für sie nichts als Gasthäuser für ihre vielen Kunden; Orte, wo sie sich tagsüber aufhielten, wenn sie ihre Betten verließen. Selbst der Laternenanzünder, der seine Arbeit entlang des Flusses verrichtete, konnte sie mit seiner funkelnden Perlenschnur aus Licht nicht zum Bleiben verlocken. Annie Stride schloss die Augen und ließ sich vornüber ins Leere fallen.

Einen nicht enden wollenden Moment lang kippte und stürzte sie – dann packte eine Hand sie hart am Arm und riss sie zurück. Ihre abgewetzten Stiefel glitten auf der Brüstung aus, und sie wäre dennoch gefallen, wenn sie nicht hochgehoben und auf die Füße gestellt worden wäre. Ein Gesicht unter einem schmucken Zylinder blickte ernst in ihres. Außer zwei dunklen Flecken als Augen und einem Strich als Mund konnte sie nichts erkennen.

»Madam«, sagte der Mund. »Was haben Sie vor? Solch eine Verzweiflungstat!«

Sie konnte sich nicht erinnern, in ihrem ganzen Leben je Madam genannt worden zu sein. Die letzten drei schweren, entbehrungsreichen Monate hatte sie mit trockenen Augen durchgestanden, aber nun reichte ein einfaches Wort aus, dass ihr die Tränen kamen.

Er ließ sie sofort los, auf gute Manieren bedacht, als würde die Schicklichkeit es ihm nicht gestatten, sie zu berühren. Aber Annie war an Männerhände auf ihrem Körper gewöhnt, erst sanft, dann rauer, schmerzhafter. Und ohne diese stützenden Hände gaben ihre Knie irgendwie unter ihr nach, und sie sackte gegen den kalten Stein der Balustrade.

»Es geht Ihnen nicht gut«, sagte der Fremde. »Heda! Droschkenkutscher!« Mit seinem Stock hielt er einen vorbeifahrenden Hansom an und riss die Tür der Kutsche weit auf. »Bitte, Madam. Ruhen Sie sich etwas aus. Die Nacht ist kalt, und Sie sind halb erfroren.«

Benommen ließ Annie sich in die Droschke helfen und sank dankbar auf den Buckramsitz. Der Gentleman nahm seinen Hut ab – denn dieser war so hoch, dass er damit schwerlich einsteigen konnte – und nahm ihr gegenüber Platz.

Der Kutscher beugte sich von seinem Bock herunter. Sein Atem bildete Wölkchen in der Luft. »Wohin, Sir?«

»Seien Sie bitte so gut und halten Sie Ihr Pferd einen Moment an«, erwiderte sein Fahrgast.

Der Kutscher hüllte sich fester in seinen Mantel und schob die Hände unter die Achselhöhlen. Das Pferd stampfte auf der Stelle und schnaubte. Der Verkehr floss an ihm vorbei, die kalte Themse strömte still unter ihnen dahin, und Annie musterte den Mann, der sie vor einem nassen Grab bewahrt hatte.

Ohne den Zylinder sah er jünger aus; jetzt konnte sie auch sehen, wie anziehend er war. Er hatte dichte, braune, leicht gewellte und zum abendlichen Ausgehen mit Pomade gebändigte Haare, klare graue Augen, eine gut geschnittene Adlernase und einen seltsam femininen Mund über einem kräftigen Kinn. Seine Kleidung war formell: Frack und Abendumhang. Er sah aus, als wäre er auf dem Weg zu einem Schauspiel oder etwas Ähnlichem. Manchmal hatten Mary Jane und Annie ein Spiel zusammen gespielt, bei dem es zu erraten galt, welchen Beruf die Männer ausübten, die zum Haymarket kamen, um ihnen dort etwas zu trinken zu spendieren, bevor sie zu anderen Freuden übergingen. Sie wurden Experten auf diesem Gebiet und erkannten rasch die Bankiers, Anwälte und rangniedrigeren Edelleute, die sich unter die Viehtreiber und Küfer mischten, um ihren Vergnügungen nachzugehen. Die feinen Pinkel machte man sofort aus, weil sie es nicht unterlassen konnten, selbst mit einer gemeinen Hure wie ein Gentleman zu sprechen, so sehr waren ihnen ihre Manieren in Fleisch und Blut übergegangen. Sie vergaßen sie erst an der Tür zur Schlafkammer.

Der Bursche, der ihr in der Droschke gegenübersaß, gehörte zu dieser Sorte. Ein Geck. Man sah es an der Art, wie er seine Lederhandschuhe Finger für Finger auszog, sie an der Spitze fasste und abstreifte. Er legte sie übereinander und bot sie ihr an. Sie waren so warm, als lebte noch immer ein Tier in der weichen Haut.

»Ich werde Sie nicht noch einmal fragen, was Sie gerade tun wollten, weil mir das bereits klar geworden ist. Was hat Sie zu diesem Schritt getrieben? Kann Sie denn nichts von diesem schrecklichen Entschluss abbringen?«

Da Annie fürchtete, ihre Stimme würde ihr nicht gehorchen, zwinkerte sie nur. Tränen tropften auf die Handschuhe in ihrer Hand und hinterließen dunkle Flecken auf dem leichten Leder. Sie blickte auf ihre abgekauten, schmutzigen Nägel hinunter. Über solche Finger konnte sie die Handschuhe nicht streifen. Sie war es nicht wert, mit diesem Gentleman zusammenzusitzen. Sie war ein Nichts.

»Wie ist Ihr Name?«

Sie schüttelte den Kopf. »Hat keinen Sinn, ihn Ihnen zu sagen. Ich werd nicht lange genug da sein, dass wir Bekanntschaft schließen können.«

»Sagen Sie doch so etwas nicht«, tadelte er. »Kann ich Sie irgendwo hinbringen? Nach Hause?«

Sie lachte bitter auf. Ein hässliches Geräusch. »Ich hab kein Zuhause.«

Auch ihre Stimme klang in ihren Ohren hässlich, ihr East-End-Akzent verriet ihre wahre Herkunft, ihr erstes Zuhause. Die Schäbigkeit der St. Jude's Street in Bethnal Green. Sie hatte dort mit ihren zahlreichen Brüdern und Schwestern gelebt; mit ihrer Mutter, die jedes Jahr ein Baby bekam, und einem Vater, der die Babys in Ma pflanzte und sie dann grün und blau schlug, weil sie schon wieder schwanger war. Als Annie dreizehn war, hatte sie elf Brüder und Schwestern und konnte sich kaum alle Namen merken. Damals hatte ihr Pa ihr ihr Sonntagskleid angezogen und sie in den oberen Raum des Old George gebracht, eines Pubs, wo ein Gentleman wartete. Der Gentleman sagte, er wäre ihr Onkel und forderte sie auf, sich auf sein Knie zu setzen. Pa war dabei gewesen, also hatte sie gedacht, das ginge schon in Ordnung.

Es war nicht in Ordnung gewesen. Danach hatte sie Pa die Hälfte des Geldes ausgehändigt, das ihr »Onkel« ihr gegeben hatte, und war in derselben Nacht mit der anderen Hälfte davongelaufen. Aber sie hatte schnell festgestellt, dass es für ein Mädchen in London keine Möglichkeit gab, alleine zu leben, ohne das zu tun, was sie mit dem Gentleman im oberen Raum des Old George in Bethnal Green getan hatte. Dann hatte sie Mary Jane kennengelernt, sie hatten gemeinsam auf der Straße gearbeitet, und sie hatte sich nie gestattet, zurückzuschauen.

»Haben Sie niemanden, der sich um Sie kümmert?«

»Ich hatte eine ... Gefährtin. Ein Mädchen wie ich. Sie starb hier, vor drei Monaten.«

»Bei der Waterloo Bridge? Am ... warten Sie, am ersten Oktober?« Er schien von ihrer Enthüllung ehrlich erschüttert zu sein, als berührte sie ihn irgendwie persönlich. Als handelte es sich um eine Familienangehörige, dachte Annie. »Gütiger Himmel.«

Er schien aufrichtig betroffen zu sein, viel betroffener, als Annie es gewesen war, als sie von Mary Janes Tod erfahren hatte. Annie war wütend gewesen. Sie konnte sich nicht erklären, warum Mary Jane sie verlassen hatte. Sie waren nicht glücklich gewesen, das nie, aber gut zurechtgekommen waren sie, während sie von einem besseren Leben träumten. Abends tranken sie etwas, warfen ihre Münzen zusammen und sprachen von ihren Kunden, den Männern, die dafür bezahlt hatten. Sie nannten sie die »Bastarde« und lachten über sie alle: die Schreier, die Schwätzer und sogar über die Schläger. Sie mit Schimpfnamen zu belegen und über sie zu lachen war alles, was sie tun konnten; es war die einzige Macht, über die sie verfügten, und ließ alles etwas weniger schrecklich erscheinen.

Mary Jane war wie eine Schwester gewesen, mehr als jede ihrer eigenen Schwestern. Sie beide hatten immer genug zu essen und zu trinken und konnten sich zu Weihnachten ein Quart Ale oder einen Posset, manchmal eine neue Haube und manchmal ein Federkissen leisten. Zu Weihnachten kauften die Bastarde ihnen vielleicht billige Schmuckstücke oder Geschenke – nichts Großartiges, weit gefehlt; Dinge, die für ihre Ehefrauen nicht gut genug waren, aber nicht so viel Geld kosteten, dass es in der Haushaltskasse fehlte: auffällige Broschen oder billige Handschuhe. Weihnachten war eine einträgliche Zeit für ein Straßenmädchen, und Annie und Mary Jane hatten sich auf eine geschäftige Saison vorbereitet. Mary Jane hatte zufrieden gewirkt; sie war die meisten Nächte mit einem Stammkunden ausgegangen. Dann war sie eines Morgens einfach nicht nach Hause gekommen, und statt des Kratzens des Schlüssels hatte es frühmorgens an der Tür geklopft, und ein Konstabler hatte dort gestanden, wo Mary Jane hätte stehen sollen.

Unbewusst hatte Annie die Lederhandschuhe in den Händen zerknüllt. Vorsichtig strich sie sie glatt und legte sie auf den Sitz neben sich. Plötzlich hatte sie es eilig, fortzukommen – hinaus aus dieser Kutsche, weg von dieser Welt. Dieser Gentleman hatte nichts geändert. Seine

Freundlichkeit hatte die Dinge nicht besser gemacht, sondern das Ende nur aufgeschoben. Sie streckte die Hand nach dem Griff der Kutschentür aus.

»Warten Sie.« Er legte seine warme Hand über ihre kalten Finger. »Es bereitet mir großen Kummer, dass Sie so am Leben verzweifeln, vor allem, weil Sie noch so jung zu sein scheinen. Sie sind – verzeihen Sie mir – siebzehn? Achtzehn?«

Sie hatte gelegentlich bezüglich ihres Alters gelogen. Sie war zierlich und nicht sehr groß, deshalb hatte sie oft ein paar Jahre unterschlagen, da einige der Bastarde sehr junge Mädchen zu bevorzugen schienen. Aber jetzt sah sie keinen Grund, zu flunkern. »Ich werde im Juni achtzehn.« Rasch berichtigte sie sich: »Das heißt, ich *würde* achtzehn werden.«

Sie konnte sehen, dass ihm ihr Versprecher nicht entgangen war und dass er Hoffnung daraus zog. In den grauen Augen lag eine wache Intelligenz. »Ich werde nicht versuchen, Sie davon abzuhalten. Aber wenn ich Sie bitten dürfte ... würden Sie mir eine Stunde Ihrer Zeit schenken?«

Annie kniff die Augen zusammen. Sie war nicht übermäßig eitel, aber sie wusste nur zu gut, dass ihr Aussehen ihr ihren Lebensunterhalt sicherte. Glaubte dieser Gentleman wirklich, sie würde ihre letzte Stunde auf dem Rücken verbringen? Sie hob das Kinn. Jetzt musste sie keine solche Angebote mehr annehmen; sie würde ihr Leben nicht mit diesem Kerl in irgendeiner Pension aushauchen, so attraktiv er auch war. Sie musterte ihn scharf.

Beschwichtigend hob er beide Hände und spreizte die Finger. »Ich versichere Ihnen, dass meiner Bitte nichts Ungehöriges anhaftet. Es gibt da etwas, was ich Ihnen zeigen will. Und wenn Sie nach dieser Stunde hierher zurückgebracht werden wollen, werde ich den Kutscher anweisen, Sie hier abzusetzen, und ich werde davonfahren und mich nicht noch einmal umblicken.«

Seine grauen Augen blickten ernst, flehend. Annie war an Bitten nicht gewöhnt; für gewöhnlich taten Männer mit ihr, was sie wollten, und setzten voraus, dass ihr Geld sie von solchen Höflichkeitsbezeugungen freikaufte. Sie war gerührt. Und eine Stunde war schließlich nicht so lang. Wenn sie noch ein wenig Zeit auf dieser Erde ausharren musste, dann konnte sie das auch in Gesellschaft eines Mannes tun, der sie freundlich behandelte. »Einverstanden«, willigte sie ein. »Eine Stunde.«

Zum ersten Mal lächelte er, was seinem anziehenden Gesicht einen charmanten, offenen Ausdruck verlieh. Er beugte sich aus dem Fenster und rief dem Kutscher zu: »Trafalgar Square.«

Der Mann zog die Hände aus seinem Mantel, versetzte dem Pferd einen leichten Schlag mit der Peitsche, und der Hansom rumpelte Richtung Norden über die Brücke und ließ den Fluss hinter sich.

ERSTES KAPITEL

Fünf Jahre, sechs Monate und einen Tag zuvor.

Ich gehe zum Strand hinunter, stehe da und starre die dunklen Umrisse der HMS Captivity draußen am Horizont an. Es ist sehr windig, deswegen komme ich mir nicht wie eine Närrin vor, wenn ich das sage, weswegen ich gekommen bin; ich weiß, dass der Wind meine Worte davontragen wird, sobald sie meinen Mund verlassen haben. »Auf Wiedersehen, Dad«, rufe ich Richtung Süden. »Ich mache mich auf den Weg nach London.« Dann füge ich für den Fall, dass der Wind durch irgendeinen vertrackten Zufall meine Worte doch zu ihm hinüberweht, hinzu: »Ich bin es, deine Mary Jane.« Natürlich kann ich ihn nicht sehen, aber ich weiß, dass er dort ist, tief unten in einer rattenverseuchten Schlafkoje des Gefangenenschiffs.

Ich warte auf eine Antwort, und der Wind schüttelt mich durch, aber es schwingen weder Worte noch das Echo von Dads Norfolkakzent darin mit. Wenn er in zehn Jahren zurückkehrt, werde ich zweiundzwanzig sein. Eine Frau und eine Londonerin, und ich werde anders mit ihm sprechen.

Ich hätte nach Dads Deportation hier in Holkham bleiben können, wenn nur Mum nicht irrtümlich gehängt wor-

den wäre. Deshalb muss ich jetzt zu meiner Tante nach Battersea. Die Sterne von Norfolk werden mir fehlen, aber ich nehme an, dass es dort dieselben gibt. Was ich am meisten vermissen werde, ist das Wasser. Zumindest Dad hat Wasser, Unmengen davon. Ich hoffe, dass es in London auch Wasser gibt.

Der Hansom bog auf den Trafalgar Square ein und scheuchte dabei ein paar Tauben auf. Annie betrachtete den neu angelegten Platz ohne wirkliches Interesse. An der Säule in der Mitte des Platzes sollten einmal vier Löwen stehen und auf ihr eine Statue thronen, aber jetzt gab es noch keine Statue, und nur ein Löwe kauerte in einsamer Pracht darunter. Vor der weitläufigen Galerie mit dem Säulenvorbau reihte sich eine Anzahl Kutschen. Der Weg wurde von großen Fackeln erleuchtet, und die hohe Säule warf wie der Zeiger einer Sonnenuhr verrückte Schatten.

»Ist es das, was Sie mir zeigen wollten?«, fragte sie ihren Retter gleichgültig.

»Warten Sie ab«, erwiderte er. »Warten Sie einfach nur ab.«

Während Annie müßig elegant gekleidete Paare beobachtete, die aus den Kutschen stiegen – die Herren im Frack, die Damen in glänzendem Satin –, und sich fragte, was sie hier sollte, hielt der Hansom in der Reihe, und ihr Begleiter sprach den Kutscher an. »Sie können bis vorne vorfahren. Man kennt mich hier.«

Annie war neugierig. »Wo ist hier?«

»Die Royal Academy.«

Annie hatte keine Ahnung, was die Royal Academy war. Soweit sie derartige Dinge zur Kenntnis nahm, war das kürzlich erbaute Gebäude mit dem Kuppeldach am Rand des Trafalgar Square eine Kunstgalerie. Die *Royal Academy*. Ob dieser Ort etwas mit der Königin zu tun hatte? Einen Moment lang sah sie sich in ihren Lumpen vor Victoria höchstpersönlich knicksen.

Sie rutschte auf ihrem Sitz nach hinten, als der Hansom sich vor die anderen Kutschen setzte. Am Fuß der breiten Marmortreppe war ihr ihr Begleiter beim Aussteigen behilflich. Die Leute drehten sich gaffend zu ihnen um, während sie hinter dem Fremden herschlurfte, der den Kutscher bezahlte, aber sie starrten nicht sie an, sondern ihn. Sie nickten und lächelten, sie tuschelten hinter vorgehaltenen Händen, und eine kleine Gruppe klatschte kurz Beifall. Er quittierte dies mit einem Nicken und bot Annie seinen Arm an. »Kommen Sie.«

»Aber...« Sie blickte an ihrem zerlumpten Kleid aus altem braunen, mit Gott weiß was für Flecken übersätem Barchent hinunter. Und der Rest – keine Haube, halb gelöstes Haar, schmutzige Nägel und Tränenspuren auf ihrem schmuddeligen Gesicht.

»Ah.« Taktvoll hakte er seinen Abendumhang auf, legte ihn ihr um die Schultern und verdeckte so das anstößige Kleid. »So.« Er bedachte sie mit seinem gewinnenden Lächeln. »Jetzt sind Sie die Königin von Saba.«

Annie nahm seinen Arm und stieg die Stufen hoch.

Drinnen gab es warme, von Kerzenschein erhellte Marmorhallen, in denen Gelächter vieler Menschen und das Klirren von Kristall widerhallte. Aufwärter mit silbernen

Tabletts boten kleine Gläser mit Sherry an. Annie nahm sich eines, leerte es mit einem Zug, stellte es zurück und griff nach einem weiteren, ohne sich um Anstandsregeln zu kümmern. Es war kein Gin, aber er würde es tun. Ihr Begleiter nahm sich ein Glas und nippte daran, dabei beobachtete er sie aufmerksam. Sie lächelte gepresst; sie brauchte den Alkohol, denn die Augen starrten schon wieder, diesmal in ihre Richtung, registrierten die zerschlissenen Kleider unter dem Umhang, das verschmierte Gesicht, das unordentliche Haar. Aber jetzt wärmte der Alkohol ihren leeren Bauch – den Bauch mit dem Baby darin –, und sie starrte trotzig zurück. Es kümmerte sie nicht, was sie dachten.

»Ist es das, was Sie mir zeigen wollten?«, fragte sie, plötzlich kühn geworden. »All diese feinen Pinkel?« Sie machte sich nicht die Mühe, ihre Stimme zu dämpfen. Ihr Begleiter schüttelte den Kopf.

»Warten Sie«, sagte er wieder. »Warten Sie einfach ab.«

Weitere Stufen, und dann ein weitläufiger Raum, in dem nahezu jeder Zoll der Eichenholztäfelung mit Bildern bedeckt war. Einige waren so groß wie eine Armenhaustür, andere winzig klein. Zuerst konnte Annie nur Farben sehen: rothaarige Frauen in juwelenfarbenem Samt, die an Gobelins stickten, Blumen in den Händen hielten und auf Wiesen ruhten. Die Gemälde waren schön und friedlich, nichts, was die Seele aufwühlte. Doch in der Ecke am anderen Ende des Raumes, ein Stück vom Hauptteil der Menschenmenge entfernt, gab es andere, verstörendere Arbeiten in dunkleren Farbtönen für dunklere Themen. Themen, die ihr nur allzu vertraut waren.

Hier hing das Bild einer Frau, die gerade vom Knie eines schnurrbärtigen jungen Mannes aufstand, der an einem Klavier saß. Ihre Hände waren entschlossen gefaltet, und in ihren Augen lag eine plötzliche Erkenntnis. Das Bild gab genau den Moment wieder, wo ein leichtes Mädchen erkannte, dass es auf Abwege geraten war. Dort war ein weiteres von einer Frau, die sich vor Scham krümmte, als ihr liebevoller Bruder sie bei der Arbeit auf der Straße ertappte und mit einem Ausdruck von Entsetzen und Bedauern gegen eine Wand sackte. Ein drittes, das wie ein Altargemälde aus drei Teilen bestand, zeigte alles andere als fromme Szenen. Auf der ersten Tafel sah man eine Frau unter dem anklagenden Blick ihres Ehemannes, der einen Brief in der Hand zerknüllte, auf dem Boden liegen. Ihre beiden kleinen Mädchen, die ein Kartenhaus bauten, blickten zu ihrer Mutter hinüber, als ihr Ehebruch bekannt wurde, und das Haus stürzte unter ihren Händchen zusammen. Die zweite zeigte dieselben Mädchen ein paar Jahre später, sie lebten in einer schäbigen Dachkammer und betrachteten durch ein schmieriges Fenster den Mond über den Dächern. Auf der dritten Tafel saß ihre Mutter, deren Absturz jetzt vollkommen war, unter den Bögen des Adelphi-Theaters. Zerfetzte Plakate wehten über ihrem Kopf, und die Füße eines Babys lugten unter den Röcken ihres zerlumpten Kleides hervor.

Annie betrachtete die drei Elendsszenen und wusste, dass ihre Entscheidung, diese Welt zu verlassen, richtig war. Ihr war klar, warum ihr Retter sie hierhergebracht hatte: er hatte ihr die Falschheit ihres Lebenswandels vor Augen führen wollen. Aber sein Plan war nicht aufgegangen, sondern hatte sie nur daran erinnert, wie ihr Leben weitergehen würde, wenn sie ihm nicht selbst ein Ende setzte. Es war für die Frau am Klavier gut und schön aufzuspringen und zu bereuen und in einem Geschäft oder einer Fabrik zu arbeiten, um ihr altes Leben zu vergessen und eines Tages in einer weit entfernten Stadt, wo niemand sie von einer Straßenecke oder einem Ginladen her kannte, gut zu heiraten. Aber das dritte Gemälde, das in drei Teile unterteilte, bewies ihr, dass es für eine Frau mit Kind keinen Weg aus der Schande gab.

»Es nützt nichts«, sagte sie zu ihrem Retter. »Ich weiß, was für ein Leben ich gewählt habe. Was glauben Sie, warum ich es beenden will?«

»Ich habe Sie nicht deshalb hierhergebracht«, erwiderte er. »Sie sollen das hier sehen.«

Es gehörte zu den größten Bildern, eine riesige düstere Leinwand, die einer Tür in das Dunkel glich. Es zeigte eine trübe Szene der genau wie heute in eisigen Nebel gehüllten Waterloo Bridge. Alles war genau gleich: die wie eine Perlenschnur entlang des Südufers brennenden Laternen, die zinngraue Themse, in der der ertrunkene Mond trieb, die neuen, einem kauernden stachelbewehrten Drachen gleichenden Parlamentsgebäude. Aber während Annie die Szene von oben gesehen hatte, hatte der Künstler sie von unten betrachtet – vom Blickpunkt unterhalb der Bögen auf dem schmutzigen Ufer der Themse aus. Und im Vordergrund, halb im, halb außerhalb des Wassers, lag ein Mädchen in Weiß. Lebensgroß, aber eindeutig tot. Und es handelte sich um Mary Jane.

Annie rang nach Luft, trat einen Schritt darauf zu, starrte ihre tote Freundin an und streckte eine Hand aus, als wollte sie ihr Gesicht berühren und die blicklosen Augen schließen. Im Hintergrund sah man schattenhafte Gestalten, aber Annie hatte nur Augen für Mary Jane. Ihr erster Gedanke war absurderweise, dass sie sie noch nie so sauber gesehen hatte. Ihr Gesicht hatte den grauen Glanz einer Austernschale, ihr braunes Haar wirkte vom Wasser durchnässt noch dunkler, die Arme hatte sie auf dem Kies ausgebreitet, als würde sie den Tod umarmen. Eine Sonntagsschulfloskel kam Annie in den Sinn: Sie war von all ihren Sünden reingewaschen. Mary Jane war immer eher nachlässig gewesen, sie hatte von Seife nicht viel gehalten, aber hier, in ihrem weißen Musselin, hätte sie ein Engel sein können. Annie schlug die Augen nieder, sie konnte nicht länger hinschauen. Und entdeckte auf dem Rahmen ein kleines Messingrechteck mit den eingravierten Worten: *Die Seufzerbrücke, von Francis Maybrick Gill.*

»Sehen Sie«, sagte Francis Maybrick Gill sanft neben ihrem Ellbogen. »Ich war dort. Ich ging vor drei Monaten über die Waterloo Bridge, so wie ich es heute getan habe. Ich hörte den Tumult und die Schreie und stieg die Stufen zum Ufer hinunter.« Sie drehte sich um, um ihn anzusehen. »Die Gassenjungen hatten sie gefunden. Kleine Kinder. Sie riefen die Konstabler, um sie herauszuziehen. Die Konstabler gaben ihnen einen halben Penny. Als der Gehilfe des Coroners kam, sagte ein Konstabler: ›Wieder eine für Sie, Mr. Brownlow.‹ Einfach so.« Er schüttelte den Kopf. »Wieder eine für Sie. Das werde ich nie vergessen. Ich gab dem Gehilfen des Coroners eine Guinea für einen Sarg, und sie schafften den Leichnam fort.«

Annie erinnerte sich an den Sarg aus gutem Hartholz – der Gehilfe des Coroners hatte den Zimmermann also nicht betrogen. Sie hatte sich bei dem erbärmlichen kleinen Kirchspielbegräbnis in St. Leonard's in Shoreditch gefragt, wo das Geld hergekommen war. Prostituierte wurden für gewöhnlich auf einer Schindel und nebeneinanderliegend begraben, so wie sie zu Lebzeiten nebeneinandergestanden hatten. Sie wandte sich zu dem Künstler; am liebsten hätte sie ihn umarmt. In diesem Moment liebte sie ihn für diesen letzten Dienst, den er einer toten Hure erwiesen hatte.

Das Gemälde ließ das Blut in ihrem Kopf pochen. Das Schlagen eines sterbenden Herzens, der dahinrauschende Fluss. Wie konnte ein Bild all den Lärm und das Drama heraufbeschwören und gleichzeitig den Frieden am Ufer einfangen, das Plätschern des Wassers, die aufgeregten Rufe der Gassenjungen, den lebensüberdrüssigen Konstabler, der den Gehilfen des Coroners begrüßte. *Wieder eine für Sie.*

Francis sprach weiter, mit gedämpfter Stimme, aber eindringlich. »Und als ich heute über die Brücke ging und Sie auf der Brüstung sah, nun, da wusste ich, dass ich Sie nicht springen lassen konnte. Für sie bin ich zu spät gekommen«, sagte er voller Bedauern, »aber nicht für Sie. Ich wusste natürlich nicht, dass Sie eine Bekannte von ...« Er nickte zu dem Bild hinüber.

»Mary Jane«, flüsterte sie.

»Von Miss Mary Jane waren.« Die Ehrerbietung, mit der er von ihrer toten Freundin sprach, brachte sie erneut dazu, ihn zu lieben. »Ich konnte sie nicht vergessen. Ich ging direkt nach Hause, nahm meine Pinsel, gab meine antiken Sujets, meine Nymphen und meine Dryaden auf und malte zum ersten Mal etwas *Reales*. Ich konnte nicht von ihr lassen; ich malte eine Studie nach der anderen, und dann dieses Ölgemälde – mit dem Ergebnis, dass dieses das erste Bild von mir ist, das von der Akademie angenommen wurde. Ich stehe tief in der Schuld Ihrer Freundin, und da ich sie bei ihr nicht abzahlen kann, würde ich sie gerne bei Ihnen abzahlen.«

Schuld war ein furchteinflößendes Wort für Annie, es bedeutete Drohungen und Blutergüsse, kalte Finger und Zehen, einen knurrenden Magen und Gefängnisgitter. Sie hatte oft Schulden gehabt, aber noch nie hatte ihr jemand etwas geschuldet. »Wie?«

Jetzt nahm er ihre Hände und sah ihr mit einem glühenden Ausdruck in die Augen. »Ich möchte, dass Sie sich von mir retten lassen.«

»Wie meinen Sie das?«

Er zog seine Taschenuhr hervor. »Unsere Stunde ist um. Ich hoffe, dass mein Werk so zu Ihnen gesprochen hat, wie es meine Worte nicht konnten. Deshalb muss ich Sie fragen: Wollen Sie zu der Seufzerbrücke zurückkehren?«

Sie sah das Bild wieder an. Die Farben verschwammen vor ihren Augen, und sie befürchtete, jeden Moment in Ohnmacht zu fallen. Durch irgendeine dunkle Magie war Mary Jane verschwunden, und eine gemalte Annie lag dort auf dem Kies, ihre Augen waren so schimmernd und tot wie die Kiesel, die Haare vom Wasser dunkel, der Mund geöffnet wie das Maul eines Fisches. Sie blinzelte, und das Bild löste sich auf: Mary Jane war wieder da, aber Annie war plötzlich in Schweiß so kalt wie das Themsewasser gebadet.

»Nein«, stammelte sie mit trockenem Mund. »Nein, ich werde nie wieder dorthin zurückkehren. Aber ich weiß nicht, wo ich stattdessen hingehen *kann*.«

»Sie können mit mir nach Hause kommen«, sagte Francis Maybrick Gill.

ZWEITES KAPITEL

Fünf Jahre und sechs Monate zuvor.

Es stellt sich heraus, dass sie in London dieselben Sterne haben. Ich schaue sie gerade an.

Sie sind mir den ganzen Weg mit der Kutsche durch die Nacht von Holkham hierher gefolgt, haben mit den Pferden Schritt gehalten. Unser Pfarrer hat mich mit drei Damen, die nach London wollen, in einen Brougham gesetzt. »Es schickt sich nicht, mit Männern zu reisen, Miss Mary Jane«, sagte er, erklärte aber nicht, warum.

London ist schmutzig und beengt. Jeder Zoll dort ist zugebaut. Meine Tante lebt in einer Wohnung, und ich glaube nicht, dass sie hier wissen, was die Worte »flaches Land« überhaupt bedeuten. Norfolk ist flach. London ist hoch. Hier wohnt einer über dem anderen.

Ich vermisse saubere Luft, an der man nicht erstickt. Ich vermisse die freien Flächen, den Sand, den offenen Strand. Ich habe Sterne, aber kein Wasser. Ich bin an einem Ort namens Battersea, aber die See habe ich noch nicht gesehen.

Ein anderer Hansom brachte Annie und Francis Richtung Norden nach Bloomsbury zu den schönen hohen Häusern der Gower Street.

Francis tippte den Kutscher mit seinem Stock an, und die Droschke hielt vor Nummer Sieben, einer ansprechenden Vorderfront mit einer schwarzen Tür, einem Messingtürklopfer und einer Lünette. Er half Annie beim Aussteigen, und die Haustür öffnete sich, sowie sie näher kamen. Francis reichte seinen Zylinder und die Handschuhe dem Butler, der sie eingelassen hatte, einem entschieden zu wohlerzogenen Mann, um angesichts der Begleiterin seines Herrn mehr zu tun als dezent eine Braue zu heben.

»Bowering, Mrs. Hoggarth soll einen Haferbrei zubereiten – aber dünn, denken Sie daran. Und einen schönen starken Posset mit drei Eiern.«

Der Butler nickte knapp und verschwand, und Annie blickte sich um. Die Eingangshalle war lang und geräumig, der Boden wie ein Schachbrett schwarz und weiß gefliest. Eine breite Treppe wand sich um eine unsichtbare Ecke zu den oberen Stockwerken empor. Über einem einzelnen Tisch hing ein mächtiger Spiegel, und auf dem Tisch stand eine bis zum Rand mit verblühenden weißen Blumen gefüllte Silberschale. Annie musste an Mary Jane denken, die auf dem Bild so bleich wie diese Blüten gewirkt hatte.

Francis war ihrem Blick gefolgt. »Kamelien«, erklärte er. »Es sind eigentlich die Blüten der Teepflanze.« Er sah ihr in die Augen. »Manchmal entspringt himmlische Schönheit aus ganz bescheidenen Dingen.«

Sie hätte schwören können, dass er von ihr sprach, aber dann erhaschte sie einen Blick auf ihr Spiegelbild, ein jämmerliches, zerlumptes Geschöpf. Mit Schönheit hatte sie heute wahrlich nichts zu tun.

Francis führte sie in das Wohnzimmer. Nach dem strengen Schwarz und Weiß erschien es ihr wie eine Schmuckschatulle direkt aus Arabien. Die Wände waren rötlichbraun tapeziert und wiesen eine filigrane Goldverzierung auf. An den Fenstern hingen Bahnen mitternachtsblauer Seide und brennende Lampen mit bunten Glasschirmen. Francis setzte sie in einen gepolsterten, mit topasfarbenem Samt bezogenen Stuhl mit Füßen in der Form von Elefanten gleich neben einem hell prasselnden Feuer. Er selbst zog sich einen weiteren geschnitzten Stuhl heran, setzte sich neben sie und legte seinen kühlen Handrücken auf ihre Stirn. »Sowie Sie sich aufgewärmt und etwas gegessen haben, wird es Ihnen besser gehen.«

Annie konnte kaum fassen, in was für einer Umgebung sie sich befand. Sie war schon früher in eleganten Häusern gewesen, wenn die feinen Herren es gerne etwas derber wollten, aber diese Häuser waren mit Walnussholz getäfelt und in einem gedämpften, kostspieligen Eierschalgrau gestrichen gewesen. Sie hatte auch farbenfrohe gewöhnliche Häuser besucht, aber dort hatte es nur wertlosen Protz und ausgefranste Seide gegeben. Einen Ort wie diesen hatte sie nie gesehen, so bunt, so exotisch und zugleich so kostbar ausgestattet. Er verlieh ihr dasselbe traumgleiche Gefühl, das sie in der Galerie überkommen hatte – das Gefühl, als wäre sie eigentlich gar nicht hier. So wie sie dort Mary Janes Platz auf der Leinwand eingenommen hatte, kam sie sich hier vor, als hätte sie mit irgendeinem anderen verwirrten Mädchen das Leben getauscht, das sich jetzt an ihrer

Stelle auf der Brüstung der Waterloo Bridge wiederfand. Sie betrachtete den Mann, der diese Verwandlung herbeigeführt hatte. In seinem Umhang und dem Zylinder hatte er sie an den Zauberkünstler erinnert, der im Hackney Empire auftrat und mit einem Blitz und einem Krachen ein Kaninchen aus einer seiner bemalten Kisten verschwinden und in einer anderen wieder auftauchen ließ. Sie empfand dieselbe sklavische Ehrfurcht vor ihm, die sie diesem Zauberkünstler entgegengebracht hatte.

»Danke, Sir«, flüsterte sie.

»Sie können mich Francis nennen. Ich denke, Sie wissen, dass das mein Name ist.«

Das kleine Bronzeschild an dem Gemälde. »Francis Maybrick Gill«, sagte sie.

»Ja.«

»Ein Künstler.«

»Ja. Und Sie? Könnten wir uns jetzt, da Sie noch etwas länger auf dieser Welt verweilen werden, wenigstens miteinander bekannt machen?« Sein ungezwungenes Lächeln wärmte sie ebenso sehr wie das Kaminfeuer.

»Mein Name ist Annie Stride.«

»Dann, Miss Stride, dürfte ich vielleicht etwas von Ihrer Geschichte erfahren? Wenn ich Ihnen helfen soll...«

»Sir... Francis, Sie fragen nach etwas, was Sie möglicherweise nicht hören wollen.«

Dieser Raum war genau richtig für Geschichten, dachte sie, aber alle Geschichtenerzählerinnen, die sie auf Kupferstichen gesehen hatte, hatten weite Pumphosen, Armbänder und Edelsteine zwischen den Augen getragen, keinen zerschlissenen Barchent, und sie hatten auch keine wirren

Haare und Tränenflecken im Gesicht gehabt. Sie erzählten von Riesen so groß wie Häuser, von Elefanten und Dschinns, die in Flaschen lebten, sowie von goldenen Palästen, nicht von dem schändlichen Treiben in der St. Jude's Street, dem Old George und dem Haymarket. Sie tranken Sorbet und aßen türkische Leckereien, ihr Magen hingegen war leer wie eine Trommel und grollte genauso laut.

Wie zur Antwort wurde die Tür geöffnet, und ein junges Dienstmädchen kam mit einem Tablett herein, auf dem sich eine dampfende Schale befand. Behutsam stellte sie alles auf einer Truhe aus dunklem Holz ab, die mit einer Einlegearbeit aus kleinen Messingdreiecken verziert war.

»Danke, Minnie. Du kannst gehen. Oh, und Minnie: Lass ein Bad für unseren Gast ein.« Das Mädchen starrte Annie mit runden Augen an, nickte und flüchtete.

Francis wandte sich wieder an Annie. »Wie lange haben Sie nichts mehr gegessen?«

Sie zuckte die Achseln. »Weiß ich nicht mehr.«

»Dann lassen wir es lieber langsam angehen.«

Er nahm die Schale mit dem Haferbrei von dem Tablett sowie einen silbernen Löffel von einer schneeweißen Serviette und löffelte ihr den Brei eigenhändig in den Mund. Selbst in dem bunten Traum, den sie durchlebte, erschien ihr das seltsam. Es war nicht die Geste eines Vaters gegenüber seinem Kind, sondern etwas anderes. Irgendetwas an dem Löffel an ihren Zähnen, auf ihrer Zunge, in ihrem Mund kam ihr übermäßig intim vor, so intim, dass es fast zu ihrem alten Leben zu gehören schien, nicht zu diesem neuen. Mit einem Mal befand sie sich wieder im Hier und

Jetzt, der Silberlöffel ließ die Traumblase platzen. Der Haferbrei rann ihre Kehle hinab, und Wärme breitete sich in ihrem Inneren aus. Sie vergaß das Merkwürdige ihrer Situation, als sie sich satt zu fühlen begann, ein Gefühl, das sie kaum noch kannte. Dann erfüllte Dankbarkeit ihr Herz fast bis zum Überlaufen.

Als der Haferbrei aufgegessen war, legte Francis den Löffel weg. »So, Annie, wenn Sie sich jetzt kräftig genug fühlen...«

Sie vermochte ihn nicht anzusehen, sondern griff nach dem Silberlöffel und betrachtete ihr verzerrtes, verschmiertes Spiegelbild. »Ich habe Angst.«

»Angst? Wovor?«, drängte er sanft.

»Dass Sie mich aus dem Haus werfen, sobald Sie wissen, was ich getan habe.«

»Miss Stride. Annie. Ich weiß, dass Sie ein... Straßenmädchen sind. Aber ich bin der Meinung, dass Frauen Ihres Berufsstandes eher Opfer der Umstände als Schuldige sind.«

»Ich fürchte, ich kann Ihnen nicht ganz folgen, Sir.«

»Francis. Erzählen Sie mir Ihre Geschichte, und ich bin sicher, dass Sie mir meine Theorie bestätigen.«

Also erzählte Annie ihm alles, so kurz und knapp sie konnte. Sie zog nichts in die Länge oder schmückte es aus, als würde sie auf einem seidenen Kissen sitzen. Die Geschichte von Bethnal Green und Ma und Pa und all den Brüdern und Schwestern würde keine tausendundeine Nacht in Anspruch nehmen. Sie wollte noch nicht einmal daran denken, geschweige denn es laut aussprechen.

Francis ließ sie reden, warf aber ab und zu eine Frage ein. »Sind Sie jemals zur Schule gegangen?«

»Am Ende der St. Jude's Street gab es eine Schule. Aber da war ich nur, bis Ma ihr viertes Kind gekriegt hat, dann musste ich ihr zu Hause helfen. Hab Lesen und Rechnen gelernt, aber damit hatte es sich auch schon. Und dann war da die Sonntagsschule in der St. Matthew's Kirche, wo wir ein bisschen was aus der Bibel gelernt haben. Wir waren nicht fromm, aber Pa hat uns hingeschickt, weil er es Samstagabend immer wüst getrieben hat und uns sonntags aus dem Haus haben wollte, um seinen Rausch ausschlafen zu können.«

»St. Jude's Street?«, fragte Francis.

»Genau die.«

Er lächelte traurig. »Der Schutzpatron verlorener Seelen.«

Annie schnaubte leise. »Schätze, ich bin wohl so eine.«

»Ganz und gar nicht. Vielleicht hat er Sie heute Abend gerettet.«

»Wenn das einer getan hat, dann nicht er«, widersprach sie sanft.

Er wirkte erfreut. »Erzählen Sie weiter.«

»Als ich dreizehn war, da ... lief ich fort.«

»Warum?«

Annie zögerte. Sie hatte den Bastarden zu ihrer Zeit eine Menge schmutziger Geschichten erzählt, weil sie Fantasien über eine Vergewaltigung durch den Pfarrer oder irgendeinen Herzog hören wollten, während sie es mit ihr trieben. Aber diese Geschichte, die obszönste von allen, konnte sie niemandem anvertrauen. Sie konnte einem guten Mann wie Francis nicht erzählen, warum sie die St. Jude's Street wirklich verlassen und nie zurückgeblickt hatte, noch nicht einmal, wenn sie das Lächeln und die klebrigen Hände ihrer Lieblingsschwester vermisste. Sie konnte ihm nicht gestehen, was geschehen war, als ihr Vater sie an ihrem dreizehnten Geburtstag in den oberen Raum des Old George gebracht hatte. In dieser Nacht hatte sie einen Blick in die Hölle geworfen, und nichts, was sie seitdem zu tun gezwungen gewesen war, war diesem Entsetzen auch nur annähernd nahegekommen. Als sie von zu Hause weggelaufen war, hatte sie geschworen, keiner Menschenseele je davon zu erzählen. Also log sie Francis an. »Es war kein Platz im Haus. Meine Mum war wie die Frau im Schuh, kennen Sie die Geschichte?« Sie ratterte weiter wie eine Droschke, versuchte die Lücke in ihrer Erzählung mit einer anderen zu verdecken, aber er hakte nicht nach.

»Ich kenne sie. Und dann?«

»Ich tat mich mit Mary Jane zusammen. Sie sah mich über den Haymarket schlendern und sagte mir, ich wäre hübsch.«

Annie erinnerte sich an die Macht des Kompliments von dem schönsten Mädchen, das sie je gesehen hatte, eines Mädchens mit so dunklem Haar, dass es den bläulichen Schimmer eines Krähenflügels aufwies, einem Teint wie Milch und Rosen und so langen dunklen Wimpern, dass sie sich wie Fächer über ihre Wangen breiteten. Mary Jane hatte ihr eine Zuckermaus angeboten – die einzige in der Papiertüte in ihrer Hand. Annie war geschmeichelt gewesen. »Die ganze?« Sie erinnerte sich an die nie erträumte Wonne, eine Leckerei ganz für sich zu haben, etwas zu genießen, was nicht sorgsam mit dem Messer in zwölf Teile geschnitten und mit ihren Geschwistern geteilt werden musste.

Die Zuckermaus hatte sie zu Mary Janes Sklavin gemacht; sie war das erste Geschenk, das sie je bekommen hatte, die erste Freundlichkeit, die ihr erwiesen worden war, und so etwas übte eine unglaubliche Macht aus. Deshalb hatte sie, als Mary Jane sie zu einem Spaziergang aufforderte, die Hand des älteren Mädchens umklammert, wie ihre Schwestern ihre zu umklammern pflegten. Annie erinnerte sich jetzt daran, dass nicht einmal der süße Geschmack der Zuckermaus auf ihrer Zunge sich mit der Süße vergleichen ließ, zum ersten Mal im Leben eine Freundin zu haben. Auch nachdem sie zusammengezogen waren, bewahrte sie den Schwanz der Zuckermaus jahrelang in ihrem Schmuckkasten auf wie eine kostbare Reliquie für die Verehrung eines älteren, selbstsicheren und selbstbewussten Mädchens. Im Fluss hatte Mary Jane nicht so ausgesehen. All ihr Selbstvertrauen war fortgespült worden.

»Mary Jane hat mir alles beigebracht.« Einen Moment lang drohte das enorme Ausmaß ihres Verlustes sie zu überwältigen. »Schätze, *sie* war meine Ausbildung.«

»Was hat sie Ihnen denn beigebracht?« Francis beugte sich vor und lauschte interessiert.

»Wie man mit den Bastarden umgeht.«

»So nennen Sie sie?« Seine Stimme klang weich.

Sie nickte. »Sie hat mich gelehrt, wie ich tun kann, was sie verlangen, mich dabei aber nicht von ihnen besitzen zulasse. Wie ich innerlich auf Abstand gehe, damit ich diese Dinge tun kann, ohne mich hinterher umbringen zu wollen.« Als ihr klar wurde, was sie gesagt hatte, fuhr sie hastig fort: »Mary Jane wusste, wie es war, erniedrigt zu werden;

sie war in einer Besserungsanstalt gewesen und hatte zum Beweis dafür ein Brandzeichen. Es war auf der Innenseite ihres Arms, und sie zeigte es niemandem. Geschämt hat sie sich dafür, sagte, die Bastarde würden sie nicht anrühren, wenn sie davon wüssten, aber sie hat es mit Armbändern oder Ärmeln verdeckt, und das ging ganz gut. Wir passten gut zusammen – eine Blonde, eine Dunkle. Und dann ist sie am ersten Oktober von der Brücke gesprungen.«

Annie schluckte. An diesem Tag hatte sie begriffen, dass es Mary Jane nie gelungen war, innere Distanz zu wahren, dass das Gefühl, wertlos zu sein und seinem Leben ein Ende setzen zu wollen, nie verging. Und nachdem Mary Jane sie verlassen hatte, hatte dieses Gefühl auch von Annie Besitz ergriffen. Ein Riss hatte sich in dem Damm aufgetan, war unter dem Druck des Wassers nach innen aufgebrochen, und keine Mary Jane war zur Stelle gewesen, um die Fluten aufzuhalten.

»Und Sie haben keinen Anhaltspunkt dafür bemerkt, dass sie beabsichtigte ... sich das Leben zu nehmen?«

Annie schluckte erneut. Durch seine Worte schien das alles plötzlich erst Wirklichkeit zu werden. Eine Welle des Kummers stieg in ihrer Kehle hoch, und einen Moment lang konnte sie nicht sprechen. Dann flüsterte sie: »Überhaupt keinen. Sie hatte sich einen Stammfreier mit etwas Geld zugelegt, sagte sie. Kam jeden Tag nach teurem Parfüm duftend nach Hause, tanzte herein, als spielte irgendwo Musik.«

»Hat sie denn gesagt, wo sie war? Oder mit wem sie zusammen war?« Er wirkte aufrichtig interessiert.

»Nein. Sie sagte, sie würde es mir zu gegebener Zeit verraten. Machte irgendwie den Eindruck, als hätte sie etwas Kluges getan. Als würde sie in der Welt vorwärtskommen.«

»Was hat das in Ihnen ausgelöst?«

Annie zuckte die Achseln; sie setzte sich selten mit ihren Gefühlen auseinander und wurde noch viel seltener danach gefragt. »Ich dachte, gut für sie, nicht wahr? Ich wusste, dass sie mich mitnehmen würde, wenn sie ihr Glück macht. Ich hätte dasselbe für sie getan. So war das mit uns, mit ihr und mir. Wie Schwestern, verstehen Sie?«

»Und dann?«

»Und dann kam sie nicht nach Hause.« Da war die Welle wieder, sie stieg und stieg. Sie kämpfte sie nieder. »Stattdessen kam der Konstabler.«

Er nickte. »Was geschah dann?«

»Nun, nach der Beerdigung ging es mir nicht gut. Dachte, es läge an der Melancholie, wissen Sie?« Sie konnte sich noch nicht dazu überwinden, das Baby zu erwähnen. »Wir hatten monatelang keine Miete bezahlt. Mary Jane meinte, das wäre egal, denn es wäre nicht unchristlich, einen Christenmörder zu prellen.«

»Verzeihen Sie ... Christenmörder?«

»Juden. Hebräer und so.«

»Ah. Die Kinder Israels. Und ich nehme an, unter ›prellen‹ verstand Ihre Freundin, dass sie beide ausziehen und eine andere Unterkunft suchen sollten, ohne Ihre Mietschulden zu begleichen?«

»Sie begreifen schnell. Aber das tat Mr. Haft auch – er ist der Vermieter. Er wollte sich nicht übers Ohr hauen lassen; er musste gewittert haben, dass ich das vorhatte, deshalb kam er eines Nachts mit seinem Schlüssel herein und nahm mir alle meine Kleider weg.«

»Er nahm Ihre *Kleider*?«

»Jeden Fetzen außer denen, in denen ich geschlafen hatte. Es ist ein alter Trick, um zu verhindern, dass man bei Nacht und Nebel verschwindet. Also musste ich ihm am ersten Januar...«, ihre Augen wurden groß, es schien eine Ewigkeit her zu sein, »...heute meinen letzten Schilling geben.« Sie hatte ihr gesamtes Geld in die mit einem fingerlosen schmuddeligen Handschuh bekleidete Hand des Vermieters gezählt, Münze für Münze, und gesehen, dass er sie mit seinen kleinen scharfen Augen ebenfalls gezählt und gemerkt hatte, dass es nicht reichen würde. »Ich habe ihm alles gegeben, was ich hatte, aber es fehlte immer noch etwas, daher hat er sich erdreistet, mir zu kündigen.«

»Er hat Ihnen Ihre Kleider zurückgegeben, nehme ich an?«

»Der doch nicht. Er ist ein gerissener alter Fuchs. Er wusste, dass er einen Teil davon verkaufen konnte, ein paar schöne Hauben und andere Sachen, die ich hatte.« Das Schmuckkästchen mit den Geschenken der Bastarde und dem weitaus kostbareren Schwanz der Zuckermaus eingeschlossen. »Dieses eine alte Kleid und eine Haube hat er mir gelassen, aber die hat der Wind weggerissen. Da ich sonst nichts mehr auf der Welt besitze, wie Sie vielleicht sagen würden, bin ich von ihm direkt nach Waterloo gegangen, wo Sie mich auf der Brücke gefunden haben.«

Francis schwieg eine Weile, dann schüttelte er bekümmert den Kopf. »Nicht gerade Scheherazade«, bemerkte er. »Verstehe ich das richtig: Sie sind ganz allein auf der Welt? Es gibt niemanden, den ich versuchen könnte für Sie zu finden, um sie zusammenzubringen? Keine anderen Freunde oder Bekannte? Ich könnte bei den Behörden Nachforschungen anstellen, versuchen herauszufinden, ob Ihre Familie immer noch in Bethnal Green wohnt...«

»Nein!«, wehrte sie ab. Nach dem, was Pa getan hatte, würde sie nicht wieder bei ihm unterkriechen, nicht für tausend Pfund. »Ich geh da nicht wieder hin.« Sie spähte durch ihre Wimpern zu Francis hoch. So freundlich, so attraktiv, so ein Gentleman, das genaue Gegenteil von Pa, trotzdem würde sie die Bekanntschaft jetzt beenden. Sie musste es tun; bald würde sie es nicht länger verbergen können. »Ich werd nicht ganz allein sein. Ich habe etwas ausgelassen. Ich ... erwarte ein Kind.«

Sein Gesicht versteinerte plötzlich – nicht vor Zorn oder Abscheu, noch nicht einmal vor Mitleid; es war ein Ausdruck, den sie nicht deuten konnte. Er schien einen sehr langen Moment nachzudenken, während sie fast zu der Gewissheit gelangte, dass er sie als Nächstes aus dem Haus weisen würde. Aber als er aufstand, sagte er nur mild: »Sehr schön, Annie. Das reicht für heute Abend. Sie brauchen Ruhe, vor allem in Anbetracht des ... dessen, was Sie mir gerade erzählt haben. Nehmen Sie Ihr Bad. Ich lasse ein Zimmer für Sie herrichten, und Minnie wird später den Posset heraufbringen. Minnie!«

Annie fühlte sich leichter als Luft, als sie sich, von ihrer Last befreit, erhob und dem kleinen Dienstmädchen die mit Teppich bezogenen Stufen hinauf folgte, und es lag nicht nur an dem dicken Plüsch unter ihren Füßen, dass ihre Schritte so beschwingt waren. Obwohl sie Francis ihr dunkelstes Geheimnis verschwiegen hatte, ging es ihr besser, weil sie ihm einen Teil ihrer Geschichte enthüllt hatte. Selbst von Mary Jane zu sprechen linderte die furchtbare Last des Kummers ein wenig. An der Biegung der Treppe stieg ihr köstlicher Lavendelduft in die Nase und löschte den Übelkeit erregenden Gestank der üppigen Blumen in der Halle aus. Minnie ging Dampfwolken ausstoßend wie eine Lokomotive vor ihr her durch eine Tür, und Annie folgte ihr.

Das Bad war der – wie hatte Francis sie genannt? – der Königin von Saba würdig. Die Wände waren mit in poliertem Kupfer gerahmten Onyx in verschiedenen Farben getäfelt, Lüster aus rosenfarbigem und opaleszentem Kristall hingen an der Decke, und ein wundervoller, an einer goldenen Stange angebrachter orientalischer Vorhang trennte eine Badewanne aus rosenfarbenem Marmor mit Rolldeckel und Adlerklauen als Füßen vom Rest des Raumes ab. Ihr gegenüber stand eine mit dem weißen Pelz eines erlegten Lebewesens, das um der Bequemlichkeit der Badenden willen hatte sterben müssen, bezogene Liege. Ein mit seidenen Rosen bedruckter orientalischer Schlafrock hing an einem goldenen Haken an der Rückseite der Tür. Neben einem riesigen, mit Seerosen bemalten Porzellanbecken befand sich ein Wäschekasten mit vorgewärmten türkischen Tüchern.

Annie stand in ihrem abgetragenen Kleid mitten in diesem Luxus und kam sich in diesem makellosen Tempel der Sauberkeit wie ein Fleck vor, nicht mehr als eine schmutzige Schmierspur in der Mitte des Raumes. Sie wagte sich kaum zu bewegen, da sie wusste, dass sie mit einer Berührung diese schneeweißen Handtücher und glänzenden Spiegel besudeln würde. Selbst das Dienstmädchen, nicht mehr als eine kleine Hausmagd in Schwarz und Weiß, passte besser hier hinein als sie. Minnie beugte sich über die Badewanne und nestelte an den kunstvollen Heiß- und Kaltwasserhähnen herum. Als sie sie mühsam aufdrehte, schoss ein Strahl kochender Lava heraus und durchweichte Annies Stiefel.

Mehr hätte es nicht bedurft, um sie aus ihrer Erstarrung zu lösen. Jetzt wusste sie, wie sie sich verhalten musste. Sie hatte auf der Straße gelernt, wie eine Katze zu kämpfen, zu kratzen und die Ellbogen einzusetzen, um jede Ecke, jedes Stück ihres Reviers zu verteidigen und sich gegen jede Kränkung, ob real oder eingebildet, zur Wehr zu setzen. Männern musste man schmeicheln und um den Bart gehen, aber andere Mädchen, Mary Jane ausgenommen, konnte man ungestraft zusammenstauchen. »Pass doch auf, was du da tust!«, keifte sie, augenblicklich angriffslustig. »Was zum Teufel soll das?«

Das Mädchen richtete sich sofort mit von Dampf und Demütigung hochrotem Gesicht auf, wischte sich die Stirn unter ihrem Häubchen ab und sprach zum ersten Mal. »Es tut mir so leid, Miss. Ich bin erst drei Monate hier, und ich muss mich immer noch an diesen Badeofen gewöhnen. Ein komisches Ding ist das.«

»Du hättest mich beinahe gekocht wie ein Huhn.«

Das Mädchen biss sich auf die Lippe und sagte leise zu dem Boden: »Sie werden hier alles finden, was Sie brauchen, Miss. Ich warte, bis Sie fertig sind.«

Annie blieb alleine zurück und bedauerte ihre scharfen Worte sofort. Was hatte sie sich dabei gedacht, dieses kleine Ding so anzuschnauzen? Es tat ihr prompt leid, und ihr drohten schon wieder die Tränen zu kommen. Am liebsten wollte sie das Mädchen um Verzeihung bitten. Sie war nicht immer so hart gewesen. Die Arbeit auf der Straße hatte sie sowohl innerlich als auch äußerlich schmutzig werden lassen. Zeit, das zu ändern.

Hastig schleuderte sie ihre nassen Stiefel weg und streifte ihr fleckiges Kleid ab; sie konnte es kaum erwarten, sich davon zu befreien. Könnte sie doch ihren hässlichen Charakter ebenso leicht ablegen. Da sie nicht wusste, was sie mit ihren alten Kleidern machen sollte, beförderte sie den verschmutzten kleinen Stapel mit einem Tritt unter einen Stuhl. Mieder und Hosen behielt sie an, als sie in das Wasser stieg, auf dem lila Lavendelblüten schwammen. Bislang hatte sie sich nur an der eiskalten Straßenpumpe in Bethnal Green gewaschen oder samstags in der St. Jude's Street vor dem Feuer ein Bad genommen, wo das Wasser, wenn nach elf Kindern endlich Annie an die Reihe kam, fast genauso kalt gewesen war. In ihren Unterkünften mit Mary Jane hatte es nie mehr als einen Waschtisch oder, wenn sie Glück hatten, einen uralten Badeofen gegeben, und sie mussten sich Stück für Stück waschen. Ganz ins Wasser tauchen konnten sie nie; nie, dachte Annie erschauernd, bis zum Ende in der Themse.

Sie saß in der Wanne. Ihre schmutzige Unterwäsche saugte sich voll, denn trotz allem, was sie im Laufe der Jahre mit den Bastarden getan hatte, hielt sie es auf irgendeine wirre Art immer noch für unschicklich, nackt zu baden. Plötzlich angewidert streifte sie die nassen Sachen mühsam ab und warf sie auf die Korkmatte vor der Wanne.

Dann lehnte sie sich in der übervollen Wanne zurück und kostete die nach Lavendel duftende Wärme aus. Ihr Haar floss um sie herum, Lavendelblüten verfingen sich darin, und sie dachte an die Mädchen mit den langen roten Haaren in der Royal Academy, die Blumen in den Händen gedreht hatten, während sie aus ihren vergoldeten Rahmen auf sie hinunterblickten. Sie ließ das Wasser in ihren Mund dringen, bis sie an Mary Janes Ende dachte und es wie die Fontäne eines Springbrunnens wieder ausspie. Sie zog die Luft dem Wasser vor. Sie würde weiterleben.

Genau wie die Mädchen auf den Gemälden nahm sie eine Pose ein. »Ich bin die Königin von Saba«, teilte sie dem Lüster über ihrem Kopf mit. »Ja!« Und die Kristalle schwangen zur Antwort leicht hin und her. Ihre Hände wanderten zu ihrem Bauch: eine kleine Rundung unter ihrer Berührung, weich und nachgiebig wie aufgehender Brotteig, obgleich sie so dünn war. Ihre Brüste spannten ebenfalls, waren empfindlich und von schwachen blauen Adern durchzogen – Bauch und Brüste bereits von dem Baby erfüllt. »Nicht heute Abend«, sagte sie laut. »Ich werde morgen über dich nachdenken.«

Sie rieb sich den Lavendel in die Haare, spürte, wie sich Fett und Schmutz auflösten, dann setzte sie sich auf, so dass Wasser aus ihrem Haar und von ihrem Gesicht herabrann. Sie kramte auf dem kleinen Marmorregal neben der Wanne herum, wo Kästchen mit Einlegearbeiten aufgereiht waren. Hier gab es verschiedene Sorten Seife, Kästen mit Stärke, Beutel mit Kleie, Parfüms, Pasten und Natriumkarbonat. Stirnrunzelnd musterte sie alles. Es konnte doch sicher keine *Mrs.* Maybrick Gill geben, sonst hätte Francis sie nicht hierhergebracht. Trotzdem fand sich hier alles, was eine Lady benötigte. Vielleicht hatte er eine Schwester. Oder vielleicht – der Gedanke reizte sie zum Lachen – war er vom anderen Ufer. »Nur glaube ich das nicht«, sagte sie zu dem Natriumkarbonat. Diese Neigung hatte sie im Lauf der Jahre zu wittern gelernt; für Mary Jane und sie waren Männer, die Männer bevorzugten, eine Zeitverschwendung und anstrengend dazu, und so hatten sie gelernt, sie zu erkennen und zu meiden.

Sie fuhr fort, jede Creme, Paste und Salbe zu benutzen, die sie finden konnte, bis sie sauber und eingeölt war und wie ein Apothekerladen roch. Erst dann stieg sie aus der Wanne und hüllte sich in die dampfenden Tücher aus dem Wäschekasten. Das Badewasser war so grau wie die Themse, in der die welken Lavendelblüten wie Treibgut schwammen. Sie schämte sich für den ganzen Schmutz, also zog sie den Stöpsel, bevor das Dienstmädchen es sehen konnte, und schlüpfte in den Schlafrock. Nachdem sie mit dem Ärmel über den Spiegel gewischt hatte, betrachtete sie sich – nur Augen und Wangenknochen und wasserdunkles Haar. Sie sah aus wie eine Leiche. Erschrocken pustete sie auf das Glas, damit es wieder beschlug und ihr Bild verdeckte.

Vor der Tür wartete das Mädchen, sie war verlegen und konnte ihr nicht in die Augen sehen. Sie führte Annie durch einen grottenähnlichen Flur, dessen in einem satten Zinnoberrot gestrichenen Wände mit Bildern in goldenen Rahmen, die religiöse und Landschaftsszenen zeigten, sowie kleinen Spiegeln geschmückt waren. Eine schöne Standuhr tickte laut, aber als Annie sie näher betrachtete, sah sie keine Zahlen, sondern Tierkreiszeichen, die einen Reel um eine Sonne in der Mitte tanzten. Minnie öffnete eine Tür und trat zurück, und Annie schritt an ihr vorbei in das Zimmer.

Ein Schlafzimmer wie dieses hatte sie noch nie gesehen – die Wände waren goldgelb und gaben ihr das Gefühl, als wäre sie auf Feengröße geschrumpft und in den Dotter eines Eis geraten. Auf dem Bett lag eine Decke aus schwerer türkisfarbener Seide, und an jeder Lampe hingen Fransen oder an Tau erinnernde Kristalltröpfchen. Francis' Haus war eines, in dem die Farbe lebte, dachte Annie – Farben, von denen man nie geglaubt hätte, sie könnten Freunde oder auch nur Nachbarn sein, existierten hier alle zusammen in trauter Einigkeit.

Minnie stand an der Tür, die Hand am Knauf, als suche sie Sicherheit. »Miss«, sagte sie. »Das eben tut mir leid. Bitte sagen Sie es nicht dem Herrn. Wenn Sie Ihre Stiefel draußen vor die Tür stellen, werde ich sie bis morgen früh für Sie putzen.«

Annie ging zu ihr und griff nach der feuchten Hand des Mädchens. »Die Wahrheit lautet«, erwiderte sie sanft, »dass ich es nicht wert bin, *dir* die Stiefel zu putzen.«

Minnie hätte fast gelächelt, fast genickt, zog dann aber ihre Hand und sich selbst zurück.

Mit einem Mal zu Tode erschöpft trat Annie an das Bett. Unter der Bettdecke zeichnete sich eine Beule ab. Als sie die Hand darauflegte, spürte sie die wundervolle Wärme einer Wärmepfanne. Über der Beule lag ein sauberes Leinennachthemd mit von dem Kupfer gewärmten Fasern. Sie hatte sonst immer in ihrem Mieder und Unterrock geschlafen, aber sie brachte es nicht über sich, fleckige und verkrustete Kleidungsstücke über ihren gerade sauberen Körper zu ziehen. Also musste sie wohl in diesem Nachthemd schlafen. Es fühlte sich herrlich bequem an, als es über ihren Körper glitt, und duftete nach Lavendel. Bevor sie in Hoffnung gekommen war, hätte es ihr gepasst, aber jetzt waren ihre Brüste voll und empfindlich und standen wie Kugeln vor, so dass sich die Schnüre darüber spannten. Sie drückte das lange Seil ihres Haares in dem Baumwolltuch aus, das neben dem Waschtisch lag, und flocht es, feucht wie es war, über ihrer Schulter zu einem Zopf. Dann nahm sie die Wärmpfanne aus dem Bett, stellte sie auf den Boden und schob sich zwischen die Leinenlaken. Sie wollte nicht im Dunkeln sein, nicht heute Nacht, daher ließ sie die Lampe brennen.

Sie schlief schon fast, als es leise an die Tür klopfte.

»Ja?«, rief sie, plötzlich hellwach, und wusste nicht, was sie sagen sollte. Privatsphäre zu haben war neu für sie. Sie rechnete mit der verhuschten kleinen Maus von einem Dienstmädchen und hoffte, weitere Wiedergutmachung leisten zu können, aber es war Francis persönlich, der einen glasierten Possetkrug in Händen hielt und eine Serviette über der Schulter trug.

»Darf ich?« Er stand auf der Schwelle wie ein Bräutigam, und sie winkte ihn mit einem leichten Lächeln herein. Er zog sich einen Stuhl neben das Bett und wandte den Blick von den Falten der Decke ab, die den Teil ihres Busens, den der Spitzenrand des Nachthemds freigab, nicht ganz verdeckte. »Trinken Sie das ganz aus«, sagte er, »aber langsam. Zuerst mit kleinen Schlucken.«

Annie nahm ihm den Krug ab, schob die Daumen durch beide Henkel und hob die Tülle an die Lippen. Das Getränk war warm und süß, sie konnte die heiße Milch, den Muskat und den Wein schmecken und noch etwas anderes, ein berauschendes Gewürz, das sie nicht einordnen konnte. Die cremige Mischung floss direkt in ihre Eingeweide und wärmte sie von innen.

»Gut?«, fragte er.

Sie nickte immer noch trinkend.

»Es ist ein Rezept von meiner Mutter.« Er betrachtete sie voller Zuneigung. »Ich möchte, dass Sie gut schlafen und Ihre Sorgen vergessen. Morgen früh werden wir über Ihre Zukunft sprechen.«

»Und die des Babys«, fügte sie hinzu.

Er senkte den Blick. »Ja, natürlich, über ... diese Angelegenheit auch.«

Schnell leerte sie das Gefäß. Es war immer noch warm, als er es ihr aus den Händen nahm. Von Posset und Dankbarkeit erfüllt blickte sie zu ihm auf. Er war ein guter Mann, und Gott wusste, dass ihr in ihrem Leben noch nicht viele davon begegnet waren.

Sie schlug die Decken zurück und stützte sich mit dem Geschick langer Erfahrung auf den Ellbogen. Sie wusste, wie sie sich über die Lippen lecken, große Augen machen und ihre Titten nach vorne schieben musste, damit ein Mann hart wurde. Eine ihrer vollen Brüste presste sich gegen die Schnüre des Nachthemds. Sein Mund öffnete sich ein wenig, seine Augen flammten auf, und er streckte eine Hand aus. Es funktionierte. Sie war ihm dankbar, so dankbar, dass sie ihn in das Bett locken wollte, damit sie ihm ihre Dankbarkeit auf die einzige Weise beweisen konnte, die sie kannte. Aber er griff nur nach der Decke und zog sie über ihren Körper.

»Gute Nacht, Annie«, sagte er sanft und verließ geräuschlos das Zimmer.

DRITTES KAPITEL

Fünf Jahre, fünf Monate und siebzehn Tage zuvor.

Vor dem Haus meiner Tante gibt es eine kleine Fläche, die »das Grundstück« genannt wird und von einem Gitter umgeben ist, das wie Eisenstäbe aussieht. Ich halte das Gitter in beiden Händen, spähe zwischen den Stäben hindurch und frage mich, ob es Dad auf dem Gefängnisschiff wohl genauso ergeht. Aber ich kann zum Himmel hochblicken. Er kann das nicht.

Wenn ich hinaufschaue, sind da die Sterne, und ich kann mir vorstellen, ich wäre wieder am Strand von Holkham, wo es Platz gibt und ich atmen kann.

Ein Mann mit Zylinder, Gehrock und Stock kommt vorbei, bleibt stehen und tippt an seinen Hut. »Betrachtest du wieder die Sterne, kleine Miss?«

Er wirkt freundlich und höflich. Er ist in den mittleren Jahren, hat einen ziemlich üppigen Leibesumfang und graue Schläfen und ist ungefähr so alt, wie Dad jetzt wäre.
»Ich mag die Sterne«, sage ich schüchtern.

Er lächelt mich an. »Ich auch, und das ist kein Wunder. Mein Name ist Starcross. Wie du siehst, sind die Sterne mein Schicksal.«

»Ich freue mich, Sie kennenzulernen, Mr. Starcross«, sage ich, so wie wir es zu Hause machen. »Ich bin Mary Jane.«

Er kann mir nicht die Hand geben, weil ich in meinem kleinen Gittergefängnis bin. Aber er tut etwas Lustiges: Er schiebt seinen Stock zwischen den Eisenstäben hindurch, und ich ergreife die silberne Spitze. Wir lachen beide.

»Du bist nicht aus London, glaube ich, Mary Jane.«

Ich schüttele den Kopf. »Norfolk«, erwidere ich.

»Was für eine Fügung«, sagt er. »Einer meiner Lieblingsorte. Kennst du Hunstanton?«

»Und ob«, antworte ich entzückt. »Das ist nur ein kleines Stück die Küste hinunter von Holkham entfernt, meiner Heimat.«

»Ich habe dort als Junge viele glückliche Tage verbracht, bin im Meer herumgetollt.« Der Gentleman mittleren Alters lächelt wehmütig.

Ich schlucke hart. In meiner Kehle scheint etwas zu stecken. »Ich vermisse das Wasser«, sage ich.

»Dann kannst du dich sehr glücklich schätzen. Direkt hinter diesen Häusern gibt es einen Fluss, einen großen Fluss.« Er zeigt mit seinem Stock in die Richtung. »Dort liegt die alte Mutter Themse. Ich würde mich freuen, mit dir zum Ufer zu gehen; wir wären dort und wieder zurück, wenn die Glocke eine Viertelstunde schlägt.«

Ich sehe ihn an. Er erinnert mich an Dad. Ich öffne das kleine Tor, zwänge mich hindurch und nehme den Arm, den er mir anbietet.

Als Annie erwachte, flutete die Wintersonne durch die Fensterläden, und das Laken unter ihr war nass und klebrig.

Vor Entsetzen hellwach setzte sie sich auf, und das warme Blut quoll zwischen ihren Beinen hervor. Als sie die Decke zurückstieß und das klebrige Nachthemd von ihrer Leistengegend zog, besudelte ein leuchtend rotes V das Weiß.

Von heftigen Krämpfen geschüttelt, sprang sie aus dem Bett und humpelte mit zusammengepressten Knien zum Waschtisch. Dort fand sie ein Tuch, stopfte es zwischen ihre Schenkel, streifte das Nachthemd ab und benutzte es, um ihre Beine abzuwischen. Dann zog sie den Schlafrock von letzter Nacht an – Gott sei Dank rot – und setzte sich zitternd auf das Bett, um die Bescherung zu betrachten.

Sie dachte in diesem Moment überhaupt nicht an das Baby oder daran, was das Blut bedeuten könnte. Allein die Schwierigkeiten, in denen sie steckte, beherrschten ihre Gedanken. Wie viel hatte dieses Nachthemd gekostet oder diese Laken? Francis würde ihr die Konstabler auf den Hals hetzen. Sie stand auf, zog das Bett ab, goss Wasser aus dem Krug in die Waschschüssel und begann das die Augen beleidigende Leinen einzuweichen. Das Blut färbte nur das Wasser rot und hinterließ auf dem Rest des Lakens Flecken. Sie schrubbte verzweifelt, dabei fühlte sie sich äußerst merkwürdig, ihr Blickfeld veränderte sich, ihre Knie gaben unter ihr nach und spannten sich dann wieder an. Als sie sich bewegte, konnte sie mehr Blut in das Tuch zwischen ihren Beinen fließen spüren.

Schuldbewusst schrak sie zusammen, als es an der Tür

klopfte. Minnie kam herein. »Miss, ich soll Ihnen ausrichten ...« Ihre Augen weiteten sich beim Anblick des Blutes. »Jesus, erbarme dich!«

Annie presste die Hände auf ihren Bauch. »Mein Baby«, stöhnte sie. »Hilf meinem Baby.«

Minnie schlug die kleinen Hände vor den Mund, und diese Geste war das Letzte, was Annie sah, bevor sie bewusstlos zu Boden sank.

Als sie erwachte, lag sie immer noch in dem eidottergelben Raum, auf sauberen Laken und in einem frisch bezogenen Bett. Francis saß auf einem Stuhl neben dem Kopfende und hielt eine ihrer Hände in seinen.

»Die Laken«, formte sie fast lautlos mit den Lippen.

Er winkte ab. »Unwichtig.«

»Das Nachthemd.«

Er lächelte. »Noch unwichtiger.« Dann erstarb sein Lächeln. »Der Arzt ist gekommen und wieder gegangen. Sie haben das Baby verloren, Annie.«

Das Baby verloren. Gekommen und gegangen, wie der Arzt. Sie schluckte, als müsste sie die Nachricht verdauen. Sie wusste nicht, wie sie sich geben, wie sie sich jetzt verhalten sollte. Da war eine große Portion Erleichterung, gepaart mit einem winzigen, hauchdünnen Anflug von Kummer.

Sie hatte nie ein Kind gewollt, nicht ein einziges Mal. Seit sie alt genug war, das Blut und die Schreie zu ertragen, hatte sie ihrer Ma jedes Jahr in dem Haus in der St. Jude's Street helfen müssen. Ihr stundenlang die Hand gehalten, bis die Knochen knackten, und Wasser und Leinentücher für Peg ein Stück weiter die Straße hoch holen müssen, die

Hebamme von Bethnal Green. Sie hatte ein halbes Dutzend Mal genug von Geburten gesehen, genug *gehört*, und dabei waren die Kinder, die gestorben waren, noch gar nicht mitgezählt. Sie hatten ihre Mutter gebrochen, diese Babys. Ihren Körper und ihren Geist gebrochen, jedes einzelne hatte tiefere Falten in ihr Gesicht gegraben und sie buchstäblich ausgesaugt, als würde es zusammen mit ihrer Milch auch ihre Lebenskraft aus den Brustwarzen saugen, bis sie so traurig, schlaff und flach war wie ihre Brüste. Und wofür? Nicht um einen Premierminister oder einen Forscher großzuziehen, sondern eine Abfolge kreischender, rotznasiger Ärgernisse – Jungen, die in die Fabriken, und Mädchen, die in den oberen Raum des Old George wanderten. Annie hatte bis jetzt nicht den Wunsch nach einem Kind gehabt, nie etwas für ein Baby empfunden, bis es als roter Strom aus ihr heraus auf teure Laken geflossen war.

Sie wusste nicht, wer ihr das Kind in den Bauch gepflanzt hatte; es konnte jeder der Bastarde gewesen sein. Sie dachte nicht an den Vater oder hing Fantasien darüber nach, eine Familie zu haben, aber sie dachte an das Kind. Und wenn sie das tat, dann nahm der Kummer zu, schwoll an und verdrängte das Gefühl der Erleichterung. Dieses Kind eines jeden und keines Vaters. Jetzt, wo er ein Geist war, stellte sie ihn sich vor, einen Jungen von vier oder fünf in einer kleinen Norfolkjacke, eine Kappe auf seinem blonden oder braunen oder schwarzen Haar, der einen Reifen die St. Jude's Street hinuntertrieb. Der Reifen rollte vor ihm weg, rollte und rollte die Straße hinunter, und er lief hinterher, bis der Reifen verschwunden war und der Junge ebenfalls. Gekommen und gegangen wie der Arzt.

»Der Doktor sagt, Sie werden wieder gesund«, sagte Francis sanft. »Sie sind jung und stark und können eines Tages ein Kind bekommen. Manchmal nimmt die Natur ihren Lauf.«

Sie wusste nicht, wie viele Tage sie teilnahmslos und kaum bei Bewusstsein im Bett lag. Sie registrierte, dass Francis hereinkam und ging und Schüsseln und Bücher brachte. Während dieser Zeit sah sie kein einziges Mal einen Dienstboten; es schien, als wäre Minnie gleichfalls verschwunden. Francis übernahm ihre Pflege ganz allein – er war Arzt, Hebamme, Krankenschwester und Gefährte in einer Person.

Nachts pflegte er ihr aus einem Buch vorzulesen. Weder wusste sie, um welches Buch es sich handelte, noch dachte sie daran, zu fragen, aber in ihrem Delirium schien es die Geschichte ihres eigenen Lebens zu sein, eines Mädchens, das auf Gedeih und Verderb den Bastarden ausgeliefert war, und eines guten Mannes, der versuchte, sie vor dem Untergang zu bewahren.

»Ihre Freude an den kleinsten Dingen war die eines Kindes. Es gab Tage, da rannte sie im Garten wie eine Zehnjährige einem Schmetterling oder einer Libelle hinterher. Diese Kurtisane, die mehr Geld an Blumenbuketts gekostet hatte, als eine ganze Familie brauchte, um komfortabel leben zu können, saß manchmal eine Stunde lang im Gras und betrachtete die schlichte Blume, deren Namen sie trug.«

Sie lauschte Francis' leiser, kultivierter Stimme, war sich sicher, dass er von ihr sprach. Die Vorstellung, dass sie keine Frau war, die ein Kind verloren hatte, sondern selbst noch ein Kind, das Kind, das sie nie hatte sein dürfen, war so tröstlich, dass Annie sich komplett in sie zurückzog. Sie war nie verhätschelt oder umsorgt worden; wenn man in der St. Jude's Street krank war, legte man sich in das einzige Bett im Haus, musste dann aber selbst sehen, wie man zurechtkam. Ma war zu beschäftigt, um einen mit dem Löffel zu füttern, und außerdem war die Wahrscheinlichkeit groß, dass sie ein Dutzend ihrer Geschwister anstecken würde. Aber hier in der Gower Street brachte Francis ihr persönlich Suppe und Porridge, und jetzt erschien es ihr nicht mehr eigenartig, dass er sie eigenhändig fütterte. Denn er war auch in die Rolle eines Elternteils geschlüpft; sie war sein Kind, und es kam ihr schändlich und pervers vor, dass sie ihn an ihrem ersten Abend in just diesem Bett hatte verführen wollen. Sie war schwach vor Dankbarkeit und etwas, was an Liebe grenzte, aber sie empfand kein Verlangen, jetzt noch nicht. Sie war vollständig von ihm abhängig, lauschte gieriger auf seine Schritte auf der Treppe und das Kratzen und Drehen des Türknaufs, als sie je auf das Nahen ihrer Mutter gewartet hatte.

In den Stunden, da er nicht bei ihr war, weil er malte, wie sie annahm, fürchtete sie sich immer, denn dann wurde sie von Geistern heimgesucht. Mary Jane kam mit ihrem austernfarbenen Gesicht und dem wasserdunklen Haar, klopfte mitleiderregend an die Fensterscheibe, ihre Stimme flehte sie an, ihre Augen waren hohl und tot. Annie wandte den Blick vom Fenster ab, nur um den kleinen Jungen in der Norfolkjacke auf dem Bett sitzen zu sehen, so real, dass sie fast spüren konnte, wie die Matratze unter seinem Gewicht nachgab. Vorwurfsvoll schaute er sie mit haselnussbraunen Augen an, die ihren eigenen so ähnlich waren, und beschuldigte sie, ihn nicht gewollt zu haben. In diesen Momenten, unter dem Blick dieser anklagenden Augen, schloss sie ihre eigenen, nur um von furchtbaren Träumen von waberndem Nebel und eisigem Wasser und einem anderen Schicksal auf der Seufzerbrücke gepeinigt zu werden, in dem sie nach vorne kippte und fiel. Dann pflegte sie mit einem Ruck und dem sehnlichen Wunsch nach Francis' Rückkehr aufzuwachen. Ihre Abhängigkeit von ihm ging so weit, dass sie ihn als ihren Talisman betrachtete, er beschützte sie nicht nur körperlich, sondern auch geistig. Die Schatten, die sie besuchten, teilten ihren Äther nicht mit dem Maler; seine bloße Gegenwart hielt sie fern.

Als ihr Gesundheitszustand sich besserte, lernte sie, nicht zum Fenster oder auf die Bettdecke zu blicken, wenn sie allein war, sondern sich auf ein bestimmtes Prisma zu konzentrieren, das mit seinen Brüdern und Schwestern am Fuß der Nachttischlampe hing. In den Mittagsstunden fiel die Sonne auf eine Weise darauf, dass das Licht sich in einen Regenbogen auf der goldenen Tapete verwandelte, einen Regenbogen aus all den Farben, die in diesem Raum und diesem Haus lebten. Sie sah zu, wie er Zoll für Zoll über die Wand kroch, bis er sich bei Sonnenuntergang ganz zurückzog. Dann schlug das Wetter um, wie es in London immer der Fall war. Es folgte eine Reihe trüber Tage. Annie vermisste den Regenbogen, und obwohl die Geister nicht mehr zu ihr kamen, versank sie in Düsternis.

Doch eines Tages schien die Sonne wieder, der Regenbogen kehrte zurück, sie konnte sich plötzlich aufsetzen. Da bot Francis Maybrick Gill ihr Arbeit an.

VIERTES KAPITEL

Fünf Jahre, fünf Monate und zehn Tage zuvor.

Mr. Starcross und ich sind jetzt eine Woche lang miteinander spazieren gegangen, und meine Tante hat nicht die geringste Ahnung davon.

Jeden Tag gehen wir ein bisschen weiter, und wir sprechen über Norfolk und die Orte, die wir beide kennen, und über London und die Plätze, die nur er kennt. Wir haben in Battersea die Themse gesehen und den Gemeindepark in Clapham und die schnaufenden Züge in der Victoria Station. London bei Nacht kenne ich sehr gut, und beim Frühstück bin ich müde und hohläugig, aber meine Tante kann nicht ahnen, weshalb. Ihr müsst mich nicht für dumm halten. Ich weiß, dass ich Mr. Starcross vertrauen kann, denn als er mich in der ersten Nacht zum Fluss geführt hat, hat er mich wie versprochen direkt wieder zurückgebracht.

Heute Nacht verhält es sich jedoch anders. Wir sind weiter gegangen als je zuvor, und da ich ein Mädchen vom Land bin, kann ich anhand des Standes des Mondes ablesen, wie spät es ist. »Mr. Starcross«, unterbreche ich seinen Bericht von einem Sommer in Cromer, »ich glaube, wir müssen zurückgehen.«

Er zieht seine Taschenuhr aus seiner Weste. »Grundgütiger«, *sagt er.* »Du hast recht. Ich hatte gehofft, dir die Gärten von Vauxhall zeigen zu können, aber wir haben länger gebraucht, als ich gedacht habe. Hier, was hältst du davon? Ich habe eine Bekannte, die in der Nähe wohnt – eine sehr achtbare ältere Dame. Lass uns dort vorbeischauen und sie einen Hansom rufen lassen. Bist du schon einmal in einem gefahren?«

Ich schüttelte den Kopf. »Nein.« *Ich habe meine Zweifel. Zwar habe ich die schnellen kleinen Kutschen überall in London gesehen, erinnere mich aber daran, was der Pfarrer von Holkham zum Reisen in einer Kutsche in Begleitung eines Mannes gesagt hat.*

Aber Mr. Starcross führt mich bereits eine kleine Seitenstraße hinunter – »Silverstone Road« *steht auf einem Schild.* »Ein Hansom wird dich im Handumdrehen zurückbringen«, *beruhigt er mich.* »Wir erleben ein Abenteuer, Mary Jane.«

»Ein Modell?«

»Ja«, bestätigte Francis. »Ich möchte, dass Sie mir sitzen. Ich werde Sie natürlich dafür bezahlen.«

Annie strich eine Haarlocke zurück, die ihr über die Augen gefallen war. »Warum ich?«

Francis beugte sich mit ernster Miene vor. »Ich möchte Sie retten. Ich möchte, dass Sie einer einträglichen Tätigkeit nachgehen. Ich möchte Ihnen zu einem gewissen Aufstieg verhelfen. Natürlich ist mir klar, dass manche Leute die Arbeit als Malermodell nicht für einen respektablen Beruf halten, aber verglichen mit Ihrem ... früheren Gewerbe ist es ein Schritt in die richtige Richtung.«

Annie schob die Hände unter ihr Gesäß und setzte sich gerade hin. Sie hatte gedacht, für nichts anderes zu taugen als für die Prostitution, und sie hatte gesehen, was aus alten Huren wurde. »Grau geworden«, hatten sie und Mary Jane das mit der Zuversicht der Jugend genannt. *Sal ist grau geworden. Peg ist grau geworden. Hab Lally auf dem* Strand *gesehen – sie ist grau geworden.* Und damit meinten sie nicht nur die Haare, sie meinten alles: die Kleider, die Haut, die Zähne.

War man erst einmal grau geworden, standen einem kaum andere Möglichkeiten offen als die, zu einer der Parkstreicherinnen zu werden; zu einer der heruntergekommenen Kreaturen ohne jegliche Scham, die sich im Winter nach Einbruch der Dunkelheit im Hyde Park oder Green Park herumtrieben, bevor die Tore geschlossen wurden. Dort verfolgten sie die Passanten wie Geister und mieden die goldenen Lichtkreise, die die Gaslaternen auf den Boden warfen, denn sie waren nicht länger anziehend genug, um einen Mann bei Tageslicht zu reizen. Die Männer, die nachts in die Parks kamen, frönten den finstersten Vorlieben, und sie wussten nur zu gut, dass diese armseligen Vetteln für ein paar Schillinge jeder Demütigung zustimmten. Grau und zu einer Parkstreicherin zu werden war für Annie sogar ein schlimmeres Schicksal als das von Mary Jane.

Aber ein Rest Stolz war ihr noch geblieben. Sie hob das Kinn und fixierte Francis mit ihrem Blick. »Also soll ich Ihr Wohltätigkeitsprojekt werden?«

»Nein«, widersprach er todernst. »Es gibt noch einen anderen Grund.«

»Und welchen?«

»Sie sind schön.« Es war eine schlichte, auf Erfahrungswerten basierende Feststellung.

Das hatte sie von den Bastarden schon oft und mit den verschiedensten Worten gehört. *Du bist ein Engel. Du bist umwerfend. Bei deinem Anblick schmerzt mein Schwengel.* Immer vor dem Akt im Bett, danach war es ihnen nicht mehr die Mühe wert. Sie hatte keinen Grund gehabt, ihnen keinen Glauben zu schenken, denn sie brauchten ihr nicht zu schmeicheln, wenn sie sie bezahlten. Sie sagten diese Dinge, um sich selbst besser zu fühlen, nicht um ihretwillen. Männer bildeten sich gerne ein, eine kluge Wahl getroffen, einen vorteilhaften Handel abgeschlossen oder ein gutes Geschäft gemacht zu haben, aber deswegen waren die Worte nicht weniger wahr. Nie hatte sie daran gezweifelt, bis jetzt das Kompliment aus dem Mund dieses gütigen, an ihr nicht interessierten Mannes kam. Unmöglich konnte sie schön sein, nachdem sie Mary Jane und das Baby verloren und so viele Tage im Bett verbracht hatte – die fettige Schicht auf ihrer Haut und die Knoten in ihrer Haarflut waren deutlich zu spüren. Sie hatte weder Bürste und Kamm noch einen Tiegel Rouge zu Gesicht bekommen, seit ihr Vermieter ihr ihre Sachen weggenommen hatte.

Francis unterbrach ihr nachdenkliches Schweigen. »Sie sind, wenn ich das so sagen darf, auf dem Höhepunkt Ihrer Macht. Eine solche Schönheit sollte eingefangen werden, wie sie ist, erhalten und unsterblich gemacht werden.« Er fasste auf gespenstische Weise das in Worte, was sie gerade eben gedacht hatte. Eines Tages würde sie altern. Männer würden sich nicht mehr nach ihr umdrehen, wenn sie vorüberging. Vielleicht wurden alle Frauen grau, sei sie nun eine Wäscherin oder eine Gräfin. Aber wenn Francis sie malte, würde sie ewig leben.

Sie griff nach einem Haarstrang und inspizierte ihn zweifelnd. »Sind Sie sicher? Ich meine, vielleicht war ich vor ein paar Monaten hübsch. Sie haben mich nicht zurechtgemacht gesehen, mit meinem besten Hut und etwas Farbe im Gesicht. Sie hätten Ihren Augen nicht getraut.«

Er lächelte offen. »Ich bin eher froh, dass ich Sie nicht so gesehen habe. Mir gefallen Sie jetzt. Und Sie werden mir noch besser gefallen, wenn mein Mädchen für alles mit Ihnen fertig ist. Sie ist recht geschickt; sie hat meiner eigenen Mutter in Norfolk die Haare gerichtet, also ist sie bezüglich der Toilette eleganter Damen ziemlich auf dem Laufenden.« Nach diesem kleinen Kompliment stand er auf und betätigte die Klingel.

Das Dienstmädchen trat ein, aber es war nicht Minnie. Dieses Mädchen war dünn wie ein Strich, dunkel und fahl, während Minnie hellhaarig und pfirsichhäutig gewesen war.

»Das ist Eve. Eve, begrüße Miss Stride.«

Eve nickte, blieb aber stumm. Francis fuhr fort: »Eve, du wirst heute Nachmittag Miss Stride mit ihrer Toilette und den verschiedenen Cremes und Salben helfen, die Damen für ihre Haut benutzen und die uns Männern ein Rätsel sind.« Er sagte es mit einem Lächeln. »Und was am wichtigsten ist, du wirst sie frisieren. Und dann werde ich mich heute Abend vor dem Dinner an einer Skizze oder zwei versuchen, wenn Sie einverstanden sind.« Der letzte Satz galt Annie, aber sie hörte nicht zu. Sie straffte sich ein wenig und runzelte die Stirn.

»Wo ist Minnie?«

Francis' Augen flackerten. »Danke, Eve«, sagte er.

Das Mädchen nickte und verschwand.

Francis setzte sich wieder neben das Bett, konnte ihr aber nicht in die Augen sehen. »Minnie ist fort.«

»Fort? Wohin?«

»Ich habe ihr eine andere Stellung verschafft. Auf dem Landsitz meines Vaters in Norfolk. Wie ich schon sagte, Eve war die Zofe meiner Mutter. Ich habe ihnen Minnie geschickt und sie mir Eve.«

Landsitz des Vaters. Sie hatte gewusst, dass er zur Oberschicht gehörte; schon allein dieses Badezimmer musste ein hübsches Sümmchen gekostet haben. »Warum?«

Er beugte sich vor und nahm ihre Hand zwischen seine. »Annie. Sie sind... waren eine welterfahrene Frau. Und ich als Bohemien, wie man mich nennen könnte, weiß mich ebenfalls zu verstellen.«

Annie war sich sicher, dass sie in ihrem Leben noch niemanden als Bohemien bezeichnet hatte, da sie nicht recht wusste, was das Wort bedeutete. Er fing ihren Blick auf. »Wir leben beide außerhalb der Regeln der Gesellschaft«, erklärte er, »und sogar außerhalb der Moral. Ihre Tätigkeit hat Sie mit... vulgären und obszönen Dingen in Berührung gebracht. Im Rahmen meiner Arbeit bin ich manchmal ebenfalls Dingen ausgesetzt, die andere Männer für unschicklich halten würden – ich finde meine Modelle überall, auch im Verbrechermilieu. Ich glaube, ich habe Ihnen erzählt, dass ich, bevor ich Ihre verstorbene Freundin malte, wiederholt die klassischen Themen studiert habe. Daher habe ich tausend Akte angefertigt, und ich sage Ihnen, es ist leichter, ein Modell mit dem Versprechen von ein oder zwei Schilling in der Gosse anzuheuern.« Er senkte den Blick. »Aber Minnie, ein Mädchen aus gutem Haus und anständig erzogen ... was sie gesehen hat, das Blut ... die Bedeutung dieses Blutes ... was Sie gesagt haben ...« Er seufzte und sah sie freimütig an. »Sie wusste, dass Sie nicht verheiratet waren. Sie hat sich furchtbar aufgeregt.«

Annie dachte einen Moment darüber nach, wie sie, halb nackt und mit Blut besudelt, auf diese Dienstmagd gewirkt haben musste, die fast noch ein Kind gewesen war. »Ich habe sie schockiert, nicht wahr?«, meinte sie vorsichtig.

»Nein. Ich nehme an, sie hat sich aufgeregt, weil sie Sie mochte.«

»Sie *mochte* mich?«

»Ja.«

Sie war gerührt. Das kleine Dienstmädchen, das sie angeschrien und herabgesetzt hatte, hatte sich Sorgen um sie gemacht. Sie empfand eine Wärme, ein Gefühl von schwesterlicher Zuneigung, wie sie es seit Mary Jane nicht mehr verspürt hatte, gefolgt von einem Stich des Bedauerns darüber, dass Minnie fort war. »Oh.«

»Jetzt, wo Eve bei uns ist, werden wir noch einmal von vorne anfangen.«

Annie ließ sich in die Kissen sinken. »Dann ist das ja der richtige Name für sie.«

»Wie bitte?«

»Eve.« Sie erinnerte sich an die Kupferstiche in der Sonntagsschule. »Die erste Frau auf dieser Erde, nicht?«

Francis sah sie an, als hätte sein Hund zu ihm gesprochen. »Ja. Ja, das war sie. Und wissen Sie, Annie, unter Ihrem... na ja... schlummert ein heller Verstand. Was, wenn...«

Zu ihrer eigenen Überraschung lachte sie. »Himmel, Francis, Sie mögen dieses Gemälde fertiggestellt haben, aber einen Satz zu Ende zu bringen fällt Ihnen weniger leicht.«

Er lachte ebenfalls, nahm ihre Hände, diesmal beide, und sah sie mit leuchtenden Augen an. »Lassen Sie uns ein Eden schaffen. Hier. Sie werden meine Schöpfung sein. Eine Frau wie Sie wird es nie zuvor gegeben haben. Die erste, die ursprüngliche, die *einzige* Frau.«

Ihr war nicht klar, was er damit meinte, aber er sprach, als wäre er Gott, und sie wusste nicht recht, ob das christlich war. Als sie sich bei diesem Gedanken ertappte, lachte sie. Wurde ausgerechnet sie jetzt prüde? Ihre Heiterkeit hatte sie erschöpft, und sie spürte, wie ihr die Augen zufielen.

Er bemerkte es. »Dafür bleibt noch genug Zeit«, sagte er, erhob sich und ging leise zur Tür.

»Francis?«

Er blieb mit dem Rücken zu ihr und der Hand auf dem Türknauf stehen.

»Was war das für ein Buch? Das, aus dem Sie mir vorgelesen haben?«

»Oh, nichts Besonderes.«

Sie schlief schon fast, aber sie musste es wissen. »War es eine Romanze? Eine Liebesgeschichte?«

Sie konnte sein Gesicht nicht sehen, aber in seiner Stimme schwang ein Lächeln mit. »Ja«, erwiderte er. »Eine Liebesgeschichte.«

Dann war er verschwunden, und sie war sich nicht sicher, ob sie selbst oder etwas anderes ihn so amüsiert hatte.

Trotz ihrer Schweigsamkeit und Verdrossenheit führte Eve, das neue Dienstmädchen, eine Verwandlung bei Annie herbei. Sie ließ ihr ein heißes, duftendes Bad in dem herrlichen Badezimmer ein und öffnete die kleinen Kästchen und mit Intarsien verzierten Truhen, um all die Cremes und Salben und Öle für jeden Teil von Annies Körper zu verwenden. Sogar etwas Rosenpaste rieb sie in ihre Lippen, tupfte Rouge auf ihre Wangen und strich ein wenig Palmöl auf ihre Augenlider. Dann, als Annie abgetrocknet und in einen Morgenrock gehüllt war, geleitete Eve sie in das Schlafzimmer zurück, setzte sie vor den dreiteiligen Kristallspiegel und begann, ihre Haare mit Kämmen und Bürsten zu bearbeiten.

Annie hatte sich nie die Haare schneiden lassen. Ihren kleinen Schwestern war regelmäßig der mausbraune Schopf geschoren worden, um zu Haarteilen und Perücken für die feinen Damen verarbeitet zu werden, aber Annie hatte das Erdbeerblond ihrer Mutter geerbt. Mas Haar war dünn und grau geworden, aber Annies Mähne schimmerte in jeder Faser, deshalb hatte sie sie bis zu den Knien wachsen lassen dürfen. Sie hatte sich gefragt, warum ihre Haare verschont worden waren, bis sie dreizehn war und Pa sie in das Old George brachte. Da verstand sie alles.

Als sie angefangen hatte, mit Mary Jane zu arbeiten, hatte ihrer beider Aussehen sich wunderbar ergänzt – Mary Jane eine echte Brünette mit dunklen Brauen, roten Lippen und glatten, schimmernden Haaren und Annie mit ihrer rotblonden, leicht lockigen Flut. »Tag und Nacht« hatte man sie am Haymarket genannt, wenn sie sich mit ihren Gentlemen abwechselten.

Jetzt blickte Annie alleine in den Spiegel, während Eve eine Handvoll heller Flechten packte, sie vom Ende her mit der Bürste mit dem silbernen Rücken striegelte und der Kopfhaut dabei immer näher kam. Die schwache Wintersonne fiel durch das Fenster und fing sich in ihrem Haar, das sie wie ein rotgoldener Umhang einhüllte. Der Morgenmantel war nicht mehr zu sehen – sie war mit Feuer bekleidet. Sie beobachtete ihren eigenen Gesichtsausdruck, während sie versuchte, bei dem Ziepen und Zerren nicht zusammenzuzucken; sie wollte Eve nicht merken lassen, dass die Bürste ihr wehtat. Sie spielte ein Spiel mit sich selbst, tat so, als wäre sie die Königin von Saba und setzte eine heitere Miene auf, damit *sie*, wenn sie sie ansahen, nicht merkten, dass sie keine Königin war, sondern nur ein gewöhnliches Flittchen aus der St. Jude's Street.

Sie ertappte sich dabei, wie sie dies dachte, und wusste, dass *sie* die Männer der Royal Academy mit ihren von Wohlstand zeugenden Gesichtern waren, die über ihre langen Nasen auf sie herabsahen. Jetzt würden sie sie nicht mehr so abschätzig mustern. Ihre Haut glich afrikanischem Elfenbein, ihre Lippen waren voll und rot, die Wangen rosig vor Rouge, ihre haselnussbraunen Augen mit den orangefarbenen Sprenkeln wirkten in diesem Licht so feurig wie ihr Haar. Einer der Bastarde, ein aus Afrika zurückgekehrter Jäger, hatte es auf einem Tigerfell in seinem Salon mit ihr getrieben, einem Raum, an dessen vier Wänden die abgetrennten Köpfe seiner anderen Opfer hingen. Halb hatte sie damit gerechnet, dass er seinen Tropenhelm und seine Stiefel anbehalten würde; das hatte er nicht getan, sie aber auf dem kratzigen Fell wie ein Tier auf allen vieren genommen, während seine Trophäen sie von den Wänden aus beobachteten. »Schau mich nicht an«, sagte er zu ihrem Hinterkopf, als er sich in ihr verausgabte. Danach hatte sie ihre Stiefel angezogen und in die orangefarbenen Glasaugen des Tigerkopfes geblickt. »Jetzt siehst du«, hatte der Jägerbastard gesagt, »warum ich nicht wollte, dass du mich ansiehst. Deine Augen sind wie die des Tigers.«

Nun betrachtete sie sich mit flammenden Augen im Spiegel. Ich schaue hin, wohin ich will, sagte sie zu dem Kopf ihres Spiegelbildes; sie fühlte sich mit ihren Tigeraugen, ihrem Haarmantel und ihrer Zofe plötzlich mächtig. *Einer Zofe.*

»Du stammst aus Norfolk?«, fragte sie Eve.

»Das ist richtig, Mum.« Das Mädchen sprach wie Mary Jane; es war wie ein Schlag in die Rippen.

»Kennst du Holkham?«

»Ja, Mum. Es ist nah bei dem großen Haus.«

»Bei Francis'... Mr. Maybrick Gills... Landsitz?«

»Jawohl.«

»Der ist groß, nicht wahr?«

»Oh, ja, Mum. Es braucht einen Tag, um von einem Ende zum anderen zu laufen, und noch einen, um zum Haus rüberzugehen.«

Annie nickte. »Ich nehme an, seine Ma muss eine große Lady sein. Die, die du frisiert hast.«

»Das weiß ich nicht, Mum. Ich bin ihr nie begegnet.«

Annie im Spiegel runzelte leicht die Stirn; vergaß, dass sie die Königin von Saba war. Sie musste Francis falsch verstanden haben; sie hatte gedacht, dieses Mädchen hätte seiner Ma die Haare gerichtet. Egal. Eve hatte tatsächlich magische Finger, denn sie hatte die Wellen in feurige Flechten verwandelt, die sich bis zu ihren Knien ringelten.

Als sie fertig war, lächelte das mürrische Mädchen angesichts ihres Werkes ein wenig und verstieg sich sogar zu einer Bemerkung: »Sieht großartig aus, Mum, wirklich. Wie Fotos in der Zeitung.«

Annie hob das Kinn ein wenig und versuchte wie Francis zu sprechen. »Ja. Ja, das tut es. Danke, Eve.«

Als sie wieder in ihrem Zimmer war, fand sie auf der türkisfarbenen Bettdecke ein grasgrünes Gewand vor und schlüpfte hinein. Dies war, wie sie annahm, die Uniform für ihre neue Tätigkeit, wie der Kittel einer Magd oder das Hemd einer Fabrikarbeiterin. Sie schloss das Kleid, ein seltsames Stück ohne Korsett oder Form, sondern mit einem viereckigen Ausschnitt, einem losen Wasserfallmieder, engen, an den Handgelenken spitz zulaufenden Ärmeln und einem tiefen V an der Taille. Der lange Rock hatte eine mit wasserhellen Kristallen bestickte Schleppe. Die Kristalle klapperten und raschelten auf den polierten Bodenfliesen, als sie den Gang entlang zu Francis' Atelier ging, einem Raum, den sie noch nie zuvor betreten hatte. Sie klopfte und trat ein.

Das Atelier war geräumig und luftig und vom Sonnenuntergang durchflutet. Das ersterbende Licht fiel durch große kirchenähnliche bogenförmige Fenster, die mit Bleiglas mit Lilienmuster verglast waren. Die Rahmen waren weiß, das Licht golden, aber der Raum selbst war vom Boden bis zur Decke in einem lebhaften Grün tapeziert, satt und üppig wie der Garten Eden und mit zierlichen goldenen Kränzen aus winzigen Blättern verziert.

Sie hatte eine solche Tapete schon einmal gesehen – die Farbe hieß Scheeles Grün, ein Name, den sie nie vergessen würde. Ein Bastard, der sie im Ten Bells aufgegabelt hatte, hatte sie in sein schickes Haus mitgenommen. Er war ein Kaufmann, kein Gentleman. Die Kaufleute konnte sie geradezu am Geruch erkennen, und sie konnte auch riechen, dass er einst arm gewesen war. Er führte sie in seinen Salon, wo es ihm anscheinend ebenso viel Vergnügen bereitete, ihr zu erzählen, was alles dort kostete, wie das, was er mit ihr tat. Während des Aktes prahlte er damit, dass die scheelesgrüne Tapete mehr pro Yard kostete als sie selbst. Diese Bemerkung brannte sich in ihr Gedächtnis, und sie erinnerte sich, wie sie nach Hause zum Haymarket zurückgegangen war und nicht einmal die Münzen in ihrer Tasche sie über den Umstand hinwegtrösten konnten, dass sie weniger wert war als Papier.

Heute fühlte sie sich nicht so gedemütigt. In diesem Kleid passte sie hierher, in dieses kostbare prachtvolle Zimmer mit der teuren Tapete und den Kirchenfenstern. Sie war so sehr damit beschäftigt, das alles in sich aufzunehmen, dass sie erst nach ein paar Momenten des Staunens ob all dieser Wunder bemerkte, dass Francis schon im

Raum war. Er stand, von seinen Farben und Töpfen und Gerätschaften umgeben, einen großen arabischen Teppich unter den Füßen, vor einer Staffelei, zwanglos in Hosen, Stiefel, Hemd und Weste gekleidet. Sein Hemd stand am Hals offen und zeigte Büschel lockigen dunklen Haars und seinen im Licht golden schimmernden Kehlkopf. Wie üblich lächelte er und wirkte bei ihrer Begrüßung sehr jung und sehr anziehend und sehr eifrig. Sie erwiderte das Lächeln, mochte ihn in diesem Moment sehr. Sie war jetzt jemand anderes, hatte Annie Stride abgestreift und war verschönt und geschmückt worden. Jetzt war sie mehr wert als die Tapete, und das verdankte sie alles ihm.

Er kam zu ihr und streckte eine Hand aus, als wollte er ihre Wange umfassen, aber er berührte sie nicht. »Perfektion.« Es klang wie ein Gebet. »Ich wusste, dass Sie schön sind. Ihre Haare! Und Ihre Augen...« Er hob eine Hand zu ihnen. »Meine Mutter besitzt einen Topasring. Ihre Augen sehen genauso aus.«

Sie zog den Topas dem Tiger vor, wäre lieber der Ring einer Lady als die Trophäe eines Bastards. Francis ließ seine Hand sinken, um ihre zu nehmen und sie vorwärtszuführen. Da sie an so lange Röcke nicht gewöhnt war, hob sie sie an, um zu sehen, wo sie hintrat – und schrie dann leise auf und sprang entsetzt zurück. Auf dem Teppich lag eine Schlange, die diamantenen Schuppen auf ihrem Rücken spiegelten das Muster wider. Es war eine grüne Viper, der Jägerbastard hatte eine in seinem Salon gehabt, nur befand sich seine in einem Schaukasten, hinter Glas und Gras und irgendeinem Ammenmärchen verborgen, dass er sie eigenhändig erwürgt hätte.

»Sie tut Ihnen nichts mehr.« Francis lächelte erneut. »Sie ist lange tot.«

Sie schielte zu der Schlange und sah, dass er die Wahrheit sagte – sie war nicht realer, als es die Schlange in dem Glaskasten gewesen war. Doch war sie so kunstvoll ausgestopft, dass sie sich zu einem S ringelte, wie sie es wahrscheinlich im Leben getan hatte, wenn sie sich durch das Gras einer fernen Savanne wand.

Sorgfältig machte Annie einen Bogen um die Schlange, und Francis setzte sie auf einen bestickten Klavierhocker in der Mitte des Teppichs. Höflich fragte er: »Darf ich?«, bevor er ihre Röcke um sie herum bauschte und ihr Haar nach vorne über ihre Schultern zog. Dann reichte er ihr einen perfekten Apfel, rund und glänzend wie ein kleiner Planet. Er war so grün wie das Kleid, so grün wie die Schlange. »Ich möchte, dass Sie den in der Hand halten«, sagte er, »fast so, als würde er aus Ihren Haaren auftauchen. Ihr Arm sollte von Ihren Locken verborgen bleiben. Perfekt. Stellen Sie den Fuß auf die Schlange – nein, den anderen Fuß.« Annie setzte den Fuß gehorsam auf das mumifizierte Reptil. Insgeheim rechnete sie damit, dass es sich kalt und schleimig anfühlen würde, aber weder das eine noch das andere war der Fall. »Und jetzt schauen Sie zum Fenster.« Sie drehte sich um, ihre Haut wurde warm, als würde sie erröten, und gegen ihren Willen traten ihr Tränen in die Augen. »Ah, ja«, sagte er. »Können Sie es spüren? Wenn Sie die Wärme auf Ihrem Gesicht fühlen und so geblendet sind, dass Sie kaum etwas sehen, dann haben Sie das Licht gefunden. Manche Mädchen brauchen Jahre dafür, aber Sie haben den Instinkt, wie eine Sonnenblume.«

Er stellte sich mit einem Stift in der Hand hinter die Leinwand, beschrieb ein paar geschwungene Kreise, hielt dann inne, trat einen Schritt zurück und betrachtete sie. »Ein Modell muss auch eine Schauspielerin sein. Ich möchte in Ihren Augen lesen, wie sehr Sie diesen Apfel wollen. Haben Sie jemals etwas unbedingt gewollt, Annie? Etwas, was Sie nicht haben konnten?«

In ihrem kurzen Leben hatte es davon so viele Dinge gegeben, aber was ihr lächerlicherweise in den Sinn kam, war eine Fleischpastete. An einem bitterkalten Weihnachten war sie im Clare Market gewesen und hatte dort mit ihren Brüdern und Schwestern gebettelt, und ein Pastetenverkäufer war mit seinem Tablett hinter ihnen hergegangen. Ein himmlischer Duft nach buttriger Pastete und würzigem Fleischsaft war ihr in die Nase gestiegen, so dass sich ihr Magen vor Hunger zusammenkrampfte. Jede Pastete kostete einen Penny, und eine thronte ganz oben auf dem Stapel und rief ihr etwas zu. Sie hatte keinen Penny; sie hätte sich die Pastete schnappen und rennen können, aber sie hatte zu große Angst. Ihr Pa hatte ihr immer wieder eingeschärft, dass sie vor dem Schnabel enden würde, wenn sie beim Stehlen erwischt würde – er hatte es so klingen lassen, als wäre es ein größeres Verbrechen, erwischt zu werden als zu stehlen. Jahre hatte sie gebraucht, um zu begreifen, dass der Schnabel ein Richter war. Sie hatte sich immer einen großen herabstoßenden Geier vorgestellt, der ihre Leber und Eingeweide herausriss. Also war sie vor dem Pastetenverkäufer davongelaufen, zurück in die St. Jude's Street, und hatte die winzige Portion dünnen Haferschleim gegessen, die ihre Ma zubereitet hatte. Danach war sie mit immer noch vor Hunger schmerzendem Magen schlafen gegangen und hatte von der Pastete geträumt.

»Ja«, sagte sie zu Francis. »Ich habe einmal etwas unbedingt haben wollen.« Aber sie erzählte ihm nichts von der Fleischpastete. Wahrscheinlich wäre das für Francis nicht poetisch genug.

»Zeigen Sie es mir.«

Sie sah den Apfel in ihrer Hand so an wie einst die Pastete, und Francis lobte: »Perfekt«, griff wieder nach dem Stift und arbeitete mit raschen, breiten Strichen. Beim Zeichnen redete er, und seine Augen wanderten ständig zu ihr. Sie war an Männerblicke gewöhnt, aber so war sie noch nie betrachtet worden, auf eine so leidenschaftslose Weise, als wäre sie ein Gegenstand.

»Keine Angst«, meinte er, »wir werden heute aus zwei Gründen nicht lange arbeiten. Erstens ist das Licht im Winter nur kurze Zeit ideal, und zweitens werden Sie als Neuling schnell müde werden. Modell zu sitzen ist anstrengend, fürchte ich, auch wenn es so einfach aussieht.«

Er behielt recht. Schon nach kurzer Zeit begann sie zu ermüden; ihr Hals und ihr Rücken schmerzten wegen der Art, wie sie ihren Körper verdrehte, und die Hand, die den Apfel hielt, fing fast unmerklich an zu zittern. Sie biss die Zähne zusammen und schwieg. Sie wollte ihre Würde bewahren wie die Königin von Saba oder wen auch immer die Lady in dem grünen Kleid verkörpern sollte.

Gerade als sie fürchtete, vor lauter Beschwerden zu stöhnen, reckte Francis sich, was sie auch nur zu gern getan hätte, und legte die Pinsel weg. »Das reicht für heute. Das Licht lässt nach, und Sie sind erschöpft.«

Sie machte Anstalten, zu protestieren.

»Nein, ich sehe es Ihnen an, Annie. Sie werden eine gute Schauspielerin abgeben; Ihre Züge sind transparent, Ihre Seele scheint hindurch. Sie werden nie imstande sein, mir etwas vorzumachen.«

Es war obenhin gesagt, und Annie schlug denselben Ton an. »Tja, das würde ich auch gar nicht wollen.« Sie stand auf und räkelte sich so anmutig wie eine Katze, wie der Tigerteppich, und sah zu, wie er die Pinsel säuberte.

»Danke für Ihre Geduld, Annie. Gehen Sie sich umziehen. Ich denke, nach der harten Arbeit des Nachmittags brauchen Sie Ihr Dinner.«

Darauf gab es viele Antworten. Als Erstes ging es Annie durch den Kopf, dass die Arbeit nicht annähernd so anstrengend war, wie sich ein paar Pence auf dem Rücken zu verdienen, mit einem Kerl, den sie kaum ohne Ekel anschauen, geschweige denn in sich spüren konnte. Aber sie erinnerte sich daran, dass Francis sie mit der Königin von Saba verglichen hatte, also erwiderte sie nur: »Dazu würde ich nicht nein sagen.« Plötzlich fühlte sie sich ausgehungert. Das Abendessen konnte gar nicht schnell genug serviert werden, aber es gab etwas, was sie vorher sehen wollte. »Darf ich es anschauen?«

Francis beschrieb eine höfliche Geste in Richtung der riesigen Leinwand. *Natürlich.*

Was sie erblickte, grenzte an ein Wunder. Das war sie und auch wieder nicht. Es waren lediglich ein paar Bleistiftstriche unter einer milchigen weißen Grundfarbe, aber sie meinte sich selbst in einem staubigen Spiegel zu betrachten. Ihr anderes Selbst lebte irgendwo in diesem widergespiegelten Raum, jeglicher Farbe beraubt und gänzlich regungslos.

»Warum das Weiß?«

»Das ist meine Art zu arbeiten«, erwiderte Francis schlicht. »Ich stelle meine eigene Grundierungsfarbe her, aus Knochenmehl. Es ist eine bestimmte Verbindung, die Knochenweiß genannt wird. Ich beginne mit den Knochen. Wenn Sie einen Moment nachdenken, werden Sie erkennen, dass die Knochen unter allem liegen; unter Ihren Kleidern, unter Ihrer Haut. Wenn ich die Farbe darüberstreiche, kann ich mich zum Knochen zurückarbeiten wie zu einem von innen heraus scheinenden Licht.«

»Wer ist das?«

»Das sind Sie.«

»Nein ... ich meine, wer soll sie sein?«

»Kommen Sie, Annie, Sie waren in der Sonntagsschule. Der Apfel, die Schlange?«

Das Dienstmädchen. »Eva«, sagte sie. »Es ist Eva.«

Er nickte. »Gut gemacht. Die Symbolfigur der gefallenen Frau. Eva war die Erste Ihres Schlages.«

Sie wusste nicht, ob er Frauen oder Huren meinte. Aber es gefiel ihr, wenn er sagte *gut gemacht*. Sie wollte, dass er sie für klug hielt, nicht nur für ein Geschöpf aus der Gosse. Sie dachte an den Sonntagsschulunterricht und die Stimme des Priesters zurück, und eine Erinnerung flammte in ihr auf. »Sie wurde auch aus Knochen erschaffen.«

»Wer?«

»Eva«, versetzte sie. »Der Herr schuf sie aus Adams Rippe. Also wurde sie aus Knochen gemacht.«

Francis sah sie an, als hätte er ebenfalls eine Offenbarung gehabt. Dann berührte er ihr Gesicht mit der Hand, als wolle er sich davon überzeugen, dass sie real war. »Ja, Annie«, sagte er. »Ja, das wurde sie.«

FÜNFTES KAPITEL

Fünf Jahre, fünf Monate und zehn Tage zuvor.

Als wir das Haus seiner Bekannten erreichen, finden wir die Tür halb offen vor, und Mr. Starcross bemerkt, wie unvorsichtig seine Freundin doch sei, den Eingang zur Straße offen zu lassen, so dass jeder hineinspazieren kann. Drinnen werde ich zu meiner Erleichterung von einer schon älteren Dame empfangen, die mit einigen im Raum verstreuten jungen Frauen spricht. Sie sagt mir, die Mädchen wären ihre Töchter, woraufhin einige von ihnen lachen. Die alte Lady wird wütend auf sie und schickt sie aus dem Zimmer. Mir gefällt dieser Ort überhaupt nicht, deshalb frage ich sofort nach einer Droschke. Die Lady ist die Freundlichkeit in Person und schickt nach einer und lädt mich ein, eine Erfrischung zu mir zu nehmen, während ich warte. Ich lehne Wein ab, weil ich das für unschicklich halte, nehme aber eine Tasse Kaffee dankend an. Während ich ihn trinke, unterhält sich die Dame liebenswürdig mit mir. Es stellt sich heraus, dass sie meine Tante kennt; obwohl sie ihren Namen nicht nennt, sagt sie mir ihren eigenen und bittet mich, die Tante von ihr zu grüßen.

Die Droschke braucht entsetzlich lange, um hierher zu

kommen, und ich werde sehr schläfrig. Die Dame schlägt vor, dass ich mich auf dem Sofa ausruhe, und plötzlich liege ich darauf. Mr. Starcross kommt näher, sein Gesicht schwebt über mir, dann ist sein Mund auf meinem. Ich öffne meinen eigenen Mund, um zu protestieren, und schon ist seine Zunge darin. Würgend setze ich mich zur Wehr, kann aber die Arme kaum bewegen. Ich flehe die Frauen um Hilfe an, doch meine Stimme erzeugt keinen Ton. Alle zusammen kommen auf mich zu, und ich schöpfe Hoffnung, aber die alte Dame schlägt meinen Rock hoch, und die Mädchen halten meine Arme fest.

Dann tut er es mit mir.

Im Laufe der nächsten Wochen und Monate fand sich Annie Stride in ihr neues Leben in der Gower Street Nummer Sieben ein. Es unterschied sich so vollkommen von ihrem alten Leben, dass sie es kaum glauben mochte. Es waren die kleinen, belanglosen Dinge, die sie aus der Fassung brachten; Dinge, die Francis zu tun pflegte, ohne darüber nachzudenken. In ihren müßigen Momenten schlenderte sie von einem Raum zum anderen, überquerte voller Genuss immer wieder die Türschwellen, denn sowohl auf dem Haymarket als auch in der St. Jude's Street hatte ihr Zuhause aus einem einzigen Zimmer bestanden. Platz als solcher und diese unzähligen Räume und Böden, die alle nur einem Bewohner gehörten, waren ein Segen, den sie sich nie erträumt hätte. Hier waren die Fensterflügel sicher verankert, so dass es sie nie im kalten Luftzug fröstelte. Hier war das Dach nicht undicht, und keine eisigen Tropfen weckten sie in den frühen Morgenstunden. Hier zog sie sich aus, wenn sie zu Bett ging, statt vollständig bekleidet unter die dünne Decke zu kriechen. Sie konnte einfach in das Badezimmer gehen, wo heißes Wasser aus dem Hahn kam, statt eine halbe Meile zu dem schmutzigen Brunnen in Seven Dials laufen und häufig auch noch das Eis auf der Oberfläche aufhacken zu müssen, bevor sie ihren Eimer füllen konnte. Und – *und* – sie konnte durch die Halle schreiten, ohne dass ein gieriger Vermieter sie bedrängte und die ehrbaren Mieter vor ihr ausspuckten oder der Kerzengießer von gegenüber ihr an die Brüste griff. Ah, das war das Beste von allem: Sie hatte ihren Körper für sich selbst. Statt ständig begrapscht, befingert und gevögelt zu werden, rührte sie vom Aufstehen am Morgen bis zum Abend, wenn sie schlafen ging, niemand an. Von all dem täglichen Luxus war das das Wundervollste überhaupt.

Aber mit der Zeit wurden all diese Neuheiten alltäglich, als Annie merkte, dass sie sich veränderte. Sie staunte darüber, wie anpassungsfähig der menschliche Geist sein musste, denn bald fand sie es nicht mehr ungewöhnlich, dass heißes Wasser aus der Wand kam oder niemand sie auf dem Weg die Treppe hinunter belästigte. Sie war ihrem Wohltäter deshalb nicht weniger dankbar, aber sie gewöhnte sich schnell an das gute Leben.

Auch an die Dienstboten gewöhnte sie sich. Außer Eve, dem Mädchen für alles, gab es noch den Butler Bowering und Mrs. Hoggarth in der Küche. Annie lernte, mit ihnen umzugehen, indem sie sich an Francis ein Beispiel nahm. Er war immer höflich, aber nie ausgesprochen freundlich, sondern wahrte die Distanz zwischen sich selbst und ihnen.

Sie standen auf zwei verschiedenen Seiten des Flusses, und Annie zog es vor, mit ihm auf dem Nordufer zu bleiben.

Sie aß gut, und Francis' Art, seine Küche zu führen, überzeugte sie mehr als alles andere, dass er ein sehr wohlhabender Mann war. Es gab Schweinepfoten und Pudding und Eingemachtes und Cremes und ihr Leibgericht, Mrs. Hoggarths Wildpastete. Francis' Vater schickte Wild von seinem Landsitz, und manchmal sah Annie Bowering einen Korb voller Federn oder Pelz an der Tür entgegennehmen, Fasane mit baumelnden Köpfen oder ein paar wie im Schlaf zusammengerollte Hasen, und ihr Magen begann in dem Wissen zu knurren, dass die armen Geschöpfe abends gerupft, abgebalgt und gebraten auf ihrem Teller liegen würden.

Sie bemerkte, wie ihr Spiegelbild fülliger wurde; die tiefen Höhlungen in ihrem Gesicht, an ihren Schlüsselbeinen und unter ihren Augen verschwanden. Sie würde nie korpulent sein, aber sie war nicht mehr so hager. Ihre Haut schimmerte cremig, sie hatte keine violetten Schatten mehr unter den Augen, ihre Arme wurden runder, und in ihren Wangen erschienen Grübchen.

Sie hatte es warm, wurde gut ernährt und war sicher, die Heilige Dreieinigkeit notwendiger Dinge, der sie ihr ganzes Leben lang hinterhergejagt hatte. Aber jetzt hatte sie noch mehr, viel mehr. Zum ersten Mal in ihrem Leben war sie stolz auf ihre Arbeit und hatte Spaß daran. Die Tätigkeit, der sie mit Mary Jane nachgegangen war, hatte ihr nie Vergnügen bereitet, selbst wenn sie den dunklen Gassen für einen Abend entkommen und mit einem attraktiven Hauptmann in seiner Kaserne oder einem jungen Aristokraten in seinem Stadthaus gewesen war. Sie hatte nie Gefallen daran gefunden, hatte nie den Moment erlebt, den die Bastarde jedes Mal erlebten, den Moment, für den sie bezahlten, wenn ihre Körper erzitterten und brannten und sich verkrampften. Natürlich täuschte sie Vergnügen vor, wenn das hieß, dass ihr Lohn dadurch stieg, aber daran war sie gewöhnt. Ihr ganzes Arbeitsleben lang hatte sie Rollen spielen, vorgeben müssen, jemand anderes zu sein als die, die sie war.

Von frühester Kindheit an schuftete sie für ihren Vater in den Straßen des East End. Damals musste sie sich noch nicht dem dunklen Entsetzen stellen, das sie im oberen Raum des Old George erwartete, sondern trommelte vor Ungeduld mit den Fingern, während ihre Kindheit verrann. Dennoch spielte sie in jeder Hinsicht eine Rolle. Ihr Vater platzierte sie auf einer Türschwelle und wies sie an, auf die Stufen zurückzufallen und so zu tun, als würde sie halb schlafen oder vor Kälte fast erfrieren. Verglichen mit ihren robusteren, rotgesichtigen Geschwistern, die zu Hause mit unflätigen Worten und spitzen Ellbogen mit ihr um jede Brotkruste kämpften, war sie von Natur aus dünn und blass. Bei Annie konnte man sich darauf verlassen, dass sie halb verhungert aussah, denn genau das war sie. Jeder mildtätig gestimmte Gentleman, der an dem schlafenden Kind vorbeikam, wurde von ihrem bedauernswerten Äußeren dazu getrieben, ihre Schulter zu berühren. Für diesen Fall hatte ihr Vater sie gelehrt, sich langsam zu rühren und sich die Augen zu reiben. Der gründlich getäuschte Mann gab ihr dann zumeist ein Almosen und ging weiter, und die kleine Annie nahm sich zusammen und wartete auf ihre nächste Chance. Manchmal legte sich auch die grobe Hand eines Konstablers auf ihre Schulter, dann packte Pa sie am Arm, riss sie unsanft und schmerzhaft weg und zerrte sie um die Ecke, um es abseits der Augen des Polizisten erneut zu versuchen.

Jahre später, als sie sich mit Mary Jane zusammengetan hatte, musste sie wieder schauspielern, musste Alice oder Betsy oder Evangeline sein, wie auch immer die Bastarde sie nennen wollten, beim Namen ihrer Geliebten oder ihrer Ehefrauen, Frauen, mit denen sie nie zu tun gewagt hätten, was sie mit ihr taten. Es waren die Namen von Mädchen, die sie verloren hatten oder nicht bekommen konnten. Einer hatte sie sogar beim Namen seines toten Hundes gerufen. Manche wollten, dass sie eine bestimmte Rolle spielte, die eines Mädchens aus dem Armenhaus, einer feinen Lady oder der Frau eines Freundes. Sie hatte alles getan, alles, um den Straßenmädchenzauber zu entfachen und einzusetzen, um Kupfermünzen in silberne und, wenn die Kunden sehr zufrieden waren, sogar in goldene zu verwandeln. Und jetzt stellte sie zu ihrer Befriedigung fest, dass die Jahre der Schauspielerei nicht vergebens gewesen waren, sie konnte all die verschiedenen Charaktere verkörpern, die Francis vorschwebten, und sie machte ihre Sache gut.

Sie erkannte sehr schnell, dass Francis ebenfalls gut in dem war, was er tat. Sie bewunderte die schiere *Realität* der *Seufzerbrücke*, des Gemäldes von Mary Jane, das sie in der Royal Academy gesehen hatte. Aber als sie mit Francis arbeitete, begann sie zu begreifen, dass sein Genie nicht nur in dem vollendeten Gemälde lag, sondern auch in dessen Erschaffung. Vom allerersten Tag an, da sie ihn sie als Eva hatte malen sehen, wusste sie, dass er ein seltenes Talent hatte, und in den darauffolgenden Tagen pflegte sie sich in ihren Pausen zu recken und zu der Leinwand hinüberzugehen, um zu sehen, wie das Bild Schicht für Schicht zum Leben erwachte.

Seine Methode war einzigartig und nicht im Entferntesten so, wie sie sich die Arbeit eines Malers vorgestellt hatte. Sie hatte angenommen, wenn sie überhaupt einmal über das Thema nachgedacht hatte, dass ein Künstler eine Farbpalette benutzte und die Umrisse ausfüllte, indem er die Farben abwechselnd einsetzte. Die Realität sah etwas anders aus. Am ersten Tag zeichnete Francis mit einem Graphitstift direkt auf die Leinwand und vervollständigte den Entwurf: den Hintergrund, ihre Person und jedes einzelne Detail. Am nächsten Tag überzog er den Abschnitt, den er malen wollte, mit Knochenweiß, das mit etwas Firnis vermischt war, so dass die Farbe leicht milchig blieb und die schwachen Stiftstriche noch zu sehen waren. Der Deckfilm durfte antrocknen, so dass er leicht klebrig war, dann trug er eine einzelne Farbe behutsam mit Zobelpinseln auf. Annie konnte sehen, dass er sehr leicht und vorsichtig vorgehen musste, weil er sonst das Knochenweiß in die Farbe hineinarbeitete, diese trübte und ihre Reinheit zerstörte. Er benutzte kräftige, juwelenähnliche Schattierungen: leuchtende Rottöne für ihre Lippen und Grüntöne für ihr Kleid und feuriges Orange für ihr Haar. Der hindurchschimmernde weiße Untergrund verlieh dem Bild eine besondere Leuchtkraft, wie die Buntglasfenster, an die sie sich von der St. Matthew's Kirche her erinnerte, die einzigen schönen Dinge, die sie während ihrer ganzen Kindheit zu Gesicht bekommen hatte.

Francis' Farben waren nicht nur transparent, sondern wirkten satter und üppiger als alle anderen Farben, die sie kannte. Wenn sie das Bild betrachtete, hatte sie den Eindruck, dass die Ärmel des Kleides vom Fleisch ihres Armes und das Mieder von ihrem Busen ausgefüllt wurde und dass darunter ein Herz schlug. Die Bilder der anderen, weniger begabten Maler oben im Gang wirkten im Vergleich dazu schwach und nichtssagend. Weder lebten noch atmeten sie, diese fetten Kühe auf den Feldern und die mageren Rennpferde mit den spindeldürren Beinen. Sie waren so flach und ohne Eingeweide wie das Tigerfell. Francis' Farben waren intensiv, sie waren greifbar, sie waren *real*.

Und dann, wenn er die Farbe aufgetragen hatte, lockte er das Knochenweiß durch die Schichten zurück, um ein Funkeln in ihre Augen, Glanz auf die Seide ihres Gewandes oder ihre Haare und einen feuchten Schimmer auf ihre Lippen zu zaubern. Annie stand da und sah Eva an, als sie vollendet war; die Frau, die aus Knochen erschaffen worden war. Er hatte sie nicht in irgendeiner biblischen Umgebung gemalt, sondern hier in seinem Atelier vor den scheelesgrünen Wänden. Die filigranen goldenen Blätter und das grüne Papier schufen ein neues Eden für sie. Die Schlange war genau wie in diesem Zimmer halb vom Diamantenmuster des Teppichs verdeckt und wartete darauf, ihren Sündenfall herbeizuführen, aber Annie nahm keinerlei Notiz von beiden. Immer wieder starrte sie ihr eigenes Gesicht an, ihre leicht geöffneten feuchten Lippen, ihre – wie hatte Francis sie genannt? – ihre Topasaugen, die den Apfel mit nacktem Verlangen betrachteten.

Sie war bewegt. Obwohl sie zugesehen hatte, wie er sie

gemalt hatte, Schritt für Schritt, begriff sie immer noch nicht, wie er es gemacht hatte. Einmal war sie mit einem der Bastarde in die Argyll Rooms gegangen, um einen Zauberer zu sehen, und der Mann hatte eine Taube aus seinem Hut gezogen. Sie hatte sich nah genug herangedrängt, um den Vogel zu berühren, und den Luftzug der Flügelschläge auf ihrem Gesicht gespürt. Die Taube war echt. Der Hut war echt. Sie hatte mit eigenen Augen gesehen, wie der Zauberer den Trick vorführte, aber sie wusste einfach nicht, wie er das geschafft hatte. Hier verhielt es sich ebenso.

»Es ist Magie«, sagte sie jetzt, da sie immer noch an den Hut und die Taube dachte.

Francis stand bei ihr und spähte über ihre Schulter, als würden sie in einen Spiegel blicken, der ihr Bild reflektierte. Er erhob keine Einwände. »Sie ist der Vorläufer für das«, verkündete er hochtrabend, »was mein größter Werkzyklus werden wird. Ich werde die gefallenen Frauen als Thema nehmen, und Sie«, er legte die Hände auf ihre Schultern, »werden meine Muse sein.«

Annie fühlte sich nicht gekränkt. Sie war an eine unverblümtere Sprache gewöhnt und hatte nichts dagegen, als das bezeichnet zu werden, was sie war.

Da er mit der Bibel und Eva, der ersten Sünderin, begonnen hatte, blieb Francis diesem Kurs treu und durchforstete das Alte Testament nach Hinweisen auf das älteste Gewerbe. Für sein zweites Bild von Annie verwandelte er sie in jemanden, deren Name ihr sehr vertraut war, da sie mit diesem oft angesprochen worden war.

Für die erste Sitzung zog sie erneut ein Kleid an, das eine unsichtbare Hand auf ihrem Bett zurückgelassen hatte.

Dieses Mal war es ein Gewand aus leuchtend orangefarbenem, bis zur Taille geschlitztem Satin. Um ihren Hals schlangen sich zahlreiche Türkisschnüre, schwer und kalt, die gegeneinander klickten, wenn sie ging. Wieder gab es kein Korsett, und als sie in das scheelesgrüne Atelier trat, arrangierte Francis das Kleid wortlos selbst, öffnete es bis zur Taille, so dass auf beiden Seiten des Ausschnitts ein lockender Halbmond ihrer Brüste zu sehen war. Er strich die Masse ihrer Haare hinter ihre Schultern und an ihrem Rücken hinunter, steckte sie vorne mit Türkiskämmen hoch und änderte die Frisur ein paar Mal, bis er zufrieden war. Wieder musste sie das Bild mit einer armen ausgestopften Kreatur teilen. Diesmal handelte es sich um einen großen schwarzen Hund, der in einer sitzenden Haltung, mit gefletschten Zähnen und einem bösartigen Ausdruck in den Glasaugen verewigt worden war.

Annie selbst wurde in einen großen, thronähnlichen, vergoldeten und mit geschnitzten Schnörkeln reich verzierten Stuhl gesetzt. Francis bat sie, mit hoch erhobenem Kinn geradeaus zu schauen, eine Hand auf ihren Halsschmuck und die andere auf den Kopf des Hundes gelegt. »Schauen Sie drein wie er«, sagte er. »Schauen Sie wie der Hund. Harte Augen und ein Rumpeln im Magen.«

»Wer bin ich denn heute?«

»Sie sind Jesebel«, erwiderte er, wobei er starr auf seine Leinwand blickte.

Annie lächelte in sich hinein.

Francis entging es nicht. »Warum lächeln Sie?«

»Weil ich schon so genannt worden bin«, entgegnete sie trocken.

Er hörte nicht auf zu zeichnen, richtete aber seine grauen Augen kurz auf sie. »Wo?«

»Oh – im Ten Bells in Spitalfields, als ich für ein Getränk nicht bezahlen konnte, vor einem Andachtshaus in der Commercial Road, wo sogar das fromme Pack, das Mäßigkeit predigt, es zu sagen und dabei auszuspucken pflegte. Manche nannten mich sogar so, während wir ... zugange waren. Es schien sie zu erregen. Ich bin in ganz London Jesebel genannt worden, Francis.«

»Ich bitte um Entschuldigung«, sagte er höflich. »Ich wollte Sie nicht kränken.«

»Schon gut.« Der Name hatte hier, da sie dieses Kleid und diese Juwelen trug und in dem scheelesgrünen Raum saß, keinerlei Macht. »Wer war sie denn? Hätte nie gedacht, dass sie zu den feinen Pinkeln gehört.«

»Sie war eine Königin.«

»Die Königin von Saba?«, zischte sie scharf.

»Nein.« Er lächelte. »Eine Königin von Israel.«

»Sie war also keine Hure?«

»Nein. Ihre einzige Sünde bestand darin, dass sie kostbare Kleider und Juwelen trug, sich schminkte und ihre Haare kunstvoll frisierte. Und das tat sie auch nur, als sie wusste, dass ihre Tage gezählt waren.«

»Wie das?«

»Ihr Mann fiel im Kampf, und sein Mörder hatte es auf sie abgesehen. Jesebel wusste, dass er kommen würde.« Er kratzte sich mit dem Stift die Nase. »Das ist es, was ich male – ihre letzten Momente. Sie war ein zur Strecke gebrachter Hirsch ... nein, ein in die Enge getriebener Hund. Ich möchte, dass Sie innerlich die Zähne fletschen.«

Sie stellte sich die in die Enge getriebene Jesebel und den heranreitenden Mörder vor. Es war fast so gut wie das Varieté. »Was ist am Ende passiert?«

»Ihr war klar, dass es vorbei war. Sie legte ihren gesamten Putz an, denn sie wollte als Königin aus dem Leben scheiden.«

Annie musste an Mary Jane denken, die sich in ihrer letzten Nacht ebenfalls herausgeputzt hatte, um auszugehen – nach Parfüm duftend und in ihrem besten weißen Musselin. Plötzlich kam ihr ein Gedanke. »Wie ist Jesebel gestorben?«

»Sie wurde aus dem Fenster geworfen, und die Hunde fraßen sie«, versetzte Francis knapp.

Sie erschauerte bei der bloßen Vorstellung; eine wahrhaft gefallene Frau, aus ihrem prunkvollen Palast gestoßen, um als Hundefutter in einem Graben zu enden. Sie rang sich ein Lächeln ab und strich über den struppigen Kopf des ausgestopften Hundes. »Schätze, hier bin ich vor diesem Mörder sicher.«

Jetzt blickte Francis auf. »Sicher vor jedem, Annie.« Er schien auf etwas zu warten, sein Stift schwebte in der Luft. Plötzlich begriff sie, was er wollte.

»*Danke*, Francis«, sagte sie inbrünstig.

Er nickte lächelnd und setzte seinen Stift wieder in Bewegung.

Nach Jesebel kam eine weitere Bibelgeschichte: Rahab, die Hure von Jericho. »Eine der vier schönsten Frauen, die die Welt je gesehen hat.« Francis berührte ihre Wange, als wollte er das Kompliment auf sie übertragen. Einmal mehr arrangierte er ihr Gewand selbst – ein schlichtes cremefarbenes, mit roten Bändern gesäumtes Kleid. Ihr Haar trug sie offen wie eine Braut, und Francis hängte ihr eine einzelne rote Kordel um den Hals. Er trat hinter einen kunstvoll gearbeiteten Wandschirm und kam mit einem ausgestopften Ziegenbock mit orangefarbenen Augen zum Vorschein, den er trug, als wäre er noch am Leben. »Er wird durch die offene Tür spähen. Und Sie werden das hier halten.« Er reichte ihr zwei Bündel Weizen, so golden wie ihre Haare, und zupfte die stacheligen Büschel in ihren Armbeugen zurecht, als hielte sie Zwillinge in den Armen.

»Rahab war ebenso tapfer wie schön«, erklärte Francis, während er mit langen, schwungvollen Strichen zeichnete. »Sie lebte innerhalb der Mauern von Jericho und versteckte hebräische Spione unter Gerste und Flachs, um sie vor Feinden in der Stadt zu schützen. Die rote Kordel um Ihren Hals symbolisiert die Kordel, die vor ihrem Haus hing und ihren Verbündeten anzeigte, dass sie dort sicher waren.«

Davon verstand Annie etwas. »In Whitechapel sind die Vorhänge grün, wenn es sich um ein Bordell handelt. Abends, wenn die Mädchen da sind, zünden sie die Lampen an, und das Grün glüht im Nebel wie Katzenaugen.«

Sein Kohlestift hielt inne. »Haben Sie ... auch dort gearbeitet?«

Sie nickte. »Oh ja. Irgendwo muss man ja hingehen, nicht? Sie geben einem stundenweise ein Zimmer. Dann kann man bleiben und einen oder zwei Männer bedienen, wenn welche da sind.«

»Das würden Sie tun?«, fragte er in einem Ton, den sie nicht deuten konnte. »Einen nach dem anderen abfertigen, einfach so?«

Sie zuckte die Achseln. »Es bringt Geld, nicht?«

Da kam er zu ihr, kniete vor ihr nieder, als wollte er beten, und nahm ihr Gesicht zwischen seine Hände. Er wählte seine Worte sehr sorgfältig. »Sie werden nie, *nie* wieder dorthin zurückgehen müssen«, sagte er. »Diese Welt liegt jetzt hinter Ihnen, und diese Männer werden Sie nie wieder anrühren.« Er maß sie mit einem beschwörenden Blick.

Annie hatte jahrelang in Männern gelesen wie in einem Buch und gewann erneut den Eindruck, dass er auf etwas wartete. »*Sie* haben mich gerettet«, erwiderte sie, zog die Hände, die ihr Gesicht umschlossen, an ihren Mund und küsste sie dankbar, trotz Kohlenstaub und allem.

Francis wirkte gerührt. Er lächelte, kehrte zu seiner Leinwand zurück und leckte an seinem Bleistift.

Nachdem sie eine oder zwei Wochen lang mutig und schlicht gekleidet Rahab verkörpert hatte, war sie in Purpur- und Scharlachrot, mit einem Ring an jedem Finger und einem goldenen Becher in der Hand die wollüstige Hure Babylon. Inzwischen hatte sie gelernt, in jedem Bild nach einem von Gottes Geschöpfen Ausschau zu halten, und dieses machte keine Ausnahme: ein zusammengerolltes, mit Laub übersätes Lamm mit übermalten Glasaugen zu ihren Füßen auf dem Teppich. »Ein Opferlamm«, erklärte Francis. »Zu Zeiten Abrahams waren Lämmer sehr wertvoll. Man dachte, wenn eines getötet wurde, würde es Gott dazu bringen, wohlwollend auf die Menschen herabzublicken.«

»Also starb das Lamm für alle anderen.«

»Zum Wohl der Allgemeinheit, ja.«

Annie blickte das zusammengerollte Geschöpf an. »Dummes Vieh.«

Francis runzelte leicht die Stirn. »Sie halten ein solches Opfer für töricht? Liegt denn kein Edelmut darin, anderen zu helfen? Keine Ritterlichkeit?« Sein Ton klang spielerisch, aber sie hörte eine tiefere Bedeutung heraus. Mittlerweile wusste sie, was sie sagen musste.

»Mir ist Edelmut nur einmal begegnet, und zwar in Gestalt von *Ihnen*, lieber Francis.«

Als die Wochen verstrichen, wanderte das Licht in den kirchenähnlichen Fenstern weiter, wurde mit dem herannahenden Frühling heller und hielt länger an, und Francis vertauschte die Bibel mit Rom und malte Annie als eine Frau namens Lucrezia. Lucrezia war Annies Lieblingsfigur, denn sie konnte den ganzen Tag in einer losen weißen römischen Toga und goldenen Sandalen auf einer Liege liegen und hatte nichts anderes zu tun, als sich bequem zurückzulehnen. Ihr Haar floss von der Liege auf den Boden, ihre Augen waren geschlossen, und ihre leblosen Hände hielten locker einen Dolch. Ihr Dahinscheiden wurde von einer auf der Husse über ihrem Kopf hockenden ausgestopften Eule verfolgt, die, wie Francis sagte, die Weisheit der Minerva verkörperte. Annie sah nicht viel Weisheit darin, sich von einem Kerl namens Sextus vergewaltigen zu lassen und sich danach umzubringen, aber sie segnete die römische Matrone für ihr Opfer, bedeutete es doch, dass sie oft im Frühlingssonnenschein einschlafen konnte.

Aber wie üblich wollte Francis reden. »Hat Sie jemals jemand ... gegen Ihren Willen genommen?«

Sie war so schläfrig, dass sie das Bohrende dieser Frage nicht wirklich registrierte; sie fühlte sich zu wohl, um sich deshalb Gedanken zu machen. »Nicht wirklich. Das heißt, wenn sie bezahlen, bekommen sie, was sie wollen. Aber ich hatte schon Bastarde, die mich aufgefordert haben, so zu tun, als wollte ich es nicht. Dann sollte ich vorspielen, ich hätte Angst, und mich gegen sie wehren.«

Er schien ein merkwürdiges Interesse an dem Thema zu hegen. »Was glauben Sie, warum sie das tun? Diese Männer? Warum wollen sie das Gefühl haben, Sie gegen Ihren Willen zu nehmen?«

»Ich denke, sie wollen sich mächtig fühlen. Sie mögen den Kampf.«

»Aber warum?«

Sie musste sich anstrengen, um nachzudenken. »Tja, ich nehm mal an, weil sie sich nicht so viele Fragen stellen müssen, wenn sie denken, ein Mädchen würde sie nicht wollen.«

»Was für Fragen?«

»Ob das Mädchen sie mag. Ob sie gut sind. Ich nehm mal an ... ich nehm mal an, dann müssen sie sich nicht bemühen, ihr zu gefallen.«

»Also haben Männer immer noch das Gefühl, Ihnen gefallen zu müssen? Selbst wenn sie Sie bezahlen?«

Sie reckte sich, denn er malte ja sowieso nicht. »Einige schon. Sie würden sich wundern. Manche nehmen einen einfach und machen sich weiter keine Gedanken. Manche wollen, dass man ihnen sagt, sie könnten die Welt aus den Angeln heben.«

Francis klopfte sich mit dem Pinsel gegen die Zähne. »Und waren sie wirklich mächtig? Die Männer, die dieses Vergewaltigungsspiel verlangt haben?«

Jetzt musste sie nicht lange überlegen. »Nein. Es waren immer die Schwächlinge, die das wollten.«

Er schien darüber nachzudenken. »Und wie haben Sie sich dabei gefühlt? Bei diesen ... Gewalttaten?«

Sie drehte leicht den Kopf. Niemand hatte ihr je so eine Frage gestellt. »Wann? Während der Sache?«

»Nein. Danach.«

Sie atmete tief durch die Nase ein. »Wie immer. Ich habe mich gefühlt wie immer.«

Der Frühling wurde wärmer, kündigte den Sommer an, und Francis verließ die Antike, um sich moderneren Zeiten zu widmen. Jetzt trug Annie Kleider, die zwar altmodisch, aber vom Schnitt her vertraut waren – ein graues figurbetontes Kleid mit enger Taille und einen Melkerinnenschal aus schneeweißer Spitze. Diesmal musste sie knien, eine wie zum Flug bereite ausgestopfte Taube halten und sich zu drei Vierteln zu einem der Fenster drehen.

»Bin ich in einer Kirche?«, fragte sie.

»Sie sind in einer Art Kapelle«, erwiderte Francis. »Einer Gefängniskapelle. Sie sind Gretchen aus dem Schauspiel *Faust*. Ihr Liebhaber Faust hat seine Seele dem Teufel verkauft und Gretchen ihre Mutter ermordet, um bei ihm sein zu können, dann aber ihre Sünden gebeichtet und Buße getan. Die Engel bewahrten sie daraufhin vor dem Gefängnis.«

Annie dachte nach, wobei sie ihre Pose beibehielt. Sie war inzwischen daran gewöhnt, dass das Zusammensein mit Francis dem mit den Bastarden ähnlich war, nur dass er sie nicht vögelte. Sie wusste, was ihm gefiel und wie sie es ihm geben konnte. Er wollte alles über ihr Leben wissen und dass sie ihm dankbar war. Sie selbst hatte aber nichts von ihm erfahren, außer dass sein Vater einen Landsitz in Norfolk besaß und seine Mutter eine Kammerzofe hatte. Auch spürte sie mit einer Weisheit, von der sie nicht geahnt hatte, dass sie sie besaß, dass das Herumstochern in ihrem früheren Leben nicht daher rührte, dass diese Ereignisse ihn sexuell erregten – er bekam keinen Steifen oder stürzte sich auf sie, wie sie es vielleicht erwartet hätte. Nein, er wollte nur deshalb, dass sie ihm ihre Vergangenheit beschrieb, damit er ihre Gegenwart in ein besseres Licht setzen konnte. Je schlimmer die Vergangenheit war, desto besser war das Leben, zu dem er ihr verhalf. Dem allen zugrunde lag der Umstand, dass er ihr Retter war, dass er ihr die Hand gereicht und sie aus der Gosse gezogen hatte.

Doch so sehr sie ihr Gehirn auch zermarterte, bezüglich der St. Matthew's Kirche fiel ihr wenig ein, was ihn interessieren könnte: die sonntäglichen Besuche dort, die Bibelgeschichten, die Beichten. Ihre Familie gehörte nicht der High Church an; sie wusste nicht einmal, ob sie überhaupt Mitglieder irgendeiner Kirche waren, aber da die anderen Kinder beichteten, tat sie es auch. Meistens erfand sie Dinge, daher war ihre anschließende Buße genauso falsch wie ihre Beichte. Nein, in ihr wohnte keine Sünde, wenn sie zur Kirche ging, aber Annie hatte die perfekte Gefängnisgeschichte für Francis.

»Ich habe einmal einen Lord im Marshalsea besucht, einen Viscount, der sein ganzes Hab und Gut verspielt hatte. Dieser Bastard besaß nur noch einen einzigen Schilling, konnte aber anscheinend eher ohne Essen als ohne Frau auskommen, daher beschloss er, seine letzte Münze dazu zu verwenden, mich zu sich ins Gefängnis bringen zu lassen, wo ich vor ihm knien und es ihm mit dem Mund besorgen musste.« Ihre Knie erinnerten sich an die verkrampfte Haltung, und sie stellte Vergleiche zwischen diesem Tag und dem heutigen an, dankte Francis und pries ihn in den höchsten Tönen, so wie er es, wie sie wusste, von ihr erwartete. Sie spürte, dass er sich über ihre Anspielungen auf Edelmut und Ritterlichkeit nie so freute wie über die Bezeichnung Retter. Er konnte gar nicht oft genug hören, dass er ihre Rettung war, doch trotz ihrer angeborenen Intelligenz konnte sie nicht ergründen, ob er ein Philanthrop war wie diese nervtötenden Pamphleteschwenker, die sonntags das East End heimsuchten, oder ob er für irgendeine private Sünde büßte. Sie befanden sich wieder im Beichtstuhl, und sie dachte an Gretchens Buße, an ihre eigene. War das hier seine? Wenn ja, wofür?

Nach zwei Wochen auf den Knien durfte sie endlich eine sitzende Position einnehmen. »Manon Lescaut«, erklärte Francis, als er sie vor ein wackelig aussehendes Kartenhaus auf einem Spieltisch setzte. »Ein junger Edelmann opferte sein Erbe für sie und musste dann beim Kartenspiel betrügen, um sie als Mätresse behalten zu können.«

Als Manon trug sie ein schimmerndes Satinkleid im Schwarz und Rot der Spielkarten und schwarze fingerlose Spitzenhandschuhe. Ihr Haar war auf eine Weise frisiert, die ihr am vertrautesten war: mit dem schwarz-roten Federbüschel einer Prostituierten. Eine ausgestopfte schwarze Katze spähte mit ihren grünen Augen unter dem Kartentisch hervor, und Francis arrangierte ein paar Karten zu ihren Füßen und den Rest in ihrer linken Hand. Nur das Herzass steckte er in ihre rechte und wies sie an, so zu posieren, als würde sie es ganz oben auf die Kartenkonstruktion legen und so das Haus fertigstellen.

Wie immer hatte Annie eine Geschichte für ihn: Sie erzählte ihm von der Zeit, als sie in einem Glücksspielhaus gearbeitet hatte, in dem die Mädchen unter die Tische gekrochen waren, um die Gentlemen zu erregen, während diese spielten. Beim Sprechen hielt sie wie geheißen den Blick auf das Kartenhaus geheftet. Es wirkte so instabil, dass sie sich hütete, es zu berühren. Sie spürte die Anspannung dieser Pose und bemerkte dieselbe Anspannung in ihrer seltsamen Freundschaft mit Francis. Sie hatte das Gefühl, ihr fragiles Verhältnis könnte durch ein falsches Wort zusammenbrechen. Einmal döste sie kurz ein und schreckte mit einem Ruck hoch, als ihre Finger das Kartenhaus berührten. Sie riss die Augen auf und streckte rasch eine Hand aus, um das Gebilde zu stützen, stellte aber fest, dass die Karten geschickt aneinander befestigt waren.

»Sie sehen«, sagte Francis, woraufhin sie sich zu ihm umdrehte und sah, dass er sie anlächelte, »ich habe an alles gedacht.«

Zu Beginn des Sommers posierte Annie für ein Bild, von dem Francis verkündete, es würde das letzte seiner Gefallene-Frauen-Reihe sein. Sie beobachtete, wie er in dem vertrauten Ritual vor der Entstehung jedes Gemäldes sein Knochenweiß anrührte. Er brauchte immer viel Weiß, als wäre es die Grundlage für alle seine Figuren, aber diesmal schien er mehr denn je zu mischen. Annie sah ihm gerne dabei zu. Es erinnerte sie daran, wie sie ihrer Mutter beim Backen zugeschaut hatte, einem der wenigen ruhigen und friedlichen Rituale ihres Lebens. Backen bedeutete zwei

Dinge: Sie konnten sich diese Woche Mehl leisten und bald würde es Brot zu essen geben. Jetzt beobachtete sie, wie Francis das Knochenmehl in das Öl und Terpentin schüttete und dieses dabei als Hustenreiz auslösender, kreidiger Staub in die Luft stieg.

»Wo kriegen Sie eigentlich das ganze Knochenmehl her?«, fragte sie.

Er blickte nicht auf. »In London sind Knochen leicht zu bekommen.«

Sie wusste, was er meinte. Auf dem Markt von Smithfield, wo Fleisch verkauft wurde, waren Knochen spottbillig. Dort gab es große bleiche Berge davon, wie in einem Beinhaus. Man konnte sie kaufen, um Suppe daraus zu kochen. In der St. Jude's Street hatte ihre Ma manchmal die ganze Familie mit einer Suppe aus einem einzigen ausgekochten Knochen gefüttert, einem dünnen, kaum sättigenden, wasserklaren Sud, der aber wenigstens heiß und nass war und den knurrenden Magen ein wenig beschwichtigte. Sie sah fasziniert zu, wie Francis die Mischung in dem Fass anrührte, und dachte daran, wie viele Familien sie ernähren würde. Es gab viele Menschen in London, die so hungrig waren, dass sie sie so hinunterstürzen würden, wie sie war, samt Öl und Terpentin und allem.

»Warum stellen Sie die anderen Farben nicht auch selbst her?«

»Dafür braucht man einen guten Farbenmischer«, erwiderte er. »Jemanden, der sich mit Schattierungen und Farbtönen auskennt. Ich kaufe die Farben. Aber das Weiß ist unkompliziert, es ist eigentlich keine Farbe, deshalb mache ich es selbst.«

»Diesmal aber eine ganze Menge davon«, bemerkte sie.

»Ja«, bestätigte er. »Ich werde viel Weiß für das Kleid brauchen.«

Was zutraf, denn bei ihrem Kostüm handelte es sich um ein Kleid aus gemustertem weißen Musselin, in dem sie mit bis zur Taille herunterfließenden Haaren einfach nur dastand und nach vorne blickte.

»Keine toten Viecher heute?«, fragte sie.

»Keine«, lächelte er. »Nur die hier.« Er reichte ihr einen Armvoll weißer Blumen. Ihre zahlreichen Blütenblätter waren aufgebläht und verströmten einen widerlich süßen Geruch.

»Wer bin ich heute?«, erkundigte sie sich etwas erschöpft.

Er hörte die Frage. »Einfach Sie selbst«, sagte er. »Das Ende des Zyklus.« Dann verstummte er.

Das war ungewöhnlich. Normalerweise unterhielt er sich gern. Sie verspürte eine leichte Nervosität und versuchte es erneut. »Bekommt dieses Bild meinen Namen?«

»Nein. Wir werden sie...« Er schien einen Moment zu überlegen. »*Das Mädchen mit den weißen Kamelien* nennen.«

Kamelien. Dieselben Blumen wie in der Schale in der Halle.

In den darauffolgenden Sitzungen begann sie die Kamelien zu hassen. Der Übelkeit erregende Geruch stieg ihr in die Nase und löste Brechreiz bei ihr aus. Sie hatte keine Ahnung, warum, denn er war nicht übermäßig stark oder schädlich. Die Blumen ließen weder ihre Augen tränen noch reizten sie sie zum Niesen; sie hasste nur ihre Gesellschaft, sah zu, wie sie von Stunde zu Stunde welker wurden, und wünschte ihnen den Tod. Trotz der relativ bequemen Pose machten die Kamelien diese Sitzungen schlimmer, als eine Woche lang als Gretchen knien zu müssen oder als Hure von Babylon den Kelch zu halten.

Außerdem war das Kleid, das sie trug, unbequem. Alle anderen hatten ihr so gut gepasst, als wären sie für sie gemacht worden. Aber dieses hier saß so schlecht, als wäre es für eine andere Frau angefertigt worden. Die Ärmel waren eng, es spannte um das Mieder herum und kniff unter den Armen. Die Röcke wiesen ganz schwache, aber große braune Flecken auf, vielleicht vom Regen oder vom Reisen, und der Stoff fühlte sich steif an, als wäre er zu stark gestärkt worden – zweifellos das neue Dienstmädchen, das sich erst noch eingewöhnen musste.

Annie wünschte, Francis würde ihr eine Geschichte erzählen, wie er es bei all den anderen Figuren getan hatte, um sie von dem unbequemen weißen Kleid und den verrottenden weißen Blumen abzulenken, aber er arbeitete schweigend. Irgendetwas schien schiefgegangen zu sein. Dieses Bild war ausgeblichen und fahl, die leuchtend bunten Schattierungen verschwunden, das Knochenweiß die einzige Farbe auf seiner Palette und seiner Leinwand. Auch Francis selbst schien verschwunden zu sein, hatte nur die Hülle eines Mannes zurückgelassen. Er hatte sich so plötzlich in sich zurückgezogen, wie die Sonne von einer Wolke verdeckt wurde, und sie sehnte sich nach der Wärme seiner Unterhaltung.

Ihr weiblicher Instinkt sagte ihr, dass Francis' Stimmung etwas mit dieser Pose, diesen Blumen, diesem Kleid zu tun hatte. Nach einiger Zeit unternahm sie einen neuerlichen Vorstoß. »Wie komme ich zu diesem Kleid?«

Er hielt kurz inne. »Es gehörte einer Lady, die ich gekannt habe.«

»War sie auch eine Hure?«

Sein Gesicht erstarrte plötzlich vor Wut. »Nein«, gab er knapp zurück. »Sie war ein Engel.« Er rang sich ein Lächeln ab. »Lassen Sie uns für heute aufhören. Ruhen Sie sich bis zum Dinner aus.«

Sie legte die unerträglichen Blumen beiseite und floh aus dem Raum. Die Kamelien passten zu ihrem Kummer, dem schrecklichen Schmerz und der Leere, die Mary Jane hinterlassen hatte, und dem plötzlichen Verlust von Francis' Aufmerksamkeit.

Als sie die Tür ihres Zimmers erreichte, presste sie ihre heiße Wange gegen das kühle Holz und zögerte mit der Hand auf dem Türknauf. Sie würde zurückgehen und sich entschuldigen. Wofür, wusste sie zwar nicht, aber das machte nichts. Ihre gesamte Existenz hing von Francis ab, und er durfte nicht wütend auf sie sein. Sie drehte sich um und schlich so leise zum Atelier zurück, als könnten ihn schon ihre Schritte verärgern.

Gerade als sie die Ateliertür öffnen wollte, ließ ein vertrautes Geräusch sie innehalten, ein leises atemloses Keuchen, fast ein Schrei. Sie war noch nicht die Dame, zu der Francis sie machen wollte, daher hatte sie keine Skrupel, auf die Knie zu sinken und das Auge an das Schlüsselloch zu pressen. Ein leichter Luftzug traf ihre Pupille, als hätte die hektische Aktivität drinnen die Luft aufgewühlt. Denn Francis saß mit verrutschter Hose da und befriedigte sich selbst. Sein Atem ging in schnellen Zügen, während sein Blick unverwandt auf sein Gemälde von ihr als Mädchen mit den weißen Kamelien gerichtet war.

Sie beobachtete ihn wie erstarrt bis zum letzten Moment, dann huschte sie auf Zehenspitzen davon. Der Duft der Kamelien folgte ihr den Gang entlang bis zu ihrem Zimmer.

SECHSTES KAPITEL

Fünf Jahre und fünf Monate zuvor.

Jetzt, da ich aufgehört habe, die ganze Zeit zu weinen, lässt Mutter mich wissen, dass ich hübsch genug bin, um als Lockvogel eingesetzt zu werden.

Ich sollte das erklären: Die Hurenwirtin in dem Bordell in der Silverthorne Street will, dass ich sie Mutter nenne, so wie all die anderen Mädchen es tun. Wenn sie mit uns in der Stadt ist und die Polizisten uns befragen, können wir so einfach behaupten, dass wir mit unserer Mutter unterwegs sind. Sie meint, wenn wir sie zu Hause so nennen, kommt uns das Wort draußen wie von selbst über die Lippen, auch wenn wir Angst haben. Doch mir bleibt es jedes Mal im Hals stecken, da meine eigene Ma erst kürzlich irrtümlich erhängt worden ist.

Mutter kümmert sich jetzt um mich. Mr. Starcross habe ich nicht mehr gesehen, seit er mir das angetan hat. Ich bin froh, aber ich wette, dass er da draußen wieder nach Mädchen für Mutter sucht, Mädchen wie ich.

Ein Lockvogel, erklären mir die anderen, ist ein Mädchen, das ein spezielles Kleid trägt, das Mutter von dem besten Schneider gekauft hat, eine Investition, könnte man sagen. Dieses Mädchen zieht das Kleid an, setzt einen Hut auf und nimmt einen Muff, so dass sie in den schicken Vierteln von London, nördlich des Flusses, flanieren kann, weil sie nicht wie eine Lumpensammlerin aussieht. Ein Mann sieht sie in dieser Aufmachung und spricht sie an, und dann gehen sie in seinen Club oder sein Stadthaus oder etwas Ähnliches. Mutter folgt ihr in einiger Entfernung, um aufzupassen, dass sie sich nicht mit dem Kleid aus dem Staub macht.

Das Kleid ist das Beste, was mir passiert ist, seit ich zu Mutter gekommen bin. Bestickte Seide, so dunkelblau wie eine sternenlose Nacht. Wenn ich es anziehe, kann ich mir einbilden, ich wäre eine Lady, nicht das, was ich wirklich bin: Mary Jane, die Hure.

Die Mädchen sagen, ich hätte Glück. Sie sagen, die Gentlemen wären netter, sie machen Geschenke, und Mutter erlaubt, dass man sie behält, wenn sie nicht zu viel wert sind. Sie sagen, die feinen Pinkel gehen sanfter mit einem um – sie nehmen einen nicht wie ein Hund, so wie die Fuhrmänner und Kerzenzieher von Vauxhall. Sie haben sich geirrt. Keine von ihnen ist hübsch genug, um den Lockvogel zu spielen, daher wissen sie es nicht.

Die Gentlemen sind schlimmer.

Annie wusste immer noch nicht mit Sicherheit, ob Francis sie begehrte.

In der Nacht, in der sie in die Gower Street gekommen war, hatte sie sich ihm angeboten, seine Hand zu ihrer Brust geführt, doch er hatte sie weggeschoben. Er schien

Gefallen an ihrem Körper gefunden zu haben, als er sie gemalt hatte, aber nur so, wie er vielleicht einen leblosen Gegenstand bewundert hätte – eine Vase oder eine Schale mit Früchten. Sie hatte nie diese Flamme des Verlangens in seinen Augen aufflackern sehen, die sie im Laufe der Jahre zu erkennen gelernt hatte. Die Geschichten aus ihrer Vergangenheit schienen ihn nicht erregt zu haben, egal wie lasterhaft sie waren.

Annie hatte nie zuvor einen Anlass gesehen, ihre Beziehungen zu hinterfragen. Ihr früheres Leben war zwar erbärmlich, aber dafür einfach gewesen. Sie wusste, dass die Männer sie wollten, denn schließlich bezahlten sie sie. Es zeigte sich in dem Geschäft selber – nicht schwieriger als der Kauf einer Pastete an einer Straßenecke: Appetit, Verlangen, Geschäftsabschluss, Befriedigung des Gelüstes. Aber jetzt, da sie Francis durchschaut hatte, da sie gesehen hatte, wie er sich vor ihrem Bild verausgabte, war alles noch rätselhafter. Fast schien es, als hätte dieses spezielle Gemälde ihn dazu bewogen. In ihrer Rolle als Jesebel, wo sie die Halbmonde ihrer Brüste gezeigt hatte, oder als Hure Babylon mit einem dunklen Haarschatten in der Leistengegend schien sie ihn nicht gereizt zu haben, und auch Evas wollüstiger Gesichtsausdruck oder die schimmernden, rot bemalten, wie eine Scham geöffneten Lippen Manons hatten nichts in ihm ausgelöst. Nein – er hatte es vor dem Bild von ihr in Knochenweiß getan, auf dem sie geziert und spröde wirkte in ihrem mit kleinen Zweigen verzierten Musselin und den Blumen in der Hand.

Doch trotz der Tatsache, dass zumindest ihr Bild ihm zu gefallen schien, bestand immer noch das sehr reale Risiko, dass er sie fortschicken würde. Seine Arbeit schien beendet zu sein; das mysteriöse Mädchen mit den weißen Kamelien markierte den Abschluss einer Reihe von intensiven Monaten, in denen sie alle diese gefallenen Frauen für ihn verkörpert hatte. Was er vor ihrem Bild getrieben hatte, war der tosende Gipfelpunkt dieser Zeit. Sie hatte furchtbare Angst, dass er sich jetzt von ihr abwenden würde, wie es die Bastarde nach ihrem Höhepunkt taten – wenn ihr Verlangen gestillt war, konnten sie ihr nicht mehr in die Augen sehen und wirkten beschämt.

Doch er schien keine solche Absicht zu hegen. »Sie und ich, wir haben gerade erst angefangen«, sagte er.

Seine eigenartige Stimmung war vergessen. Sie unterhielten sich und lachten wie früher, und die Sonne schien wieder. Jetzt, da er seiner Entscheidung Ausdruck verliehen hatte, sie in der Gower Street zu behalten, und sie gesehen hatte, was sie gesehen hatte, erwartete sie, dass er den nächsten Schritt machte und sie in sein Bett nahm. Aber das tat er nicht. Annie spürte, dass ihre Vereinigung unausweichlich war; es war eine Frage des Wann, nicht des Ob, aber er schien auf etwas zu warten. Die Zeit verstrich, und langsam begann Annie zu ahnen, was das war.

Als Francis gesagt hatte, sie hätten mit ihrer Arbeit gerade erst begonnen, meinte er damit nicht, dass es noch mehr zu malen gab, obwohl er von Zeit zu Zeit von weiteren Gemälden sprach, die er für die Zukunft plante. Er meinte hauptsächlich, dass es an der Erneuerung von Annie Stride noch viel zu tun gab. Er wollte sie komplett neu erfinden, eine neue Annie schaffen, die allein sein Geschöpf war und die ihre alte Haut abstreifen würde wie Evas grüne

Schlange. Und wenn sie seinen Vorstellungen entsprechend verändert war, frisch und neu wie die erste Frau, die auf der Erde wandelte, wie die Frau, die aus Knochen erschaffen worden war, dann, dachte sie, würde er sie nehmen. Die Vorstellung ließ sie sowohl vor unerträglicher Erregung als auch vor Abscheu erschauern; beides schien sich nicht voneinander trennen zu lassen.

Es gab viel zu tun. Francis war an die Sache herangegangen wie an eines seiner Gemälde. Er hatte ihr einen Hintergrund gegeben: die wasserweißen Fliesen des Badezimmers, das scheelesgrüne Atelier, den Salon aus arabischer Nacht. Er hatte zuerst die breiten Striche ausgeführt, die langen Schwünge mit Graphit, und ihren Körper und ihre Haare gesäubert und ihren Magen gefüllt. Dann hatte er die Farbe aufgetragen, ihr Schlafröcke und Morgenmäntel und Hauben und Schals in den juwelenähnlichen Schattierungen gegeben, die er bevorzugte.

Und jetzt, erst jetzt, nachdem sie Form und Farbe angenommen hatte, ging er zu den feineren Pinselstrichen über, den Details. Er begann ihre Sprache zu korrigieren. »Nicht ›ich hab nix‹, sondern ›ich habe keine‹. Und statt ›ich schätz mal‹ versuchen Sie, ›ich denke, dass‹ zu sagen.« Er sah sie eindringlich an. »Was *denken* Sie denn, Annie?«

»Worüber?«

»Irgendetwas. Alles.«

»Das weiß ich selber nicht.«

»Warum wissen Sie es nicht?«

»Tja.« Sie lachte plötzlich. »Das ist eine große Frage, nicht?«

»Auf die Sie keine Antwort haben?«

»Nein, schätze, die habe ich nicht.«

»Warum nicht?«

Sie seufzte. »Schätze, das liegt daran, dass mir keiner gesagt hat, was ich denken soll. Ich warte immer darauf, dass *sie* es mir sagen.«

»Wer?«

»Die Bastarde. Na ja, Männer, nehm ich mal an.«

»Ah«, nickte er. »Nun, das wird hier nicht passieren. Ich möchte hören, was Ihnen im Kopf herumgeht. Und damit Sie sich Meinungen bilden können, brauchen Sie Bildung.«

Er las ihr aus den Zeitungen vor. »Die Vorstellung, dass Frauen nichts von Politik verstehen, ist überholt«, erklärte er. »Ein Mann möchte keine hohlköpfige Gefährtin.«

»Ich bin also Ihre Gefährtin?« Mit einem Anflug ihrer alten Koketterie sah sie ihn mit halb gesenkten Wimpern an.

»Legen Sie Wert auf diese Bezeichnung?«, fragte er sanft.

»Man hat mich schon vieles genannt«, sagte sie. »Aber das hier ist neu für mich.«

»Aber Sie haben keine Einwände?«

»Unwahrscheinlich. Das heißt«, sie versuchte sich an einem ihrer neuen Ausdrücke, »ganz im Gegenteil.«

Gefährtin schien dasselbe wie Freundin zu bedeuten, klang aber gehobener; ihr neuer Status weckte Hoffnungen in ihr, also hörte sie zu und lernte eifrig.

»Die Vereinigten Staaten haben einen neuen Präsidenten«, verkündete Francis beim Frühstück. »Er heißt Franklin Pierce.« Er sah Annie über die Zeitung hinweg von der Seite an. »Was meinen Sie, auf wen er gefolgt ist?«

Sie verdrehte die Augen und rümpfte die Nase. »Millard Fillmore?«

Er lächelte. »Das ist richtig. Nächstes Mal ohne Gesichtsgymnastik.«

Er las weiter, dass Indien eine neue Eisenbahnstrecke von Bombay nach Thana hatte, und sie musste ihn informieren, dass Thana in der Provinz Maharashtra lag, und als sie hörte, dass Giuseppe Verdis neue Oper *Il Trovatore* in Rom uraufgeführt worden war, musste sie zwei weitere seiner Opern aufzählen.

Manche Schlagzeilen jedoch waren offenbar nicht für ihre Augen bestimmt. Ab und an runzelte Francis die Stirn, hörte auf zu lesen, faltete die Zeitung zusammen und schob sie zwischen das Kissen und die Lehne seines Stuhls, wo sie dann den Rest des Tages vergessen steckte. Einmal, als er am Abend in seinen Club gegangen war, fischte sie sie heraus, las die anstößige Seite und wünschte sofort, sie hätte es nicht getan. Eine Frau, der die Nase abgehackt worden war, war im unterirdischen Fleet River unter Seven Dials tot aufgefunden worden. Annie überlief ein eisiger Schauer. Sie wusste, dass rachsüchtige Zuhälter Mädchen so verstümmelten, dass sie nicht mehr arbeiten konnten, aber sie zu verunstalten und auch noch zu töten war furchtbar.

Beim Lesen dieser Geschichte empfand sie vieles, aber in dem Aufruhr Tausender Gefühle, die unter ihrem Korsett tobten, hoben sich zwei besonders hervor. Zuerst war sie erleichtert und dankbar dafür, nicht mehr Zuhältern, die einem die Nase abschnitten, oder dem dunklen Wasser des Fleet ausgeliefert zu sein, dass sie Francis vor Dankbarkeit die Füße geküsst hätte, wäre er in diesem Moment zu Hause gewesen. Zweitens breitete sich Wärme in ihr aus, weil er sie auf diese Weise beschützte; einst hatte sie selbst ein solches Leben geführt, aber heute wollte sie nicht einmal mehr etwas davon lesen.

Nachdem Francis sich vergewissert hatte, dass Annie die Buchstaben kannte (»Das habe ich nicht Ma und Pa zu verdanken. Der Priester von St. Matthew's hat uns das beigebracht.«), ermutigte er sie, selbst zu lesen; für den Anfang keine Bücher und auch nicht die Zeitungen mit den reißerischen Schlagzeilen, sondern eine Zeitschrift namens *Household Words*. Sie arbeitete sich durch Artikel über die Verbesserung der Gesellschaft oder wissenschaftliche Errungenschaften, aber ihr Lieblingsteil waren die Serien, die in kleine Stücke unterteilten Geschichten. Abends nach dem Dinner, vor dem Feuer in dem arabischen Salon, forderte Francis sie auf, ihm laut vorzulesen. Das tat sie mit wachsender Zuversicht, während er sie behutsam korrigierte, wenn sie über die schwierigeren Worte stolperte.

»*Wie konntest du mir das Leben schenken und mir all die un... unm...*«

»Unmerklichen.«

»*...unmerklichen Dinge nehmen, die es über den Status eines be... be...*«

»Bewussten.«

»*...bewussten Todes herausheben? Wo sind die Tugenden meiner Seele? Wo sind die Em... Empfindungen des Herzens? Was hast du getan, oh Vater, was hast du mit dem Garten getan, der einst in dieser großen Wildnis hier hätte blühen sollen?«, fragte Louisa, als sie ihr Herz berührte.*«

Irgendetwas an dem Absatz erinnerte sie an ihre eigene Geschichte, an ihren Pa und den oberen Raum des Old George, an Mary Jane und ihren deportierten Dad und ihren Verführer, mit dem sie mitgegangen war, weil er sie an ihn erinnerte. Und jetzt war Annie Stride aus Bethnal Green hier in der Gower Street und wurde wie eine Blume von diesem Mann gehegt und gepflegt, der ihr Nahrung und Wasser gab und sie zum Blühen ermutigte. Aber Francis war keine Vaterfigur. Er war jung, er sah gut aus, er war ... was *war* er? Ein Freund vielleicht, vielleicht ein Schulmeister, denn diese Rolle schien er häufiger zu spielen als jede andere. Manchmal kam sie sich wie ein Dummkopf vor, wenn er sie berichtigte, und war gekränkt, aber meistens folgte sie seinem Unterricht willig, da sie selbst fest entschlossen war, besser zu werden.

Sie entwickelte eine eigenartige zweilagige Sprechweise: zunächst formulierte sie die Sätze im Geist, übte sie stumm und sprach erst dann. Das führte zu einer sehr gemessenen Art des Sprechens, langsam und bewusst, der genaue Gegensatz zu ihrem angeborenen leidenschaftlichen Stakkato. Auf der Straße pflegte sie die Worte aneinanderzureihen wie Perlen auf eine Schnur, ohne mit ihrem nie enden wollenden Rosenkranz innezuhalten; ein Trick, den sie Mary Jane und ihrem Tausend-Worte-pro-Minute-Norfolksprechstil abgelauscht hatte. Jetzt war sie über die mit ihr vorgegangene Wandlung entzückt, hatte das Gefühl, dass jeder geschliffene Vokal, jeder knappe Konsonant sie weiter von der St. Jude's Street forttrug.

Francis schien über ihre wohlüberlegte Sprechweise und ihr Vokabular, das umfangreicher geworden war, unangemessene Worte aber ausließ, sehr erfreut zu sein. Er erwies ihr die Ehre, sie nie gönnerhaft zu behandeln – er benutzte lange Worte und komplizierte Gedankengänge, um sie zu fordern, und erwartete von ihr, dass sie sich auf seine Ebene begab, statt auf ihre hinabzusteigen. Wenn sie ein Wort nicht kannte, setzte er voraus, dass sie es lernte, was sie auch tat. »Alles Schritte in die richtige Richtung«, sagte er, und Annie lächelte dann nachsichtig und dachte mithilfe ihres neuen großen Lexikons, wie konventionell er doch für einen Bohemien war.

Er bestand ebenfalls unnachgiebig auf guten Manieren. Er lehrte sie nicht nur, korrekt zu sprechen, sondern auch, wie sie gehen, anderen die Hand schütteln, ihre Handschuhe an- und ausziehen und wie sie ihren Fächer handhaben sollte. Bevor sie nicht »bitte« gesagt hatte, bekam sie keinen Bissen zu essen und durfte ohne ein »Danke« nicht vom Tisch aufstehen. »Undankbarkeit«, pflegte er zu sagen, »ist die abscheulichste aller Sünden.« Annie fielen zahllose ein, die schlimmer waren, aber sie schwieg und tat, wie ihr geheißen. Schließlich schuldete sie Francis alles und wollte nicht, dass er ihr je seine Gunst entzog.

Sie begriff schnell, lernte innerhalb kürzester Zeit, wann Dankesbezeugungen von ihr erwartet wurden, und äußerte sie bereitwillig und fröhlich, weil es sie freute, Francis das zu geben, was ihm zustand. Kein Wunder, dass er Dankbarkeit von ihr einforderte, schenkte er ihr doch nicht nur ein neues Leben, sondern ein neues Selbst. Und was sie betraf, so war sie mit ihrer Wiedergeburt rundum glücklich. Es gab nichts von Bethnal Green, was ihr lieb und teuer genug gewesen wäre, um es sich bewahren zu wollen.

Nachdem die langen Sitzungen für die Gefallene-Frauen-Serie beendet waren, setzte Francis Annies Unterricht außerhalb des Hauses fort. »Sie sind eine geborene Schauspielerin«, sagte er, »und sind für mich in die Rollen all dieser unseligen Frauen vom Alten Testament bis hin zur Moderne geschlüpft. Jetzt möchte ich, dass Sie eine andere bedeutende Schauspielerin sehen. Eine der Größten ihres Faches gibt im Adelphi die Isabella in Shakespeares *Maß für Maß*, und ich habe es geschafft, Karten zu bekommen.«

Annie wusste wenig über Shakespeare und noch weniger über das Stück und hatte noch nie von der Schauspielerin gehört, von der Francis sprach, aber das Adelphi-Theater kannte sie gut, oder zumindest die Bögen darunter, die auf den stinkenden Fluss hinausgingen, daher war sie neugierig darauf, es aus ihrer neuen Perspektive zu sehen. Außerdem war sie nach wochenlangem Eingesperrtsein in der Gower Street reif für einen Ausflug in die Stadt. Seit jener schrecklichen Nacht auf der Seufzerbrücke war sie nicht mehr aus dem Haus gegangen; sie kam sich jetzt wie ein völlig anderes Mädchen vor und war begierig zu sehen, wie die Welt wie ein altes Fass weitergerollt war, seit sie davon abgesprungen war.

An dem besagten Abend brachte Eve ihr ein Kleid, das Francis selbst ausgesucht hatte, ein wunderschönes Stück aus goldener – nein, berichtigte sie sich stumm, aus topasfarbener Seide, der Farbe ihrer Augen. Sie ließ sich von Eve hineinhelfen und das Korsett schnüren. Die Krinoline war voluminös und bauschte den glänzenden Rock, als würde er von unsichtbaren Fingern auseinandergezogen. Mieder, Oberteil und Ärmel waren mit gemusterter Goldspitze bedeckt. Eve drehte ihr Haar tief im Nacken zu einer großen Rolle zusammen und steckte die schwere Masse mithilfe von mit Tigeraugen besetzten Kämmen fest. Das Haar auf ihrem Kopf wurde in der Mitte gescheitelt und eng an den Kopf frisiert, und über ihren Ohren und ihrer Stirn formte das Mädchen mit dem Brenneisen ein paar lose rotgoldene Strähnen zu kecken Löckchen.

Annie strich das Kleid an ihrem Körper glatt, während sie sich im Spiegel betrachtete. Sie erinnerte sich an die Zeit, als sie mit Mary Jane als Lockvogel unterwegs gewesen und dafür bezahlt worden war, in einem schönen Kleid über den Strand zu promenieren und Männer in die Pensionen zu locken. Diese Kleider waren billig und grell gewesen, auch wenn sie aus der Entfernung kostspielig wirkten und einem Mädchen aus Bethnal Green wie der Stoff Salomons erschienen waren. Jetzt wusste sie, dass sie mit ihren Glassteinen und schlechten Nähten keiner eingehenderen Betrachtung standhalten würden. Dieses Topaskleid wies auf einem Zoll seines Stoffes mehr feine Stickerei auf als jedes auffällige Kleid, in dem sie die Bastarde angelockt hatte.

Der Spiegel sagte ihr, dass sie eine Lady war. Sie hatte gelernt, wie sie sprechen und sich verhalten musste, und nun in diesem Kleid war auch die äußerliche Verwandlung perfekt. Sie musterte sich genauer. Wer war dieses Spiegelbildmädchen? Würde sie sich in der Gesellschaft zu benehmen wissen? Es war schön und gut, mit Francis in der Gower Street die Dame zu spielen; in ihrem eigenen privaten Salonstück. Aber jetzt wollte sie ihn unbedingt stolz machen, ihn nicht in der Öffentlichkeit enttäuschen, und sie musste damit beginnen, dass sie pünktlich war – er wartete auf sie. Sie warf einen letzten zweifelnden Blick in den Spiegel. Wo war Annie Stride?

Sie legte einen tabakbraunen Abendumhang nebst Muff an, streifte die Handschuhe Finger für Finger über, wie sie es gelernt hatte, und ging, um Francis am Fuß der Treppe zu treffen. Er trug seinen Frack, seine Haare waren gebändigt, und er hielt seinen Zylinder in der Hand. Vielleicht hatte sie sich zu sehr an ihn gewöhnt, denn als sie ihn in diesem Moment in Abendkleidung sah, traf sie sein gutes Aussehen wie ein Schlag, und sie eilte eine Spur zu eifrig, um elegant zu wirken, die Treppe hinunter. Als sie den ihr dargebotenen Arm nahm, wurde ihre Aufregung nur von der allgegenwärtigen Schale mit Kamelien auf dem Tisch in der Halle gedämpft, die ihren süßen verderblichen Duft verströmten.

An diesem Sommerabend erschien London Annie fremd. Vielleicht hatte sie sich selbst verändert, oder vielleicht unterschied sich auch das London, das man von einer Droschke aus sah, sehr von dem, das man von den Straßen aus betrachtete. Von einer Kutsche aus war es leicht, die Bettler im Schatten und die Frauen unter den Bögen zu ignorieren. Die Straßen, die Francis nahm, waren sauber und breit, die Viertel anständig und gut beleuchtet. Aber als sie das Adelphi erreichten, befand sie sich auf vertrauterem Boden. Sie war nur einen Katzensprung vom Haymarket und ihren alten Geistern entfernt – sie hätte ihn im Nu zu Sam's oder Lizzie's oder den Burlington Rooms mitnehmen können, um den Abend dort in weit weniger erlesener Gesellschaft zu verbringen als der der aufgeputzten Theaterbesucher, die sich auf dem Gehweg drängten.

Dieses andere London, das London unter der Haut, war so nah. Annie warf Francis einen Seitenblick zu, als er sie in das glitzernde Foyer führte, und fragte sich, ob er es wusste. Sie dachte an das Mädchen im Spiegel und die dünne Schicht versilberten Quecksilbers, die diese schmucke Lady von ihrem wahren Selbst trennte, und drückte dankbar Francis' Arm. Ohne ihn hätte Annie Stride genauso gut dort wie hier sein können. Er machte den Unterschied aus. Sie war nur ein paar Yards von der Gosse entfernt, schwebte aber dennoch hoch über all dem Elend und der Verzweiflung, nicht mehr in der Dunkelheit, sondern im Licht.

Ein in Rot und Gold gekleideter Platzanweiser geleitete sie eine Marmortreppe hinauf, über der ein Schild mit der bizarren Aufschrift: »Zu den Göttern« prangte. Annie war sich bewusst, dass sie mit jeder Stufe, die sie erklomm, die Frauen unter den Bögen weiter hinter sich ließ. Sie wurden in eine private Loge geführt, und als sie zum Rand trat und ihre behandschuhten Finger auf die Balustrade legte, um darüber zu spähen, erstreckte sich das vergoldete Theater unter ihr. Die Götter, in der Tat. Sie war hoch oben im Himmel und hätte auf die Köpfe der unter ihr sitzenden, juwelengeschmückten Damen spucken können. Sie waren alle modisch und elegant, aber sie war eleganter.

»Gefällt es Ihnen?«, fragte Francis.

Sie nickte. »Whitechapel geht nicht in Lederhandschuhen und weißer Krawatte zu Theaterstücken.«

»Sie sind jetzt nicht in Whitechapel«, sagte er.

»Nein«, bestätigte sie. »Das bin ich nicht.«

Als sie es sich in ihrem roten Plüschsitz bequem machte, wurde ihr erneut bewusst, wie reich Francis sein musste. Sie dachte an die scheelesgrüne Tapete, das Badezimmer, die Wildpastete, den Landsitz in Norfolk. Im Lauf der vergangenen Monate war es ihr nicht ein einziges Mal in den Sinn gekommen, sein Haus auszuräumen und zu verschwinden. Zu dieser Art Mädchen wollte sie nicht gehören – sie wollte aufsteigen, nicht abstürzen; es gefiel ihr hier bei den Göttern am Ende der marmornen Treppe. Mit Schaudern dachte sie an die Mädchen, die als Diebinnen überführt wurden. Sie endeten entweder vor dem Schnabel oder trieben irgendwann im Fleet, diesem geheimen unterirdischen Fluss, in den ihre Leichen geworfen und selten gefunden wurden.

Francis wandte sich ihr zu, als das Licht gedämpft wurde. »Ich hoffe, dass das Stück Ihnen gefallen wird«, flüsterte er so höflich, als wäre sie die Königin persönlich. »Ich denke, das Thema könnte Sie persönlich interessieren.«

Annie gefiel das Stück nicht. Die Kostüme und das geschickt gemalte Bühnenbild fanden ihren Beifall, aber das Drama fand sie langweilig, es gab so viel Gerede. Die Pause machte ihr Spaß, weil Francis ihnen Sorbet und ein paar kleine Kastanien von der Theaterbar holte. Ihre Haarnadeln stachen in ihre Kopfhaut, und ihr Haar fühlte sich in ihrem Nacken schwer an und schien ihren Kopf nach hinten zu ziehen. Beim zweiten Akt schlief sie gegen ihren Willen in der Wärme des Theaters und dem bequemen Plüschsitz ein, und ihr Kopf sackte gegen Francis' Schulter. Sie wachte mit der Wange an seiner steifen Hemdbrust auf und richtete sich benommen auf. In ihrem früheren Leben hätte sie mit einer Ohrfeige gerechnet, wenn sie in Gegenwart eines Kunden eingeschlafen wäre, aber Francis lächelte sie nur an und nickte in Richtung der Bühne. Sie straffte sich, blinzelte, tat ihr Bestes, das Geschehen zu verfolgen, und spitzte die Ohren, um die Sprache, so dick und zäh wie Londoner Nebel, zu verstehen.

Die Szene schien in einer Gefängniszelle zu spielen, das verrieten die Gitterstäbe an den Fenstern und das helle, kunstvoll hindurchfallende Licht. Ein Mann war eingekerkert worden, und seine Schwester, eine Nonne, besuchte ihn. Der Name der Schwester war Isabella, und Francis stieß Annie fest an, als sie die Bühne betrat. Das musste demnach die berühmte Schauspielerin sein, die sie unbedingt sehen sollte. Annie hielt nicht viel von ihr. Sie war auf eine maskuline Art zwar attraktiv, aber keinesfalls eine Schönheit; ihre Stimme erinnerte an die der Frauen, die in Billingsgate den Preis für Fische brüllten, und ihr Umfang war dermaßen, dass sie ihre Ordenstracht zu sprengen drohte. Doch demnach zu urteilen, was Annie der nahezu unverständlichen Sprache entnahm, war Isabella für irgendeinen Herzog das Objekt leidenschaftlicher Begierde. Ihr Bruder versuchte sie dazu zu bewegen, mit dem Herzog zu schlafen, um sein eigenes Leben zu retten, aber Isabella weigerte sich.

Die Schauspielerin, deren markante Züge von dem weißen Nonnenschleier umrahmt wurden, machte ihre Sache recht gut, als sie ihre kostbare Unschuld verteidigte und sich unbeirrt weigerte. Aber Annie fand ihre Vorstellung irgendwie übertrieben – wie den Geruch dieser vermaledeiten Blumen, die Francis bevorzugte. Ihre Isabella war entschieden zu süß. Annie hatte das unschuldige Mädchen gespielt, seit sie keines mehr gewesen war, und sie wusste, dass man nicht zu viele Eier in den Pudding schlagen durfte. Ein Wimpernklimpern, ein zu Boden gesenkter Blick reichte aus, es bedurfte all dieses Kreischens und Schluchzens nicht. Aber vielleicht lautete die Wahrheit auch einfach, dass sie nichts vom Theater verstand, denn das Publikum war begeistert; alle erhoben sich mit jubelndem Beifall, klatschten in die Hände und stampften sogar mit den Füßen.

Annie klatschte gleichfalls höflich, bis Francis ihr ihren Umhang reichte. Doch wie sie allmählich lernte, entging ihm nicht viel. »Ich fürchte, der Abend hat Sie gelangweilt«, bemerkte er.

Annie schämte sich in Grund und Boden. »Nein, Francis, das dürfen Sie nicht sagen. Es war sehr schön.«

»Ich hatte gedacht, Sie könnten sich mit den Themen des Stücks identifizieren.«

»Ich bin wirklich nicht richtig schlau daraus geworden. Habe nur verstanden, warum die Nonne nicht getan hat, was ihr Bruder von ihr verlangte.«

»Nun, Isabella war fest davon überzeugt, dass sie verdammt wäre, wenn sie sich dem Herzog, Antonio, hingeben würde. Und dass ihr Bruder, Claudio, ebenfalls verdammt wäre, wenn er sie überreden würde, sich entehren zu lassen.«

»Oh«, räumte Annie ein. »Sieht aus, als hätte ich das auch nicht richtig begriffen, jedenfalls nicht so, wie Sie es eben erklärt haben.«

»Was glauben Sie denn, warum Isabella sich geweigert hat, mit dem Herzog zu schlafen?«

»Weil's doch ihr Körper ist, nicht?« Sie hatte Mühe, die richtigen Worte zu finden. »Tu es für dich, tu es für Geld, aber tu es nicht für einen Mann. Es ist wie mit dem Lamm.«

»Dem Lamm?«

»Dem Lamm in dem Bild. Von der Hure von Babylon. Sie sagten, das Lamm auf dem Boden wäre ein Opfer; etwas, was zum Wohle anderer sterben musste.«

»Da haben Sie recht.« Er schien zufrieden mit ihr zu sein. »Isabella *war* genau wie das Lamm.« Er öffnete ihr die vergoldete Logentür. Vom Treppenhaus drang Gelächter und Stimmengewirr herein. »Darf ich davon ausgehen, dass Sie sich nicht für Ihre Brüder opfern würden?«

Bethnal Green drängte an die Oberfläche. »Hölle und Teufel, Francis. Ich würde ihnen keinen Penny geben. Sie waren nur ein Haufen lästiger Rotznasen. Ein paar der Mädchen waren in Ordnung.« Sie erinnerte sich an kleine, klebrige Hände, die sich in ihre schmiegten. »Aber was mich angeht, ich würde mich nicht ...«

»Opfern.«

»... für irgendwen oder irgendwas opfern.«

Er war so interessiert, dass er vergaß, ihre nachlässige Sprache zu rügen. »Nein? Würden Sie das wirklich nicht tun, Annie?«

»Nein.«

Er bot ihr den Arm und führte sie die Marmortreppe hinunter. In dem allgemeinen Lärmpegel mussten sie sich zueinander beugen, so dass ihr Gespräch selbst inmitten der Menge merkwürdig intim war. »Was, wenn es um jemanden ginge, den Sie wirklich lieben?«

Sie überlegte. »Kann ich nicht sagen. Hab noch nie ...« Plötzlich konnte sie ihn nicht ansehen.

»Ja?«, drängte er sanft.

»Na ja, ich hab noch nie so was empfunden.«

Er nickte langsam. »Dann lassen Sie es mich anders ausdrücken. Was, wenn jemand Ihnen einen großen Dienst erwiesen hätte, vielleicht sogar viele Dienste? Wäre diese Person Ihr Opfer wert? Könnte ein solcher Mensch, den Sie schätzen, wir wollen es nicht Liebe nennen, nicht Ihre *Dankbarkeit* erwarten?«

Das war ihr Stichwort. Sie wusste, was er von ihr erwartete. »Lieber Francis«, sagte sie. »Sie sind der einzige Mensch, dem ich eine solche Loyalität schulde. Und für Sie würde ich natürlich alles tun.«

Damit schien er zufrieden zu sein, aber Annie hielt es immer noch für notwendig, das Gespräch auf das Stück zurückzulenken. Als sie das funkelnde Atrium des Theaters betraten und unter den Kronleuchtern entlangschritten, fragte sie: »Wie ist sie denn nun aus der Sache herausgekommen?«

Francis runzelte leicht die Stirn, als wäre er in Gedanken anderswo.

»Isabella«, fügte sie erklärend hinzu. »Wie hat sie sich davor gedrückt, mit dem Herzog schlafen zu müssen? Sie hat ihn zurückgewiesen, aber ihr Bruder ist trotzdem am Leben geblieben. Diesen Teil habe ich nicht verstanden.«

»Nun, sie haben eine andere junge Dame namens Mariana dazu überredet, an ihrer Stelle mit ihm das Bett zu teilen. Sie hat es schon vorher ... mit der Tugend nicht so genau genommen.«

Annie schnaubte. »Ich denke, dann war es wohl nicht so wichtig, ob *sie* verdammt wird.«

Sie traten auf die Straße hinaus, und Francis winkte eine Droschke herbei. »Ich glaube, der Grundgedanke war, dass

Marianas Sünde nicht so schwer wiegen würde, weil keine... ähem... Jungfräulichkeit im Spiel war.«

»Na ja, das kann ich nachvollziehen«, gab sie zu. »Hat man erst mal das Siegel einer Flasche Gin aufgebrochen, kann man auch den Rest trinken, eh?«

»Wenn Sie das sagen.« Eine Droschke hielt vor ihnen, und der Kutscher tippte sich an den Hut. »Eine Frage beschäftigt mich bei dem Stück immer wieder«, fuhr Francis fort. »Wieso hat der Herzog nicht gemerkt, dass die Frau in seinem Bett nicht die Dame seines Herzens ist.«

»Nachts sind alle Katzen grau.«

Er lachte und half ihr in die Kutsche. Als sie Annies Röcke und Francis' Hut zurechtrückten, meinte er: »Vielleicht bevorzugen Sie eine andere Art der Unterhaltung?«

Sie wollte ihn nicht enttäuschen und versuchte ihm etwas von ihren Gedanken während der Aufführung zu übermitteln. »Ich denke, Mr. Dickens könnte Mr. Shakespeare besiegen, wenn es zu einem Wettstreit käme.«

Er lächelte. »Vielleicht sagen wir besser, Sie ziehen zeitgenössische Literatur der der Renaissance vor. Wäre das ein Kompromiss?«

Sie zog den Kopf ein. »Mr. Dickens schreibt über das London, das ich kenne. Cheapside, Cornhill, Marshalsea. Und den St.-Giles-Friedhof; die armen Seelen, die da liegen, gehörten nicht unbedingt zu den rechtschaffenen Leuten. Er weiß das, weil er es gesehen haben muss.«

»Wie sahen denn Ihre Zerstreuungen aus, bevor Sie mich kennengelernt haben? Können Sie mir die beschreiben?«

Sie blickte auf. »Ich könnte sie Ihnen *zeigen*.« Plötzlich, ganz unerwartet, vermisste sie die Freuden ihres früheren

Lebens. Sie vergaß die glücklosen Frauen unter den Bögen. Gewiss war sie jetzt als Dame doch auch in Sicherheit? Und sicherlich war nichts dabei, Francis aus der Distanz des Wohlstandes heraus einen Blick auf die Vergnügungen des gemeinen Volkes zu ermöglichen.

»Sie mir zeigen?«

»Ja. Ich könnte Ihnen etwas zeigen, da würden Ihnen die Augen aus dem Kopf fallen. Sagen Sie dem Kutscher, er soll uns nach Vauxhall Gardens bringen.«

Francis hob eine Braue. Sie wusste, was das zu bedeuten hatte. Vauxhall Gardens war alles andere als ein achtbarer Ort, aber dennoch kamen Gentlemen dorthin, nicht nur wegen der Mädchen, sondern auch wegen der dort gebotenen Unterhaltung. Sie versuchte seine Bedenken zu zerstreuen. »Keine Sorge, es war früher einmal ein Ort für Könige, und ich habe selbst schon Angehörige des Königshauses da gesehen.«

Das war nicht gelogen. Sie hatte tatsächlich den Duke of Clarence dort gesehen; nicht aus der Nähe, aber die Gerüchte von seiner Anwesenheit hatten sich in den Gärten verbreitet wie ein Lauffeuer. Sie hatte nicht mehr als eine hochgewachsene Gestalt mit wie Lackleder glänzendem Haar und der wachsamen Haltung eines Reihers erblickt. Francis jedoch, den dieser Verweis auf das Königshaus anscheinend überzeugt hatte, lehnte sich aus dem Fenster, um dem Kutscher die entsprechenden Anweisungen zu erteilen.

Annie beugte sich ungeduldig vor. »Da ist noch etwas.«

»Ja?«, sagte er nachsichtig.

»Dürfte ich meine Haare lösen? Diese Haarnadeln bringen mich um.«

Er lächelte. »Nun, da wir den Fluss überqueren, kommt es nicht darauf an, ob Sie eine südlich der Themse ... üblichere Frisur tragen.«

Nach drei Monaten in Francis' einer Schmuckschatulle gleichendem Haus in der Gower Street erschienen Annie die Vauxhall Gardens viel schäbiger, als sie sie in Erinnerung hatte. Der kleine Platz davor wimmelte von Droschken, und an der Kasse hing ein riesiges abblätterndes Plakat eines sich verbeugenden Zeremonienmeisters mit den Worten »Willkommen in der königlichen Residenz« auf einem ausgeblichenen Band über seinem Kopf. Alles wirkte wenig royal; trotz ihrer Proteste Francis gegenüber machte der Ort den Eindruck, als hätte sich die Aristokratie längst verabschiedet.

Sie hätte kehrtgemacht, aber Francis bezahlte bereits ihren Schilling pro Person an den Toren. Hinter dem Eingang wurde es besser, denn die Gärten waren kunstvoll mit Kalklichtern und Gaslaternen erleuchtet. Brennende Fackeln markierten die Pfade, und Feuerschlucker sorgten für weiteres Licht in der Nacht. Es war alles recht angenehm, und doch konnte Annie sich des Gedankens nicht erwehren, dass sie jetzt in die Abgründe der Hölle hinabstieg, während die Marmortreppe des Adelphi sie zu den Göttern emporgeführt hatte.

Es war das erste Mal, dass sie, statt zu arbeiten, müßig durch die Vauxhall Gardens schlenderte. Nie war sie in Begleitung hergekommen, sondern bevorzugt alleine, um sie am Arm eines Gentleman wieder zu verlassen. Entschlossen verdrängte sie jeden Gedanken an das Fegefeuer und gestattete sich, sich in Francis' Gesellschaft sicher und über alles erhaben zu fühlen. Sofort erspähte sie all die Dirnen, die sich wie ein Schwarm bunter Wasservögel am See tummelten. Inzwischen konnte sie ihre farbenfrohen Petticoats und die Rougekreise hoch oben auf ihren Wangen betrachten, ohne etwas anderes als nachsichtiges Mitleid zu empfinden.

Francis folgte ihrem Blick. »Hat man Sie früher auch unter ihnen gefunden?«

»Als ich das letzte Mal hier war, ja«, erwiderte sie, und bevor er eine Andeutung fallen lassen konnte, fügte sie hinzu: »Dank Ihnen bin ich jetzt viel besser dran.«

Er wahrte Abstand; schlug einen Bogen um die Mädchenschar. Annie interessierte seine Reaktion auf den Anblick anderer Angehöriger ihres Gewerbes; er beobachtete sie mit misstrauischer Faszination und schien zu zögern, sich nah genug an sie heranzuwagen, um sie zu Pfiffen zu veranlassen, aber er war so galant wie immer. »Sie geben ein hübsches Bild ab«, meinte er.

»Nachts schon«, sagte sie. »Geschminkt sehen sie gut genug aus, aber tagsüber, puh! Da ist die Sache gleich ganz anders.«

Sie gingen ein gutes Stück weiter, bevor Francis wieder das Wort ergriff. »Das gilt auch für den Garten. Er ist eine verschlagene alte Hure.«

Annie verstand sofort, was er damit meinte. Sie war im Morgengrauen hier gewesen, wenn die Risse sichtbar wurden und die Farbe verblasste und das helle Tageslicht in die schattigen Ecken drang. Im Moment jedoch gab es nur Farbe und Vergoldung. Sie kamen an einem zwergenhaften

Mann in voller Abendgarderobe vorbei, der eine Riesin in einem blauen Mantel mit Pelzbesatz und Haube an der Hand hielt. Dort war der Maurenturm, auf dessen Spitze ein wie ein Mohr angemalter Bursche Feuer spuckte. Da auf der Rotunde, unter dem bröckeligen Kronleuchter aus Pappmaché, balancierte ein Junge auf einem großen blauen, mit goldenen Sternen verzierten Ball; bewegte ihn nur mit den Füßen eine Rampe hinauf und hinunter. Niemand schien Notiz von ihm zu nehmen, denn in den Pavillons und Lauben mit ihren Blumen spreizten sich die Gentlemen wie die Pfauen, und Mädchen schmiegten sich an sie. Alles in der Rotunde war falsch: Die Blumen bestanden aus Papier, die Ladys waren keine echten Ladys und die Gentlemen keine Gentlemen.

Sie gelangten tiefer in die Gärten, wo Sänger auf wackeligen Bühnen ihre populären Lieder zum Besten gaben. Über ihren Köpfen stieg ein Fesselballon aus grüner und gelber Seide auf, die Gasbrenner röhrten wie Löwen, und die Damen im Korb kreischten. Ein Eremit in einer Gipsgrotte, dessen Bart so falsch war wie seine Höhle, rief ihnen etwas zu und versprach, ihnen die Zukunft vorherzusagen. Francis scheuchte ihn weg, warf ihm aber eine Münze zu. Der alte Mann biss darauf, fixierte sie dann mit seinen hellen Augen und sagte statt eines Dankes: »Bleiben Sie auf dem Weg, junger Sir, junge Miss.«

Als sie noch tiefer in die Gärten vorgedrungen waren, benötigten sie eine Erfrischung und teilten sich einen Becher Punsch und eine Platte mit papierdünn geschnittenem Schinken. Ein Freiluftorchester spielte mit mehr Begeisterung als Können; französische Clowns riefen: »Hoppla!«, bevor sie Salti quer über den Weg schlugen. Endlich gelangten sie zu einem kunstvoll aus Resonanzböden errichteten Feuerwerksplatz, der langen Bogenarkaden und einem Turm mit Jadespitze glich.

»Das steht für Venedig«, erklärte Francis mit Belustigung in der Stimme. »Soll die Piazza San Marco in Venedig darstellen.«

Annie hörte die Wärme in seinem Tonfall und sah sein Gesicht im Fackelschein, die Sternexplosionen des Feuerwerks in seinen Augen. »Schauen Sie.« Sie deutete auf einen Akrobaten, der sich als Joe Il Diavolo vorstellte und mit Knallbonbons und Krachern an seiner Kappe und seinen Absätzen einen todesmutigen Sprung von dem Schindelturm wagte.

Auf der Suche nach weiteren Zerstreuungen schlenderten sie durch die langen, überdachten, mit Sägespänen bestreuten und von bunten Öllampen erleuchteten Arkaden und sahen sich die Nebenvorstellungen an. In einer Wundertrommel lief ein Rennpferd ein endloses Rennen gegen sich selbst, und dann blickten sie in ein Stereoskop und sahen sich eine Reihe von Bildern an, auf denen sich eine dicke Frau ihrer Kleider entledigte; mit jedem Foto – klick, klick, klick – wurde mehr Fleisch entblößt, und sie lachten, als die Frau auf dem letzten Bild gezwungen war, sich hinter einer Schusterpalme zu verstecken.

»Na bitte«, sagte Annie triumphierend. »Das war doch mal was. Erst ist sie angezogen und nach ein paar Klicks so nackt wie Eva im Garten Eden.«

»Ein geschickter Trick, das muss ich zugeben«, bestätigte Francis, als sie in die Nacht hinausgingen. »Aber ich muss mich auf Mr. Shakespeares Seite stellen und behaupten, dass die Vauxhall Gardens vielleicht die Sinne mehr erfreuen, seine Stücke aber eine bessere Nahrung für den Geist sind.« Er drehte sich unter dem vom Feuerwerk erleuchteten Himmel zu ihr um. »Hand darauf?«

Lächelnd ergriff sie seine Hand, dann schob er sie unter seinen Arm, und sie machten sich in perfektem Einvernehmen auf die Suche nach dem Ausgang.

Aber sie bogen irgendwo falsch ab und gelangten an einen Ort hinter den Arkaden, wo keine kleinen bunten Lampen den Weg beleuchteten und die Dunkelheit wieder die Vorherrschaft übernahm. Annie fröstelte plötzlich. Noch vor einem Monat hätte sie mit keiner Wimper gezuckt, wenn sie sich auf dem Straßenstrich wiedergefunden hätte. Jetzt bekam sie es fast mit der Angst zu tun. Wieder hörte sie den falschen Eremiten sagen: »Bleiben Sie auf dem Weg, junger Sir, junge Miss«, aber sie konnte nicht ergründen, ob er zu einem anderen Paar oder in ihrer Erinnerung sprach.

Als sie bei einem kleinen Baumdickicht um die Ecke bogen, schrak Annie zusammen, weil eine grässliche Gestalt aus dem Dunkel geschlurft kam. Die Frau, wenn es sich denn um eine Frau handelte, war zerlumpt und stank, hatte keinen Zahn im Mund, das Gesicht war von tausend Falten durchzogen, ihr Kleid bis zur Taille geschlitzt, um zwei lange schlaffe, längst vertrocknete Brüste zur Schau zu stellen. Die scheußliche Vettel streckte eine Klaue aus und packte Francis am Unterarm.

»Ha, ich kenn dich doch, nicht wahr, mein Schatz? Bleib doch ein Weilchen, Hübscher, so wie früher.«

Annie erhaschte einen Blick auf Francis' entsetztes Gesicht. »Madam«, stammelte er. »Sie müssen sich irren. Ich...« Als sie die Furcht in seiner Stimme hörte, verflog ihre eigene, und sie empfand plötzlich einen starken Beschützerinstinkt. Er hatte ihr so sehr geholfen, jetzt war sie an der Reihe.

Sie schob ihn zur Seite und baute sich mit vorgeschobenem Kinn und in die Hüften gestemmten Händen vor der Frau auf. »Verpiss dich in die Schatten zurück, bevor ich dich aufschlitze«, zischte sie. »Du hast schon so lange keinen anständigen Mann mehr gesehen, dass du ihn nicht erkennst, selbst wenn du über ihn stolperst.«

Die Vettel lachte humorlos. »So was wie 'nen anständigen Mann gibt es nicht«, verkündete sie, dann kam sie näher, und in ihren Korinthenaugen flackerte Wiedererkennen auf. »Na, wenn das nicht die kleine Annie Stride ist, aufgeputzt wie eine feine Dame. Du erinnerst dich an mich, Herzchen? Ich bin es, Mutter. Ich hatte ein Auge auf dich, als du den Lockvogel gemacht hast, hab dich behütet wie meine eigene Tochter. Komm schon, Annie«, keuchte sie, »greif mir um der alten Zeiten willen ein bisschen unter die Arme. Gab mal 'ne Zeit, da warst du dir nicht zu gut dazu, zu teilen, du und diese Mary Jane.« Sie streckte eine Hand aus, um Annie in die Wange zu kneifen, verfehlte sie aber um einiges und schwankte. Die Ginschwaden, die ihrem griesgrämigen Mund entströmten, verrieten den Grund dafür, dass sie so unsicher auf den Beinen war.

Annie zuckte zusammen, als hätte die Frau es geschafft, sie zu berühren. »Lass mich in Ruhe«, fauchte sie, »oder ich schlitze dich bis zur Möse auf. Ich gehöre nicht zu dir und deinesgleichen und werde es auch nie tun.«

Als sie zurückwich, prallte sie gegen Francis; sie hatte ihn über diese grauenhafte Erinnerung an ihr altes Leben fast vergessen, aber auf ihrer Flucht packte sie ihn am Arm und zog ihn hastig zum Feuerwerk und zum Licht zurück. Über die Pfiffe und das Krachen hinweg konnte sie die alte Kupplerin rufen hören: »Du *bist* eine von uns, Annie Stride, egal was für teure Kleider du trägst. Ich weiß noch genau, wie du den Lockvogel gespielt hast. Und was anderes bist du jetzt auch nicht.« Mit diesen Worten zog sie sich keckernd lachend in den Schatten zurück.

Annie zitterte so heftig vor Wut, dass sie erst nach einigen Momenten bemerkte, dass Francis ebenfalls zitterte. Sie führte ihn auf direktem Weg und unbeirrt zum Tor hinaus zu einem wartenden Hansom und half ihm hinein, wie er einst ihr hineingeholfen hatte. Selbst im Lampenlicht konnte sie sehen, wie blass er geworden war.

»Machen Sie sich nichts daraus, Francis«, sagte sie. »Es ist ein alter Trick, zu behaupten, sie kennt Sie. Sie hat nur versucht, Sie festzuhalten und Sie dazu zu bringen, mit ihr zu reden. Sie sollten sich ihr verpflichtet fühlen. Meistens wissen die jungen Burschen, die den Straßenstrich besuchen, nicht, wen sie schon mal hatten und wen nicht.«

Er versuchte zu lächeln, aber sie konnte sehen, wie erschüttert er war. Ein paar Minuten lang konnte er nur schweigend aus dem Fenster schauen und sich von irgendeinem persönlichen Gefühlsaufruhr geschüttelt auf die Lippe beißen, als die Kutsche sie Richtung Norden brachte, über die Vauxhall Bridge zur richtigen Seite des Flusses, in Sicherheit. Mehr denn je bereute sie den Impuls, der sie dazu bewogen hatte, ihn in die Gärten mitzunehmen. Was hatte sie sich nur dabei gedacht? Sie hatte den Abend damit begonnen, Marmorstufen zu den Göttern emporzusteigen. Sie hatte in dem bemalten Himmel inmitten der Cherubim gesessen, höher als all die anderen Leute. Welcher Teufel hatte sie geritten, nicht nur die Stufen zur Welt der Sterblichen hinunterzusteigen, sondern sich in noch tiefere Abgründe zu begeben, in die Unterwelt, die sie einst bewohnt hatte?

»Annie, Sie waren...« Francis stockte. »Ihr Benehmen, Ihre Sprache... ich habe Sie kaum erkannt.« Er schüttelte leicht den Kopf, als wäre ihm nach einem Schlag schwindelig. »War das wirklich Ihre Mutter?«

An einem anderen Tag hätte sie vielleicht gelacht, aber in diesem Moment war ihr nicht nach Lachen zumute. »Nein. Sie erinnern sich an Mary Janes Geschichte? Diese Hexe war ihre Hurenwirtin im Bordell. Sie hatte alle Mädchen angewiesen, sie Mutter zu nennen.« Sie seufzte. Heute Abend hatte sie in ihrem Zimmer an diesen Abschnitt ihres Lebens gedacht – war das wirklich erst wenige Stunden her? Eine Ewigkeit schien sie von diesem Moment des Nachdenkens vor dem Spiegel zu trennen, als wäre sie seitdem durch die versilberte Oberfläche in eine andere Welt getreten. Sie könnte lügen, aber das wollte sie nicht, also holte sie tief Atem. »Mary Jane und ich waren eine Zeitlang Lockvögel. Man stolziert in einem teuren Kleid herum, grüßt junge Männer und versucht sie dazu zu bringen, in irgendein Freudenhaus zu gehen. Dabei folgt einem immer eine Kupplerin, die darauf achtet, dass man nicht mit dem Kleid verschwindet. Die Aufpasserinnen sind immer zu alt, um noch zu arbeiten, und immer schlecht gekleidet.

Die Männer nehmen sie nicht wahr, denn wenn sie sich auf den Pfau konzentrieren, bemerken sie den Spatz nicht.«

»Und diese... *Person*... sie war Ihre Aufpasserin?«

»Meine und Mary Janes. Ja.«

Sie las eine unausgesprochene Frage in seinen Augen und griff kühn nach seiner Hand. »Ich möchte nie wieder dorthin zurück«, beteuerte sie hitzig. »Nie wieder.«

Er sah sie an, und jetzt konnte er sanft lächeln, als würde er mit jeder Achtelmeile, die sie sich von Vauxhall entfernten, mehr und mehr seine Fassung zurückgewinnen. »Zurück in die Gärten? Oder zurück in Ihr altes Leben?«

»Alles zusammen«, erwiderte sie mit Nachdruck. Sie wollte ihn unbedingt überzeugen, fand aber nicht die richtigen Worte. Sie dachte an das Theater, an die Götter und die Cherubim, die den Himmel hochhielten. »Ich möchte die Treppe hochsteigen«, sagte sie. »Von jetzt an nur noch nach oben.«

Sehr wahrscheinlich wusste er nicht, was sie meinte, und sie konnte es ihm nicht erklären, trotzdem schien er zu verstehen. Er drückte ihre Hand. »Nur noch nach oben«, stimmte er zu.

SIEBTES KAPITEL

Fünf Jahre zuvor.

Ich habe eine Idee, wie ich von Mutter wegkommen kann.

Ich sage es niemandem, denn es gibt niemanden, dem ich es erzählen kann. Ich vertrage mich ziemlich gut mit den anderen Mädchen, aber ich würde keiner trauen. Ich habe auf die harte Tour gelernt, niemandem zu vertrauen. Ich habe Mr. Starcross vertraut, nicht wahr, ich habe mit ihm gesprochen, bin mit ihm spazieren gegangen und mit ihm in eine Kutsche gestiegen, und man sieht ja, wohin das geführt hat.

Nein, ich sage es niemandem, aber nachts im Bett übe ich eine neue Stimme. Ich erinnere mich, dass es daheim in Norfolk in Holkham ein großes Haus mit einem Squire und einer Missus und einem Sohn gegeben hat. Ich weiß noch, wie die Missus Weihnachten in der Kirche vorgelesen hat, mit einer kristallklaren Stimme. Diese Stimme übe ich ein, merze alle Spuren von Mary Jane aus Norfolk aus, murmele vor mich hin, bis die anderen Mädchen mich mit dem Ellbogen anstoßen und mich ermahnen, still zu sein.

Ich warte ab, bis Mutter mir befiehlt, wieder das mitternachtsblaue Kleid anzuziehen und mit ihr zum Strand zu gehen. Es ist ein schöner Abend, und ich gehe auf und ab wie immer, während Mutter mir wie ein Schatten folgt. Ich lächele all die Gentlemen an, die mich anschauen, aber ich lasse mich von keinem mit nach Hause nehmen. Ich halte nach einem Mann Ausschau, einem ganz bestimmten Mann – einem Mann, der dasselbe Mitternachtsblau trägt wie ich, einen hohen Hut auf dem Kopf und einen Schlagstock bei sich hat. Ein Blaurock, ein Polizist.

Normalerweise meide ich Polizisten wie der Teufel das Weihwasser. Aber heute Abend marschiere ich direkt auf ihn zu und zupfe ihn am Ärmel. »Entschuldigen Sie, guter Mann«, sage ich mit meiner besten Lady-Holkham-Stimme. »Ich glaube, jemand verfolgt mich.«

Der Polizist mustert mich von Kopf bis Fuß. Ich halte den Atem an, mein Herz hämmert, aber als er mit seiner Musterung fertig ist, tippt er sich an den Hut. »Zeigen Sie ihn mir einfach, Miss, dann gerbe ich ihm das Fell.«

»Es ist eine Dame, gewissermaßen«, erwiderte ich, drehe mich um und zeige auf Mutter, die im Eingang eines Geschäfts lauert.

Sein Schnurrbart sträubt sich. »Überlassen Sie sie mir, Miss. Sie warten hier.« Er bläst in seine Pfeife und löst den Schlagstock von seinem Gürtel. Mutter blickt mit Gift in den Augen von ihm zu mir, als könnte sie nicht entscheiden, was sie tun soll. Dann läuft sie los, und der Bobby hinterher.

Ich habe nicht die Absicht zu warten. Ich raffe meine mitternachtsblauen Röcke und renne, so schnell ich kann, in die entgegengesetzte Richtung.

Nach dem unseligen Abend in der Stadt, an dem sie beide kurz einen Blick in die Welt des anderen geworfen hatten, blieben Francis und Annie eine Zeitlang zu Hause.

Annie schöpfte auf dem hübschen kleinen Platz am Ende der Häuserreihe und in den Straßen ringsum frische Luft, war aber abgesehen davon glücklich, im Haus bleiben zu können. Sie las und schrieb und malte sogar ein wenig. Nachdem sie wieder in dem Vergnügungspark gewesen war, schwor sie sich, die dunklere Seite ihres Charakters nie wieder zum Vorschein kommen zu lassen. Was auch immer Mutter gesagt hatte – sie war jetzt eine andere. Oder würde es sehr bald sein.

Sie war fest entschlossen, an sich zu arbeiten. Francis erlaubte ihr, in seiner kleinen Bibliothek zu lesen, einem Raum ganz oben im Haus mit Bücherregalen an allen Wänden und einer gewölbten, dunkelblau gestrichenen und mit goldenen Sternen verzierten Decke. Das Dekor löste in Annie eine unangenehme Erinnerung aus: Sie sah den Balancierball in den Vauxhall Gardens vor sich; den Jungen, der schwankte und sich wieder aufrichtete und den Sternenball vorwärtsbewegte, ohne jemals zu stürzen. Auch sie musste sich auf dem Ball halten, durfte nicht fallen. Sie ging von Zeitschriften zu Büchern über; sie studierte die moralischen Heldinnen in den Werken von Mr. Dickens und Mrs. Gaskell und fand in dem bescheidenen, sanften Verhalten jeder Dorrit und Mary und Nell ein Modell für sich selbst.

Manchmal fragte sie sich, wenn sie von diesen Vorbildern las, ob dieser Moment in den Gärten, wo sie nicht auf der Hut gewesen war, sie in Francis' Augen unwiderruflich herabgesetzt hatte, doch er wirkte so freundlich und um sie bemüht wie immer. Im Laufe der Zeit begann sie zu begreifen, dass *er* es war, der seine Fassung verloren hatte; dass sein Ansehen als Bohemien durch seine Reaktion auf die Unterwelt irgendwie beschädigt worden war. Er hatte sich diese Unterwelt als Inspiration zu eigen gemacht, aber seine erste wirkliche Begegnung mit ihr hatte ihm Angst eingejagt. Sie sah ihn nun so, wie er war: ein durch und durch konventioneller junger Mann aus guter Familie mit Geld. Er konnte in ihrer Welt nicht funktionieren, und das sollte er auch gar nicht. Sie empfand größere Zuneigung für ihn als je zuvor. Von sich aus sprach er diesen Abend nie wieder an, und sie war nur zu gern bereit, ihn hinter sich zu lassen, alles davon hinter sich zu lassen. Sie wollte in Francis' Welt leben. Also hielt sie sich an die guten Straßen und die guten Plätze, und wenn sie einen Bettler oder eine Hure sah, wechselte sie die Straßenseite.

Während dieser Zeit sah sie Francis weniger oft, denn er arbeitete immer noch an seinen Gemälden. Verwundert stellte sie fest, dass es bis zur Vollendung noch viel zu tun gab: Rahmen und Firnissen und Gravieren, was er alles selbst zu tun schien. Doch endlich waren sie fertig, mit kleinen Kupferplatten am Rahmen versehen, in die Francis' Name und die aller Rollen eingraviert waren, die sie gespielt hatte. Da waren sie, all die ruchlosen Frauen, für immer verewigt. Und jede trug ihr Gesicht.

Dann hatte sie ein paar Tage für sich, während Francis die Bilder dick in Filz verpackt, als würden sie Reiseumhänge tragen, aus dem Haus schleppte und sie als seine Begleiterinnen für den Abend in einem Hansom verstaute.

Absurderweise war sie eifersüchtig auf die Bilder – sie langweilte sich zu Hause, vermisste ihre Ausflüge mit Francis und beneidete die gefallenen Frauen, die an ihrer Stelle ausgehen durften. Sie wusste nicht, wo er sie hinbrachte, zu Händlern und Galerien, mutmaßte sie. Alle kehrten wieder zurück, wurden entkleidet und zusammen mit den anderen ihres Schlages in das grüne Atelier gebracht, eine Schwesternschaft der Gefallenen.

Dann kehrte Francis eines Abends mit glänzenden Augen heim, zog sie aus dem Stuhl neben dem Kamin hoch und tanzte mit ihr durch den Salon, bis sie beide außer Atem waren und zusammen auf die Liege sanken. »Wir haben es geschafft, meine Annie! Eine ganze Ausstellung in der Royal Academy! Wir müssen etwas zum Anziehen für Sie finden. Dieses Mal werden Sie wirklich die Königin von Saba sein.«

Francis nahm es mit dem, was Annie zu der Privatvorführung in der Royal Academy tragen sollte, sehr genau. »Sie müssen einfach umwerfend aussehen«, sagte er. »Es werden noch andere Modelle da sein, aber alle Blicke müssen auf Ihnen ruhen.«

Deshalb war sie überrascht, als Eve ihr an dem betreffenden Abend in ein eher schlichtes Kleid aus blaugrüner changierender Seide mit eckigem Ausschnitt und engen, über den Handgelenken spitz zulaufenden Ärmeln half. Es war ein Stil, den Francis mittelalterlich nennen würde. Etwas enttäuscht betrachtete sie sich im Spiegel. Sie sah großartig aus, und ihre rotblonden Haare bildeten einen attraktiven Kontrast zu dem Blaugrün, aber der Gesamteindruck war ein wenig langweilig. Die Blumentapete und die Vorhänge an den Fenstern wirkten dekorativer als sie.

Es klopfte leicht an der Tür, und Francis kam, fast hinter einem Ballen leuchtenden, wehenden Stoffes verborgen, herein. Er hob den Stoff hoch.

»Sie haben mich auf die Idee gebracht«, erklärte er, »als Sie gesagt haben, jedes Auge würde dem Pfau folgen und den Spatz nicht bemerken. Heute Abend werden Sie ein Pfau sein.«

Annie trat vor und wog das Material in der Hand. Es war schwere gemusterte Seide, kunstvoll mit Pfauenfedern in schimmernden Fäden von strahlendem Türkis und Smaragd bestickt. Für die Augen war tiefstes Schwarz mit einem perlmuttartigen Blau verwendet worden. Das Ganze wies im Lampenschein einen öligen Glanz auf, wie es bei Federn der Fall war. Als Francis ihr den Umhang um die Schultern legte, erkannte sie, dass es eine Art Mantel war, mit voluminösen, fast bis zum Boden fallenden und in Kristallfransen endenden Ärmeln. Dieselben Kristalle fanden sich an der Schleppe wieder und gaben dem Mantel einen funkelnden Saum.

»Keine Juwelen«, sagte Francis, »und die Haare offen wie eine Braut. Lassen Sie Ihre Schönheit für sich sprechen.« Sie betrachtete sich im Spiegel. Über dem schlichten Kleid und unter ihrer Haarflut war der Mantel überwältigend.

Sie drehte sich hin und her. »Wo haben Sie so etwas her?«

»Er hat meiner Mutter gehört«, erwiderte er.

Es klang bedauernd, und er verwendete die Vergangenheitsform, als würde er sie vermissen, nein, als würde er sie betrauern. Das verblüffte Annie. Sie wusste wenig von Francis' Familie, aber sie hätte schwören können, dass seine Mutter noch lebte, mit Francis' Vater, dem Squire, in dem großen Haus in Norfolk. War nicht Eve direkt aus den Diensten seiner Mutter ins Haus in der Gower Street gekommen? Aber sie hakte nicht nach, weil sie nicht davon ausgehen konnte, dass jeder seine Mutter verließ, ohne sich noch einmal umzublicken, so wie sie es getan hatte.

Sowie Francis gegangen war, um sich anzukleiden, befassten sie und die schweigsame Eve sich mit den speziellen Künsten, von denen Männer nichts wussten. Der Mantel war so auffällig, dass ihre Züge ein wenig betont werden mussten, also strich Eve etwas Lackmus auf jedes von Annies Augenlidern, einen Hauch Rouge auf jede Wange, rote Salbe auf ihre Lippen und etwas Kohle auf ihre Brauen.

Annies Ankunft in der Royal Academy of Arts unterschied sich sehr von ihrem ersten Besuch dort vor ein paar Monaten. Inzwischen war Frühsommer, also war der Trafalgar Square an diesem milden Abend noch hell und wirkte mit seinem frisch geschnittenen weißen Marmor ausgesprochen prächtig. Ihr fiel auf, dass nun ein steinerner Löwe über dem Springbrunnen kauerte, als würde er trinken. Wo die Droschken hielten, gab es jetzt anstelle der Fackeln von Sommerblumen überquellende Füllhörner.

Als Francis ihr aus der Mietkutsche half, richteten sich genau wie vor sechs Monaten alle Augen auf sie. Diesmal blickten sie aber nicht abschätzend, sondern bewundernd; die Leute starrten sie an, saugten mit großen Augen und offenen Mündern ihre Schönheit in sich auf. Sie spürte, wie die Macht sie wie Blut durchströmte. Jetzt wusste sie, wie sich die Königin von Saba gefühlt hatte, die Königin, die sie nie dargestellt hatte. Sie hatte genau wie Francis gewusst, wie wichtig ein erster Auftritt war. Im Geist hörte sie ein Orchester eine Fanfare spielen. An Francis' Arm stieg sie die Treppe hoch, seine Gefährtin, ihm gleichgestellt, ihm überlegen. Der Pfauenmantel schleifte mit jedem Schritt die Stufen hoch, die Kristallperlen flüsterten hinter ihr zusammen mit der Menge.

In dieser Menge entdeckte sie noch weitere Modelle, manchmal zusammen mit Künstlern, manchmal alleine. Sie hatten, der Mode der Zeit entsprechend, größtenteils rote Haare wie sie, trugen ihre aber aufgesteckt oder sittsam geflochten. Eine auffallende Schönheit nickte ihr vom Arm eines dunklen Gentleman mit einem leicht verschwörerischen Lächeln zu. *Guter Zug*, sagte dieses Lächeln.

Annie erwiderte es. »Wer ist das?«, flüsterte sie Francis zu.

»Ihren Namen kenne ich nicht«, gab Francis zurück. »Aber sie ist das Modell von Mr. Rossetti, an dessen Arm sie hängt, und wie es heißt, wird sie bald seine Frau sein.«

Annie blieb wie angewurzelt stehen. *Bald seine Frau sein*. Das war eine neue Wendung der Dinge. Seinem Aussehen und Gebaren nach zu urteilen handelte es sich bei diesem Mann um einen Gentleman, so wie Francis, und der Rotschopf war nicht mehr als ein Modell. Ein bislang noch nie in Betracht gezogener, nie erhoffter Traum nahm in ihrem Kopf Gestalt an, und sie presste vor schierer geheimer Freude die Lippen fest zusammen.

In dem großen Raum, in dem sie mit Francis an jenem

anderen Abend in einem anderen Leben gewesen war, begegnete Annie sich selbst. Sie war überall, spähte von jeder Wand herab wie in dieser Welt zwischen zwei Toilettentischspiegeln gefangen, die das eigene Bild vielfach reflektierten. Sie war Eva in ihrem grünen Gewand mit dem Apfel in der Hand. Sie war Jesebel mit ihrem geflochtenen Haar und den Türkisen. Dann Rahab in ihrem schlichten Kleid und offenen Haaren wie eine Braut.

Dort war sie als Hure von Babylon, das einzige Bild im Profil, mit dem verfluchten goldenen Kelch in ihrer weißen Hand und dem zu ihren Füßen zusammengerollten Opferlamm. Und dort Lucrezia, eine riesige horizontale Leinwand, sie lag in ihrer weißen Toga da, und ihr erdbeerblondes Haar floss bis zum Boden. Da war Manon bei ihrem verhängnisvollen Kartenspiel. Dann das kniende Gretchen in ihrem Gefängnis, ein ungemein berührendes Gemälde. Annie bewunderte Francis' Geschick, denn er hatte als Kontrast zu der grauen Gefängniszelle und ihrem einfachen grauen Kleid ihre Haare im durch das vergitterte Fenster fallenden Licht wie Karneole aufleuchten lassen. Und doch ... sie zwang sich, sich zu erinnern ... hatte es keine Zelle und keine Gitter gegeben, das war alles Francis' Zaubertrick, sondern nur Annie Stride, die in dem scheelesgrünen Raum kniete und eine ausgestopfte Taube umklammerte. Aber die Taube in dem Gemälde lebte jetzt, ihren schwarzen Knopfaugen war durch die Magie eines einzigen weißen Farbakzents Leben eingehaucht worden.

All die toten Geschöpfe – Evas Schlange, Jesebels Hund, Rahabs Ziege, das Lamm der Hure, Lucrezias Eule, Manons Katze und Gretchens Taube – lebten wieder; sie atmeten, so wie sie selbst es tat, oder sie waren so tot wie sie. Sie fanden sich auf allen Leinwänden außer einer, dem Bild, das Francis *Das Mädchen mit den weißen Kamelien* genannt hatte und auf dem Annie alleine in dem knochenweißen Kleid stand und nur das giftige, schöne Bündel toter Blumen in den Armen hielt.

Sie drückte Francis' Arm. »Hier gibt es gar kein ausgestopftes Tier.«

»Wie bitte?«, sagte er aus dem Mundwinkel heraus.

»Kein Vogel oder irgendein anderes Tier. Bei dem *Mädchen mit den weißen Kamelien*. Es ist das einzige Bild ohne ein totes Tier. Warum?«

Gerade als Francis zu einer Antwort ansetzte, tauchten zwei Männer neben ihm auf und hüstelten, um seine Aufmerksamkeit auf sich zu lenken. Einer war älter, hochgewachsen wie ein Maibaum und jovial, der andere kleiner, jünger, mit der ernsten Ausstrahlung eines Geistlichen. Der Ältere sprach als Erster. »Francis, ich gratuliere Ihnen zu Ihren letzten Werken. Wundervoll, Mann, wirklich einmalig.«

Francis schüttelte ihnen im Gegenzug kräftig die Hand. »Sir Charles, mir ist sehr wohl bewusst, dass Sie sich bei der Akademie dafür eingesetzt haben, dass meine Arbeiten mit diesen ... schwierigen Themen akzeptiert werden.« Er wandte sich an den jüngeren Mann, der sich in Sir Charles' Schatten hielt wie der Löwe unter der Säule. »Und Ihnen, Mr. Ruskin, gebührt mein aufrichtiger Dank für Ihren freundlichen Brief in meiner Sache an die *Times*. Ich stehe wegen Ihres Beitrags dazu, dass ich hier ausstellen darf, tief in Ihrer Schuld.« Der ernste junge Mann verbeugte sich.

»Wenn *ich* wegen Francis an die *Times* schreiben sollte«, dröhnte Sir Charles, »dann würde ich schreiben, dass Mr. Maybrick Gill schon lange technisch perfekt ist, aber jetzt auch die Leidenschaft gefunden hat.« Er drehte sich zu Annie und verneigte sich. »Vielleicht liegt es daran, dass er die richtige Muse entdeckt hat«, sagte er mit altmodischer Galanterie.

Francis schien sich mit einem Mal wieder auf seine Manieren zu besinnen. »Verzeihen Sie mir ... das ist ... «

»Oh, ich weiß, wer das ist«, unterbrach der ältere Mann.

Annie erstarrte und spürte, dass es Francis ebenso ging. Sie musterte den alten Gentleman mit seinem Backenbart und den wässrigen Augen genauer. *Hatte* sie? Zu ihrer Schande konnte sie sich nicht erinnern. Man konnte schwerlich von ihr erwarten, dass sie sich jeden Bastard merkte, der im Lauf der Jahre auf ihr gelegen hatte, es waren zu viele gewesen, alte wie junge. Aber wenn er sie dafür bezahlt hatte, würde er es bestimmt nicht in *dieser* Gesellschaft herausposaunen.

»Das ist Eva«, sagte Sir Charles. »Das ist Manon. Das ist Gretchen. Meine Liebe, vom heutigen Abend an sind Sie berühmt. Wir alle kennen Sie.« Er senkte den weißen Kopf, um Annie die Hand zu küssen, und als er sich aufrichtete, lag ein Zwinkern in seinen Augen.

Annie war ihm gewachsen; trotz ihrer Jugend hatte sie Jahre damit verbracht, ihren Instinkt dahingehend zu schärfen, einem Mann zu gefallen. Dieser alte Gentleman schüchterte sie nicht ein. Ihr Lächeln entspannte sich vor Erleichterung, und sie deutete einen kleinen Knicks an. »Das kann ich mir nicht als Verdienst anrechnen, Euer ... «

Sie wählte ihre Worte sorgfältig, musste sich aber im letzten Augenblick daran hindern, ihn Euer Ehren zu nennen, als wäre er ein Richter. »Sir, denn dafür ist allein Francis verantwortlich. Tatsächlich hat es weniger mit meinem Gesicht als vielmehr mit seinen Pinseln zu tun.«

Jetzt ergriff der Mann, der wie ein Geistlicher aussah, das Wort, aber nicht, als würde er etwas sagen wollen, sondern als könne er nicht länger schweigen. »Dem kann ich nur zustimmen. Charles, diese junge Dame hat es treffend ausgedrückt. Kunst lebt in dem Künstler, nicht in dem Sujet. Francis kann eine Frau oder einen Apfel mit dem gleichen Geschick und der gleichen Unvoreingenommenheit malen, und genau das hat er hier getan.« Er deutete auf das große Gemälde von Eva und der grünen Apfelkugel, die Annies Hand noch eine Stunde nach der Sitzung hatte zittern und ihre Finger sich verkrampfen lassen. »Was hat Leidenschaft damit zu tun? Was hat Leidenschaft überhaupt mit Kunst zu tun?«

»Alles«, warf Francis mit einem kurzen Lachen ein.

»Ganz genau, mein Lieber«, stimmte Grauer Backenbart zu.

Der jüngere Mann schüttelte den Kopf. »Bei der Kunst geht es um Natur, Beobachtung und Wahrheit. Leidenschaft trübt nur das Wasser.«

»Mein lieber John«, sagte der Ältere, »für einen so jungen Menschen sind Sie doch ein alter Stockfisch. Kommen Sie erst einmal in mein Alter, dann werden Sie lernen, dass Leidenschaft Wahrheit *ist* ...«

Die drei Männer vergaßen über ihrer Diskussion alles andere um sich herum und achteten nicht mehr auf Annie.

Als sie weitersprachen, hörte sie ein Raunen an ihrem Ohr. »Und was denken *Sie*?«

Es war das Mädchen mit den roten Haaren, das bald jemandes Frau sein würde. Sie war gleichfalls von ihrem Begleiter stehen gelassen worden, der sich lautstark an der Debatte beteiligte und dabei wie ein Ausländer wild gestikulierte. Aus der Nähe wies die Haut des Rotschopfs den Glanz der Innenseite einer Auster auf, und unter ihren leuchtenden Augen lagen violette Schatten. Sie war schön, dachte Annie, aber ihre Haut wirkte... nun, irgendwie papierdünn. Man konnte ihren Schädel darunter sehen.

»Es interessiert sie nicht, was Sie denken. Weder den hochwohlgeborenen Sir Charles Eastlake noch den niedriggeborenen Mr. Ruskin.« Annie erwärmte sich für das Mädchen. Sie konnte ihren East-End-Akzent hören und schloss daraus, dass ihre Herkunft vielleicht nicht besser war als ihre eigene. »Ich sag Ihnen, warum es sie nicht interessiert: Sie sind nicht *Sie*, sondern all diese Mädchen...«, sie winkte mit einer schmalen weißen Hand zu den großen Leinwänden an den Wänden hinüber, »und sie können ihnen nicht allen gleichzeitig zuhören, oder? Was das für ein Geschnatter wäre, eh?« Das Mädchen lächelte – ihre Zähne waren klein und weiß wie Gänseblümchenblüten. »Ich war nicht mehr die einfache Lizzie Siddal, seit ich das Haus meines Vaters verlassen habe. Ich war Ophelia, Beatrix, die Lady of Shalott, sogar die Heilige Jungfrau selbst.« Sie zählte die Figuren an langen weißen Fingern ab. »Einzigartig, was? Sie wollen alle, dass man jemand anderes ist.«

Annie lächelte zurück. »Ich bin Annie Stride«, sagte sie zum ersten Mal an diesem Abend.

Die rothaarige Lizzie musterte die Gemälde an den Wänden mit zusammengekniffenen Augen, dann wandte sie sich wieder an Annie, als fände sie sie interessanter. »Wenn Sie je jemanden finden, der Sie in- und auswendig kennt und trotzdem mit Ihnen zusammen sein will, dann kleben Sie an ihm wie Leim, hören Sie?« Ihre ruhelosen grünen Augen hefteten sich auf Francis, und sie nickte zu ihm hinüber. »Kennt er Sie in- und auswendig?«

»Oh ja«, bestätigte Annie, »das tut er.« Als hätte sie ihn herbeigerufen, stand Francis plötzlich neben ihr, und das Mädchen war verschwunden.

Für den Rest des Abends richtete sich Annie nach Francis. Als einige junge Männer nacheinander zu ihr kamen, alle mit vor Seife glänzenden Gesichtern und mit Pomade geglätteten Haaren, aber mit Flecken von Zinnoberrot oder Alizarin oder anderen Dingen aus der faszinierenden Welt der Farben an den Fingern, stellte er sie als Eva oder Manon oder Rahab vor, aber nie als die gute alte Annie Stride. Mit dem wachsenden Rätsel um ihre Identität schwoll ihre Macht an und entfaltete sich wie ein Pfauenrad. Die jungen Männer reihten sich vor ihr auf wie Höflinge. Konnten sie ihr einen Becher Sorbet holen? Durften sie ihr ihre Karte dalassen? Würde sie sich ihre neuesten Ideen anhören – eine Bilderserie von Shakespeares Heldinnen, von Heiligen, von ländlichen Schäferinnen? Im Raum summte es wie in einem Bienenstock. Wer war Francis' neue Entdeckung? Wo hatte er sie gefunden? Konnte man sie dazu bewegen, für einen anderen zu sitzen?

Der Wein floss, die Kerzen wurden angezündet. Annie bezauberte den ganzen Saal, während Francis' anerkennend auf ihr ruhenden Blicke sie mit Wärme erfüllten. Ihre dreimonatige Erziehung in Verbindung mit ihrem angeborenen Charme ließ sie jeder geistreichen Bemerkung gewachsen sein. Sie lachte über jeden Scherz und übertraf ihn dann mit einem noch besseren.

Einige Zeit später, wie spät, wusste sie nicht, sah sie Lizzie mit ihrem zukünftigen Mann den Raum verlassen. Der Rotschopf drehte sich an der Tür um, suchte über die Menge hinweg Annies Blick und hob dann die Hände. Einen Moment dachte Annie, sie würde beten, aber dann presste Lizzie ihre beiden langen Zeigefinger zusammen, bis die Fingerspitzen bleich wurden. »*Wie Leim*«, formte sie mit den Lippen, dann war sie verschwunden.

Zu Hause in der Gower Street konnte Annie trotz der späten Stunde nicht schlafen. Sofort legte sie den schweren Pfauenmantel ab; da sie nicht wusste, was sie damit anfangen sollte, ließ sie ihn wie eine abgestreifte Haut auf dem Boden liegen. Dann zog sie ihr lavendelfarbenes Nachthemd an und setzte sich an den Toilettentisch vor ihr dreiteiliges Bild. Ihre Augen wirkten riesig und glänzten, und auf ihren Wangen leuchteten hektische Flecken. Erschöpft presste sie ihre kalten Hände gegen die Schläfen. Sie sah aus wie eine Irrsinnige.

Da sie überhaupt nicht müde war, stand sie wieder auf und streifte ihren Schlafrock über, um nach unten zu gehen und Francis zu suchen. Er würde jetzt sehr wahrscheinlich ein Glas Porter trinken, und sie konnte auch eines brauchen, aber er war nirgendwo zu finden. Barfuß tappte sie durch das Haus. Sie öffnete die Tür zum Salon, aber das

Feuer war heruntergebrannt, und Francis' Glas stand geleert auf dem Kaminsims. Konnte er so spät noch einmal ausgegangen sein? Die Dienstboten waren schon zu Bett gegangen, noch nicht einmal Eve war noch auf. Kein Wunder, dachte Annie, sie hatte erschöpft ausgesehen, als sie ihnen keine halbe Stunde zuvor in ihrem Nachthemd, die Haare zu einem langen Zopf geflochten, mit einer Kerze in der Hand gähnend die Tür geöffnet hatte.

Annie stieg die Treppe wieder hoch und öffnete die Tür des Ateliers. Silbern schimmerten die scheelesgrünen Wände im Mondschein; die Kristallfenster schienen über die frischen, in ihren Staubschutzbezügen schlafenden Leinwände zu wachen. Niemand hielt sich im Raum auf. Enttäuscht ging Annie an der tickenden Standuhr vorbei den Gang hinunter zu ihrem eigenen Zimmer. Mit dem Klang des Pendels in den Ohren bemerkte sie ein schwaches Rechteck aus Gold ganz am Ende des Flurs. Der Umriss einer Tür, hinter der eine Lampe brannte, der Tür zu einem Raum, den sie noch nie betreten hatte. Ihr Herz pochte im Rhythmus des Pendels, während sie darauf zuging und zögernd die Hand auf den kühlen Knauf legte.

Als sie die Tür öffnete, wurde sie von einer Kohorte starrender Augen begrüßt, einige groß, einige klein, alle aus Glas. Sie gehörten zu Geschöpfen aus Federn und Fell, zum Zustoßen oder zum Sprung bereit, aber – sie legte eine Hand auf ihr Herz, als wollte sie es beruhigen – es waren keine Raubtiere, sondern ihre alten Freunde. Schlange, Hund, Katze und all die anderen.

Der Raum selbst war eine Art begehbarer, mit Regalen versehener großer Schrank. Eine im arabischen Stil gehaltene Gaslaterne brannte über ihrem Kopf. In dem Gaslicht, das sie nirgendwo sonst in diesem modernen Haus gesehen hatte, wirkten die Augen der Tiere beseelt, lebendig. Hinter den Regalen waren die Wände mit einer kunstvollen Drucktapete tapeziert. Den Untergrund bildete das tiefe, satte Rot einer Himbeere mit einem Satinglanz, das Muster bestand aus Gänsen mit schwarzen Hälsen, die über Kamelienblüten hinwegflogen. Die Blumen ließen sie erschauern – die Blumen und eine Erinnerung. Als sie jetzt wieder zu den Tieren blickte, erschreckte sie nicht ihre Lebendigkeit, sondern ihre Leblosigkeit. Sie alle, von dem großen schwarzen Hund bis hin zu der weißen Taube mit ihren Knopfaugen, waren tot, wirklich tot. Es roch auch nach Tod. Irgendeine namenlose Chemikalie schien verwendet worden zu sein, um sie zu konservieren, konnte aber den Leichenhausgeruch der Verwesung nicht ganz überdecken.

Sie war schon einmal in einem solchen Kabinett gewesen, dem eines Arztes, der dort seine Sammlung medizinischer Kuriositäten aufbewahrte. Er hatte ihre Röcke hochgeschlagen und ihr Gesicht gegen eine Glasflasche gepresst, in der ein Baby mit zwei Köpfen schwamm. Die Bewegungen und die Heftigkeit des Aktes hatten das kleine Monster tanzen lassen. Sein Kuriositätenkabinett, hatte der Arzt es genannt. Es war ein furchteinflößender Ort gewesen. Dies hier ... nun, offensichtlich hatte Francis auch ein Kabinett, in dem er die Tiere von seinen Bildern lagerte. »Es sind Leihgaben«, hatte er, wie sie sich erinnerte, gesagt, »von einem Freund, dem Kurator des neuen Naturhistorischen Museums.« Er musste sie nicht zurückgeschickt haben. Sie sagte sich energisch, dass es hier nichts Finsteres gab, es war nur ein Lager. Warum hämmerte ihr Herz dann wie eine Trommel, warum wollte sie die Tür zuschlagen, weglaufen und erst stehen bleiben, wenn sie sich hinter der Tür ihres eigenen Zimmers befand?

Sie sammelte sich und begann zu sprechen. »Es war eine gute Ausstellung«, teilte sie den Tieren leise mit. Ihre Stimme klang fremd in ihren Ohren. »Ihr habt alle gut ausgesehen. Jetzt solltet ihr die Augen zumachen. Gute Nacht.« Behutsam zog sie die Tür hinter sich zu, als ob sie wirklich schlafen würden.

ACHTES KAPITEL

Vier Jahre, elf Monate und drei Wochen zuvor.

Es ist ein langer Weg zurück nach Battersea, nur um die Tür vor der Nase zugeschlagen zu bekommen. Meine Tante nimmt sich immerhin die Zeit zu sagen, dass sie eine ehrbare Frau ist und ich nicht, bevor sie die Tür schließt. Ich stehe einen Moment lang da und überlege, was ich als Nächstes tun soll. Nach Norfolk kann ich nicht zurück, ich muss mich irgendwie in London durchschlagen, aber ganz ehrlich, ich schwöre der geschlossenen Tür, dass ich nie wieder einem Mann meinen Körper gegen Geld überlassen werde.

Sieben Tage halte ich durch, dann gebe ich auf. Inzwischen ist das mitternachtsblaue Kleid zerschlissen und schmutzig, die Absätze der schicken Stiefel sind abgebrochen, der Hut mit dem kleinen Netz gleicht einem Vogelnest. Ich bin durchnässt und friere, und ich habe die ganze Woche nichts gegessen außer Kohlblättern, die ich vom Pflaster des Marktes von Covent Garden aufgelesen habe. Ich habe nach Arbeit gesucht, natürlich habe ich das, zuerst in den Läden, als das Kleid noch gut aussah. Dann, als ich immer zerlumpter wurde, habe ich es in den Fabriken ver-

sucht. Aber die einzige Arbeit, die mir in diesen sieben Tagen angeboten wurde, war dieselbe, vor der ich bei Mutter weggelaufen bin: Männer wollten mich für meine Dienste bezahlen.

Also gebe ich auf. Ich breche, diesmal ohne Hoffnung im Herzen, zu einem weiteren langen Fußmarsch bis nach Blackfriars auf. Ihr seht, dass ich London inzwischen gut kenne und den Weg von einem Bezirk zum anderen finde. Es gibt nur einen Ort, wo ich mich nie wieder blicken lassen werde: Silverthorne Street 17. Mutters Haus.

In Blackfriars begebe ich mich nach St. George's Field, und dort, bei der Kirche, düster aufragend, liegt mein Ziel, ein Ort, von dem ich von den Mädchen in der Silverthorne Street gehört, den ich aber nie gesehen habe. Es ist ein fürchterlicher Ort, aber besser als bei Mutter. Über den eisernen Toren prangen in weiterem Eisen die Worte MAG-DALENEN-ANSTALT.

An der Tür fragt mich eine strenggesichtige Nonne, die ein großes Hauptbuch vor sich liegen hat, nach meinem Namen. Der Himmel weiß, dass mein Familienname nichts ist, worauf ich stolz sein kann: Vater deportiert, Mutter irrtümlich gehängt, Tochter eine Hure. Also antworte ich auf die Frage einfach: »Mary Jane.«

Es war fast so, als wäre Francis gar kein Künstler mehr. Er malte nicht, rührte keinen Pinsel mehr an und griff nur zu einem Bleistift oder einem Stück Kohle, wenn er Annie unterrichtete. Er hatte den Wunsch geäußert, dass sie zeichnen lernen sollte, denn es gehörte nicht nur zu den Fertigkeiten, über die eine junge Dame verfügen sollte, sondern stellte seiner Meinung nach den besten Weg dar, Kunst schätzen zu lernen. Seine eigene künstlerische Leidenschaft hingegen war verflogen. Er glich der Elektrizität, dachte Annie: Er hatte hell und beständig und ohne zu flackern gebrannt und innerhalb weniger Monate all diese riesigen Gemälde erschaffen. Dann war ein Schalter umgelegt worden, und sein Licht war erloschen.

Dennoch machte er einen recht glücklichen Eindruck. Er schien weder peinigende dunkle Nächte oder Tage voller Selbstzweifel zu durchleiden noch irgendeine der anderen Qualen auszustehen, von denen sie gehört hatte, wenn sie ab und an einem Künstler begegnet war, der gut genug verdient hatte, um ein paar Schillinge im Bordell zu verprassen. Er war zufrieden, höflich und ausgeglichen und lächelte ständig. Eines stand fest, dachte Annie: Er malte nicht um des Geldes willen, er hatte immer reichlich davon. Nein, ihn trieb irgendetwas anderes an, und was auch immer es war, es war ihm abhandengekommen.

Sie war ein wenig zerknirscht, hatte sie doch gehofft, sie wäre seine Inspiration. Trotzdem war es beruhigend zu wissen, dass er sie nicht nur als Modell brauchte; dass sie aus irgendeinem anderen Grund da war. Er hatte sie immer noch nicht in sein Bett genommen, also fühlte er sich nicht sexuell zu ihr hingezogen, aber selbst ohne diesen Anreiz schien sie sich in der Gower Street als seine Gefährtin etabliert zu haben. Auch schien er sein Vergnügen nicht anderswo zu suchen. Gelegentlich ging er ohne sie aus, in seinen Club und in die Akademie, aber sie hatte nie das Gefühl, dass es in seinem Leben romantische Beziehungen gab. Bisher war sie von Eifersucht verschont geblieben; gelegentlich hatte sie sogar einen Bastard Mary Jane nehmen sehen, nachdem er gerade erst aus ihrem Bett gekrochen war. Aber beim bloßen Gedanken an Francis mit einer anderen Frau loderte heiße Wut in ihr auf, und sie war froh, dass er ihr keinen Grund zu derlei Empfindungen gab.

Der Sommer hatte in London Einzug gehalten, und sie hatten die Muße, ihn zu genießen. Die Vergnügungsparks der Welt jenseits der Brücke, wie Francis es nannte, waren nichts für sie. Sie hielten sich nördlich des Flusses auf und kosteten alles aus, was die gute Gesellschaft zu bieten hatte. Francis schien viele Bekannte, aber keine engen Freunde zu haben, worüber sie sich sehr wunderte. Sie konnte sich das nur so erklären, dass er sich bewusst von anderen fernhielt. Sie gingen zu vielen öffentlichen Unterhaltungen, pflegten aber keinen gesellschaftlichen Umgang – weder luden sie zum Dinner ein, noch wurden sie eingeladen. Francis besuchte nie einen Bekannten zu Hause und bekam nie Besuch. Wo immer sie sich sehen ließen, wurde ihnen zugenickt, begegnete man ihnen mit Respekt und grüßte sie häufig mit Namen, doch weiter ließen sie es nie kommen. Wie schimmernde Glühwürmchen schwebten sie über der Oberfläche des Teiches, aber immer wenn eine Bekanntschaft mehr Tiefgang erwarten ließ, weitere Unternehmungen vorgeschlagen oder Einladungen ausgesprochen wurden, wurde diese sich anbahnende Freundschaft höflich beendet.

Annie und Francis waren einander genug, sie brauchten niemanden sonst. In Gesellschaft sprachen sie mit anderen, aber nur, um dem Moment entgegenzufiebern, wo sie wieder allein sein würden. Beide waren vollauf mit der Neuerschaffung von Annie Stride beschäftigt, so dass ihnen die in Salons und Versammlungsräumen verbrachte Zeit verschwendet schien. Annie lechzte begierig nach Worten und verschlang Bücher so wie Nahrung; sie sättigten sie jetzt weitaus mehr als Mrs. Hoggarths Küche. Das Auslöschen des East End aus ihrer Sprache wurde zur Besessenheit; stundenlang machte sie Stimmübungen mit Francis, las ihm aus der Tageszeitung oder Büchern vor. Dann saß sie im Wohnzimmer, schwor dem römischen Reich Rache oder einem als Esel verkleideten Mann Liebe, verstand aber kaum oder gar nicht, was sie da sagte, nur wie sie es sagte. Sie hätte es bereitwillig hingenommen, dass Francis ihr eine Wäscheklammer auf die Nase steckte, um ihr Näseln zu korrigieren, oder ihre Wangen mit Murmeln füllte, um ihre Konsonanten zu schärfen. Eine Zeitlang klang sie sogar in ihren eigenen Ohren fremd, aber im Lauf der Wochen gewöhnte sie sich an ihre neue Stimme.

Auch im Spiegel begann sie sich allmählich zu erkennen – sie und ihr Spiegelbild wurden miteinander vertraut, entwickelten Ähnlichkeiten, wurden eins. Sie war über das Verschwinden von Annie Stride ebenso entzückt wie ihr Mentor. Wenn sie abends ausgingen, stellte Francis sie nie mit ihrem richtigen Namen vor, sondern hielt skrupellos das Geheimnis um sie aufrecht. Er heimste Komplimente bezüglich ihrer Person ein, von denen einige ihr Einblicke in seine Vergangenheit gaben: *Du hast immer die schönsten Frauen als Begleiterinnen ... ich habe dich noch nie ohne eine Schönheit am Arm gesehen ... diese Lady ist die Schönste von allen.* Aber solche Anspielungen hatten keine

Bedeutung für sie. Sie erwartete nicht, dass Francis vor ihr wie ein Mönch gelebt hatte. Doch was erwartete sie überhaupt von ihm? Sie verhielten sich, als wären sie verlobt, nein, als wären sie verheiratet. Doch hier endete die eheliche Illusion auch schon. Trotz ihrer engen Bindung und dem Umstand, dass sie ständig zusammen waren, benahm er sich ihr gegenüber stets wie ein Gentleman. Er ging noch nicht einmal so weit, sie auf die Wange zu küssen. In der Stadt verhielt er sich so aufmerksam wie ein Ehemann. Daheim wie ein Bruder. Im Atelier war er ihr Arbeitgeber und im Salon ein wohlwollender Schulmeister. Er war jede Art von Mann für sie, doch immer noch kein Liebhaber.

Sie glaubte, ihn jetzt zu verstehen. Wenn sie wiedergeboren, wenn sie perfekt war, dann würde er Anspruch auf sie erheben. Und in der Zwischenzeit machte ihn seine Zurückhaltung ihrer Meinung nach anderen Männern überlegen. Er war kein Sklave seiner animalischen Triebe, sondern hatte sich unter Kontrolle. Aber zugleich hatte sie ein kleines Maß an Leidenschaft in ihm gesehen; das verzerrte Verlangen auf seinem Gesicht, als er sich vor ihrem Bild verausgabt hatte. Die Erinnerung ließ sie in Erwartung dessen, was kommen würde, erschauern.

Es bestand kein Zweifel daran, dass er sie anbetete. Fühlte er sich unbeobachtet, starrte er sie an, als würde er ihre Schönheit in sich hineintrinken; er griff nach dichten Büscheln ihres rotgoldenen Haares und wickelte sie sich um die Hände, als wären sie so kostbar wie gesponnenes Gold. Er behandelte sie mit großer Zuneigung, war fürsorglich, wenn sie einen Schnupfen hatte; er kaufte ihr billige Schmuckstücke und gab ihr sogar eigenes Geld. Sie hatte noch nie Geld erhalten, das sie sich nicht selbst verdient hatte, indem sie so tat, als würde sie auf einer Türschwelle schlafen, oder indem sie im Bett Leidenschaft vortäuschte. Er zählte es nicht wie ein Buchhalter in ihre schmuddelige Hand oder warf es ihr ob des Aktes, den er sich gerade erkauft hatte, beschämt vor die Füße, so dass sie es vom Pflaster aufklauben musste. Nein, er gab es ihr in einer kleinen, mit einem Einhorn bestickten Geldbörse und bat sie, nicht gekränkt zu sein, sondern es anzunehmen, falls sie einmal ein paar Kleinigkeiten benötigte: Haarnadeln oder Bänder, solche Sachen, auf die eine Dame manchmal nicht verzichten konnte. Aber sie kaufte weder Haarnadeln noch Bänder. Sie rührte das Geld nicht an, sondern trug es als Beweis dafür, wie weit sie es gebracht hatte, stets bei sich.

Sie kaufte nur eine Sache, und zwar für Francis. Sie waren am Cremorne Pier, wo sie nach dem Dinner in Chelsea einen Spaziergang machten, und betraten aus Neugier einen kleinen schmiedeeisernen, von innen wie eine Laterne erleuchteten Pavillon. Darin saß ein Mann bei einem Wandschirm und einer Kerze und schnitt mit einer kleinen Schere Silhouetten aus. Auch eine Dame saß dort, die Kerze warf ihren Schatten auf den Schirm, und ihr Galan beobachtete sie. Sie kicherte so viel, dass sie auf dem Stuhl herumzappelte. Ihr Schatten verschwamm und der Künstler sah sich gezwungen, sie zu ersuchen, stillzusitzen. Annie verfolgte das Geschehen mit milder Verachtung. *Sie* hätte keinen Muskel gerührt, so ein erfahrenes Modell war sie jetzt. Als hätte er gespürt, dass sie ihn beobachtete, schwang der Künstler in seinem Stuhl herum und winkte ihr einladend zu. »Miss?«

Annie schüttelte den Kopf. »Nicht ich«, sagte sie. »Er.« Sie drückte Francis' Arm. »Gehen Sie schon. Sitzen Sie ihm.«

Die kichernde Miss erhob sich mit ihrem Scherenschnitt und drückte ihn ihrem Galan in die behandschuhte Hand. Er sah sie verzückt an und schwor inbrünstig, ihn rahmen zu lassen. Während dieser anrührenden kleinen Pantomime, nahm Francis mit leicht spöttischer Miene den Platz der jungen Dame auf dem Stuhl vor dem Wandschirm ein.

»Sir«, sagte der Künstler. »Seien Sie so gut und schauen Sie den Sittich dort an.« An einer der Streben des Pavillons war ein traurig dreinblickender blauer Vogel befestigt, der gewährleistete, dass das Modell das perfekte Profil zeigte. »Und streichen Sie das Haar etwas aus der Stirn, wenn es beliebt.«

Annie verschränkte die Arme vor der Brust und lächelte. »Genau, Francis«, zog sie ihn auf. »Schön stillsitzen. Den Stiefel auf den anderen Fuß.« Sie konnte sehen, wie sich die Silhouette seiner Lippen blähte und wieder flach wurde, als würde er gleichfalls lächeln, dann verzog er keine Miene mehr.

Sie hatte gedacht, er würde auf dem Stuhl herumrutschen und sich beschweren, aber er war ein ideales Modell, saß regungslos da und sah den ausgestopften Sittich an, der seinen Blick mit schwarzen Knopfaugen erwiderte. Sie bewunderte sein Profil: Er war zweifellos einer der bestaussehenden Männer, die ihr begegnet waren, und sie hatte schon viele gesehen. Die Hand des Künstlers bewegte sich blitzschnell, die kleine Schere funkelte, während er arbeitete. Nur wenige Momente schienen verstrichen zu sein, bis der Scherenschnitt fertig war und der Künstler ihn ihr reichte. Es war eine perfekte Miniatur, Francis lebensecht: das wellige Haar, die Neigung der Nase. Sie bezahlte den Schilling aus ihrer eigenen Börse und drückte Francis das Bild in die Hand, so wie sie es die kichernde Miss hatte tun sehen.

»Für jemanden, der mir so viel gegeben hat, ist es nichts«, erklärte sie.

Lächelnd blickte er den Scherenschnitt in seiner Hand an. »Aber Annie, es ist alles. Sie haben mir mich selbst zurückgegeben.«

Er wirkte merkwürdig feierlich, und sie war nicht sicher, was er meinte. »Waren Sie sich denn abhandengekommen, Francis?«

»Ich denke schon. Aber jetzt habe ich ja Sie als Inspiration«, entgegnete er ernst. »Ein Maler ist nichts ohne seine Muse.«

Aber jetzt war Sommer, und Francis machte noch immer keine Anstalten, wieder zu seiner Farbpalette zu greifen. Wenn Annie ihn eben erst kennengelernt hätte, wäre sie nie auf die Idee gekommen, dass er Maler war. Die Tür zu dem grünen Atelier blieb geschlossen. Keine Farbenhändler kamen mehr an die Haustür, kein Tischler brachte Holzstreben. Francis Maybrick Gill hätte jeder gewöhnliche Gentleman sein können.

Tagsüber gingen sie weiterhin aus, in die Parks oder zu einer Regatta oder zum Tennis, und genossen die Annehmlichkeiten der Jahreszeit. Francis kultivierte das Rätsel, das Annie umgab. Er nahm sie mit, um die Welt zu erkunden, und setzte den Ausdruck wortwörtlich in die Tat um, denn in diesem Sommer war auf dem Leicester Square eine riesige Kugel aufgestellt worden, die die Erde darstellen sollte, mit bemalten Gipsmodellen jedes Landes. Diese Miniaturwelt war nichtsdestotrotz so geräumig, dass Besucher hineingehen konnten, ohne ihren Zylinder abnehmen zu müssen. Ein Rummelplatz mit Rutschen und Trapezen entstand im Schatten der Gipskugel, und Annie meinte von der schwindelerregenden Höhe einer Schaukel aus, die Welt würde ihr zu Füßen liegen.

Francis nahm sie zu Konzerten mit, und sie war von einem Stück mit dem Titel »Die Ankunft der Königin von Saba« fasziniert. Die Musik stieg in ihrer Kehle hoch wie Tränen, und sie dachte daran, wie sie in ihrem Pfauenmantel die Royal Academy betreten und sich wie eine Königin gefühlt hatte. Er ging mit ihr wieder ins Theater. »Kein Shakespeare mehr«, scherzte er, und sie besuchten stattdessen die neuen Aufführungen im Lyceum Theatre. Als sie wieder einmal bei einer gefeierten Premiere im Publikum saßen, gingen in der Pause die Lichter an, und die Zuschauer drehten sich miteinander tuschelnd um, verrenkten sich die Hälse, um irgendetwas zu sehen, beschatteten die Augen mit ihren behandschuhten Händen und spähten durch Operngläser. Annie im Parkett drehte sich ebenfalls um. War etwa ein Mitglied des Königshauses unangekündigt hereingekommen? Dann begannen die Zuschauer zu klatschen, und sie begriff, dass sie *ihr* applaudierten.

Francis lehnte sich breit lächelnd in seinem Sitz zurück. »Setzen Sie sich in Szene, Annie«, sagte er. »Geben Sie ihnen, was sie wollen.«

Also stand sie auf, warf sich in Positur und verteilte

Handküsse in der Luft, woraufhin Jubel aufbrandete. Verwirrt und zugleich dankbar nahm sie wieder Platz.

Das war die Welt des Theaters, aber Francis und Annie begaben sich auch in die Kunstwelt, Francis' Welt. Annie sah Lizzie Siddal wieder und fand, dass sie mehr tot als lebendig wirkte. Sie und Miss Siddal waren wie die zwei Gesichter des Mondes, und während sie zunahm, nahm Lizzie ab, wurde blass und dünn. »Ich glaube, Miss Siddal geht es nicht gut«, sagte sie zu Francis. Sie fühlte sich merkwürdig schuldig, als wäre sie für ihr Dahinschwinden verantwortlich.

»Wirklich? Ich fand, sie sah bemerkenswert gesund aus. Aber«, fügte er rasch hinzu, »es gibt ja nur eine Frau, die meine Augen erfreut.«

Annie hielt die Augen und Ohren offen und lernte ein wenig über diese Welt von Francis, über die Politik zwischen den Künstlern und der Akademie, zwischen der Akademie und dem Establishment. Sie hörte von der Bewegung, die in aller Munde war, den Präraffaeliten. Worte, die ihr so kompliziert erschienen wie die Konzepte, die sie repräsentierten. Die Bewegung war aufregend und kontrovers, und Francis galt als einer ihrer führenden Köpfe. Wenn dem so war, dann stand sie mit ihm an der Spitze, das berühmteste Modell Londons und dennoch im Wesentlichen unbekannt. Visitenkarten stapelten sich in der silbernen Schale in der Halle in der Gower Street wie Spielkarten auf einem Kartentisch, aber Annie erwiderte die Besuche nie. Aus Loyalität stand sie niemandem außer Francis Modell. Ihr Ruhm wuchs. Wo auch immer sie hinging, konnte sie hören, wie von ihr geredet wurde.

»Sie müssen sich unbedingt Francis' geheimnisvolles Mädchen ansehen...«

»Wer ist sie?«

»Ein Prachtmädel, so viel steht fest...«

»Ja, Sie müssen Francis' Prachtmädel sehen...«

»Wo hat er sie gefunden?«

»Das weiß der Himmel.«

Annie sah dann Francis an und Francis Annie, und sie tauschten ein Lächeln. Manchmal kam ein Fotograf auf sie zu und fragte Francis, ob er ein Bild von ihr machen dürfe, als wäre sie sein Eigentum. Sie stand dann für die Aufnahme still und mit ernstem Gesicht da und war von dem Ergebnis, einem langweiligen Schwarzweißbild, das sehr viel weniger Bezug zu der Realität zu haben schien als die Gemälde, die Francis von ihr angefertigt hatte, nie beeindruckt. Die Fotos wirkten seltsam leblos, ein eingefangener vergangener Moment. Ihr gefielen sie nie, aber Francis kaufte ein paar der Platten und nahm sie in die Gower Street mit. Annie sah sie nirgendwo zur Schau gestellt und vermutete, dass er sie zusammen mit all den anderen toten Dingen in seinem Kuriositätenkabinett aufbewahrte.

Manchmal gingen sie an den hellen Sommerabenden nach ihren abendlichen Vergnügungen zu Fuß über die breiten, gut beleuchteten Straßen wie die Regent Street oder den Russell Square nach Hause. Eines Abends sahen sie in der Nähe des Bahnhofs Euston im Licht einer Straßenlaterne eine Reklametafel. Annie musste ein zweites Mal hinschauen, denn auf den ersten Blick hätte sie schwören können, dass es Francis' Bild von ihr als Eva war. Da war der leuchtend grüne Hintergrund und das gemusterte

Kleid. Da war eine ungefähre Wiedergabe ihres Gesichts, grafisch und formalisiert, und ihr rotgoldenes Haar floss in einem stilisierten Muster von ihrem Kopf. Aber statt eines Apfels hielt sie ein grünes Stück Seife in der Hand.

Darunter verkündeten kunstvoll gemalte Buchstaben: »Geben Sie der Versuchung nach!« und priesen die Vorzüge von Pear's Seife. Annie warf Francis einen verstohlenen Blick zu. Sie fürchtete, dass er wütend sein könnte – seine Eva war jetzt so berühmt, dass sogar die Seifenhändler sie imitierten. Aber er lachte nur. Im Moment konnte ihm nichts die Stimmung verderben; die ganze Welt amüsierte ihn. »Nun, ich vermute, das ist in gewisser Hinsicht auch Kunst.« Er verzog das Gesicht. »Und so sehr es auch unsere Gefühle verletzen mag, es beweist eines ohne jeden Zweifel: dass Sie, meine liebe Annie, der Star von London sind.«

Der Star von London. Annie hatte damit begonnen, sich für etwas Besonderes zu halten, zu denken, dass sie zu einem bestimmten Zweck auf der Welt war. Ihr Vater hatte sie in diesem Eindruck bestärkt, als er sie auswählte, um mit ihrem rotgoldenen Haar und ihrem Engelsgesicht die Gentlemen auf den Türschwellen des East End zu betrügen, und es ihren unansehnlicheren Geschwistern überließ, um Münzen zu betteln. Dann hatte er im oberen Raum des Old George ihren Untergang herbeigeführt, und sie hatte gedacht, sie hätte sich geirrt. Sie war nicht vom Schicksal auserkoren, sie taugte nur für die Gosse. Jetzt war sie wieder daraus auferstanden und fühlte sich außergewöhnlich und einzigartig.

Sie war Francis leidenschaftlich dankbar. Von Zeit zu Zeit war sie Leuten begegnet, die ihr Rettung angeboten hatten – Weltverbesserinnen, die ihr Pamphlete in die Hand drückten; Pamphlete, die die Hälfte der Mädchen nicht einmal lesen konnte, und Schwindlern in hohen steifen Kragen, die ihr Predigten hielten. Sie hatte sich nie wie manche der irischen Mädchen Sorgen um ihre Seele gemacht, sich nie danach gesehnt, ihr Leben als Prostituierte aufzugeben – sie hatte die Leiter nur ein Stück hochklettern wollen. Sie und Mary Jane und fast jedes Mädchen, das sie kannten, hatten von einem Mann geträumt, der sie in einem eigenen Haus unterbrachte, ein Hauptmann der Wache oder ein Edelmann von niederem Rang, so dass sie sicher und warm mit ihren Juwelen und schönen Kleidern daheimbleiben und darauf warten konnten, besucht zu werden.

Wenn Francis sie gebeten hätte, seine Mätresse zu werden, hätte sie die Gelegenheit beim Schopf ergriffen. Aber er fragte sie nicht. Sie genoss alle Vorteile einer ausgehaltenen Frau, ohne dafür mit ihrem Körper zahlen zu müssen. Er predigte nie wie die Priester in den Straßen; er ließ sich nur im Allgemeinen über die Übel der Gesellschaft aus, ohne jemals zu verurteilen. Er war auch kein Heuchler; sie erinnerte sich gut daran, dass einige der Priester den Arm ein bisschen zu hoch hielten und mit der Hand über ihre Brust rieben, während sie ihr vorhielten, sie wäre verderbt und solle bereuen. Sie nahm an, dass Francis irgendwelche Skrupel hatte, die ihn davon abhielten, sie in sein Bett zu nehmen. Er schien zu den seltensten Dingen überhaupt zu gehören – zu den anständigen Männern. Und so wie er für sie Lehrer, Gönner und Freund war, schien sie für ihn so viele Personen zu verkörpern wie Frauen an den grünen Wänden des Ateliers hingen. Schülerin, keusche Mätresse, ehemalige Frau; was auch immer sie war, sie gehörte ihm.

So hätte sie ewig weiterleben können, wenn es nicht zu einem unerwarteten Besuch gekommen wäre.

Es war spätabends, nachdem die Dienstboten zu Bett gegangen waren. Annie erwachte mit einem Ruck, als es plötzlich an der Tür klopfte. Dieses Geräusch entsprach weder dem höflichen Pochen der Mitglieder der besseren Gesellschaft noch dem Klopfen und Pfeifen von Händlern. Vielmehr erinnerte es sie an die Male, wenn ihr alter jüdischer Vermieter die Miete kassieren wollte. Hämmernd und laut. Es war ein Klopfen, das Ärger verhieß.

Bowering öffnete die Tür in seiner Nachtmütze. An der Schwelle wurde ein kurzes, leises Gespräch geführt. Sie konnte nichts verstehen, wusste aber, dass der Butler einen so späten Gast abzuwimmeln versuchte. Dann hörte sie die Stimme des Besuchers, herrisch und unnachgiebig, und sie wusste, wer gewinnen würde. Und richtig: Der Fremde wurde in die Halle geführt, und im Licht von Bowerings Kerze erhaschte sie einen Blick auf ihn; einen Riesen von einem Mann mit gesträubtem Schnurrbart, feinen Lederhandschuhen und einem diskret karierten gelbbraunen Mantel. Er nahm seine Melone ab, als er über die Schwelle trat, und entblößte einen Löwenkopf mit blonder Mähne. Ihm folgte ein zweiter Mann, jünger, dunkler und dünner und ganz ähnlich gekleidet.

Als wäre er ein Mann, der wusste, wenn er beobachtet wurde, blickte der blonde Riese auf und sah sie auf der

Treppe kauern. Sie erstarrte, wo sie saß, das Herz schlug ihr bis zum Hals, und sie fühlte sich unerklärlich schuldig, aber der Riese nickte nur grimmig und folgte Bowering mit dem anderen Mann im Schlepptau in den Salon. Ihr Herzschlag beruhigte sich, und Annie blieb sitzen und lauschte mit gespitzten Ohren. Sie wagte nicht, nach unten zu schleichen, um an der Tür zu horchen, doch aus dieser Entfernung konnte sie keine Worte, sondern nur Geräusche ausmachen. Eine dröhnende, tiefe Stimme, fragend, bohrend. Dann die von Francis, weicher und höher, eifrig und beschwichtigend. Überzeugend? Sie hörte die ganze Zeit keine dritte Stimme. Der kleine, schlanke Mann hörte anscheinend nur zu, so wie sie.

Sie wartete vielleicht fünfzehn Minuten lang, ihre Gelenke wurden aufgrund der unbequemen Haltung steif und ihre Füße auf der Treppe eiskalt. Der widerliche Geruch der Kamelien auf dem Hallentisch stieg ihr in die Nase und bewirkte, dass sich ihr der Magen umdrehte. Nach einiger Zeit öffnete sich die Salontür wieder, und der blonde Hüne kam heraus und nahm Bowering wortlos seine Melone und seine Handschuhe ab. Wieder blickte er zu Annie hoch, diesmal mit einem merkwürdigen Ausdruck von Mitgefühl. Er öffnete den Mund, als wollte er etwas sagen, schloss ihn dann wieder und ging. Der kleinere Mann folgte ihm wie ein Schatten.

Nach einem langen, langen Moment erschien Francis und durchquerte die Halle mit dem Schachbrettfußboden. Er sah seltsam mattgesetzt aus, dachte sie, als wäre er in die Enge getrieben worden. Auch er sah sie auf der Treppe hocken, seine Schritte stockten, dann zog er den Kopf ein, stieg die mit Teppich ausgelegten Stufen empor und ging ohne ein Wort an ihr vorbei.

Annie kam sich vor, als wäre sie geschlagen worden. Seit Beginn ihrer Bekanntschaft war es das erste Mal, dass er sie ignorierte. Ohne seine Aufmerksamkeit fröstelte es sie, als wäre die Sonne untergegangen. So pflegten die Bastarde sie nach vollzogenem Akt anzusehen – als wäre sie gar nicht vorhanden. Sie stand auf und stieg langsam die Treppe hoch.

Francis begab sich in sein Atelier, und sie folgte ihm zögernd und verunsichert. Es dauerte einen Moment, bis sie begriff, was er tat. Er fasste zum ersten Mal seit Wochen seine Pinsel wieder an, sammelte sie in den Händen wie stachelige Weizenbüschel. Das, was sie für einen einzelnen Tisch gehalten hatte, war jetzt aufgeklappt – ein geöffneter Schrankkoffer mit Messingbändern, den er hastig mit seinen Pinseln, Farben und Paletten füllte.

»Sie verreisen?«

»Ich besuche Florenz«, versetzte er knapp.

»Wer ist Florenz?«

Er lachte fast wieder so wie der alte Francis. »Florenz, Italien«, sagte er zu dem Koffer, während er packte.

Ihr Herz zog sich zusammen. »Was wird aus mir?«

Sie malte sich ihr Leben in London ohne ihn aus. In der Gower Street würde sie natürlich nicht bleiben können. Ob sie nach dem ganzen Wirbel, den sie ausgelöst hatte, anderen Malern Modell sitzen konnte? Vielleicht fand sie Arbeit bei einem Putzmacher oder Straßenhändler? Oder würde sie unweigerlich in das Leben zurückrutschen, das sie am besten kannte und am meisten hasste? Ohne Francis hatte sie hier gar nichts. Er hatte sie in die Höhe gehoben wie das Trapez, das sie am Leicester Square gesehen hatte, so dass sie über die Welt hinwegblicken konnte. Sie wusste nicht, was sie gemeinsam waren, aber sie wusste, dass sie ohne ihn wieder in der Gosse landen würde.

Francis hielt mit seiner Tätigkeit inne und trat zu ihr. »Meine mitternächtlichen Besucher haben mir zu der Erkenntnis verholfen, was ich tun muss, um mit meiner Arbeit weiterzukommen«, sagte er langsam.

»Francis, wer waren diese Männer?«

»Das waren Sir Charles Eastlake und Mr. John Ruskin. Sie waren an der Akademie erst meine Mäzene und dann meine Sponsoren. Sie rieten mir, wie ich am besten wieder mit dem Malen anfangen sollte, und meinten, dass ich jetzt, wo ich meine Muse habe, die richtige Leinwand brauche, um ihre Schönheit festzuhalten. Italien, Annie, dort, wo vor Jahrhunderten alles begann.«

Sie versuchte, aus seinen Worten schlau zu werden. »Wie meinen Sie das?«

Er fasste sie bei den Schultern. »Meine liebe, *liebe* Annie. Ich meine, dass Sie mitkommen. Wenn Sie das wollen.«

Seine Augen umwölkten sich kurz vor Zweifeln. Sie blickte in sein anziehendes Gesicht, und ihr Herz schwoll an. Es war nicht richtig, dass er so ängstlich wirkte. Sie musste ihn wieder zum Lächeln bringen. *Natürlich* würde sie mitkommen. »Ja, das will ich.«

Sofort kehrte das Lächeln zurück. Er bestand nur noch aus Feuer und Begeisterung, wie ein Kind zu Weihnachten. »Dann gehen Sie und packen Sie Ihre Sachen.«

»Jetzt?«

»Jetzt.« Er lachte vor Freude laut auf. »Wir müssen den Zug mit Schiffsanschluss am Morgen bekommen. Ich werde Bowering anweisen, die Packkisten zu bringen, und Eve zu dir schicken.«

Viele Stunden später, nachdem sie und das schlaftrunkene Dienstmädchen ihre Kleider, ihren Pfauenmantel, ihre Muffs und Hüte und Mäntel gefaltet und in Seidenpapier verpackt hatten, fiel Annie vollständig angekleidet auf das Bett, um noch ein paar Stunden zu schlafen, bevor der Hansom kam, um sie zum Zug zu bringen. In dem Schwebezustand zwischen Schlaf und Erwachen war sie wieder in ihrem Pfauenmantel in der Akademie und traf dort auf Lizzie Siddal. Das rothaarige Mädchen ging auf sie zu, aber ihr Haar schien im Wasser zu treiben, breitete sich um sie herum aus wie Sonnenstrahlen; Blumen hatten sich in den Strähnen verfangen, die schwammen und untergingen wie Mary Jane. Annies Schleppe stellte sich hinter ihr auf wie ein Pfauenrad, und alle drehten sich um, um sie anzustarren.

Zwei Männer kamen auf sie zu. Der Ältere küsste ihr die Hand, sein grauer Schnurrbart kitzelte. »Ich weiß, wer Sie sind«, sagte er.

Der Rotschopf mit dem wie im Wasser treibendem Haar warf ein: »Es interessiert sie nicht, was Sie denken. Weder den hochwohlgeborenen Sir Charles Eastlake noch den niedriggeborenen Mr. Ruskin.«

Ein alter Mann, hochgewachsen wie eine Säule, ein kleiner junger Mann in seinem Schatten. Dann sah sie die beiden Gentlemen von unten vor sich, die mitternächtlichen

Besucher: blond und dunkel, zwei Schnurrbärte, zwei Melonen. Beide im gleichen Alter.

Plötzlich war Annie hellwach, fröstelte vor Gewissheit.

Wer auch immer die Männer unten gewesen sein mochten, dachte sie, sie waren weder Sir Charles Eastlake noch Mr. Ruskin. Sie presste die Hände auf ihren Magen, auf jene Stelle, von der das Gefühl auszustrahlen schien. Zwar wusste sie nicht, um wen es sich bei Francis' nächtlichen Besuchern gehandelt hatte, aber nach all den Jahren auf der Straße meinte sie, zwei Polizisten zu erkennen, wenn sie sie sah.

ZWEITER TEIL

Florenz

NEUNTES KAPITEL

Vier Jahre, elf Monate, zwei Wochen und drei Tage zuvor.

Das Erste, was die Nonnen im Magdalenen-Heim taten, war, mich als ihr Eigentum zu brandmarken. Sie führten mich in einen niedrigen heißen Raum, wo eine kleine Nonne das Feuer schürte, während eine große ihr dabei zusah. Mir war zum ersten Mal seit einer Woche wieder warm, also hatte ich fast nichts dagegen, als die große Nonne mich packte und meinen linken Ärmel wegriss.

Die zweite Nonne kam mit dem Schürhaken auf mich zu. Ich zappelte und quiekte wie eine Sau, aber die große Nonne drückte mir einfach die Hand auf dem Mund, und als die rot glühende Spitze näher kam, sah ich, dass am Ende des Schürhakens ein kleines M leuchtete. Es war ein Brandeisen.

Die große Nonne hielt mich in einem eisernen Griff. Ich konnte nichts, aber auch gar nichts tun, als die kleine das M auf meinen Oberarm presste. Vor Schmerz schlug ich die Zähne in die Hand der Nonne, bis ich Blut schmeckte.

Die ersten paar Tage tat das Brandmal so weh, dass ich keine Kleidung auf meinem Arm ertragen konnte. Es blutete, es suppte, und das M schwoll leuchtend rot an.

Am vierten Tag fiel der Schorf ab, ein perfektes kleines M in meiner Hand. Ich hielt das Brandmal für den Anfangsbuchstaben meines Namens, bis ich sah, dass alle Frauen dasselbe hatten. Sie konnten nicht alle Mary Jane heißen. Mir wurde klar, dass es für Magdalena stehen musste, was auch immer das bedeuten mochte – vielleicht hatte der Gründer dieses höllischen Ortes eine Frau dieses Namens. Dann zeigte mir eine der Frauen das M auf ihrem eigenen fleischigen Arm. Es war gut verheilt, denn sie war schon Jahre hier. »M steht für Missetäterin«, erklärte sie. »Es bedeutet, dass du etwas Schlimmes getan hast.«

Annie beugte sich über das Geländer des Ponte Vecchio. Der warme Stein drückte die Stäbe ihres Korsetts gegen ihre Rippen. Vielleicht würden Stein, Korsett und ihre Rippen ja ihr Herz davon abhalten können, in ihrer Brust zu brodeln wie Pudding in einem Kessel. Süßes Glockengeläut erklang von jedem Turm und schien in ihrem Blut widerzuhallen. Sie konnte es noch gar nicht fassen, dass sie erst vor sechs Monaten an einem eiskalten Januarabend, bevor sie auf das Geländer geklettert war, so auf der Waterloo Bridge gestanden und über das stahlfarbene Wasser, den silbernen Mond und die wie Zinn schimmernden Gebäude geblickt hatte. Die kalten Metallfarben Londons schienen nicht nur eine Jahreszeit, sondern eine ganze Welt entfernt zu sein – wie Außenposten auf einem kalten Stern. Wie war es möglich, dass sie in gerade einmal zwei Tagen per Zug, Schiff und Nachtzug an diesen Ort gelangt war und die Welt sich so verändert hatte?

Die Sonne selbst war zu grell, um sie anzuschauen, aber sie vergoldete alles unter sich wie ein Goldschmied. Florenz bestand aus Gold, demselben Sommergold, das in den kleinen Läden verarbeitet wurde, die Francis ihr gezeigt hatte, als sie die Brücke überquerten. Die alte Brücke war aus Stein erbaut, der so gelb leuchtete wie Sonnenblumen, die Kathedrale hatte eine glänzende Glocke als Kuppel. Die Ufer des Flusses waren von ockerfarbenen Palästen gesäumt, die umliegenden Hügel mit Bernsteinbrocken gleichenden Villen und Kirchen besetzt. Selbst das Wasser unter ihnen, das selbst das poetischste Herz nicht als kristallklar beschreiben konnte, glitzerte hell vor geborgtem Licht.

Doch ein Unterschied wog weit schwerer als alle anderen. Damals, auf der Seufzerbrücke, war sie mutterseelenallein auf der Welt gewesen. Jetzt nicht. Francis Maybrick Gill stand neben ihr und hielt ihren Sonnenschirm, denn sie wollte nichts zwischen sich selbst und der florentinischen Sonne dulden.

»Hier passen wir hin. Hierher gehören wir«, verkündete Francis. »Wir sind nach Hause gekommen.«

Sie drehte sich zu ihm um. Francis lehnte sich gleichfalls über das Geländer, hielt seinen Hut in der Hand, so dass er gefährlich über dem Fluss baumelte. Er trug einen Anzug aus cremefarbenem Tuch und eine lose gebundene Krawatte von der Farbe sommerlicher Rasenflächen. Die warme Brise hatte eine Haarlocke von ihren Geschwistern weggeweht, die ihm jetzt über die klaren grauen Augen fiel. Während sie die Aussicht bewundert hatte, hatte er sie angesehen.

»Du bist eine Florentinerin, Annie, keine Londonerin.

Du hast ein *Quattrocento*-Äußeres; du bist eine wahre Botticelli-Gestalt. Dies ist deine Leinwand.« Er blickte von ihr zu der Aussicht. »*Hier* ist das Eden, das wir gesucht haben. Es wird so sein, als hätten die Glocken von St. Mary-le-Bow nie geläutet und als wäre der Regen nie gefallen.« Er winkte der alten Stadt wie zum Gruß zu. »Hier gibt es melodischere Glocken! Hier herrscht milderes Wetter!«

Francis drückte ihre Hand, wobei ihr neuer Ring in ihren Finger schnitt. Er hatte ihn ihr auf dem Schiff gegeben, als die weißen Klippen und England mit ihnen immer kleiner geworden waren. Das Wetter war schlecht, der Wind heulte, und die graue See toste, aber Francis, der im Zug zum Schiff mürrisch und wortkarg gewesen war, hatte merklich bessere Laune bekommen, als die Klippen aus seinem Blickfeld verschwanden, und wie befreit den Ring über ihren Handschuh geschoben. »Wir reisen als Mann und Frau«, hatte er den Wind übertönt. »In Frankreich wirst du auf dem Zollamt feststellen, dass du in den Papieren als Mrs. Maybrick Gill geführt wirst.«

Das »du« kam ihm wie selbstverständlich über die Lippen, und Annies Herz machte einen Sprung. Sie dachte an Lizzie Siddal, das Modell, das entschlossen war, seinen Künstlergalan zu heiraten, aber Francis machte derartige Hoffnungen sofort zunichte.

»Ich möchte dir versichern, dass dieser Täuschung keinerlei unlautere Motive meinerseits zugrunde liegen, sie dient rein praktischen Zwecken«, brüllte er in ihr Ohr. »Sowie der Wunsch, dich nach Florenz zu bringen, von mir Besitz ergriffen hatte, spürte ich, dass ich ihn schnellstmöglich in die Tat umsetzen musste. Die Vorstellung, dass der

Sommer verstreicht, während wir auf die Reisepapiere warten, war mir unerträglich. Dieser Ring ist nichts als ein Theaterrequisit, trotzdem sollst du wissen, wie sehr ich dich schätze. Der Ring ist der Beweis dafür.« Er hob ihre Hand, hielt sie im Wind fest und deutete nacheinander auf jeden Stein. »Rubin. Smaragd. Granat. Amethyst. Noch ein Rubin und ein Diamant.«

Sie drehte den Ring an ihrem Finger und lächelte. »Er ist sehr schön«, schrie sie in den Sturm.

»Er hat meiner Mutter gehört.« Der Wind riss die Worte weg, sobald er sie ausgesprochen hatte, daher war es schwer, seinen Ton zu deuten. Schwang da Zuneigung mit, Nostalgie? Der heulende Wind erstickte jede Nuance. Aber Annie bemerkte einmal mehr erschrocken, dass Francis von seiner Mutter in der Vergangenheitsform sprach. Er hatte häufig gesagt, sie würde in Norfolk leben. Eines stand fest: Sie musste sehr großzügig sein, wenn sie erst ihren Pfauenmantel und dann ihren Ring einem Mädchen schenkte, das nichts weiter als eine gewöhnliche Dirne war. Sie überlegte, ob Lady Maybrick Gill wohl wusste, wer ihre Schätze erhalten hatte, und gelangte zu der Gewissheit, dass dies sicherlich nicht der Fall war.

In einem entzückend bunten Café in der Nähe des Gare de l'Est sprach Francis weiter über ihre Beziehung. »Der Kanal war die Trennlinie«, sagte er. »Hier auf dem Kontinent können wir beide neu anfangen. Da du jetzt als meine Frau reist, musst du dir vor allem bezüglich deines Benehmens Mühe geben ...«, sie setzte sich etwas gerader hin, »... und auf deine Redeweise achten. In Florenz gibt es heutzutage genauso viele Engländer und Amerikaner, fürchte ich, wie Florentiner, und es wäre nicht gut, wenn du dich verrätst.« Annie blickte zu den Fresken über den Cafétischen hoch und stellte sich vor, wie der Zug zu den wilden Landschaften fuhr, die über den Teetassen der Zivilisation prangten. Dann hatte sie Francis liebevoll angesehen, genickt und ihr Lächeln in ihrer Tasse verborgen. In London hatte er sich für einen ziemlichen Rebellen gehalten; vielleicht bewirkte das Reisen, dass die Leute mehr wie sie selbst waren.

Und nun standen sie hier, Mann und Frau, auf einer alten Brücke in ihrem neuen Eden. Doch angesichts der Bürger von Florenz, die hinter ihnen hin und her hasteten, der Jungen, die hoch mit bunten Früchten beladene Karren zogen, und der Bettler mit den ausgestreckten Händen, die ihre eintönigen Rosenkränze endloser Bitten brabbelten, fragte sich Annie flüchtig, ob sie beide einander genug sein würden. Francis und sie waren so *englisch*. Sie waren Fremde, gemeinsam allein.

»Kennst du jemanden hier?«, fragte sie.

»Du meinst, ob ich Bekannte hier in der Stadt habe?«, fragte Francis zurück. Sie war an seine Berichtigungen so gewöhnt, dass sie sich schon lange nichts mehr daraus machte. »Nein. Aber ich war schon oft hier. Ich liebe die Stadt, ihre Architektur, die Kunst, nicht die Menschen. In Florenz ist alles Interessante tot«, erklärte er. »Und es gibt nichts Besseres als den Tod, damit man sich lebendig fühlt.«

Annie dachte an Mary Jane und verstand, was er meinte. »Wo werden wir denn wohnen, wenn du keine Verwandten hier hast?«

Er kehrte dem Fluss den Rücken zu und winkelte den

Arm für sie an. »Lass uns zur Kutsche zurückgehen. Ich werde es dir zeigen.«

Wie sehr sich ihre Kutsche doch von einem Hanson unterschied! Sie hatte ein offenes Dach, glich aber mehr einem Heuwagen als einem Brougham. Die Sonne brannte auf sie herab, und ihre Beine verhedderten sich zwischen ihren irgendwie darin aufgestapelten Koffern. Ein Kutscher in Hemdsärmeln und Hosenträgern anstelle einer Jacke und mit einem ramponierten Strohhut statt einer Melone fuhr sie den Hügel hoch, ohne ein Wort Englisch zu sprechen. Annie war beeindruckt, wenn auch nicht sonderlich überrascht, dass Francis die hiesige Sprache zu beherrschen schien. Während die beiden Männer sich in ihren erprobten Rollen als Herr und Diener miteinander unterhielten, konnte sie sich ungestört umschauen.

Sie verließen die Stadt auf einer steilen Straße aus ockerfarbenem Staub, die eine s-förmige Kurve beschrieb und von hohen, tiefgrünen, fast schwarz wirkenden Bäumen in Form von Speerspitzen gesäumt wurde. Die Häuser und Kirchen wichen grünen Hügeln, in denen gelegentlich ein Gebäude für einen kurzen Moment hinter silbrigen Bäumen auftauchte, nur um wieder zu verschwinden wie Kinder, die Verstecken spielten. Ein Haus war so schön, dass sie einen leisen Schrei ausstieß, und Francis lächelte ihr erneut zu. »Es gefällt dir?«, sagte er. »Wir wollen es uns ansehen.« Er sprach im lokalen Dialekt mit dem Kutscher, woraufhin das Gefährt eine kleine Auffahrt hochrollte, das Haus für eine Weile verschwand, wie es die Gewohnheit der Gebäude hier zu sein schien, und sich dann plötzlich in all seiner Pracht zeigte. Es hatte eine schöne, sich über drei Stockwerke erstreckende Marmorfassade mit einer Reihe kunstvoller Bögen unten und sieben viereckigen Fenstern hoch oben entlang der Front. Es gab Gartenterrassen, schattige Wäldchen und Flieder, der über den Stein wuchs. Annie klatschte begeistert in die Hände, als die Kutsche langsam anhielt.

»Ich bin froh, dass es dir gefällt«, sagte Francis. »Sollen wir hineingehen?«

Er half ihr beim Aussteigen und führte sie den Schotterweg entlang. Aus der Nähe erkannte Annie, dass die Front des Hauses halb von Efeu überwuchert wurde. Es war das wundervollste Gebäude, das sie je zu Gesicht bekommen hatte, ja, es übertraf sogar jene, die sie bei ihren Spaziergängen entlang der Burlington oder der Mall betrachtet hatte. Sie gewann eine neue Vorstellung davon, wie Häuser sein konnten – groß, das ja, aber nicht großartig. Schön, aber nicht imposant. Es war ein Ort, der ein Heim werden konnte.

Sie blieb auf der Schwelle stehen. »Ist das dein Haus?«, fragte sie mit großen Augen.

»Ja«, lächelte er. »Ich habe es wegen seiner Lage gekauft, aber auch, wie ich zugeben muss, wegen des Namens.«

Neben der Tür war eine hölzerne Plakette mit wie ein Brandzeichen eingebrannten dunklen, geschwungenen Buchstaben befestigt. Annie erkannte die Worte *Villa Camellia*.

Sie presste die Hände auf ihr Korsett, weil ihr plötzlich leicht übel war. Vielleicht lag es an der langen Reise, der gewundenen Straße oder der heißen Sonne, aber sie wurde den Gedanken nicht los, dass der Name der Blume ihr den Magen umdrehte. Doch dann schüttelte sie die Idee resolut zusammen mit ihrer Haube ab. Es war lächerlich zu glauben, eine Blüte könnte ihr Schaden zufügen, geschweige denn ihr geschriebener Name. Sie nahm Francis' ausgestreckte Hand und folgte ihm zur Tür. Dies war ein Heim – ihr Heim.

Die schwere Eichentür war beschlagen wie die einer Burg, und Francis öffnete sie mit einem Eisenschlüssel, wie er in einem Märchen hätte vorkommen können. Das Innere stand im absoluten Gegensatz zum Haus in der Gower Street. Statt einer Eingangshalle gab es ein luftiges Atrium mit weißen und terrakottafarbenen Bodenfliesen. Die Wände bogen sich einwärts, als hätte man in Florenz noch nie von Ecken gehört, und ein funkelnder Kronleuchter mit Kristallbrillanten hing über einem dreibeinigen Tisch mit weiß-goldenen Stühlen. Die Wände an sich waren bemerkenswert; sie schienen aus weißem, mit winzigen emaillierten Blumen, die durch goldene Blätter verbunden wurden, verziertem Porzellan zu bestehen. Annie kam sich vor wie in einer umgekehrten chinesischen Teetasse.

Ein paar Stufen führten zu der ganz anders gearteten Welt der Küchen hinunter. Dort bedeckte rauer weißer Putz die Wände, aus denen, wie Annie vermutete, jahrhundertealte Strohhalme herauslugten. In hübschen Zierbögen waren die Ziegel des Hauses zu sehen, und auf dem Steinboden lagen grobe Grasmatten. Es gab einen langen Holztisch mit einem Dutzend hölzerner Stühle und einer großen, ausschließlich mit Zitronen gefüllten Holzschale darauf. An der Wand enthielten hölzerne Regale eine

Sammlung dicker irdener Krüge in allen Schattierungen von Creme und Braun, von großen Krügen aus Steingut bis hin zu kleinen Porzellankännchen. Es gab auch eine Reihe schimmernder Kupferkessel und großer Messingkannen. In einem Ofen stapelten sich Holzscheite, und ein offenbar aus einem Wagenrad gefertigter Kandelaber hing über dem Tisch.

»Ja«, sagte Francis, der ihrem Blick folgte, zerknirscht, »ich muss noch herausfinden, ob es einen Gasofen für heißes Wasser gibt. Aber wir werden gewiss wunderbar zurechtkommen.«

Annie fragte sich, wen genau er mit »wir« meinte, und wollte sich dringend nach Dienstboten erkundigen, aber dann hörte sie sich stumm die Frage stellen und musste unwillkürlich lachen. Sie hatte von der St. Jude's Street aus einen langen Weg zurückgelegt.

Der Salon war ein gemütlicher Raum unten im Haus mit breiten terrakottafarbenen Querrippen und verblassten Fresken, die viel mit Trauben und Wein und wenig mit Religion zu tun hatten. Es gab weiße Porzellanreliefs an den Wänden, dicke zinnoberrote Läufer auf dem Boden, bequeme gepolsterte Stühle und kleine Sofas sowie Öllampen aus orange leuchtendem Glas.

Im Vergleich zu den gut ausgestatteten Räumen des unteren Stocks war die Treppe schlicht und kleiner als die in der Gower Street. Die Stufen bestanden aus grob gehauenem Stein, und es gab kein Geländer, nur einen Seilgriff. Die Treppe war nicht abgetrennt, sondern zum Rest der Halle hin offen. In der Biegung hing der Schädel eines Steinbocks mit blicklosen Augenhöhlen, dessen gewundene schwarze

Hörner sich von dem schlichten weißen Putz abhoben und die Spirale der Treppe nachahmten. Annie beäugte ihn misstrauisch; dachte, dass sie nicht gern nachts daran vorbeigehen würde, aber Francis klopfte ihm im Vorübergehen freundschaftlich auf die Knochenwange.

Im ersten Stock lag das Badezimmer, das für Annie von großem Interesse war, denn seit sie es gewöhnt war, regelmäßig zu baden, konnte sie sich nicht vorstellen, sich in ihr früheres schmuddeliges Selbst zurückzuverwandeln. Die Wanne aus weißem Marmor stand mitten im Raum, die Wände waren weiß und die Decke mit den hölzernen Balken in einem leuchtenden Tiefblau gestrichen. An den Wänden hing eine Sammlung unterschiedlichster Bilder, ein Wirbel von Sujets in vergoldeten Rahmen fast jeder Größe. Zwei Fenster boten einen schönen Ausblick, und Annie dachte mit einem Anflug von Vorfreude, dass sie die Kupferkuppel des Doms von Florenz würde sehen können, wenn sie ihr Bad nahm.

Den Gang hinunter gab es ein luftiges, enteneiblau gestrichenes Morgenzimmer mit blau und weiß emaillierten Truhen, reichlich freier Bodenfläche und zwei großen, nach Süden gehenden Fenstern. »Mein Atelier, denke ich«, sagte Francis, »und hier kann ich mich von meiner Arbeit ausruhen.« *Hier* war ein Diwan von der Größe eines Bettes mit einem dunkelgoldenen Baldachin. Annie betrachtete ihn sehnsüchtig, denn das Bett im Schlafwagen von Paris war schmal und hart gewesen, und sie hatte vor Aufregung und dem Schaukeln des Zuges nicht schlafen können.

Sie fragte sich, wo sie untergebracht werden würde. In einem Haus wie diesem standen gewiss ein Dutzend Schlafzimmer zur Auswahl. Lange musste sie sich aber nicht mit diesem Problem befassen, denn der nächste Raum war ein Schlafzimmer, ebenso schlicht, wie es die Treppe gewesen war; das Bettzeug war kostspielig, aber einfach und weiß, die Bettpfosten aus dunklem Holz endeten in Spindeln wie Stuhlbeine und trugen keinen Himmel. Über dem Kopfende hing eine dunkle Ikone einer bleichen Madonna. Vielleicht glaubten die Florentiner ja, dass es wichtigere Dinge gab, als zu schlafen; der Einrichtung des Hauses nach zu schließen erachtete man die Räume, die dem Essen und der Unterhaltung dienten, einer üppigeren Dekoration für würdiger. Trotzdem war der Raum größer als der, den sie sich in der St. Jude's Street mit ihrer Familie geteilt und in dem sie mit ihren Geschwistern in einem Bett geschlafen hatte.

Sie spürte Francis' Hand auf ihrem Arm. »Das wird dein Zimmer«, sagte er.

Dein Zimmer. Da war sie, die Antwort auf die unausgesprochene Frage, die in der schalen, abgestandenen Luft des lange verschlossenen Hauses gehangen hatte. Dein Zimmer. Also würden sie nicht auch im Schlafzimmer Mann und Frau sein. Annie war verblüfft. Sie trat vor und strich mit den Fingern über die Bettdecke aus weißem Kambrik. Direkt unter ihren Rippen setzte ein kaltes Gefühl des Unbehagens ein. Konnte es sich um Enttäuschung handeln? Er hatte ihr auf dem Schiff den Ring seiner Mutter gegeben, er hatte gesagt, sie würden wie Mann und Frau leben und sogar, dass sie seinen Namen tragen sollte.

»Mein Zimmer?«, fragte sie. »Soll ich denn nicht ... bei dir schlafen?«

Er sah sie liebevoll an. »In den oberen Gesellschaftsschichten ist es für Eheleute üblich, getrennte Schlafzimmer zu haben«, erklärte er freundlich.

Annie wusste, dass das der Wahrheit entsprach; gelegentlich war sie mit einem Bastard in dessen Zimmer gewesen, während seine Frau nebenan schlief. Sie dachte an den animalischen Akt, auf den anscheinend kaum ein Mann in London verzichten konnte und der ihr und tausend anderen Mädchen den Lebensunterhalt sicherte. Den Akt, der einen Mann dazu trieb, sich nur durch eine Wand von seiner schlafenden Frau getrennt mit einer Hure vom Haymarket zu vergnügen. Aber jetzt sah es so aus, als wäre sie auf den einzigen Mann auf der Welt gestoßen, der ohne ihn leben konnte, und natürlich war er, Ironie des Schicksals, der einzige Mann, den sie je gewollt hatte.

Lag die Schuld bei ihr? Was musste sie noch tun, damit er mit ihr schlief? Was konnte sie an ihrer Person verbessern, um seiner würdig zu sein? Sie fragte sich, worauf er wartete, und wünschte sich mehr als alles andere, ihn danach fragen zu können. In ihrem früheren Leben war sie es gewohnt gewesen, ohne Umschweife zu sprechen, aber hier und jetzt brachte sie es nicht über sich, die Frage zu stellen. Sie hatte Angst, dass dieser florentinische Traum wie eine dieser substanzlosen schillernden Blasen von der Seifen-Werbung platzen und er sie wegschicken würde, wenn sie ihn zwang, seine Gründe laut auszusprechen. Also schwieg sie, strich die von der Berührung ihrer Hand zerdrückte Bettdecke glatt und folgte ihm aus dem Raum.

Er führte sie die Treppe wieder hinunter in ein Esszimmer mit sandfarben getünchten Wänden, einem riesigen

Eichenholztisch mit zu vielen Stühlen für nur sie beide und einem schmiedeeisernen Kandelaber, der von der gewölbten Decke herab tief über dem Tisch hing.

Als sie sich mit der Villa Camellia vertraut machten, lernte Annie, dass die Schönheit des Hauses nicht nur auf der Architektur und der Möblierung beruhte, sondern auf den Details. Es war offensichtlich, dass Francis die Villa persönlich für seinen Rückzug aus London vorbereitet hatte; seine Hand war überall zu sehen, und sein Gesicht auch: Eine kleine vergoldete Miniatur seiner Silhouette hing in einem runden goldenen Rahmen an einer leuchtend purpurroten Wand. Bei genauerer Betrachtung stellte sich heraus, dass es sich um den Scherenschnitt handelte, den sie am Pier von Chelsea von ihm hatte anfertigen lassen. Es gab noch andere Akzente. Ein Kelch aus hellblauem Glas stand auf einem Fensterbrett, machte dem Himmel Konkurrenz und wetteiferte mit ihm. Die Onyxbüste eines bärtigen Gelehrten stand an einem offenen Fenster; er blickte nicht in den Raum, sondern betrachtete die Aussicht und kehrte den Bewohnern seinen Hinterkopf zu. Diese Aussicht war eindeutig sehenswert, dachte Annie. Florenz erstreckte sich unter ihr wie der fliegende Teppich, den sie einmal im Whitechapel Empire gesehen hatte, glitzernd und glühend und scheinbar über der Talsohle schwebend. Aber für den Moment drehte sie der Stadt den Rücken zu.

»Francis«, begann sie zaghaft. »Wann hast du diese Villa gekauft?«

Seine grauen Augen flackerten. »Vor ungefähr einem Jahr«, erwiderte er. »Es ist ein lang gehegter Traum von mir, hierherzukommen und zu malen.«

»Und du hast sie selbst eingerichtet?«

»Ja.« Er fuhr mit dem Finger über den Fensterflügel. »Ich musste die Leinwand herrichten, auf der ich meine Muse verewigen wollte.« *Aber da hast du mich doch noch gar nicht gekannt*, wollte sie sagen, hielt aber erneut den Mund. Er berührte mit demselben Finger ihre Wange. Sie und die Villa, beides gehörte ihm.

Zuletzt zeigte er ihr den größten Raum, den sie je gesehen hatte und der der Aussicht durchaus Konkurrenz machte; jeder Zoll der Wand war mit Büchern bedeckt. Hölzerne Regale erstreckten sich vom Boden bis zur Decke, daran lehnten schlanke dunkle Holzleitern, damit man an die oberen Fächer gelangte. Auf halbem Weg zur Decke verlief ein Balkon, auf dem weitere Regale standen, als gäbe es nicht schon genug Bücher im Raum. In der Mitte des Parkettbodens befand sich ein Schreibtisch mit einer Auflage aus gepunztem Leder, auf dem eine Reihe von mit rötlichbraunen Amtssiegeln versehene Schriftrollen lagen. Die Decke wies das Blaugrün des Zwielichts auf, von dem sich goldene Kleeblätter abhoben, und ein Paar riesiger Glastüren führte in einen Garten hinaus, der sich vor ihr ausbreitete, so weit das Auge reichte.

Annie ging im Raum umher, und weil Sehen für sie Berühren hieß, strich sie mit den Fingerspitzen über die Rücken der Einbände. Die Florentiner mochten wenig Wert auf ihre Schlafunterkünfte legen, doch für Literatur schienen ihre Herzen besonders stark zu schlagen. Francis folgte ihr mit leisen Schritten.

Voller Staunen sagte sie: »Hab nie nicht... ich *habe noch niemals* so viele Bücher an einem Ort gesehen.«

Er legte seine Finger ehrfürchtig dort auf den Buchrücken, wo ihre gelegen hatten. »Ja. Die Bibliothek ist ein weiterer Grund dafür, dass ich das Haus erworben habe. Weißt du, die Florentiner haben Bücher nicht immer so geschätzt, wie sie es heute tun. Im Mittelalter errichteten sie auf der Piazza della Signoria sogar einen Scheiterhaufen aus Büchern; die Flammen schlugen so hoch, dass man sie von diesem Haus aus sehen konnte.«

Annie war schockiert. »Warum haben sie denn Bücher verbrannt?«

»Weil ihnen nicht gefiel, was darin stand.«

Jetzt strich sie mitfühlend über die Buchrücken. Bücher waren die größte Freude in ihrem neuen Leben, und sie hoffte, diese Liebesaffäre hier fortsetzen zu können.

»Gibt es auch englische Bücher?«, fragte sie hoffnungsvoll. »Mr. Dickens ist ein paar Mal hierhergereist, glaube ich. Denk an *Bilder aus Italien*. Ich habe ein bisschen davon zu Hause gelesen. In London, meine ich.«

Ihr Ausrutscher entging ihm nicht. »Annie, meine liebe Annie. Das hier ist jetzt unser Zuhause.«

In seinen Worten schwang Endgültigkeit mit. »Kehren wir denn nie wieder in die Gower Street zurück?« Sie war dort glücklich gewesen. Sicher, es war eine Welt abseits dieses anderen Londons, in dem sie geboren und aufgewachsen war, aber nichtsdestotrotz London, nichtsdestotrotz England.

»Nicht in absehbarer Zukunft«, erwiderte er entschieden.

Francis hatte seine Abreise schon eine Weile geplant, hatte diese Villa mit äußerster Sorgfalt eingerichtet, aber für Annie war es ein Schock; sie kam sich wie eine entwurzelte Pflanze vor, die in einem sonnigeren Klima wieder eingepflanzt worden war und nun versuchte, in der fremden Erde Wurzeln zu schlagen. Sie konnte kein Teil seines ursprünglichen Plans gewesen sein; *vor einem Jahr*, hatte er gesagt, er hatte die Villa vor einem Jahr übernommen. Hatte ihr Eintritt in sein Leben zu einem so überstürzten Aufbruch geführt? Aber sie war vor ihrer Abreise schon sechs Monate bei ihm gewesen.

»Francis«, fragte sie. »Warum haben wir London in solcher Hast verlassen? Hatte es etwas mit den beiden Männern zu tun, die vorbeigekommen sind?« Würde er ihr dieses Mal sagen, wer die nächtlichen Besucher wirklich waren?

»Ja, das hatte es«, entgegnete er. »Sir Charles und Mr. Ruskin rieten mir zu einem Ortswechsel, um mich künstlerisch weiterzuentwickeln. Sie schlugen vor, ich solle meine nächste Reihe von Werken in Italien malen und die Kunst der Renaissance studieren, die Zeit vor Raffael.«

Sie hatte ihn schon einmal bei einer Lüge ertappt, und jetzt hatte er erneut gelogen. Seine Gründe mochten stichhaltig sein, aber wer immer ihm auch geraten hatte, hierherzukommen, es waren nicht Eastlake und Ruskin gewesen. Doch er runzelte die Stirn, und wieder einmal hatte sie das Gefühl, es wäre ratsamer, den Mund zu halten.

»Dann soll Mr. Dickens in London bleiben, wo er hingehört«, meinte sie.

Francis' Miene hellte sich prompt auf. »Er und all die anderen hausbackenen Autoren. Ah, hier.« Er stieg auf eine der schmalen Leitern, nahm ein Buch vom Regal und blies den Staub von seinem Rücken. »Ich wusste, dass eine Ausgabe davon da ist. Zur Zeit des Fegefeuers war es verboten, ein Exemplar dieses Werkes zu besitzen. Jetzt verstößt es praktisch gegen das Gesetz, keins zu haben.« Er blätterte in dem Buch herum. »Hier ist etwas mit mehr Substanz als dein Mr. Dickens. Ein Werk, das das Feuer überlebt hat. Es wurde zwar angesengt, aber von einer mutigen Hand aus den Flammen gerettet, dann neu gedruckt und übersetzt, dem Herrn sei Dank.« Es war das erste Mal, dass sie ihn den Allmächtigen anrufen hörte. »Ein florentinischer Schriftsteller für unsere florentinische Reise.«

Er reichte ihr das ramponierte Buch. »Dan-te«, las sie laut. »*Die Göttliche Komödie.*« Sie blickte auf. »Ist es lustig?«

Er lachte. »Nicht einmal ansatzweise. Es hat drei Teile: *Das Paradies, Der Läuterungsberg* und *Die Hölle.* Ich frage dich heute Abend ab.«

Er nahm an dem großen Schreibtisch Platz, jetzt ohne jeden Zweifel der Herr des Hauses, und begann mit flinken Fingern die Siegel der Urkunden aufzubrechen. Annie, die spürte, dass sie entlassen war, legte die Hand auf den Griff der Glastür, die zum Garten führte. Als sie über die Schwelle trat, rief Francis ihr nach: »Fang mit der *Hölle* an. Das machen alle.«

Sie ging auf eine breite Terrasse hinaus, auf der ein kleiner, von vier Stühlen umgebener Eisentisch stand. Die Sitzgruppe wurde von Glyzinien überschattet. An einer kunstvoll arrangierten Seilkonstruktion wachsend, bildeten sie einen lebendigen Baldachin. Es gab einen Fußweg mit drei eleganten Bögen, durch die man die Aussicht genießen konnte, und in ihrem Schutz standen zwei mit chinesischen

Schals bedeckte Liegesofas aus Korbgeflecht. Von den Bögen führte ein Gartenweg weg, den sie hinunterschlenderte. Der Schotter knirschte unter ihren Füßen, den Dante hatte sie sich unter den Arm geklemmt. Sie setzte sich auf eine niedrige Mauer, um zu lesen, aber die Sonne blendete sie, die Aussicht lockte, und so stand sie auf und wanderte weiter. In dem Buch, das Francis ihr gegeben hatte, konnte nichts stehen, was ihre Aufmerksamkeit mehr verdiente als diese herrliche Umgebung.

Das Haus war bereits ein Wunder gewesen, aber der Garten faszinierte sie sogar noch mehr. Sie war in engen Straßen groß geworden und fragte sich, wie anders sie sich vielleicht entwickelt hätte, wenn sie hier aufgewachsen wäre. Dieser Garten hatte die Größe eines Londoner Parks, aber hier fuhren keine Broughams, hier promenierten keine Paare, und keine Jungen ließen Holzboote auf dem See schwimmen. Er war nur für sie da. Abgesehen von seiner Schönheit war seine schiere Größe das erstaunlichste Merkmal. Dass ein Mann einen solchen Besitz und einen Ort wie die Gower Street sein Eigen nennen konnte, dass er es für unbegrenzte Zeit leer stehen lassen konnte, war einfach überwältigend. Sie überlegte nicht zum ersten Mal, wie reich Francis wohl war.

Beim Haus stand ein Wäldchen aus silberblättrigen Bäumen mit harten grünen Früchten, die sich kühl anfühlten. Terrassen mit niedrigen Mauern umschlossen symmetrisch angelegte Gärten mit gepflegten Wegen, zerbröckelnde Urnen standen geduldig in den Ecken, während grüne Flechten sie verschlangen. Hier gab es keine Blumenbeete wie die, die Annie aus den Londoner Parks kannte, alles war grün – Kräutergärten und Bäume und Büsche in Töpfen und anderen Gefäßen. Überall standen Statuen in anmutigen Haltungen, einige der Frauen nahmen Posen ein, die Annie von ihren eigenen Modellsitzungen her kannte. Sie vermutete, dass sich Künstler wie Elstern alles aneigneten, was ihnen gefiel. Die steinernen Ladys wirkten alle schön, friedlich und heiter, und auch die Männer standen glücklich da, blickten in die Ferne und schienen sich nichts daraus zu machen, dass sie nackt waren. Diese namenlosen Männer und Frauen, von denen einige Harfen, Traubenbüschel oder Kürbisse in den Händen hielten, waren die Götter und Göttinnen dieses Landes. Sie kannte keinen davon beim Namen, aber sie wusste, dass sie nichts mit dem Allmächtigen zu tun hatten, den sie in der Sonntagsschule von St. Matthew's kennengelernt hatte.

In der Mitte von all dem plätscherte ein zierlicher Springbrunnen, die Fontäne ergoss sich in tellergroße Lilienblüten. Hier gab es kein Drama – alles war sanft und friedlich und schön; aber hinter dem Springbrunnen, hügelabwärts, wurde der Garten etwas wilder. Dort wuchsen ungehindert die Blumen, die in den architektonischen Gärten fehlten. Mit Moos überzogene Stufen wanden sich, halb mit Grasnarben bedeckt, hoch und wieder hinunter und um Biegungen; sie waren im Lauf der Jahrhunderte von Hunderten von Füßen abgenutzt worden.

Annie trat in die Fußstapfen der seit langem Toten, die Sonne brannte auf ihren Rücken, unter ihren Fingerkuppen bildete sich Schweiß auf dem Buckrameinband des Buches, das sie immer noch in der Hand hielt. Fremdartige Insekten zirpten in einem schnarrenden Rhythmus, als hätte der

Garten einen eigenen Herzschlag. Auch hier fanden sich Statuen, die aber weniger gefällig geformt waren als die freundlichen Gottheiten auf den Terrassen: ein massiver steinerner Fuß, ein von Efeu überwucherter Torso, die Rundung eines überdimensionalen Ohrs, das an einem verfallenen Bogen lehnte. Die schönste von allen befand sich in einem kleinen bewaldeten Tal: ein von der Nase bis zum Kinn mit Sonnenröschen bewachsenes steinernes Gesicht, dessen obere Hälfte weggebrochen war. Das Fragment war größer als Annie selbst. Sie zog mit den Fingern die enormen Konturen des Mundes nach – bequem hätte sie auf dem Schwung der Unterlippe Platz nehmen können. Hier waren wütende Riesen gewesen und wieder verschwunden, dachte Annie, und hatten die kleinen Menschen zerstört oder sich gegeneinander gewendet und ihre eigenen massiven Körperteile dekorativ verstreut zurückgelassen. Und jetzt waren sie harmlos, verstümmelt – selbst die winzigen Jäger konnten sie zur Strecke bringen, und dieser Riesenfuß konnte noch nicht einmal dem Efeu und den Schnecken entkommen, die silberne Spuren auf jedem Zeh hinterließen.

Hinter dem zerbrochenen Gesicht lag eine kleine Wildnis aus miteinander verwachsenen Bäumen, und Annie wagte sich hinein, suchte dringend benötigten Schatten, und ging über einen moosigen Pfad zu einem natürlichen, aus verschlungenen Ästen geformten Bogen. Am Ende des Pfades stand eine alte Steinbank, die Wildnis endete abrupt, und Florenz breitete sich vor ihr aus und verschlug ihr den Atem. Sie sank auf die Bank, konnte sich nicht sattsehen. Wenn sie genau lauschte, konnte sie aus dem Summen der Bienen und dem Vogelgezwitscher die Glocken heraushören. Francis hatte es Eden genannt, und damit hatte er vollkommen recht. Dies war das Paradies.

Sie legte den Dante neben sich auf die warme Bank und atmete tief ein. Plötzlich war da inmitten des Fremden etwas Vertrautes. Die Aussicht glitzerte immer noch unter ihr, wurde aber getrübt, als ihr ein Duft in die Nase stieg. Sie war in einem fremden Land, doch gab es etwas, was sie kannte, etwas unangenehm Aufdringliches, etwas Süßes, Tödliches. Sie drehte sich um und sah einen Blumenzweig, der sich zu ihr neigte, sich über den Stein beugte wie ein Mann, der ein Mädchen an einer Bar bedrängt. Sie erkannte die üppigen Blüten, einige rot, einige weiß, mit zu vielen Blütenblättern und einem zu süßlichen Duft. Die Sonne schien untergegangen zu sein. Es waren Kamelien.

ZEHNTES KAPITEL

Vier Jahre, zehn Monate und einen Tag zuvor.

Die Magdalenen-Anstalt ist die Hölle auf Erden.
Die Nonnen sind bösartig wie Dämonen und prügeln uns mit Schwarzdornstöcken, wenn wir nicht schnell genug arbeiten. Wir waschen den ganzen Tag Wäsche, bis wir im Stehen einschlafen. Im Waschhaus ist es so heiß wie im Fegefeuer. Alle Frauen husten von dem Dampf oder, schlimmer noch, von der Lauge, mit der wir die Flecken behandeln. Einige von ihnen husten Blut auf das weiße Leinen und werden dafür noch härter geschlagen. Nach einem Arbeitstag gibt es kein Bett, in das wir fallen können; nachts sitzen wir auf Stühlen und schlafen aneinandergelehnt, von einem Strick aufrecht gehalten.
Mutter hat zumindest unsere Zähne auf Löcher und unsere Haare auf Läuse hin untersucht und uns behandelt, wenn wir krank waren. Und sie hat uns gut ernährt; die Kunden mochten dralle, gesunde Mädchen, deswegen verdienten wir gutes Geld. In der Magdalenen-Anstalt bekommen wir Hungerrationen: einmal am Tag eine Kelle wässrigen Haferbrei. Und bei Mutter gab es wenigstens ein Bett, auch wenn ein paar von uns es sich teilen mussten.

Erst als ich anfange, so wehmütig an Mutter zurückzudenken, erkenne ich, wie furchtbar die Anstalt ist. An einem Tag stirbt eine Frau direkt neben mir und wird vom Gehilfen des Bestatters wie ein Wäschebündel weggetragen. »Das ist der einzige Weg, auf dem du hier wegkommst«, sagt die Frau auf meiner anderen Seite. Da bekomme ich Angst, Angst um mein Leben, und wenn ich die nicht gehabt hätte, hätte ich nie gewagt, was ich als Nächstes tue.

Als der Wäschereikarren am nächsten Morgen kommt, um die Wäsche abzuholen, krieche ich hinein und ziehe mir die Laken über den Kopf. Das Leinen wird über mir aufgestapelt, und ich meine, hier und jetzt zu ersticken, und der Gehilfe des Bestatters kann mich gleich mitnehmen. Aber gerade als meine Lungen bersten wollen, beginnen die Räder zu rumpeln – wir verlassen den gepflasterten Hof. Sowie ich mir ausrechne, dass wir uns außerhalb der Tore befinden, schieße ich hoch wie ein Geist aus dem Grab und werfe die Laken auf das Pflaster. Noch ehe der Wäschemann mit seiner Peitsche nach mir schlägt, renne ich, so schnell ich kann, über das St. George's Field, direkt über das Gras, wo der Karren mir nicht folgen kann. Irgendwann geht mir die Puste aus. Mit einem bleischweren Herzen gehe ich zur Silverthorne Street 17 in Battersea zurück.

Es gab in Francis' und Annies Paradies nur drei Eindringlinge.

Der Kutscher, der sie am ersten Tag den Hügel hochgebracht hatte, schien immer zu ihrer Verfügung zu stehen; er pflegte dösend und rauchend im Schatten der Zypressen zu sitzen. Er war diensteifrig, beflissen und unterwürfig, immer auf ein Trinkgeld aus, und seine Augen glänzten wie zwei Münzen. Er hieß Michelangelo, ein Name, der Francis zu amüsieren schien. »Und der Gärtner wird vermutlich Leonardo gerufen werden.«

Entgegen Francis' Verdacht hieß der Gärtner nicht Leonardo, sondern Gennaro. Der schweigsame alte Mann war Michelangelos Vater. Das Trio wurde durch Nezetta, die Frau des alten Gärtners, vervollständigt, die Köchin, Haushälterin und Mädchen für alles in einer Person zu sein schien. Die Frau, die so alt wie ihr Mann sein musste, ging jeden Tag mit ihrem Einkaufsnetz zu dem nahegelegenen Markt in Fiesole hinunter und kehrte mit Lebensmitteln zurück. Ihrem rauchenden Sohn schien es nie einzufallen, sie zu fahren, und ihr schien der Fußmarsch nichts auszumachen. Trotz ihres Alters war sie eine unermüdliche Arbeiterin, denn sie kochte nicht nur drei Mahlzeiten am Tag, sondern erledigte auch die Wäsche, machte die Betten und putzte die gesamte Villa. Nezetta war genauso geschwätzig wie ihr Mann wortkarg; sie redete den ganzen Tag in einem endlosen Strom, egal ob jemand in der Nähe war oder nicht. Bei Einbruch der Dunkelheit, was in diesen Sommermonaten erst einige Zeit nach dem Abendessen der Fall war, fuhren die drei mit der Kutsche weg, es sei denn, Francis benötigte Michelangelo für irgendeine abendliche Zerstreuung, dann humpelte das alte Paar die Straße hinunter und ließ den Sohn rauchend in der Dämmerung zurück.

Während der sonnenhellen Tage kroch Gennaro qualvoll langsam wie der Stundenzeiger einer Uhr jeden Weg entlang und um jedes Blumenbeet herum und hielt gelegentlich inne, um sich auf seinen Rechen zu stützen. Annie hörte ihn nie sprechen, und er nahm ihre Gegenwart nur zur Kenntnis, indem er sie mit seinen wässrigen Augen fixierte und zwei knorrige Finger an seinen Strohhut legte.

Aber sie fühlte sich nicht einsam, Francis war die ganze Gesellschaft, die sie brauchte. Außerdem hatte sie ein neues Abenteuer, um sich zu beschäftigen, denn jeden Morgen nach dem Frühstück und bevor die Sonne zu heiß wurde, erweiterte Francis ihre kulturelle Bildung, indem er ihr Florenz zeigte.

Michelangelo fuhr sie dann die ockerfarbene Straße hinunter. Der kalte Morgennebel, der wie ein Leichentuch über der goldenen Stadt lag, hob sich in der hellen Sonne, der Himmel bildete über ihnen einen heißen, hohen, stechend blauen Bogen, die Stadt glitzerte unter ihnen. Annie lernte, die Kupferkuppel des Duomo, den Laternenturm des Palazzo della Signoria und die kleine weiße Kirche von Miniato zu erkennen. Florenz berührte ihr Herz auf eine Weise, wie London es nie getan hatte. Sie liebte die Stadt, liebte sie innig.

An ihrem allerersten Morgen fuhr Michelangelo sie nicht zu der alten Brücke, sondern zu dem großen steinernen Platz der Signoria und ließ sie am Fuß desselben Turms aussteigen, den Annie von der Straße nach Fiesole aus gesehen hatte. Es war noch früh, die Tauben flatterten in den kühlen morgendlichen Schatten herum, und die riesigen Statuen tauchten halb aus dem Dunkel auf. Die Bürger von Florenz eilten mit ihren Handkarren und Kisten vorbei, aber die Touristen ließen es gemächlicher angehen, schlenderten in Zweier- oder Dreiergruppen über den Platz und hatten kein Arbeitswerkzeug, sondern Gerätschaften der Muße bei sich: Staffeleien und Wasserfarben, Postkartendrucke und Reiseführer. »Schau sie dir an«, rief Francis. »Ich habe noch nie so viele Exemplare von Murrays Reiseführer von Florenz gesehen, noch nicht einmal in den Buchhandlungen.«

Annie lächelte sie an; sie neigte im Moment dazu, jeden zu mögen, sogar diese unseligen Engländer. »Wir sind auch nicht besser«, bemerkte sie.

»Oh doch, Annie. Wir *leben* hier.«

Sie schaute ihn an. Florenz bekam ihm gut, seine Kleider waren heller, sein Haar wirkte in der Sonne gleichfalls heller, seine Haut war dunkler und seine grauen Augen strahlender. Er lachte und lächelte sogar noch mehr als in London, wenn das überhaupt möglich war. Er war ungemein attraktiv, sah aber in Annies Augen genauso englisch aus wie all die anderen Touristen. Sie fragte sich, was für ein Bild sie wohl bot; Francis hatte gesagt, sie würde hierher passen, aber in ihrem neuen Musselinkleid mit cremefarbenen Spitzenvolants und enteneiblauen Bändern und dem am Hinterkopf aufgesteckten Haar, wie es sich für die Frau eines Gentlemans geziemte, fühlte sie sich ebenfalls sehr englisch.

Francis nahm ihren Arm, und sie machten einen Bogen um das steinerne Becken eines Springbrunnens. »Wir werden ein Teil dieser Stadt werden, nicht nur als Residenten, sondern wir werden mit Jahrhunderten künstlerischer Tradition verschmelzen.«

Der Bemerkung haftete etwas seltsam Dauerhaftes an, und Annie fragte sich erneut, wie lange sie bleiben würden.

Seit ihrer Abreise hatte Francis nie von sich aus von London gesprochen und schien vergessen zu haben, dass sie je dort gelebt hatten. Aber sie störte sich nicht daran. Er hatte ihr schon so viel gegeben, und jetzt auch noch Florenz. In diesem Moment war es ihr egal, ob sie London jemals wiedersah.

»Zeig es mir«, sagte sie. »Zeig mir *alles*.« Sie drehte sich lachend wie ein Kind zu ihm um. »Wo fangen wir an?«

»Diese Frage ist leicht zu beantworten.«

Die Uffizien wimmelten noch nicht von Menschen, sie waren praktisch allein mit den Gemälden. »Hier siehst du, womit die Probleme begonnen haben«, sagte Francis.

Annie betrachtete die Leinwand. Sie konnte nichts Problematisches daran finden. Eine heiter gestimmte Madonna, blonder als sie, saß mit einem Buch da. Zu ihren Knien spielte das Christuskind mit einem Cherub oder einem kleinen Heiligen seines Alters, sie schoben einen kleinen goldenen Vogel zwischen sich hin und her. Über dem Trio wölbte sich ein milchig blauer Himmel mit flauschigen weißen Wolken, fedrige, vom Wind unberührte Bäume bildeten den Hintergrund.

»Schau dir die Süße des Gesichts, die dreieckige Anordnung, die weichen Farben und die in der Gruppe herrschende Intimität an«, sagte Francis mit geradezu greifbarem Abscheu.

»Was stört dich an dem Bild so?«

»Es ist von Raffael«, erwiderte er.

Jetzt dämmerte es ihr. Genau dieser Künstler war also der Auslöser für die Londoner Bewegung gewesen. Die Präraffaeliten, diese klugen jungen Männer, die so gegenwärtig wie ihre Werke in ihren Samtmänteln in denselben Tönen wie ihre Werke in der Royal Academy herumlungerten.

»Es war nicht zwingend dieses Gemälde, aber dieser Künstler, was er begonnen hat und was danach kam.« Er drehte sich zu ihr. »Was denkst du?«

Sie überlegte. »Ich finde es bezaubernd.«

»Zauber«, wiederholte er. »Ganz genau. Besser hätte ich es selbst nicht ausdrücken können. Zauber: sanfter, friedlicher, gemäßigter Zauber. Das verheerendste Wort auf jedem Gebiet, das Kunst betrifft. Wenn jemand meine Bilder als bezaubernd bezeichnet, könnte er mir genauso gut ins Gesicht spucken.« Er drohte der Madonna tadelnd mit dem Finger. »Versteh mich nicht falsch«, wandte er sich wieder an Annie, »ich habe mich in meinen jüngeren Jahren selbst davon verführen lassen. Erinnerst du dich, dass ich dir gesagt habe, ich hätte Nymphen und Dryaden in einem ähnlichen Stil wie diesem gemalt? Aber dann wachte ich auf«, fuhr er mit merklich lauterer Stimme fort. »Kunst muss bluten, und dafür müssen wir in die Zeit vor Raffael zurückgehen. Komm!« Er ging so hitzig erregt weiter, dass er fast vergaß, auf Annie zu warten.

Sie rannte ihm förmlich hinterher, weitere Gänge hinunter, und wurde für den Rest des Morgens von Bild zu Bild geführt. Die kleinen Bronzeschilder brachten sie wie eine Zeitmaschine immer weiter in die Vergangenheit zurück, von einer Fünfzehn zu einer Vierzehn und einer Dreizehn am Anfang der Jahreszahl. Sie sah, was Francis meinte; die Kompositionen waren einfacher, weniger realistisch, flacher. »Das Dramatische liegt hier nicht in der künstlerischen Gestaltung, sondern in der Ausführung. Für die Manieristen, die nach Raffael kamen, war die künstlerische Gestaltung ihr Abgott. Sie vergaßen, wie man *malt*. Hier jedoch befindest du dich in den dunklen Tagen des Mittelalters, Annie. Frag dich selbst, welche Gefühle *diese* Gemälde in dir auslösen.«

Die Antwort darauf war einfach. Die frühen Bilder jagten ihr Angst ein. Sie erinnerten sie an die düstere Ikone über dem Kopfende ihres Bettes. Sie wusste, dass sie christlichen Ursprungs waren, aber sie erschienen ihr mit ihren blutigen Göttern heidnisch. Die Farben waren grell, unmittelbar berührend; das leuchtende Rot von Blut, Muskeln und Sehnen hob sich wie ein Relief von den goldenen Hintergrundszenen ab. Hier gab es keine sanften Jungfrauen mit Babys mehr, sondern blutende Christusfiguren, die am Kreuz hingen wie die Kadaver auf dem Markt von Smithfield. Francis schien sie den späteren Werken, die sie sich angeschaut hatten, entschieden vorzuziehen, aber Annie hatten die Pastellfarben, die wehenden Schleier, die hübschen Cherubim und die schneeweißen Tauben besser gefallen. Zwar betonte Francis immer, er würde auf ihre Meinung Wert legen, aber hier gedachte sie, sie lieber für sich zu behalten. Sie wollte nicht in einem Maß von seiner abweichen, dass er vielleicht den Respekt vor ihr verlor. So versuchte sie, etwas Diplomatisches zu sagen, aber ihr fiel nichts ein; ein Gemälde (von Duccio, wie Francis ihr hilfsbereit mitteilte) war so grässlich, dass sie sich davon abwenden musste, und da bemerkte sie, dass jemand sie so eindringlich beobachtete, wie Francis das Bild studierte.

Er stand vollkommen regungslos am Ende der langen

Galerie. Es war inzwischen fast Mittag, daher hielten sich jetzt mehr Leute hier auf, standen zwischen Annie und ihrem Wächter. Er war groß, mindestens einen Kopf größer als Francis, hatte lange dunkle Locken, die sein ernstes Gesicht umrahmten, und trug ein doppelreihiges, militärisch aussehendes Jackett aus dunklem Stoff. Außerdem schien er ein Schwert an der Seite zu tragen, wovon englische Gentlemen längst Abstand genommen hatten. Eine Hand ruhte auf dem Griff, und die andere... war nicht vorhanden. Der Mann hatte nur einen Arm, der andere fehlte, der leere Ärmel war am Ellbogen festgesteckt.

Annie war es gewohnt, von Männern angestarrt zu werden, und ein Rest von Bethnal Green drängte an die Oberfläche. Sie starrte ihn ihrerseits hitzig an, direkter, als eine Dame es je tun würde. Der Fremde ließ sich nicht aus der Fassung bringen, sondern neigte den Kopf leicht zum Gruß. Annies Hand tastete nach Francis' Arm. »*Francis*«, flüsterte sie.

»Ja, meine Liebe?«

Er drehte sich zu ihr und sie sich zu ihm, dann wieder zu dem einarmigen Mann, der jedoch wie ein Phantom verschwunden war.

»Annie? Geht es dir gut?«

Sie schüttelte kurz den Kopf, ließ den Blick über die Menschen in der Galerie schweifen. Verzweifelt hielt sie nach dem Mann Ausschau, dann erwiderte sie Francis' Lächeln schwach. »Vielleicht bin ich ein bisschen müde.«

Er nahm ihre beiden Hände und zog sie an die Lippen. »Du hast recht. Bitte verzeih mir. Für unseren ersten Tag haben wir genug gesehen. Wir machen morgen weiter.«

Der Platz vor der Galerie lag jetzt im vollen Sonnenschein, und sie atmete die frische Luft wie einen Seufzer der Erleichterung tief ein. Sie fühlte sich von den Bildern geradezu erdrückt: all diese Kreuzigungen, diese weinenden Frauen, die Marien bei dem Kreuz, die Thomasse, die ihre Hände in die klaffenden blutigen Schnitte in Christi Seite schoben, die mit schwindelerregender Arithmetik so oft vervielfachten Wunden, dass sie sie nicht zählen konnte, so sehr sie sich auch bemühte. Und irgendwo in dieser Menge auf dem Kalvarienberg war dieser seltsame einarmige Mann, hochgewachsen und ernst und dunkel, der sie beobachtete.

»Lass uns ein Stück gehen«, schlug Francis vor, »und die Luft genießen.«

Im hellen Tageslicht flüchteten alle dunklen Gedanken an Fremde in die Schatten zurück, verblassten wie ein Albtraum am Morgen. Natürlich konnte ein Geist in der Galerie herumspuken, dachte Annie, aber in dieser heidnischen Stadt verfügte er über keinerlei Macht. Denn trotz der großen Kirchen und des ständigen Glockengeläuts spürte sie, dass Florenz kein christlicher Ort war. Hier gab es andere, geheime Götter. Es war ein Ort der Symbole und Zeichen: Die ganze Stadt bildete einen einzigen großen Geheimcode, der verstohlene Hinweise auf ihre Geschichte gab. Die Bewohner beteten einen goldenen Keiler an, den Porcellino, der auf dem heiligen Platz der goldverliebten Florentiner thronte, dem Markt. Beim Weitergehen zeigte ihr Francis noch mehr heidnische Bilder: die Steinkugeln der übermächtigen Medici, die springenden Delfine der Pazzi, die Monde der Strozzi, die Lilie der Stadt selbst. Annie sah die

Lilie ebenso oft wie das Kreuz, als ob Stadt und Kirche miteinander Karten spielen und die Stadt gewinnen würde. Sie begann aus eigenem Antrieb nach den steinernen Symbolen zu suchen und deutete wie ein Kind darauf und zupfte an Francis' Mantel, wenn sie eines entdeckte.

In Florenz war der Schild mit den neun Kugeln gegenüber dem Kreuz in der Überzahl, während es sich bei den Statuen, die auf der Piazza della Signoria Wache standen, um Gorgonen oder Griechen handelte. Und was die Steinfiguren in den Nischen außerhalb der Uffizien betraf... nun, dachte Annie, unter denen fand sich weder ein Bischof noch ein Priester, es waren alles Schriftsteller, Maler oder Gelehrte. Ihr kam plötzlich der Gedanke, dass Francis hierher passte. In London hatte sie bemerkt, dass er sich nur in geschlossenen Räumen wohlfühlte, in seinem eigenen Atelier oder Wohnzimmer oder in den großen Sälen der Royal Academy. Hier jedoch fügte er sich in das Straßenbild ein; hier konnte ein Maler König sein. Was sie selbst betraf, so war sie sich nicht sicher. Wie Francis gesagt hatte, glich sie den Modellen, die sie in den Uffizien gesehen hatte, mit diesen Steinen und Türmen als Leinwand. Aber im tiefsten Winkel ihres Herzens war sie immer noch eine Dirne aus Bethnal Green, und sie sah keine geschminkten Mädchen in Hauseingängen herumlungern oder sich mit entblößten Brüsten aus den Fenstern lehnen. Entweder versammelten sich die Mädchen alle in einem weiter entfernten Bezirk, oder in Florenz gab es keinen Platz für solche wie sie und Mary Jane.

»Schau«, sagte Francis. »Dort ist unser alter Freund Dante.«

Annie blickte zu dem Mann hoch, der das Buch geschrieben hatte, das Francis aus den Tausenden seiner Bibliothek für sie gewählt hatte. Dante hatte ein langes Gesicht wie ein Spaten, dachte sie, sowie eine nach unten gebogene Nase über einem ebenfalls nach unten gezogenen Mund. Auf dem Kopf trug er eine Kapuze und einen Blätterkranz. Die sengende Sonne grub tiefe Falten in sein Gesicht.

»Er sieht nicht gerade glücklich aus.«

»Sein Herz war gebrochen«, erklärte Francis. »Seine große Liebe Beatrice starb.«

Annie betrachtete das steinerne Gesicht mit anderen Augen. Sie hatte Dante für einen furchteinflößenden Schulmeister gehalten, aber jetzt entdeckte sie Schmerz in seinen finsteren Gesichtszügen. »Armer Kerl.«

Francis schien so sehr von einem Gedanken beherrscht zu werden, dass er dieses eine Mal vergaß, sie zu korrigieren. »Ja und nein. Sein Verlust führte zu dem größten Werk seines Lebens.« Jetzt blickte sie von dem steinernen Mann zu dem aus Fleisch und Blut und fragte sich nicht zum ersten Mal, ob Francis' Inspiration nicht Liebe, sondern Verlust hieß.

Sie warteten in einem schattigen Café unter breiten Segeltuchmarkisen auf Michelangelo. Die Florentiner hatten offenbar entdeckt, dass es ihnen zum Vorteil gereichte zu wissen, wie man Tee zubereitete, daher wurde ihr Wunsch, etwas Landestypischeres zu trinken, zunichtegemacht. »Was hast du heute Morgen gelernt?«, fragte Francis über die Tassen hinweg.

Sie überlegte gründlich. Inzwischen wusste sie, dass sie

über kurz oder lang eine Meinung äußern musste, entschied sich aber, zunächst Vermutungen bezüglich seiner anzustellen. »Ich glaube, dir gefiel Jesus tot besser als lebendig.«

Er stieß ein kurzes bellendes Lachen aus. »Wie meinst du das denn?«

»Nun ja.« Sie rührte in ihrem Tee. »Du hast die Bilder der Kreuzigung denen des Babys im Stall vorgezogen.«

Er dachte einen Moment darüber nach. »Vielleicht hast du recht. Vielleicht kann man mehr über das Leben sagen, wenn sich eine Person *in extremis* befindet.«

Sie runzelte leicht die Stirn.

»Vielleicht liegt im Tod mehr Wahrheit«, erklärte er, was sie nur noch mehr verwirrte, aber sie sollte nicht lange im Unklaren gelassen werden.

Dieser erste Morgen läutete die nächste Phase in der Erziehung von Annie Stride ein. In London hatte Francis die äußeren Zeichen von Ehrbarkeit verfeinert, ihre Sprache und ihr Betragen. Jetzt schärfte er als letzten, aber bedeutendsten Schritt bei ihrer Wiedererschaffung ihren Geist. Sie war sich mit einer Art krankhafter Vorfreude sicher, dass er sie, sobald er sie komplett umgeformt hatte, in sein Bett nehmen würde, um sein Werk zu genießen. Sie war die perfekte Muse, die logische Gefährtin für einen Mann, dessen Beruf es war, aus Rohmaterialien ein Meisterwerk zu erschaffen – etwas aus dem Nichts. Eines der ersten Worte, die Annie in Florenz gelernt hatte, Renaissance, schien voll und ganz auf sie selbst zuzutreffen. Francis baute sie Stück für Stück neu auf; ging zur Vollendung des Prozesses über, den er begonnen hatte, als er das erste Mal den Stift ansetzte, um sie als Eva zu zeichnen. Jetzt war sie vollständig koloriert, in drei Dimensionen und mit fünf Sinnen. Sie wurde wiedergeboren.

Francis zeigte ihr eine weitere Verkörperung der Renaissance: die milchige, hoch aufragende Statue des David auf der Piazza della Signoria. Ohne jegliche Scham betrachtete Annie den ernsten, attraktiven Mann. Da sie an Nacktheit gewöhnt war, schockierte sie an ihm lediglich seine Größe. »Wenn das David ist«, sagte sie, sich an ihre Sonntagsschulzeit erinnernd, »wie groß ist denn dann Goliath?« Und Francis lachte.

Dann gingen sie zu der Kathedrale (*il duomo*, sagte Francis), um die riesige Kuppel, die sie vom Hügel aus gesehen hatte, aus der Nähe zu inspizieren. Sie stellte fest, dass sie nicht wie eine Wärmpfanne aus Kupfer bestand, sondern aus kleinen, von weißem Marmor umrahmten Terrakottafliesen, während die Kirche ein Farbenspiel aus Rot und Weiß und Grün aufwies. Sie bewunderte die Türen der Taufkapelle mit ihren Reliefs aus purem Gold und fragte sich, wie viele Sovereigns sie wohl einbringen würden. Weiter ging es zum Kloster San Marco, um Fra Angelicos *Verkündigung* anzuschauen, so gut es in dem weihrauchgeschwängerten Halbdunkel möglich war, und zum Medici-Palast, um die noch viel leuchtenderen Farben der Kapelle der Heiligen Drei Könige zu bestaunen. Im Ospedale degli Innocenti sahen sie Luca della Robbias weiß glasierte Porzellanbabys auf blauen Rondellen schweben wie kleine weiße Christuskinder, die auf dem Umhang ihrer Mutter lagen. Und sie gingen nach Santa Croce, die, wie Annie begriff, für Francis eine Art Pilgerort war.

Dort in der alten Kirche, unter den Fresken der Bardi- und Peruzzi-Kapellen, lernte sie den Unterschied zwischen Giotto und Ghirlandaio. Sie lauschte interessiert, als Francis erklärte, dass Meister und Schüler den Bruch mit der byzantinischen Kunst eingeleitet und vollendet und eine Bewegung in Richtung Realismus in Gang gesetzt hatten. Da sie nicht alles verstand, was er sagte, suchte sie in ihrem Retikül unauffällig nach ihrem Reiseführer und suchte nach Ruskins Ansichten zu dem, was sie sah. *Sie sollen die Dinge so sehen, wie sie sind*, las sie. *Sei es leicht oder nicht, mehr erfordert es nicht auf dieser Welt – die Dinge und die Menschen und die eigene Person so zu sehen, wie sie tatsächlich sind.*

Annie konnte Literatur inzwischen gut beurteilen, und ein nagender, von London her übriggebliebener Gedanke setzte sich in ihrem Kopf fest. Sie hatte mit der Vorstellung zu kämpfen, dass es sich bei dem Verfasser dieser angenehmen und direkten Prosa um einen der melonenbewehrten Männer handeln könnte, die am Abend vor ihrer Abreise nach Florenz in die Gower Street gekommen waren. Und doch hatte Francis nicht nur ein, sondern zwei Mal darauf bestanden, dass der Autor just dieses Reiseführers einer seiner mitternächtlichen Besucher gewesen war. Einen Moment lang war sie sich einer wie der Londoner Nebel herankriechenden und alles erstickenden Dunkelheit bewusst, etwas Düsterem, das sie von London aus verfolgt hatte und in dem Unwetter auf dem Kanal vernichtet worden war. Aber hier gab es zu viel zu sehen, zu viel zu tun, um sich deswegen übermäßige Sorgen zu machen; Florenz beanspruchte alle ihre Sinne und ließ ihr keinen Raum, sich zu fragen, ob und warum ihr Francis nicht die Wahrheit erzählt hatte.

Francis war ein guter Führer; wechselte wie immer zwischen Gefährtem und Lehrer. Er wollte immer ihre Meinung hören und verlangte, dass sie sie ihm darlegte, egal für wie schlecht formuliert sie sie hielt. Er selbst vertrat sehr entschiedene Ansichten. Er wetterte über Raffael und seine Anhänger und forderte Annie auf, sich den Realismus Giottos und seiner Schule gut anzusehen. In der Capponi-Kapelle schimpfte er auf Pontormos *Kreuzabnahme Christi* mit den geschwungenen Linien und Pastellfarben, bis der Sakristan ihn zur Ruhe mahnte. Aber in der Kirche Santa Maria Novella stand er ehrfurchtsvoll vor Masaccios *Dreifaltigkeit* wie vor einem Schrein und pries die strengen geraden Linien des Realismus mit wie zum Gebet gedämpfter Stimme, so dass sie Mühe hatte, ihn zu verstehen. Im Palazzo Pitti setzte er Raffaels *Madonna della seggiola* so lautstark herab, dass die Touristen ihn anstarrten, aber Giottos *Ognissanti-Madonna* in den Uffizien, das genau dieselbe Anordnung von Jungfrau und Kind zeigte, ließ ihn in ehrfürchtigem Schweigen versinken. Annie sann darüber nach, dass sie ihn nie auf etwas im Leben so wütend gesehen hatte wie auf ein Gemälde und fragte sich mit einem plötzlichen Frösteln, wie es wäre, wenn sich eine solche Wut gegen sie richtete.

Bildung vermittelt zu bekommen war keine Quälerei für sie, wie sie es vielleicht erwartet hätte, im Gegenteil. Bald erwärmte Annie sich für Kunst. In dieser Welt, von der sie immer gedacht hatte, sie wäre den feinen Pinkeln von der Royal Academy vorbehalten, fand sie so viel Vertrautes. Sie blickte in die Augen von Botticellis *Primavera* und sah dort einen ihr wohlbekannten Ausdruck; den eines Straßenmädchens, halb unverhüllte freche Herausforderung, halb Versprechen. Diese Welt gehörte genauso sehr zu Annie wie zu jedem anderen auch. Sie wusste wenig – obwohl sie schnell lernte – über Komposition oder Helldunkelmalerei oder Charaktere, aber sie empfand eine Verwandtschaft zwischen sich und diesen Bildern, von der sie spürte, dass niemand sonst in der überfüllten Galerie sie teilen konnte. Seit ihrem ersten Besuch der Royal Academy an jenem Abend, als Francis sie von dem Abgrund zurückgerissen hatte, hatte sie eine Verbindung zu den Mädchen auf der Leinwand gespürt. Sie betrachtete die Modelle, wie sie die Dirnen auf der Straße betrachten würde, taxierte ihre Kleider und Frisuren mit einer Art freundschaftlicher Realität, war sie doch im Grunde eine von ihnen. Und natürlich empfand sie für diejenigen, die dunklere Geschichten erzählten, eine besondere Empathie; sie brachte einer biblischen Gestalt, die auf irgendeiner Straße in Jericho bestraft wurde, dasselbe Mitgefühl entgegen wie der nasenlosen Prostituierten im Fleet, von der sie in der Zeitung gelesen hatte. Von Herzen kommendes Mitgefühl, gepaart mit einem gehörigen Maß von Erleichterung darüber, dass es nicht sie getroffen hatte.

Sie spürte zwischen sich und diesen Modellen auch eine physische Verbindung, die die Jahrhunderte überbrückte. Sie fragte sich, ob die Madonna del Cardellino es ebenso seltsam gefunden hatte, einen toten Vogel auf dem Schoß zu halten wie sie selbst in ihrer Rolle als Fausts Gretchen. Sie überlegte, ob die heidnische Venus, die sich nackt aus ihrer Muschel erhob, wohl auch die Hüfte belastet hatte, um wie Annie als Hure von Babylon in dem *contrapposto*-Stil dazustehen, wie Francis es genannt hatte, und ob Parmigianinos Madonna mit dem langen Hals nach der dritten Stunde einer Sitzung innerlich vor Schmerz geschrien hatte, während sie den Kopf in einem unnatürlichen Winkel hielt und nur an den Sonnenuntergang dachte, wenn das Licht schwach wurde und sie aufhören und ihren berühmten Hals strecken konnte.

Stand sie vor den früheren Gemälden, den düsteren, blutigen mittelalterlichen Werken, vergaß Annie die Modelle und verlor sich in der Szene. Vor Duccios Christus verschwendete sie überhaupt keinen Gedanken an das männliche Modell, das vielleicht an ein Joch gebunden worden war, um seine Arme in die richtige Position zu bringen. Sie dachte nur an die Qualen, die Christus erlitt, an die fünf blutenden Wunden und die weinenden Frauen. Und das bestätigte Francis' Standpunkt weitaus wirkungsvoller als seine Tiraden. Diese älteren Götter waren für sie real.

ELFTES KAPITEL

Vier Jahre und zehn Monate zuvor.

Mutter untersucht das Brandzeichen oben auf meinem linken Arm. M für Magdalena. M für Missetäterin. M für Mary Jane.

»Zeig es niemandem, hörst du«, befiehlt sie. »Es kennzeichnet dich als eine von den Rechtlosen. Die Männer werden ihre Hosen hochziehen und gehen. Dieses M heißt, dass du nicht besser bist als eine Sklavin, und niemand ist verpflichtet, eine Sklavin zu bezahlen.«

Das muss sie mir nicht erst sagen. Ich werde den Bastarden alles zeigen, alle meine Löcher, wenn sie wollen, aber nie den linken Oberarm. Nie wieder.

»Egal.« Mutter nimmt mein Kinn in die Hand. »Du bist so hübsch wie eh und je – oder wirst es sein, wenn wir dich ein bisschen aufgepäppelt haben. Morgen stecken wir dich wieder in ein Kleid. Ich werde dich behalten, aber bis du wieder Lohn bekommst, musst du das andere Kleid abarbeiten, das du mitgenommen hast. Und Mary Jane«, ruft sie mir nach. »Sieh dich unterwegs nach annehmbaren Mädchen um. Wir haben ein paar verloren, während du weg warst. Gingen arbeiten und kamen nicht zurück.« Sie

fährt mit einem schmutzigen Zeigefinger über die Falten ihres Halses. »*Wir brauchen junge und hübsche.*«

Gleich an meinem ersten Tag auf der Straße finde ich ein Mädchen. Mit einer Wolke rotgoldenen Haares geht sie den Haymarket hoch wie ein zur Erde herabgestiegener Engel und blickt mit ihren großen bernsteinfarbenen Augen – Tigeraugen – von einer Seite zur anderen. Vor irgendetwas läuft sie davon. Ich kenne diesen Gesichtsausdruck; er ist in die Gesichter der Frauen in der Besserungsanstalt eingebrannt wie das Zeichen auf ihren Armen. Sie läuft vor einem Mann weg. Aus der Nähe betrachtet wirkt sie ausgehungert. Ich beobachte, wie sie einen Pastetenverkäufer anstarrt, als würde sie am liebsten alle seine Pasteten verschlingen und die Arme, die sie halten, gleich mit. Ich kann ihr keine Pastete kaufen, denn Mutter hält mich kurz, stattdessen kaufe ich ihr eine Zuckermaus. Sie sieht sie an, als wäre sie die Kronjuwelen, und mich, als wäre ich die Königin.

»*Wie heißt du?*«, *frage ich.*

»*Annie*«, *antwortet sie.* »*Annie Stride.*«

Annie sah den einarmigen Mann überall, wohin sie auch ging.

Zuerst erblickte sie ihn in den Uffizien, Tag für Tag, in dem Vasari-Gang, auf der Treppe, in der Loggia. Ihr war zweierlei bewusst: dass er sie beobachtete und dass sie einen ausgeprägten Widerwillen dagegen verspürte, Francis von ihm zu erzählen. Sie hatte keine Angst, sich lächerlich zu machen, aber sie hatte Angst vor dem Mann, als gäbe es zwischen ihnen ein dunkles Geheimnis. Unbewusst hielt sie mit einem Gefühl, das zwischen Hoffnung und Furcht schwankte, nach ihm Ausschau, sowie sie die kühlen Säle der Galerie betrat. Sie sah ihn jedes Mal, er versäumte es nie, sich vor ihr zu verbeugen, und wenn sie sich umblickte, war er stets verschwunden.

Nach den ersten paar Tagen ihres Sommers in Florenz, die sie und Francis ausschließlich in den Uffizien verbrachten, redete sie sich streng ins Gewissen. Der Mann folgte ihr nicht. Er musste in der Galerie arbeiten. Es gab dort zahllose kostbare Artefakte und Gemälde; vielleicht war er eine Art Wächter für diese Schätze, was die militärisch wirkende Uniform erklären würde. Sie verdrängte ihn aus ihren Gedanken, bis sie und Francis begannen, andere Kirchen und Galerien zu besichtigen und er ebenfalls dort war. Da begann sie an ihrem Geisteszustand zu zweifeln.

Beim Ospedale della Pietà lungerte er hinter den schwarzen Bögen und den wie Cherubim darüber schwebenden weißen Säuglingen. Im Baptisterium lehnte er wie ein Relief eines byzantinischen Heiligen an den Mosaiken. Auf der Piazza della Signoria stand er so still da wie die Statuen. Sie sah ihn sogar bei der Belvedere-Festung hoch über dem Boboli-Garten wie einen Wachposten stehen und sie beobachten, sie immerzu beobachten. Endlich entschloss sie sich im Palazzo Medici, ihn anzusprechen, aber als sie sich ihm näherte, verschwand er erneut.

So sehr sie Florenz auch liebte, Annie begann eine geradezu greifbare Erleichterung zu verspüren, wenn Michelangelo mit seiner Kutsche kam. Sie meinte, auf der Fahrt in die Hügel dem Blick des einarmigen Mannes entrinnen zu können; er konnte ihr nicht bis zu der Villa folgen. Der Atem der Brise in den Hügeln erfüllte sie mit Leichtigkeit, denn die Mittagssonne war erdrückend, und hier oben war es ein wenig kühler. In der Kutsche pflegte sie immer ihre Haare zu lösen und die Flut hinter sich herwehen zu lassen wie ein Banner. Francis erhob nie Einwände, sondern betrachtete sie mit seinem »Malerauge«, an das sie sich von London her erinnerte. Seit ihrer Ankunft in Florenz hatte er keinen Strich mehr gemalt. Er sprach nie über seine Gründe, aber sie spürte, dass die Zeit nahte, wo er wieder zu einem Pinsel greifen würde.

Zurück in der Villa nahmen sie Nezettas köstliches Mittagessen draußen in der Loggia ein, denn die Hitze war stark genug, um den Appetit schmelzen zu lassen. Hier jedoch ließ eine kleine Brise die Glyzinien rascheln, die ihnen Schatten spendeten. Nachdem sie Wurst und Käse verzehrt, dazu Wein getrunken und die Glocken in der Ferne den Angelus geläutet hatten, ruhten sie sich aus, wie es in Florenz üblich war. Annie setzte sich dann mit einem Buch in die Loggia. Sie fand den Dante ausgesprochen schwierig, und selbst die kürzeste Strophe ließ sie einschlafen. Ohne sich an dem Flüstern der Olivenbäume zu stören, döste sie unter der Pergola, während sich Francis auf dem goldenen Diwan in seinem Atelier ausstreckte.

Am Nachmittag begann Francis wieder zu malen, genau wie sie es vorhergesehen hatte. Das Feuer, das sie in London für erloschen gehalten hatte, brannte erneut in ihm. Seine Finger zuckten den ganzen Morgen, wenn er die gefirnissten Leinwände, die Fresken und die Gemälde auf Holz ansah, als könnte er den Nachmittag kaum erwarten.

Das hatten diese Magdalenas bewirkt, dachte Annie. Als er sie gesehen hatte, hatte er den Drang verspürt, seine eigene zu malen.

Annie war der Magdalena zuerst in den Uffizien begegnet.

Dort war sie, am Fuß des Kreuzes, ein Mädchen mit rotgoldenen Haaren, ein Mädchen genau wie sie, Stunden, vielleicht sogar Tage nach der Kreuzigung. Alle anderen waren fort, die Schar von Figuren, die sie bei jeder Kreuzigung und jeder Kreuzabnahme gesehen hatte. Jesus' trauernde Mutter, diese andere Maria, war schon lange am Arm des engsten Freundes ihres Sohnes, Johannes, davongeschlurft, um den Apostel in ihrem Haus aufzunehmen, den Rest ihrer Tage mit ihm zu verbringen, ihn zu umsorgen und zu versuchen, in ihm den Sohn zu finden, den sie verloren hatte. Marta und Maria von Bethanien, die Schwestern des Lazarus, waren lange genug geblieben, um sich zu vergewissern, dass sich ihr spezielles Familienwunder nicht wiederholen würde. Auch die Priester waren, nachdem sie sicher sein konnten, dass der König der Juden für niemanden mehr eine Gefahr darstellte, weder als Person noch als Ideologie, zu ihren Ritualen zurückgekehrt. Selbst die Soldaten, deren grausiges Werk getan war, hatten sich wieder zu ihren Würfeln und ihren Huren zurückgezogen. Sie suchten unter den Soldatenprostituierten nach ihrer Favoritin, der Hübschen mit den rotgoldenen Haaren, doch sie war nicht da; sie hielt zu den Füßen des Mannes, den sie wirklich liebte, ihre einsame Totenwache.

Dieses Mal fragte Francis nicht, was Annie dachte. Sie wusste, dass er ihr ansehen konnte, wie bewegt sie war. Er erzählte ihr auch nicht die Geschichte von Maria Magdalena, der Hure, die Christus' Füße mit einer kostbaren Salbe aus einem weißen Alabastertiegel gesalbt und sie mit ihrem goldenen Haar getrocknet hatte; dass sie sich in diese Füße und dann in den Rest des Herrn verliebt hatte; dass sie ihm den Rest seines kurzen Lebens lang gefolgt war und ihn bei seinem Tod als Letzte verlassen hatte. Sie erinnerte sich von der Sonntagsschule von Bethnal Green her so gut an die Geschichte, als wäre es ihre eigene. Magdalenas Geschichte *war* ihre eigene.

»Würdest du gern noch mehr sehen?«

Sie drehte sich mit leuchtenden Augen zu ihm um. »Ja.«

Danach suchten sie, er so eifrig wie sie, nach jeder Magdalena in den Uffizien. Es war eine Schatzsuche, bei der sie nach jedem Strang rotgoldener Haare, jedem karminroten Umhang und jedem Alabastergefäß Ausschau hielten. Annie wurde von einer heftigen Erregung ergriffen. Wenn eine Frau, die eine gewöhnliche Hure gewesen war, so verehrt, von großen Künstlern dargestellt und an den Wänden der Uffizien verewigt werden konnte, warum dann nicht auch sie? Sie folgte ihm begierig, als Francis sie zu der Magdalena von Lavinia Fontana führte, die sie kniend in Ocker gemalt hatte; der von Sandro Botticelli, der sie stehend in Blau darstellte, und der von Carlo Dolci, der sie sitzend in Zinnoberrot zeigte. Weder kannte sie die Namen der Künstler, noch machte sie sich die Mühe, sie sich zu merken. Sie bedeuteten ihr nichts, nur die Magdalena zählte.

Die Unterschiede und die Ähnlichkeiten begannen sie zu faszinieren. Manchmal trugen die Magdalenas das Alabastergefäß bei sich, manchmal nicht. Selbst die Gefäße waren immer anders – mal lang wie ein Kelch, dann wieder gedrungen wie ein Tiegel mit Creme; sie wiesen so viele verschiedene Formen auf wie die Frauen selbst. Manchmal streckten sie die Hand aus, um Jesus zu berühren, manchmal hielt er sie zurück, verbot ihnen, ihn anzufassen. Manchmal hatte Maria Magdalena dunkle Haare und rote Lippen, und dann erinnerte sie Annie sowohl vom Äußeren als auch vom Gewerbe her an eine andere Mary. Aber fast jedes Mal trug sie einen karminroten Umhang, das Abzeichen der Tätigkeit, der sie nachging.

Dann verließen sie die Uffizien und gingen zur Musik der Glocken durch die goldene Stadt. Die Jungfrau Maria war allgegenwärtig, sie blickte an den Straßenecken von ihrem Schrein herab und schützte ihr kostbares Baby mit der Armbeuge vor der sengenden Sonne. Annie, die Dankbarkeit für etwas empfand, das sie nicht genau definieren konnte, nahm eine Margerite von ihrem Hut und legte die gelbe Blume mit achtloser Hand auf einen der Gipsschreine. Doch die Flammen der Votivkerzen waren in dem gleißenden Licht nicht zu sehen, und sie spürte, wie die Härchen auf ihrem Arm zwischen ihrem Musselinärmel und dem Handschuh angesengt wurden. Sie kam sich vor, als hätte die Heilige Jungfrau sie absichtlich verbrannt, weil sie nicht rein genug war, um die Blume niederzulegen. Sie betastete ihr Handgelenk und sah die Muttergottes anklagend an, doch die Frau gab den Blick mit einem kühlen Starren zurück, das so blau leuchtete wie ihr Umhang. Annie kehrte ihr den Rücken zu. Jesus' Ma interessierte sie nicht. Diese andere Maria, die in dem roten Umhang, *sie* hätte Annies Ärmel nicht zur Strafe versengt. Annie hätte für die Magdalena eine Kerze angezündet, sogar ein ganzes Freudenfeuer davon, und sich dabei frohen Herzens den Arm verbrannt. Weil diese andere Maria sie verstanden hätte.

Francis war ob ihrer neuen Entdeckung genauso aufgeregt wie Annie. Am Ende des Tages führte er sie nach Santa Croce zurück, ging schnurstracks an den Giottos vorbei und blieb stattdessen in dem großen Kreuzgang stehen, um Rossellis *Jesus und Magdalena im Garten* anzuschauen. Dort, an diesem friedlichen Ort, kam er endlich zu dem Schluss, zu dem Annie schon direkt nach dem Frühstück gelangt war. Er drehte sich zu ihr und legte ihr die Hand auf die Wange. »Du bist das«, sagte er. »Sie sind alle du. All die Magdalenas. Ich habe es gefunden, Annie, das nächste große Thema meiner Arbeit; ich werde sie aus dem Schatten, vom Fuß des Kreuzes oder von der Ecke des Grabes herbitten. Lass uns die Magdalena in den Mittelpunkt stellen.«

Heute konnten sie Michelangelos Tauben aufscheuchende Ankunft auf der Piazza della Signoria kaum erwarten. Sie saßen ungeduldig und blind für die einzigartige Aussicht in der Kutsche. Ihren Lunch verzehrten sie schneller, als es die guten Manieren erlaubten, und trommelten mit den Fingern auf dem Tisch herum, während Nezetta sie quälend langsam bediente und dabei unaufhörlich schwatzte. Keiner von ihnen zog eine Mittagsruhe in Betracht, sondern sie gingen stattdessen in Annies Ankleidezimmer und suchten in dem Schrank nach etwas leuchtend Rotem.

Da Rot natürlich keine seriöse Farbe war, trug Annie sie

in ihrer Rolle als Francis' Frau nicht. Am Ende riss Francis einen vor der Gartentür hängenden Seidenvorhang ab, und Annie wand sich so schnell, wie sie es bei ihrer früheren Tätigkeit getan hatte, aus ihrem Kleid und schüttelte ihre Haare aus. Ganz sein Geschöpf, wartete sie mit wild klopfendem Herzen, als er ihr Unterkleid am Busen ein wenig öffnete und die rote Seide so um ihren Körper schlang, dass die Falten zu seiner Zufriedenheit fielen. Dann bündelte er ihre Haarflut über einer Schulter, so dass ihr Hals entblößt wurde.

Danach trat er zur Seite, schloss einen Schrank in der Ecke auf und entnahm ihm einen weißen Gegenstand. Einen Moment lang fragte sie sich, ob er einen seltsamen Fetisch hatte, der ein Instrument der Bestrafung brauchte, aber er trug das Ding zu ihr, als wäre es so kostbar wie die Kronjuwelen, und legte es in ihre Hände. Sie brauchte einen Moment, um zu erkennen, was es war: ein weißes Alabastergefäß mit Deckel, kalt und glatt und schwer.

Er zeichnete den ganzen Nachmittag lang fieberhaft, mit breiten, schwungvollen Strichen, bis seine schneeweißen Hemdärmel mit Kohle bedeckt waren. Er knöpfte das Hemd auf, krempelte die Ärmel hoch und fuhr sich mit dem Handrücken über die Stirn, bis er vor Kohlestaub starrte wie ein Bauarbeiter. Sein Haar war unordentlich und fiel ihm in die Augen, aber er war ihr nie attraktiver erschienen. Sie richtete den Blick auf das weiße Gefäß, gen Himmel, auf jeden Punkt, den sie fixieren sollte, zeigte mehr oder weniger von ihrer Brust, bewegte den Arm oder den Fuß und strich sich lose Locken aus dem Gesicht. Für diesen Nachmittag war sie seine Sklavin. Sie hätte alles getan, was er von ihr verlangte. Ihre Tätigkeit an diesem Nachmittag glich einer Art der Vereinigung: sie stand ihm Modell, er malte. Sie fragte sich, ob sie vor Einbruch der Nacht eins sein würden, ob die Zeit gekommen war, wo er auch Anspruch auf ihren Körper erheben würde.

In der Zwischenzeit waren sie beide bemüht, die Magdalena zu ehren. Für diesen Nachmittag war Annie Magdalena, und Magdalena war sie. Sie war alle Frauen, die sich seit Beginn der Zeit den Bastarden hingeben mussten, um ihren Lebensunterhalt zu verdienen, bis sie einen Mann fanden, der barmherzig war; einen Mann, der zählte.

Annies Gliedmaßen schmerzten, denn Francis hatte vergessen, ihr eine Ruhepause zuzubilligen, aber sie achtete nicht darauf. Endlich legte er, als das Licht schwächer wurde und Nezetta sie schon drei Mal zum Abendessen gerufen hatte, seine Zeichenkohle weg, kam zu ihr, kniete fast ehrfürchtig vor ihr nieder und nahm ihr Gesicht zwischen seine schmutzigen Hände. »Ich muss mich waschen, und du musst dich anziehen«, sagte er bemüht locker, als hätte ihn das, was er in sich selbst geweckt hatte, erschreckt. »Und dann werden wir als respektables Paar zu Abend essen.«

Genau das taten sie, doch als sie ihn über den Tisch hinweg ansah, lächelte sie still in sich hinein. Alles war so wie beim Lunch, das Essen schmackhaft, der Wein süß, und Nezetta schwatzte auf Italienisch, während sie mit Geschirr und Besteck klapperte, aber etwas hatte sich geändert.

Sie richtete sich nach Francis und nahm den Dante zusammen mit dem Wein nach dem Dinner mit in die Loggia hinaus, wie es ihre Gewohnheit war. Die Nacht war so warm wie ein Sommertag in London, und das unter ihnen liegende Florenz bildete eine goldene Konstellation, während es von Tausenden von Kerzen und Gaslampen erleuchtet wurde. Aber Francis, der auf der zweiten Korbgeflechtliege lag, blickte in die entgegengesetzte Richtung, zu den Hügeln hinter dem Haus. »Magdalena wacht über uns«, sagte er, »und segnet unsere Bemühungen.«

Annie folgte seinem Blick zu dem nadelspitzengroßen Licht hoch oben in den Hügeln über Fiesole. »Wie meinst du das?«

»Das«, er deutete auf den goldenen Stern, »ist das Kloster Maria Magdalena. Die Nonnen beten und tun in ihrem Namen Gutes.«

Sie sah das glühende Licht an. Ihr gefiel der Gedanke, dass Maria Magdalena noch immer etwas in der Welt bewirkte.

Später las sie ihm vor und rechnete damit, dass er nach dem anstrengenden Tag einschlafen würde, doch nach einiger Zeit setzte er sich auf, schloss das Buch, nahm es von ihrem Schoß und ersetzte es durch seinen Kopf. War das ein Zeichen?, überlegte sie. Zaghaft streichelte sie sein Haar, spürte das schwere Gewicht seines Kopfes in ihrer Leistengegend. Ihr Herz begann schneller zu schlagen, etwas wie Furcht keimte in ihr auf. »Lass uns zu Bett gehen«, murmelte er. Im Dämmerlicht des Ganges vor ihrer Tür beugte er sich zu ihr, und sie wappnete sich für einen Kuss. Aber er flüsterte ihr nur ein keusches »Gute Nacht« ins Ohr und ging zu seinem Zimmer.

Die Dunkelheit in ihrem Raum war warm und erdrückend. Annie riss sich ungeduldig die Kleider vom Leib, ohne auf die Stücke zu achten, und ließ sie wie eine abgestreifte Haut auf dem Boden liegen. Nackt, wie sie war, trat sie zu dem offenen Fenster. Ihr Zimmer ging auf die Hügel hinaus, und dort, hoch oben, konnte sie die helle Nadelspitze des Klosters sehen. Sie starrte das Licht an, bis es vor ihren Augen verschwamm.

ZWÖLFTES KAPITEL

Vier Jahre und vier Monate zuvor.

Ich und Annie Stride arbeiten in Zukunft auf eigene Rechnung.

Wir haben jetzt sechs Monate lang für Mutter geschuftet und ihr mehr Geld eingebracht als all die anderen Mädchen zusammen. Eine dunkel, eine hell, Tag und Nacht, so nennen sie uns. Wenn sich eine ausruht, ist die andere wach und munter. Wir stehen uns näher als Blutsverwandte, Annie und ich, sie ist die kleine Schwester, die meine Mum und mein Dad mir nie geschenkt haben. Wir sind beide derselben Meinung: Warum sollen wir Mutter den halben Kuchen abgeben, wenn wir den ganzen für uns behalten können? Ich habe am Haymarket eine Unterkunft bei einem bösartigen alten jüdischen Vermieter für uns gefunden. Der letzte Bastard, den Annie bedient hat, hat sie grün und blau geschlagen. Wir brauchen eine bessere Klasse Bastarde. Wir werden es zu etwas bringen in der Welt.

Als ich es ihr sage, tobt Mutter eine geschlagene Stunde lang vor der Uhr im Wohnzimmer. Dann wird sie am Ende weinerlich und sagt, sie wisse nicht, was aus ihr werden soll. Ohne die Schillinge von Annie und mir könnte sie selbst auf der Straße oder auch in den Parks landen. Ich höre ihr ungerührt zu. »Erwarte nicht von mir, dass ich Mitleid mit dir habe«, sage ich. »Für mich wirst du immer die Kupplerin bleiben, die Mr. Starcross ausgeschickt hat, um mich einzufangen und zu einem Leben auf dem Rücken zu verdammen.«

»Und wer hat dich aufgenommen, als du vor diesen Teufelinnen im Magdalenenheim davongelaufen bist?«

»Du«, erwidere ich. »Aber nur, weil du gewusst hast, dass du mit mir mehr Geld verdienen kannst als sie.«

Mutter kann sich nicht lange im Selbstmitleid suhlen. Das Gift kehrt immer zurück wie der Speichel einer Viper. »Du bist nicht besser, Mary Jane«, ruft sie mir hinterher. »Du hast Annie Stride zu mir gebracht, und jetzt hast du eine hübsche kleine Hure aus ihr gemacht, die alle Anzeichen dafür zeigt, dass sie sich an das Vögeln gewöhnt wie eine Ente an das Wasser. Jetzt bringst du sie über den Fluss, damit sie dir ein Vermögen einbringt. Wer ist denn jetzt die Kupplerin?«

Bei dieser Frage lasse ich sie einfach stehen, doch ihre Worte bohren sich wie Dornen in mein Fleisch. Als ich Annie ihr Bündel abnehme und sie über die Vauxhall Bridge führe, schwöre ich mir, dass ich versuchen werde, ein besserer Mensch zu sein als Mutter.

Im Lauf der nächsten Wochen wurde Annie zu Magdalena.

Sie war schon früher als Magdalena bezeichnet worden, als Kurzform für ihren Beruf; Maria war die Schutzpatronin von zweitausend Prostituierten bis hin zu den Billighuren vom Haymarket. Mary Jane hatte ihr erzählt, dass die Magdalenen-Anstalt in St. George's Field behauptete, den Vergewaltigten und Zugrundegerichteten zu helfen. Aber Mary Jane hatte ihr noch andere Dinge über diese Anstalt erzählt, so finstere Dinge, dass sich Annie, als sie schwanger geworden war, nicht die Mühe gemacht hatte, den langen Weg nach Blackfriars auf sich zu nehmen, um die Nonnen um Obdach zu bitten.

Aber jetzt hegte sie so etwas wie Besitzansprüche gegenüber Magdalena, und anscheinend ging es Francis genauso. Diese Phase seiner Arbeit unterschied sich grundlegend von seiner Arbeit in London. Dort hatte Annie ihm nur einmal als jede gefallene Frau gesessen, aber hier malte Francis viele Versionen von Magdalena in allen Abschnitten ihres Lebens. Er arbeitete härter als je zuvor, und obwohl es sie glücklich machte, sich seinen Wünschen zu fügen, war ihre Rolle auf ihre ganz eigene Art anstrengend.

Als sie einmal nach einer besonders langen Sitzung die schmerzenden Arme reckte, glitt der Deckel von dem weißen Alabastergefäß und fiel mit einem vernehmlichen Klirren auf die Fliesen. Zutiefst beschämt bückte sie sich, um ihn aufzuheben, aber Francis kam ihr zuvor. Er griff nach dem Deckel und untersuchte ihn auf Sprünge hin. »Um der Liebe Christi willen, Annie! Pass doch auf!«, donnerte er.

Geschockt zog sie ihre ausgestreckte Hand zurück. Dann funkelte er sie finster an, und der Ausdruck von Wut und Hass in seinen Augen reichte aus, um sie die Flucht ergreifen zu lassen. Sie rannte die Treppe hinunter, in die Loggia hinaus und in den Garten, an dem See vorbei und durch die kleine Wildnis. Dort sank sie auf die Steinbank, konzentrierte sich auf die Aussicht, die ihr immer Trost spendete, und versuchte das Geschehene zu begreifen. Er hatte ihr gegenüber noch nie die Stimme erhoben. Warum hatte dieses kleine Missgeschick, nur ein heruntergefallener Deckel, ihn so in Rage gebracht? Ja, sie hatte von den Bastarden schon Schlimmeres ertragen, viel Schlimmeres, war eine Schlampe, eine Hure und eine Fotze genannt worden; Worte, die in ihrem neuen zivilisierten Leben und ihrem neuen zivilisierten Lexikon keinen Platz mehr hatten. Sie war auch geschlagen worden, tausend Mal, ein brennender Schmerz, der sicherlich sehr viel schlimmer war als Worte. Francis hatte nur den Namen des Erlösers im Mund geführt, aber er hatte sie noch nie so angesehen. Er hatte sie erschaffen, sie so zielsicher wie ein Töpfer seinen Ton in ihre jetzige schöne Form gebracht, daher schmerzte diese kleine Kränkung von seiner Seite mehr als die übelste Verwünschung.

Sie presste die Hand auf ihr Herz, weil sie dort einen scharfen Schmerz spürte, als wäre sie selbst zerbrochen. Und wenn ihr Herz wirklich einen Haarriss davongetragen hatte, würde er sich dann ausbreiten und ihr gutes neues Leben zerbersten lassen?

Sie wusste nicht, wie lange sie dort saß, die fernen Terrakottadächer anstarrte und dem gedämpften Klang der Glocken lauschte, aber endlich hörte sie das Knirschen von Schritten auf dem Pfad und spürte seine warme Gegenwart im Rücken. Sie würde ihn nicht ansehen. *Scheiß* auf ihn, dachte sie. Das Wort verlieh ihr Macht. *Scheiß* auf ihn und seinen alten Topf.

Dann umschlangen seine Arme sie. Sie erstarrte, doch er

zog ihren Rücken an seine Brust, und sie gab nach und entspannte sich. Er küsste sie auf den Scheitel, als wäre sie ein widerspenstiges Kind. »Es tut mir leid«, sagte er. »Es war falsch von mir, dich anzuschreien, du musst ja denken, ich bin um nichts besser als diese unseligen Männer, die dich in deinem früheren Leben belästigt haben.«

Da dies genau ihren Gedanken entsprach, konnte sie ihm keine Antwort geben.

»Ich kann zu meiner Entschuldigung nur anführen, dass mir dieses Gefäß lieb und teuer ist.«

Er klang so verloren, dass sie einlenkte, und diesmal war er es, der von einem persönlichen Schmerz bewegt, den sie nicht verstand, den Blick abwandte.

Er stand abrupt auf und klopfte seine Hose ab; Francis war kein Mann für die freie Natur. Er war kein Mann für Tweed und Wanderstöcke; zu ihm gehörten Samt und ein Flanierstock mit silbernem Griff. Seine Erscheinung passte nicht zu den sanften Farben eines Blumenbeetes, aber inmitten der kräftig leuchtenden präraffaelitischen Blüten der Royal Academy blühte er gleichfalls auf.

»Sollen wir zurückgehen?«

Sein allgegenwärtiges Lächeln war zurückgekehrt. Er hielt ihr eine Hand hin und zog sie auf die Füße. Zusammen schlenderten sie in zerbrechlichem guten Einvernehmen zum Haus zurück und stiegen die Stufen zum Atelier hoch. Dort saß sie ihm für den Rest des Nachmittags schweigend Modell und hielt das weiße Alabastergefäß so behutsam, als wäre es ein Kind, das Kind, das Magdalena nie gehabt hatte. Die ganze Zeit fragte sie sich, warum ein so kaltes, schmuckloses Stück Francis so viel bedeutete. Sie kannte ihn gut genug, um zu wissen, dass er die absolute Kontrolle über sein Universum ausüben musste und alles in diesem Haus von seinem Auge ausgesucht und von seiner Hand an seinen Platz gestellt worden war. Warum also hatte er in einem Haus voller Schönheit und Zierrat einen Platz für ein Alabastergefäß gefunden? Bei Sonnenuntergang, als er ihr kurz den Rücken zukehrte, um seine Pinsel zu säubern, spähte sie unter den Deckel; insgeheim rechnete sie damit, dass der Topf mit Diamanten oder wenigstens Sovereigns gefüllt war oder vielleicht mit Weihrauch oder etwas ähnlich Heiligem. Aber er enthielt nur ascheähnlichen grauen Staub.

Nur Staub.

DREIZEHNTES KAPITEL

Vier Jahre zuvor.

Annie und ich haben uns am Haymarket häuslich eingerichtet. Wir arbeiten gut zusammen und machen uns ein gutes Leben. Wir sind nicht reich, aber wir frieren nicht, leiden keinen Hunger, und niemand schreibt uns vor, was wir zu tun und zu lassen haben. Wir nehmen nur die Kunden, die wir wollen, aber wir haben eine Abmachung: Wenn einer der Bastarde uns Angst macht oder zu bizarre Wünsche hat, dann weisen wir ihn ab. Inzwischen können wir die Guten von den Schlechten unterscheiden, anhand ihrer Erscheinung und ihres Benehmens. Allerdings nicht anhand ihrer Kleidung; die Kleider verraten einem nichts.

Wir konnten nicht immer einen guten Mann von einem schlechten unterscheiden, als wir jünger waren. Ich erzähle Annie von Mr. Starcross, der mich von meiner Tante weggelockt und bei Mutter entehrt hat. Sie erzählt mir eine sogar noch traurigere Geschichte: dass ihr eigener Vater sie in ein Gasthaus namens Old George gebracht hat, wo ein Bastard auf sie wartete. Sie erzählt mir, wozu der Bastard sie gezwungen hat, und sie sagt mir, dass sie das noch niemandem sonst erzählt hat und es auch nie tun wird.

Ich komme mir vor, als hätte sie mir ein großes Geschenk gemacht, und ich möchte ihr im Gegenzug etwas geben. Ich zeige ihr mein schmachvolles Brandzeichen, das M auf meinem linken Arm, und ich sage ihr, dass ihre Augen die letzten sind, die es je sehen werden. Wir umarmen uns voller Zuneigung. Nun, wo wir wissen, worauf wir achten müssen, werden wir uns nie mehr täuschen lassen. Wir erkennen, wer uns etwas Böses will.
Es ist die Art, wie sie uns ansehen.

Francis war bei seiner Arbeit so leidenschaftlich und produktiv, dass ihm schon bald die Farben knapp wurden. Das Karminrot stellte sein größtes Problem dar; es war die Farbe der Magdalena, und was immer Annie auch trug, wenn sie sie verkörperte, er drapierte immer den roten Vorhang um sie, den er am ersten Tag seiner neuen Schaffensperiode von der Gartentür abgerissen hatte. Er konnte seine weiße Farbe immer noch selbst mischen und tat das auch; sie ging davon aus, dass es in Florenz ebenso wie in London genug Fleischer und somit Knochen geben musste. Aber das Rot war schwer zu bekommen. Und Magdalenas roter Umhang mit den kunstvollen Falten und der leuchtenden karminroten Schattierung saugte seine Tuben und Paletten mit Rottönen aus wie ein Aderlass.

Er gewöhnte sich an, ohne Annie nach Florenz zu fahren, um einen Farbenhändler zu finden. Wenn er nicht zu Hause war, verbrachte sie einen großen Teil ihrer Zeit im Garten. Francis hielt sich nicht gern im Freien auf und machte stets mit so viel Argwohn wie eine Katze einen Bogen um den Springbrunnen, doch Annie liebte es, draußen zu sein. Sie nahm den Dante mit der lobenswerten Absicht mit, ihn zu lesen, nutzte aber die Zeit meist, um die geliebte Aussicht auf die goldene Stadt in der Ferne zu genießen. Doch selbst dies hohe Maß an Schönheit konnte ihrer Seele nicht ewig Nahrung geben, und bald begann sie, sich einsam zu fühlen. Ein paar Tage verstrichen, und unangenehme Gedanken ratterten mit der Präzision eines Uhrwerks Stunde um Stunde durch ihren Kopf. Hatte sie für Francis noch nicht genug gesellschaftlichen Schliff? Versteckte er sie deswegen in dieser Burg auf dem Hügel wie eine mittelalterliche Maid?

Beim Abendessen konfrontierte sie ihn mit ihrem Verdacht. »Schämst du dich zu sehr für mich, um mich nach Florenz mitzunehmen?«

Francis lachte. »Aber ich habe dich tausend Mal nach Florenz mitgenommen!«

»Um Gemälde anzuschauen«, gab sie zurück. »Keine *Menschen*. Maria Magdalena und die Apostel zählen nicht.«

Francis lachte erneut und tätschelte ihre Hand. »Liebste Annie. Natürlich nehme ich dich mit, wenn du willst.«

Dennoch tat er es nicht, und sie saß weiterhin in ihrem einsamen Garten. Der Verdacht keimte in ihr auf, dass es da etwas gab, was er ihr nicht sagte; einen Grund, weshalb er sie abends nicht nach Florenz mitnahm. Es war, als würde sich die Stadt mit dem Einbruch der Nacht verändern; als dürfte sie sich nur dort aufhalten, wenn die Sonne die Gebäude vergoldete. Wenn die Feuer des Schmiedes erloschen und er nach Hause gegangen war, wurde die Stadt eine andere. Sie sah dann zu, wie die Lampe von Francis' Kutsche verschwand, wenn Michelangelo ihn den Hügel hinunterfuhr, ging zu ihrer Lieblingsbank und beobachtete, wie sich die Nacht auf die Stadt senkte, bis es ihr zu kalt wurde, sie eine unerklärliche Furcht verspürte und ins Haus floh.

An den Nachmittagen konnte Francis jetzt nur noch zeichnen, denn außer seinem eigenen Knochenweiß hatte er keine Farben mehr. Er trug breite Streifen Weiß auf seine Leinwände auf und zeichnete dann auf eine oberflächliche Art darauf, langsam und träge, ohne eine Spur seiner früheren Leidenschaft. Weiß waren seine Knochen, Rot jedoch sein Blut, und ohne es wirkte er bleich und kränklich. Er zeichnete Annie stückweise, fertigte unzusammenhängende, unfertige Studien von Händen, Lippen und Haaren an, verstümmelte sie auf verschiedenen Papierfetzen, die er im Atelier an die Wände heftete. Es waren Bruchstücke einer Frau, wie Eva, die lediglich eine Rippe gewesen war; ein kleiner, traurig gebogener Knochen anstelle einer lebenden, atmenden Frau in Eden.

Annie spürte seine Frustration, denn er war gerade gut in Schwung gewesen. »Stell dir vor, Gott hätte sich gezwungen gesehen, am dritten Tag aufzuhören«, sagte er ohne jeden Anflug von Großspurigkeit. »Wenn der Allmächtige Erde, Zeit, Raum und Licht erschaffen hätte, aber keine Sterne am Himmel funkeln und keine Tiere das Land bevölkern würden. Ich habe über Magdalena noch so viel zu sagen. Die Berge und die Ozeane müssen noch folgen. Um der Liebe Christi willen, ich brauche etwas *Farbe*.«

An jenem Tag, an dem seine zornigen Gebete erhört wurden und Farbe endlich die ockergelbe Straße hochkam, um ihn aufzusuchen, war Annie im Garten.

Sie saß auf ihrer Lieblingssteinbank und blickte müßig auf die Straße, ohne sie bewusst wahrzunehmen, bis etwas in Sicht kam, was sie aus ihrem Tagtraum riss. Eine hochgewachsene Gestalt ging den Weg hoch, schien in der Hitze zu schimmern. Erst war es nur ein Schatten; an dem glühend heißen Nachmittag und mit der Sonne hinter ihm waren die Züge so undefinierbar wie die des Scherenschnitts, den sie für Francis am Pier von Chelsea hatte anfertigen lassen. Doch als er sich dem Haus näherte, erkannte sie, dass es sich um den einarmigen Mann aus den Uffizien handelte.

Trotz der Hitze des Tages schien ihr das Blut in den Adern zu gefrieren. Sie wollte nach Gennaro, dem alten Gärtner, rufen oder Nezetta aus der Küche oder Francis von seinem Diwan holen, aber sie konnte sich nicht von der Stelle rühren. Sie spürte, dass das Unheil sich ihr näherte; der Mann, der sie in den alten Straßen von Florenz verfolgt hatte, hatte sich aufgemacht, um sie nun, wo sie sein Reich nicht länger besuchte, in den Hügeln aufzusuchen. Wie erstarrt beobachtete sie, wie er zielstrebig auf sie zukam und mit den Füßen den roten Staub aufwirbelte. Als er die Straßengabelung erreichte, konnte sie nur hoffen, dass er an ihrem Tor vorbei und weiter hügelaufwärts gehen würde, vielleicht zu dem Kloster hoch oben. Aber natürlich bog er am Tor ab, wie sie es geahnt hatte, und ging den von Zypressen gesäumten Pfad der Villa Camellia herauf.

Als er in der Biegung des Weges außer Sicht war, gehorchten ihre Beine ihr wieder, und sie huschte so schnell wie eine Eidechse durch das Unterholz zurück, vorbei an den zerbrochenen Statuen und zurück zum Haus. Dort verfolgte sie hinter einer Säule verborgen von der Loggia aus, wie er nah an ihr vorbeikam. Er war groß und erinnerte sie an nichts so sehr wie an den David von der Piazza della Signoria, der durch irgendeine dunkle Magie angekleidet und zum Leben erweckt worden war. Der weiße Marmor war in gebräuntes Fleisch verwandelt worden, die schneeweißen Locken jetzt dunkel, die leeren weißen Augen schwarz. Das Gesicht jedoch war dasselbe, die geblähten Nasenflügel und der Schwung der Lippen. Doch David war nackt, dieser Mann aber vollständig angezogen, und das auf eine eigenartige Weise.

Er trug nicht mehr den dunklen zweireihigen Militärmantel mit den vergoldeten Knöpfen, an den sie sich von den Uffizien her erinnerte, sondern einen ausgestellten Mantel aus Stoffstücken in verschiedenen Farben. Diese Stücke waren nicht gleich groß, sondern wie eine Flickenmatte zusammengenähte Lappen und Fetzen. Manche schimmerten wie die Flügel einer Elster, andere waren stumpf und grob. Doch alle leuchteten in bunten Farben, den Farben, die Francis liebte, die Duccio und Giotto und Cimabue geliebt hatten. Es waren kräftige Farben, Buntglasfarben, keine sanften Töne wie Rosa, Zartgelb und Enteneiblau, sondern Blutrot, Jadegrün und Eidottergelb.

Dennoch war der Mantel nicht das Bemerkenswerteste an seiner Erscheinung. Er trug wie ein Ochse ein Joch aus dunklem Holz, an dem an Schnüren mit Stopfen verschlossene Flaschen hingen. Die Flaschen hatten verschiedene

Formen und Größen, waren aber alle so klar wie der Tag und ließen die Farben darin erkennen – kräftige, lebhafte Pigmente wie die Flicken seines Mantels. Der Effekt war bizarr. Aufgrund seiner Größe und der Flaschen bot er schon einen erstaunlichen Anblick, aber er verursachte außerdem noch Geräusche. Sie hatte in der Tür des Whitehall Empire einmal einen Mann gesehen, der mit einem nassen Zeigefinger auf den Rändern von auf einem Tisch stehenden, mit Wasser gefüllten Gläsern spielte und dafür von den Vorübergehenden mit Pennys bezahlt wurde. Er hatte das Instrument als Glasharmonika bezeichnet, und sie erinnerte sich jetzt an den unheimlichen Klang. Dieser Mann hörte sich genauso an: wie eine Glasharmonika. Die Flaschen sangen ihr Lied, als er zur Vordertür ging, und als er stehen blieb und sich umsah, klirrten sie und beruhigten sich. Dann ging er direkt um die Seite des Hauses herum, als wüsste er genau, wo er hinmusste, stieg die Stufen zur Küchentür hinunter, die wegen der Hitze immer offen stand, und betätigte die Händlerklingel.

Annie schlich zur Tür und lauschte mit klopfendem Herzen. Sicher war er ihretwegen gekommen. Sie glaubte nicht mehr, dass er sie in irgendein dunkles Reich entführen wollte, aber sie verspürte in seiner Nähe immer noch ein leichtes Unbehagen, gepaart mit Neugier. Was wollte er?

Nezetta sprach mit dem Fremden so wie immer, laut und wortreich. Annie konnte nicht sagen, ob sie erzürnt oder freundlich gestimmt war. Der einarmige Mann redete schnell und leise. Dann vertraute Geräusche: das Kratzen eines Stuhls, ein Korken, der aus einer Flasche gezogen wurde, gefolgt von einem unvertrauten; Nezetta lachte. Als Annie den Mut aufbrachte, um um den Türpfosten zu spähen, sah sie den Geist mit einem Glas in der Hand an dem geschrubbten Holztisch sitzen. Sein Joch lag auf dem Boden, die Schnüre waren schlaff, die kleinen Flaschen standen aufrecht.

Sie lehnte sich mit hämmerndem Herzen gegen die Wand und sammelte Mut. *Ich bin die Herrin des Hauses*, sagte sie sich, ohne es wirklich zu glauben. Dann trat sie mit hoch gerecktem Kinn um die Ecke. Der einarmige Mann erhob sich bei ihrem Anblick sofort höflich; so ungerührt und nicht überrascht, als habe er sie erwartet. Er überragte sie um einiges und fixierte sie mit diesen olivenschwarzen Augen, an die sie sich erinnerte; Augen, die sie, wie ihr klar wurde, in ihren Albträumen beobachtet hatten.

Sie sprach ihn nicht an, sondern die Köchin. »Nezetta«, fragte sie, »wer ist das?«

»*L'uomo arcobaleno. Ecco l'uomo arcobaleno.*«

»Nezetta. Ich weiß, dass du etwas Englisch sprichst. Wer ist dieser Mann? Und was tut er in meiner Küche?«

»*Si. Ho capito. Lei dica: ecco l'uomo arcobaleno. Comprare colori.*«

Annie sah den Geist nicht an. Sie fasste Nezetta bei den Schultern. »Nezetta. Wer. Ist. Er?«

Der einarmige Mann trat einen Schritt vor. »*L'uomo arcobaleno*«, sagte er. Dann in perfektem Englisch: »Der Regenbogenmann.«

Sie sah ihm in die Augen und war plötzlich wieder in Florenz, in all den Galerien und Kirchen, wo sein Blick die Macht gehabt hatte, sie bis ins Mark frösteln zu lassen. Als sie ihre Stimme wiederfand, brachte sie nur ein Flüstern heraus. »Ich habe Sie schon früher gesehen.«

»Und ich Sie.« Er war vollkommen ruhig, sprach gemessen.

»Was tun Sie in diesem Haus?«

»Ich wurde von dem Besitzer eingeladen.«

»Mein Mann ist der Besitzer.« Sie hatte sich immer noch nicht daran gewöhnt, diese Worte laut auszusprechen.

»Dann hat Ihr Mann mich eingeladen.«

Er streckte die Hand aus – seine Proportionen erschienen massiv, wieder wie die Davids. Zwischen seinen Fingern steckte eine cremefarbene, mit einer Reihe kleiner erhaben gearbeiteter Buchstaben bedruckte Karte. Sie nahm sie ihm ab, ohne seine Haut zu berühren, und betrachtete das Rechteck mit schmalen Augen. Es war Francis' Visitenkarte.

»Ich traf Ihren Mann in der Brancacci-Kapelle. Er braucht dringend Farben, wie er mir sagte. Ich verkaufe Farben, deshalb bin ich hier.«

»Dürfte ich bitte *Ihre* Karte sehen?« Jetzt fühlte sie sich kühner. Als Hausherrin pflegte sie die Händler zu befragen. In der Gower Street hatte Francis ihr beigebracht, mit dem Fleischer und dem Kerzenzieher zu sprechen. Warum sollte ein Farbenlieferant sie einschüchtern?

Aber er wirkte belustigt. »Ich habe keine. Meine Farben sind meine Visitenkarte.«

»Wie ist Ihr Name?«

»Den habe ich Ihnen schon gesagt. Ich bin der Regenbogenmann.« Er sprach mit ihr wie mit einem Kind, und sie wurde ärgerlich.

»Das ist nicht das, was Sie eben gesagt haben.« Sie deutete auf Nezetta, die sie genau beobachtete und ihre Schürze knetete. »Das ist nicht das, was *sie* gesagt hat.«

»Nein. Man kennt mich als *l'uomo arcobaleno*. Das heißt *der Regenbogenmann*.«

Annie blieb misstrauisch. Sie glaubte weder ihm noch seiner Geschichte. Bevor sie nicht zufrieden war, würde sie ihn nicht zu dem Atelier hochgehen lassen; Francis war alles, was sie hatte, und sie empfand einen starken Drang, ihn zu schützen.

»In England würde man mich als Farbenhändler bezeichnen. Ich beliefere Künstler mit Farben, Pigmenten und Firnis.« Sein Akzent war ausgeprägt, seine Stimme aber tief, klar und melodisch.

Annie kniff die Augen zusammen. »Dann erzählen Sie mir etwas über Farben.«

»Was möchten Sie wissen?«

»Sagen Sie mir, was *Sie* wissen.«

»Das würde zu lange dauern.« Er ließ es wie eine Tatsache klingen, nicht wie Prahlerei.

»Warum? Weil es so viele Farben gibt?«

»Nein. Es gibt nur sehr wenige.«

»Wie viele?«

»Sieben.«

»*Sieben*?«

»Ja«, bestätigte er schlicht. »Haben Sie noch nie einen Regenbogen gesehen? Das Licht teilt sich in sieben Farben auf.«

Sie erinnerte sich nicht an viele Regenbogen in Bethnal Green, obwohl es welche gegeben haben musste; dort fiel der Regen und schien die Sonne so wie überall sonst auch. Stattdessen dachte sie an die Zeit, als sie nach dem Verlust ihres Babys in der Gower Street das Bett gehütet hatte. Während dieser trostlosen Tage, an denen sie nur dagelegen und das Gesicht zur Wand gedreht hatte, war das einzige Licht in ihrer Dunkelheit das kleine Kristallprisma gewesen, das an der Lampe neben ihrem Bett hing. Tag für Tag hatte es sich mit der Sonne verschworen, um für sie einen Regenbogen auf die Wand zu werfen, einen Regenbogen, der im Lauf des Nachmittags von der Täfelung zur unteren Wandverkleidung gewandert war, um mit dem Sonnenuntergang endgültig zu verschwinden. Dort hatte sie sich mit all den Farben vertraut gemacht, vom heißen Rot bis hin zum kühlen Blau und den Orange-, Gelb- und Grüntönen dazwischen.

»Ich habe schon einen Regenbogen gesehen«, sagte sie.

»Und welche der sieben Farben gefällt Ihnen am besten?« Er stellte seine Fragen so wie Francis; erwartete eine Antwort.

Sie überlegte. Das war etwas, wonach sie noch niemand gefragt hatte, und sie wusste nicht recht, was sie erwidern sollte. Ihr Blick fiel auf den Ärmel ihres chinesischen Gewandes. »Blau.«

»Welche Art von Blau?«

»Wie viele gibt es denn?«

»Ehrenpreisblau, Preußischblau, Antwerpblau, Kobaltblau. Und das sind nur die, die ich bei mir habe.«

»Sehr schön. Welches ist denn *Ihr* Lieblingsblau?«

»Das ist einfach. Lapislazuli.« Er bückte sich, um an einer Schnur zu seinen Füßen zu ziehen, woraufhin eine seiner kleinen Flaschen hochflog. Er fing sie mühelos auf, öffnete sie einhändig, kippte den Flaschenhals Richtung Tisch und schüttete einen kleinen Haufen leuchtend blauen Pulvers auf die Platte. Dann deutete er auf einen der Stühle und zog sich selbst einen heran. Da Nezetta sich im Raum zu schaffen machte und demonstrativ das Kupfer polierte, fühlte Annie sich einigermaßen sicher. Sie nahm langsam Platz, und er setzte sich ebenfalls, so dass der kleine blaue Haufen zwischen ihnen lag. Er wartete, bis sie saß, dann legte er die Spitzen von Zeige- und Mittelfinger auf das Holz und ließ sie über die Tischplatte auf den winzigen Hügel zumarschieren.

»Vor Hunderten von Jahren wanderte ein Mann durch die Berge von Afghanistan.« Die Fingerspitzen erklommen den kleinen blauen Hügel. »Bei einem Felsvorsprung machte er Halt und entdeckte Flecken einer leuchtenden Farbe, die er *Blaustein* nannte. Er dachte, der Himmel wäre auf die Erde gefallen und hätte sich in Farbe verwandelt. Er kratzte etwas davon ab, nahm es mit, verkaufte es und wurde so der erste Farbenhändler. Er bekam gutes Geld für den herabgefallenen Himmel, kannte aber den wahren Preis für das, was er gefunden hatte, nicht.«

Die Finger schritten von dem zerstörten Hügel weg und hinterließen blaue Abdrücke auf dem Holz. *L'uomo arcobaleno* hielt Annie zwei leuchtendblaue Fingerspitzen vors Gesicht. »Zur Zeit der Renaissance war Lapislazuli wertvoller als Gold. Dieser kleine Haufen kostet so viel wie der Ring, den Sie tragen.«

Annie drehte den glitzernden Ring so, dass die Steine in ihrer Handfläche verborgen lagen.

»Aber ich nehme an, Ihr Mann ist ein reicher Mann, wenn er sich ein solches Haus und eine Frau wie Sie leisten kann.«

Sie hob das Kinn. »Mich kann man weder kaufen noch in eine Flasche füllen.«

Der Fremde fixierte sie mit seinen schwarzen Augen, und sie senkte als Erste den Blick. Die darauffolgende Stille war lang genug, um sie daran zu erinnern, dass sie tatsächlich gekauft werden konnte und ihr ganzes Leben lang käuflich gewesen war, und hier saß sie in dieser schönen Villa fest wie in einer Flasche gefangen und durfte den Besitz nicht mehr verlassen. »Mein Mann könnte alle Ihre alten Flaschen aufkaufen, wenn er wollte. Aber das ist keine Farbe, nur Pulver.«

»Ja.« Er griff in sein Bündel und förderte einen kleinen steinernen Mörser nebst Stößel zutage. Dann sagte er etwas zu Nezetta, die eine weiße Talgkerze vor ihn hinstellte.

»Jetzt schauen Sie zu.« Er füllte etwas von dem Pulver in den Mörser und zog den Stopfen aus einer anderen Flasche. »Leinöl«, erklärte er und begann das Öl mit dem Pulver zu vermischen.

Annie rümpfte die Nase. »Das stinkt«, beschwerte sie sich.

»Ja«, stimmte er ungerührt zu. »Das Felsgestein ist schwefelhaltig. So riecht das Höllenfeuer.«

Das sagte er mit einer solchen Überzeugung, als wäre er schon im Fegefeuer gewesen, zurückgekommen und dürfte nun hineingehen und es wieder verlassen wie ein Stammgast eine Gaststätte. Als wäre er in der Tat mit den Feuern der Hölle vertraut, holte er eine Zunderbüchse hervor, zündete geschickt die Kerze an, ließ Wachs in die Mischung tropfen und hämmerte darauf, bis es steif wurde. Er hob den Stößel, und sie sah ein Blau wie das des Umhangs der Heiligen Jungfrau.

»Das ist es, was jeder Maler der Renaissance wollte«, erklärte er. »Ohne dieses Blau hätten sie keinen Himmel gehabt, keinen Himmel über der Krippe, keinen über der Heiligen Familie, keinen über der Kreuzigungsszene. So wurde aus dem herabgefallenen Himmel Felsgestein und wieder der Himmel.«

Annie war von der Vorstellung gefesselt und wusste nicht, was sie sagen sollte. Stattdessen starrte sie fasziniert das leuchtende Blau an. Es war genau das Blau, das sie in den Uffizien und draußen vor ihrer Tür über den Hügeln gesehen hatte. Sie konnte nur daran denken, dass, wenn sich das Heilige Land einen Himmel mit Florenz teilte, dem Allmächtigen die Farbe ausgegangen sein musste, bevor er London erreichte – irgendwo über dem Kanal musste der blaue Himmel wie ein Quilt graue Flecken bekommen haben. Der Besucher riss sie aus ihren Grübeleien.

»Nun? Bestehe ich Ihren Test?«

»Sie wissen also über Blau Bescheid«, gab sie grollend zu. »Was ist mit den anderen Farben?«

»Damit befassen wir uns ein anderes Mal. Ich werde Ihnen alles über sämtliche Farben beibringen, wenn Sie wollen.« Er sprach, als gäbe es bereits einen festgesetzten Zeitpunkt für ihre nächste Begegnung. Aber Annie war noch nicht ganz überzeugt.

»Also laufen Sie so, in diesem Mantel, herum und verkaufen Ihre Farben?«

»Ja. Und nicht nur ich; es gibt hier viele Regenbogenmänner.«

»Wie können Sie denn davon leben?«

»Ganz einfach. Jeder in Florenz malt. Sogar die, die nicht malen können, malen.«

Sie maß ihn mit einem scharfen Blick, witterte einen Scherz, doch sein Gesicht war todernst. »Woher können Sie so gut Englisch?«

Er zuckte die Achseln. »Florenz wimmelt von Engländern. Die meisten von denen, die nicht malen können, sind Engländer.«

»Francis kann malen«, verteidigte sie ihn.

»Das weiß ich. Ich habe seine Arbeit gesehen. Er hat mir ein Bild gebracht, um es mir zu zeigen. Ein Bild von Ihnen«, fügte er hinzu.

Der Mann schien aufrichtig zu sein. Sie wusste, dass Francis oft, wenn er ohne sie nach Florenz gefahren war, einige seiner Werke mitgenommen hatte, um sie Kunsthändlern und Galeristen zu zeigen. Aber sie wollte immer noch wissen, warum dieser Mann ihr durch die ganze Stadt gefolgt war. »Sie waren in den Uffizien. Und in San Marco und der Cappella Medici. Und in Santa Croce und dem Forte Belvedere.«

»Natürlich. Ich muss Nachforschungen anstellen.«

»Sie haben mich verfolgt.«

»Keinesfalls. Ich bin anderen gefolgt.«

»Ach ja? Wem denn?«

»Giotto, Cimabue, Duccio. Ich bin noch ziemlich neu in diesem Beruf. Ich habe es mir zur Aufgabe gemacht, Kunst zu studieren. Ich studiere Farben und Komposition. Ich folge diesen Engländern in ihren Norfolkjacken und beobachte, was sie sich anschauen, wen sie bewundern. Wenn dieses Jahr Giotto in Mode ist, brauche ich viel Rot. Wenn sie sich vor Raffael und Portinari drängen, benötige ich Krapprot. Stehen sie vor Ghirlandaio, decke ich mich mit Blattgold ein.«

»Aber als ich Sie gesehen habe, haben Sie wie ein Soldat ausgesehen.«

»Ich *war* Soldat. Aber alle Kriege müssen irgendwann einmal enden.« Er hielt den Ärmel ohne Arm darin in die Höhe. »Aber jetzt liefere ich mir nur noch Wortgefechte mit den Frauen von Malern.«

Sie schämte sich einen Moment lang; sie hatte während ihrer Auseinandersetzung völlig vergessen, dass er nur einen Arm hatte. Aber er hatte nicht das Auftreten eines Kriegsversehrten, und er vertrat seine Meinung sehr entschieden. Da er keinen Wert auf Mitleid zu legen schien, bekam er auch keines von ihr.

»Wenn Sie wegen der Kunst dort waren, warum haben Sie mich dann beobachtet?«

Er richtete seine dunklen, unergründlichen Augen erneut auf sie, auf genau die Weise, an die sie sich erinnerte. »Bin ich der erste Mann, der Sie anschaut?«

»Sie sind der erste Mann, der mich so anschaut.«

Er legte den Kopf schief. »Wie sehe ich Sie denn an?«

»Als wären Sie gekommen, um mich in die Unterwelt zu verschleppen.«

Die schwarzen Augen zwinkerten. »Ich kann nichts für mein Äußeres. Wie Sie sehen, ist Farbe wichtig. Als Sie schwarze Haare und schwarze Augen und einen schwarzen

Soldatenmantel gesehen haben, war ich eine Art Dämon. Bin ich jetzt in meinem Harlekinskostüm auch so furchteinflößend?«

Sie musterte den regenbogenfarbenen Mantel. »Nein«, gab sie zu.

»Nun, ich habe nicht das Glück, harmlos zu wirken. Ihr Mann allerdings sieht mit seiner milchweißen Haut, den grauen Augen und dem hellen Haar genau so aus, wie ein guter Mann aussehen sollte.«

Annie zog den Kopf ein und wartete auf mehr; der Satz erschien ihr merkwürdig unvollständig. Aber er schwieg.

Endlich erhob er sich und hob sein klirrendes Joch auf. »Könnte ich den guten Mann jetzt sehen?«

Sie stand gleichfalls auf. Der Mann hatte Francis' Karte, er hatte ihn zutreffend beschrieben, er hatte seine Arbeiten gesehen. Es gab keinen Grund, ihn hier unten festzuhalten; Francis würde zweifellos begeistert sein, wieder Farben zu haben; begeistert, wieder malen zu können.

Sie neigte leicht den Kopf, und der Regenbogenmann wischte mit der Hand über den Tisch und füllte den blauen Haufen wieder in die Flasche. Als sie ihn aus der Küche geleitete, konnte sie sehen, dass der Lapis einen kleinen Fleck auf dem geschrubbten Eichenholz hinterlassen hatte, obwohl er nur kurze Zeit darauf gelegen hatte.

Sie führte ihn wie die Verkörperung der perfekten Ehefrau die Stufen hoch und zum Atelier, klopfte an die Tür und trat zunächst alleine ein, um Francis zu wecken, damit er sich herrichten konnte, und um seinen Gesichtsausdruck zu sehen, wenn er hörte, dass der Regenbogenmann da war. Dann winkte sie den Farbenhändler herein und schloss die Tür hinter ihm. Damit endete die Rolle der perfekten Ehefrau, denn niemand hatte Annie gesagt, dass eine Lady nicht an Türen lauschte. Allerdings brachte ihr das nichts, denn sie konnte nur Gemurmel und ziemlich deutlich das Klirren von Flaschen hören.

VIERZEHNTES KAPITEL

Zwei Jahre, drei Monate und fünf Tage zuvor.

Manchmal, sehr selten, sind Annie und ich nachts beide zu Hause, in unserem eigenen Bett. Für gewöhnlich wechseln wir uns wie Nacht und Tag ab, oder wir sind bis zum Morgen mit irgendeinem Mann zusammen. Aber in den Nächten, wenn wir beide hier sind, ziehen wir uns die Decke über den Kopf und reden. Das Feuer und die Lampen brennen noch, daher kommen wir uns vor wie in einem Zelt aus Tausendundeiner Nacht, voller Schatten und Licht.

»Was wünschst du dir, Annie?«, frage ich sie.

»Genug zu essen. Ein warmes Feuer. Schöne Kleider und einen anständigen Mann.«

Ich schnaube. »Einen anständigen Mann? Ich bin mir nicht sicher, ob so ein Geschöpf überhaupt existiert.«

»Ich mir auch nicht.«

»Wie willst du ihn erkennen, wenn du ihm begegnest?«

Annie legt die Rückseite ihrer Finger gegen die Stirn. »An seinen Taten«, sagt sie so dramatisch, als würde sie von einem Ritter aus dem Mittelalter sprechen.

Ich lächle, dann werde ich ernst. »Und was ist mit Liebe? Denkst du je an Liebe, Annie?«

»Scheiße, nein«, antwortet sie.

Ich lache und umarme sie. Ich liebe ihre Art zu sprechen, so direkt und unanständig.

Ich hoffe, sie ändert sich nie.

Francis teilte Annies Bedenken bezüglich des einarmigen Mannes nicht. »Ein famoser Bursche, dieser Regenbogenmann«, sagte er. »Er hatte alles, was ich brauchte, sogar mein Mumienbraun.«

Sie lachte. »Was ist Mumienbraun?«

»Eine spezielle braune Farbe, nicht so stumpf wie das Braun auf Bitumenbasis. Es wird aus Mumien hergestellt. Echten ägyptischen Mumien.«

Annie wusste, was ägyptische Mumien waren. Ganz London war wegen der Ausstellung im Britischen Museum vor einiger Zeit in heller Aufregung gewesen. Ägyptische Witze und Mode waren sogar bis zum Haymarket vorgedrungen. Ein Bastard hatte sie doch tatsächlich aufgefordert, so zu tun, als wäre sie eine zur Erde herabgestiegene Göttin, die gekommen war, um ihm zu Diensten zu sein. Annie hatte das alles makaber gefunden und tat es immer noch.

»Aus *menschlichen* Mumien?«

»Manchmal aus menschlichen. Meistens jedoch aus Katzen.«

Sie verzog das Gesicht, und jetzt lachte Francis. »Mein Mitangehöriger der Akademie William Holman teilte deine Vorbehalte. Als er von der Herkunft des Mumienbrauns erfuhr, begrub er seine Farbtube feierlich im Garten.«

»Und was machst du mit deiner?«

Er wirkte leicht überrascht. »Damit malen.«

Francis war wieder zum Leben erwacht, seine Augen leuchteten, seine Erschöpfung war verflogen. Er malte sie wieder, diesmal für eine Serie zum Thema Kreuzigung und Auferstehung. Er beanspruchte sie so stark, dass sie den Garten und die Stunden der Muße zu vermissen begann, die sie zuvor als eine solche Bürde empfunden hatte. Aber er schien ihr ergebener zu sein denn je, wie immer, wenn er sie malte. Es war, als würde sie die Eigenschaften seines Sujets ihren eigenen hinzufügen und heller und strahlender werden wie vom Regen sauber gewaschenes Buntglas. Sie fragte sich zum ersten Mal, wen er wirklich liebte: eine tote Hure oder eine lebende.

Ihr Leben in der Villa Camellia hatte eine Veränderung erfahren, denn auf Francis' Bitte kam der Regenbogenmann am Montag, Mittwoch und Freitag morgens ins Haus. Annie wunderte sich über die seltsamen Zufälle des Lebens – dass der Mann, der sich ihnen in Florenz beharrlich an die Fersen geheftet hatte und an jeder Ecke aufgetaucht war, als wäre er tausend Männer statt nur ein einziger, sich jetzt in ihrem Heim aufhielt. Abgesehen davon, dass er Farben verkaufte, eine Tatsache, über die sie nicht diskutieren konnte, wusste sie wenig von ihm. Sie und Mary Jane hatten sich viel darauf eingebildet, die guten Männer von den schlechten unterscheiden zu können – oder eher die schlechten von den noch schlimmeren –, und sie hatte gehofft, dass sie dieser Instinkt in ihr neues Leben begleitet hatte. Aber den Regenbogenmann vermochte sie nicht einzuschätzen. Sie sah ihm nach, wenn er nachmittags die ockerfarbene Straße nach Florenz zurückging, sein

Mantel um seine Waden schwang und sein Joch mit den Flaschen leise klirrte.

Als würde er ihre Zurückhaltung spüren, sprach der Regenbogenmann Annie nie an. Sowie er Francis aufgesucht und ihm verkauft hatte, was auch immer er für diesen Tag und den nächsten benötigte, blieb er in der Küche, wo ihm Nezetta vor seinem langen Rückweg den Hügel hinunter etwas zu essen gab. Aber Annies Einsamkeit lockte sie zur Küchentür, wo sie wie an jenem ersten Tag lauschte, wenn sie sich unterhielten, und beim Lauschen lernte sie, dass sie sich dazu hatte verleiten lassen, jemanden nach seinem Äußeren zu beurteilen. Sie hätte nie gedacht, dass dieser hochgewachsene Mann mit dem so finsteren Gesicht wie ein Racheengel eine derart flinke Zunge haben könnte, die sogar mit der von Nezetta konkurrieren konnte.

Er, der Händler, saß dann am Küchentisch und plauderte, während er die Farben anrührte, die Francis bestellt hatte. Meist trat Annie irgendwann über die Schwelle und ging, von den Geräuschen menschlicher Gesellschaft angezogen wie von der Wärme eines Feuers, zaghaft auf sie zu. Sie zog sich einen Stuhl heran, setzte sich, sah zu, wie er Pigmente mischte und abmaß und lauschte der unverständlichen Melodie der toskanischen Sprache. Anfangs achteten Köchin und Farbenhändler nicht auf sie, nicht aus Grausamkeit, sondern aus freundlicher Verwirrung heraus, weil sie sich nicht sicher waren, was sie von der Anwesenheit der jungen Hausherrin halten sollten. Sie hörte aufmerksam zu und begann nach und nach ein bisschen von dem großen Kampf um die Vereinigung Italiens zu verstehen, der in den letzten Jahren getobt hatte. Sie lernte, dass Italien kein

Land war, wie Ausländer glaubten, sondern ein loses Gewirr von Staaten, von denen einige von einem König von Sizilien und andere von einem Herzog von Österreich regiert wurden. Ein Mann namens Mazzini, von dem sowohl Nezetta als auch der Regenbogenmann wie von dem Messias sprachen, glaubte, die Italiener sollten sich zusammenschließen und sich selbst regieren.

Langsam, Tag für Tag, lernte sie ein wenig von ihrer Sprache, erkannte Wörter und Redewendungen und begann sogar vorsichtig, sich an den Gesprächen zu beteiligen. Dann zog Nezetta sie erfreut in die Unterhaltung ein, der Regenbogenmann übersetzte, und bald hatte Annie ihre erste Freundin seit Mary Jane gefunden. Sie erfuhr von Nezettas Kindheit in Montepulciano, ihrer langen Ehe mit Gennaro, ihrer Verzweiflung über ihren Sohn Michelangelo, der nicht Soldat werden wollte, und ihrem Stolz auf ihren älteren Sohn Gianfranco, der in den Krieg gezogen und nicht zurückgekehrt war. Sie erfuhr auch, dass Gianfranco bei demselben Feldzug gefallen war, bei dem der Regenbogenmann seinen Arm verloren hatte. »Es war während einer Straßenschlacht«, erzählte er ihr. »Wir Italiener nennen es Revolution, um unsere Sache mit dieser ausgesprochen großartigen Bezeichnung zu verherrlichen. Die Österreicher nennen es Tabakaufstände, was wiederum ein sehr geringschätziger Name ist, um uns herabzusetzen.«

Nezetta spuckte säuberlich auf die Fliesen. »Österreicher«, zischte sie. »Alles Hunde.«

Der Regenbogenmann zuckte die Achseln; mit seinem einen Arm war dies eine merkwürdig unvollständige Geste. »In Wahrheit waren es nur fünf Tage in Mailand.«

Annie sah zu, wie Nezetta auf den Knien eifrig ihren eigenen Speichel mit einem Tuch wegwischte. »Was ist passiert?«

»Die Mailänder waren schon immer Verbündete der Florentiner, denn sie werden wie wir hier von den Österreichern beherrscht. Und als sie sich gegen ihre österreichischen Unterdrücker auflehnten, zog eine als *Junge Italiener* bekannte Gruppe ihre roten Mäntel an und reiste gen Norden, um sich ihrem Kampf anzuschließen.«

»Helden.« Nezetta richtete sich auf, als wollte sie salutieren. »Und mein Gianni unter ihnen.« Sie betupfte mit der Ecke des Tuchs ihre Augen.

Der Regenbogenmann schwieg einen Moment respektvoll, dann setzte er seine Geschichte fort. »Wir begannen ganz friedlich, indem wir uns weigerten, Tabak zu rauchen und Lotterielose zu kaufen. Glücksspiel und Rauchen, die zwei großen italienischen Laster, waren auch die beiden großen österreichischen Monopole. Dann schickte ihr General Radetzky die Soldaten Zigarren rauchend in die Straßen hinaus.«

»Radetzky«, wiederholte Nezetta wie ein Echo. »Er ist auch ein Hund.«

»Ich erinnere mich, dass es ein harter Winter war, der Rauch hing wie Nebel in den Straßen, und der Duft provozierte die Menge. Einige der Gassenjungen bewarfen die Soldaten mit Steinen und lieferten den Truppen so den Vorwand, den sie brauchten. Sie gingen mit ihren Bajonetten auf die unbewaffneten Menschen los. Als die Österreicher angriffen, bewaffneten sich die *Jungen Italiener*, um die Bürger zu verteidigen.

Bald waren die Straßen erneut von Rauch erfüllt, Rauch aus Büchsen statt von Zigarren.« Der Regenbogenmann hob den Kopf und atmete durch die Nase ein, als könnte er ihn immer noch riechen. »Fünf wurden getötet, darunter auch Gianni.« Er legte seine Hand über die von Nezetta, die die Lehne seines Stuhls umfasst hatte, als wollte sie sich stützen. Dann stand er auf und führte sie zu seinem Platz, legte ihr die Hand auf die Schulter und sprach nur zu ihr. »Du hast recht, was ihn angeht. Dein Junge war ein Held, eine solche Tapferkeit habe ich noch nie gesehen. Wäre er nicht gewesen, würde ich jetzt nicht hier stehen. Er war zu gut für diese Welt.«

Nezetta legte sich das Tuch über den Kopf und saß schwer atmend da. Der Regenbogenmann nahm sich einen anderen Stuhl und fuhr fort.

»Viele andere wurden verwundet, darunter auch ich. Mein Arm wurde glatt weggeschossen, der Ärmel hing schlaff herunter. Meine Kameraden trugen mich aus dem Kampfgetümmel weg und brachten mich mit einem Karren nach Florenz. Die Mönche von Misericordia versorgten mich. Als ich erwachte, war ich von einem Kreis von Gestalten mit Kapuzen umgeben, die so schwarz waren wie Krähen. Ich dachte, ich wäre tot. Als mir klar wurde, dass mein Arm nicht mehr da war, glaubte ich, sie hätten ihn mir abgehackt.

Ich habe seitdem nie mehr eine Zigarre geraucht«, fügte er nach einer kurzen Pause hinzu, »aber ich benutze Tabak für meine Farben. Und jedes Mal, wenn ich ihn rieche, bringt er mich wieder dorthin zurück und erinnert mich daran, dass der Kampf noch nicht zu Ende ist.«

»Nie.« Nezetta erhob sich, brachte ihre Sachen in Ordnung, begann sich wieder in der Küche zu schaffen zu machen und murmelte dem, was sie zubereitete, *Hunde* und *Helden* zu.

Auch Annie dachte an die Hunde und die Helden. Alle Männer ließen sich einer dieser beiden Kategorien zuordnen, und ihr waren von der einen weit mehr untergekommen als von der anderen.

Francis, dachte sie, war ein Held. Sie sah den Regenbogenmann an, der, nach seiner Geschichte durstig geworden, große Schlucke aus seinem Becher nahm, und fragte sich, zu welcher Kategorie er wohl gehörte. Nezetta schien diesbezüglich keine Zweifel zu hegen: Seine Beteiligung an den Tabakaufständen an der Seite ihres Sohnes hatte sie zu seiner rückhaltlosen Bewunderin gemacht. Nichts war zu gut für ihn. Sie drängte ihm köstliche Stücke Käse oder Wurst, Wein oder ihre Spezialität auf, kleine Mandelkekse, die süß auf der Zunge schmolzen. Der Regenbogenmann dankte es ihr auf seine Weise. Nezetta brauchte Kräuter aus dem *orto*, dem Küchengarten, und er erbot sich bereitwillig, sie für sie zu holen.

Annie begleitete ihn den Weg entlang, weil sie ihr Gespräch nicht abbrechen lassen wollte. Da er die englische Sprache so gut beherrschte, konnte sie sich mit ihm viel leichter unterhalten als mit Nezetta. Aber zuerst gingen sie schweigend durch den grünen, blumenlosen Garten, als hätte er für diesen Tag jegliche Konversation aufgebraucht. Wortlos pflückte er mit einer Hand geschickt die Kräuter von den Büschen. Als sie den steinernen Wassertrog erreichten, blieb er stehen, um die Blätter in dem jadegrünen

Wasser zu waschen. Annie sah ihm dabei zu. Sie hielt ihn nicht mehr für einen Todesboten oder ein böses Omen. Er war nicht verflucht oder vom Pech verfolgt, weil er seinen Arm verloren hatte. Er hatte eher Glück, noch am Leben zu sein. Vielleicht haftete ihm die Aura des Grabes an, weil er diesem so nah gekommen war. Nezettas Sohn hatte nicht so viel Glück gehabt.

»Arme Nezetta«, sagte sie laut.

»Ja«, erwiderte er grimmig. Sie wusste seinen Tonfall nicht recht zu deuten.

Sie spürte, dass er noch mehr zu sagen hatte. »Es muss ihr ja ein Trost sein, von der Tapferkeit ihres Sohnes zu hören.«

»Das war meine Erfindung.«

»Dann ... war er *nicht* tapfer?«

Der Regenbogenmann richtete sich auf. »Er war so eifrig und begeistert wie ein Welpe. Er war mit einem Heuwagen mit einem Vorrat an Ale aus Florenz gekommen, weil er sich die Zeit vertreiben wollte. Er und seine Kumpane haben den Rest von uns in Gefahr gebracht.«

»Also hat er Sie nicht gerettet?«

»Nein. Ganz im Gegenteil. Ich habe versucht, den jungen Esel zu schützen, und dabei den hier verloren.« Er winkte ihr mit dem Ärmel zu.

Annies Mund öffnete sich so weit wie sein Ärmelaufschlag. »Aber ... Sie haben Nezetta erzählt ...«

»Hätte ich ihr lieber die Wahrheit sagen sollen?«, fragte er sanft. »Der Junge ist tot. Gönnen wir ihr die zärtliche Erinnerung an ihren mutigen Sohn. Es ist niemand mehr am Leben, der meine Aussage widerlegen könnte.« Er schüttelte die glitzernden Kräuter, um sie zu trocknen, und drehte sie an seinem Ärmel hoch zu einer grünen Zigarre.

Annie konnte ihm die Lüge nicht verübeln. Er war wirklich von Herzen gütig, und als sie wieder in die Sonne hinaustraten, wurde ihr innerlich und äußerlich warm.

»Aber das ist doch sicher nicht das Ende von allem?«, erkundigte sie sich. »Die Österreicher herrschen immer noch in Mailand, und hier auch?«

»Im Moment noch«, versetzte er grimmig. »Es war nicht das Ende, sondern erst der Anfang. Der Tag wird kommen, wenn Italien vereint ist, eine liberale Regierung hat und alle Menschen gleich sind.«

Über eine derart ausgelegte Welt hatte sie noch nie ernsthaft nachgedacht. In London waren die Klassen klar voneinander abgegrenzt. Sie hatte in die Gosse gehört, und dort wäre sie ohne Francis' Hand, die sie herausgezogen hatte, auch geblieben. Sie sah das Haus an. Selbst von hinten betrachtet wirkte es im Vergleich zu den Behausungen, die sie in ihrem alten Leben gekannt hatte, mit seiner Loggia und den quadratischen Glasfenstern entlang des oberen Stocks ungemein großartig. Zum ersten Mal überhaupt wunderte sie sich über die Ungleichheiten in der Gesellschaft.

»*Kann* es einen Ort, wo alle gleich sind, überhaupt geben?«, fragte sie zweifelnd. Sie begann allmählich zu verstehen, warum der Farbenhändler so ungezwungen mit ihr umging. Er behandelte sie nicht mit der Unterwürfigkeit eines Verkäufers; er betrachtete sich als ihr ebenbürtig. (Wie sollte er auch wissen, dachte sie mit einem verstohlenen Lächeln, dass sie tief unter ihm stand.) Er sprach immer mit ihr, als gehörten sie derselben Gesellschaftsschicht an, so wie er es auch jetzt tat. Das war, wie sie jetzt erkannte, einer der Gründe, warum sie so gern mit ihm zusammen war. In Francis' Gegenwart hingegen fühlte sie sich immer unterlegen und untergeordnet. Dies war eine der negativen Auswirkungen, wenn man jemandem zu Dank verpflichtet war.

»Ich bin erstaunt, dass Sie von diesen Dingen nichts wissen. Auch in England gibt es Leute, die finden, dass die Vorteile der Privilegierten zu weit reichen.«

Sie runzelte die Stirn. »Inwiefern?«

»In London, wo unser Anführer Mazzini im Exil lebt, können diejenigen von hoher Geburt, diejenigen, die gute Kontakte und Einfluss haben...«, er suchte nach den richtigen Worten, »... mit einem Mord davonkommen. Es gibt Freimaurerlogen, die sich gegenseitig schützen. Die im Unterhaus schützen die Reichen, die im Oberhaus die, die einen Titel führen. Aber niemand steht über dem Gesetz, das heißt, niemand *sollte* über dem Gesetz stehen.« Er warf ihr einen Blick zu. »Vielleicht halten englische Gentlemen ja solche Dinge von ihren Frauen fern.«

Die Wahrheit sah anders aus: Sie war von solchen Dingen weniger beschützt als vielmehr ausgeschlossen worden. Sie hatte lediglich genug mit Parlamentariern zu tun gehabt, die nach Debatten erhitzt und erregt direkt aus dem Haus zu ihr gekommen waren, um zu wissen, dass die Politik eines der Privilegien der Reichen war. Annie war zu sehr mit ihrem eigenen Überlebenskampf beschäftigt gewesen, als dass sie einen Blick über ihren Tellerrand geworfen hätte.

»Das ist möglich«, entgegnete sie vorsichtig. »Francis und ich sprechen jedenfalls nicht über solche Themen. Ich habe keine Ahnung, was in England passiert, und von den Ereignissen in Italien weiß ich noch weniger. Ausländer interessieren sich doch bestimmt nicht für die Angelegenheiten anderer Nationen.«

»Doch, das tun sie allerdings. Was meinen Sie denn, warum ich Englisch so gut spreche wie Sie?«

»Sie haben mir erzählt, dass Ihre Kunden, die Maler, Engländer sind, und ich dachte, Sie hätten es vielleicht in der Schule gelernt.«

»Beides trifft zu. Aber ich habe Englisch von einem Londoner auf dem Schlachtfeld gelernt. An meiner Seite haben gute Toskaner gekämpft, aber auch viele Männer aus anderen Nationen, die an unsere Sache glaubten. Einer davon wurde wie ein Bruder für mich, ein Mann namens Charlie Rablin. Er reiste den ganzen Weg von London an, wo er von Mazzinis Reden inspiriert worden war, um sich den *Jungen Italienern* anzuschließen. Er glaubte an die Art von Gesellschaft, die Mazzini beschrieb, und kämpfte tapfer. Am Lagerfeuer brachte er mir Ihre Sprache bei und noch etliches mehr. Er war ein Berg von einem Mann; ein rotblonder Hüne mit ingwerfarbenem Bart, der eine komische Figur abgab, weil er sogar im Kampfgemenge eine Melone trug. Wir haben ihn deswegen ausgelacht, aber sie hat seinen Kopf ein Dutzend Male vor einem Schlag geschützt.«

Annie blieb abrupt stehen. Ein Berg von einem Mann mit rotblondem Bart und einer Melone. So ein Mann war in der Nacht, bevor Francis sie nach Florenz gebracht hatte, in die Gower Street gekommen. Es konnte sich natürlich nicht um denselben Mann handeln, aber die Erinnerung an ihn reichte aus, um ihre Schritte zögern zu lassen.

Der Regenbogenmann maß sie mit einem seltsamen Blick. »Ist es möglich, dass Sie ihn kennen?«

»London ist groß.« Sie gestattete sich einen privaten Scherz. »Man kann von mir doch nicht erwarten, dass ich mit *jedem* Mann in der Stadt bekannt bin.«

»Er kehrte nach Hause zurück, um für eine andere Sache zu kämpfen. Er glaubt genau wie ich an das Gesetz, also ging er zu Sir Robert Peels Londoner Polizei.«

Sie erstarrte und schluckte. Dann tat sie den Gedanken ab. Es war lächerlich, sich einzubilden, dass der Regenbogenmann von allen Männern in London ausgerechnet den kannte, der vor ihrer Tür gestanden hatte. Ziemlich scharf sagte sie: »Wenn er tatsächlich Polizist ist, dann kann ich mit ziemlicher Sicherheit sagen, dass ich nicht mit ihm bekannt bin. Ich bin eine anständige Frau.«

Er sah sie eigenartig an. »Das weiß ich.« Sie gingen weiter, und Annie beschlich das merkwürdige Gefühl, als wäre ein Moment undefinierbarer Gefahr vorübergegangen. »Niemand, der Zeit mit Ihnen verbracht hat, könnte etwas anderes denken.«

Er neigte den Kopf, dann nahm er ihre Hand, zog sie an die Lippen und küsste sie. Es war das erste Mal, dass er sie berührte, und das erste Mal, dass er sich zu einer ehrerbietigen Geste verstieg. In perfekter Einmütigkeit kehrten sie zum Haus zurück, und sie umschloss die Hand, die er geküsst hatte, mit der anderen; fühlte immer noch den Druck seiner Lippen auf ihren Fingern, als würde sie einen zweiten Ring tragen.

FÜNFZEHNTES KAPITEL

Ein Jahr, acht Monate, zwei Wochen und vier Tage zuvor.

Ich glaube, ich habe den anständigen Mann gefunden, von dem Annie und ich einst geträumt haben.

Es ist nicht der attraktive Hauptmann, der mich letzte Nacht in sein Bett genommen hat, so viel steht fest. Als er an diesem Morgen bei Sonnenaufgang seine Uniform anzieht, weigert er sich, zu bezahlen.

Natürlich nicht mit so vielen Worten. Als er seinen roten Mantel überstreift, klopft er abwechselnd auf alle Taschen. »Zu ärgerlich«, sagt er. »Ich habe überhaupt kein Geld dabei.« Er blickt zum Bett hinüber, wo ich in den zerwühlten Laken liege. »Ein Vorschlag. Komm nach dem Lunch zu der Kaserne in der King's Road und frag nach Captain Tuesday. Dann gebe ich dir dein Geld.«

Ich bin nicht von gestern, ich weiß, was das bedeutet. Es ist ein alter Trick. Das Regiment hat für den Mittag einen Marschbefehl; wenn ich am Nachmittag zu der Kaserne gehe, ist dort niemand mehr, und Captain Tuesday hat umsonst einen weggesteckt. Die Soldaten nennen immer den Wochentag als Namen. So wissen die Hauptfeldwebel, dass die Frauen, die kommen, nicht zur Familie gehören und bedenkenlos mit der Peitsche von den Toren weggejagt werden können.

Der Hauptmann ist schon halb zur Tür hinaus, aber niemand kann sich so schnell ankleiden wie ich. Ich folge ihm die große Treppe des Athenäums hinunter und durch das Morgenzimmer, wo die Gentlemen ihr Frühstück einnehmen. Ich bin nicht so dumm, hier eine Szene zu machen, das könnte mich zukünftige Kunden kosten. Aber ich folge ihm auf die Straße, und sobald ich auf dem Piccadilly bin, fange ich an, ihn anzubrüllen.

Wenn man auf der Straße ein Riesentheater aufführt, bezahlen die Kerle einen ziemlich oft, nur damit man Ruhe gibt. Dieser hier marschiert so dreist weiter, als würde er an einer Parade teilnehmen. Aber gerade als wir die Burlington-Arkaden erreichen, hält ein Mann ihn auf, indem er dem Hauptmann seinen Spazierstock wie einen Säbel quer über die Brust legt. Er ist kleiner als der Soldat, gut gekleidet, hat einen weichen Schlapphut auf dem Kopf, darunter wellige braune Haare und klare graue Augen.

»Sir«, sagt er. »Ich glaube, diese Lady spricht mit Ihnen.«

Captain Tuesday kräuselt die Lippe. »Sie ist keine Lady, sondern nichts als eine billige Zweipennyhure.«

»Ihre Sprache macht der Uniform, die Sie tragen, schwerlich Ehre«, gibt der Gentleman zurück. »Ich schlage vor, Sie bezahlen ihr ihre zwei Pence.«

»Mehr als das«, werfe ich ein. »Er weiß, wie viel er mir schuldet.«

Einige Passanten sind stehen geblieben, um zu gaffen. Der Gentleman wendet sich an den Soldaten. »Nun?«

Fluchend zückt Captain Tuesday seine Brieftasche und

gibt mir einen Geldschein. Ich nehme ihn ungläubig entgegen. Er schuldet mir mehr als die besagten zwei Pence, aber bestimmt kein ganzes Pfund. Dann drängt er sich an mir vorbei und rempelt mich mit der Schulter an. Ich merke es gar nicht, aber der Gentleman stützt mich sofort. Sowie ich wieder sicher auf den Füßen stehe, sagt er: »Ich wünsche Ihnen einen schönen Tag, Madam«, und tippt sich mit seinem Stock an den Hut.

Und dann verschwindet der einzige anständige Mann, der mir je begegnet ist, in der Menge.

Trotz des zwischen ihnen herrschenden Klassenunterschiedes sprachen Francis und der Regenbogenmann eine gemeinsame Sprache.

Diese Sprache, derer sie sich oben im Atelier bedienten, war für Annie noch schwerer zu verstehen als das Toskanisch unten. Sie erkannte gelegentlich eine Redewendung, aber im Großen und Ganzen blieb das Gespräch unergründlich. Sie hörte Worte wie Alizarin, Zinnober, Rosa, Porphyr und Hämatit. Das war kein Italienisch, dachte sie, sondern die Sprache der Farben.

Der Regenbogenmann verwendete viele farbliche Begriffe. Die Mönche von Misericordia hatten pechschwarze Kapuzen. Der Duomo eine zinnoberrote Kuppel. Die Straße war ockergelb. Nachdem er oben im Atelier gewesen war, saß er am Küchentisch und erzählte Annie von Farben wie von geliebten Verwandten. »Schwarz ist keine Farbe«, sagte er. »Schwarz ist die Abwesenheit von Farbe.«

»Francis sagte mir, dass Weiß auch keine Farbe hat«,

meinte Annie. »Deswegen ist es die einzige Farbe, die er selbst herstellen kann. Sie hat keine Schattierung, deshalb ist sie am leichtesten zu machen.«

»Er hat zur Hälfte recht«, stimmte der Regenbogenmann zu. »Aber es hat Farbtöne. Schwarz ist keine Farbe, Weiß alle von ihnen.«

»Wie meinen Sie das?«

»Weiß ist alle Farben auf einmal.« Er führte es ihr vor, indem er ein mit sieben Farben gefärbtes Windrädchen von seinem Mantel nahm und es auf dem Küchentisch in Bewegung setzte, woraufhin die Farben in einem schneeweißen Wirbel verschwanden.

Jedes Mal, wenn der Regenbogenmann kam, hielt er sein Versprechen, Annie alles über die sieben Farben beizubringen, und zu jeder wusste er eine Geschichte. »Warum beschäftigen Sie sich so sehr mit Farben?«, fragte sie einmal.

Er zuckte auf seine seltsame schiefe Art die Achseln. »Das ist mein Beruf.«

»Ich dachte, Sie wären Soldat.«

»Das war ich auch. Aber davor war ich Farbenhändler, und jetzt, nach der Schlacht, bin ich wieder einer. Wie mein Vater vor mir und sein Vater vor ihm. Wer weiß, meine Vorfahren haben wahrscheinlich ihre Farben für Leonardo und Raffael gemischt.«

Sie schien dafür geschaffen zu sein, dass Männer ihr Geschichten erzählten, dachte Annie, während sie zuhörte. Die Bastarde hatten ihr Märchen von ihren Taten aufgetischt: Reisen den Amazonas hoch oder den Kongo hinunter, Gesetzesvorlagen, die sie eingebracht oder Eisenbahnstrecken, die sie gebaut hatten. Bis sie, um das, was manchmal im wahrsten Sinne des Wortes im Gange war, zu beschleunigen, sie sanft darauf hinwies, dass sie sie nicht beeindrucken mussten, weil ihre Münzen sie von solchen Verpflichtungen freikauften. In ihrem neuen Leben hatte Francis ihr dann von den Frauen erzählt, die sie verkörpern sollte, hatte warnend von Jesebels grässlichem Ende oder Gretchens Kerkerhaft gesprochen, als bestünde die Gefahr, dass sie ohne diese Parabeln in ihr früheres Dasein zurückfallen würde. Und da sein Unterricht das Einzige war, das sie von ihrem alten Leben trennte, war er es, der ihr ihre jetzige Position sicherte: Er hatte sie nach oben gebracht, er konnte sie auch wieder in die Tiefe stürzen lassen. Sie befand sich in seiner Gewalt.

Der Regenbogenmann hielt ihr keine Moralpredigten. Wenn sie mit ihm sprach, spürte sie, dass er viel von den Menschen hielt, dass Menschen alles fertigbrachten. Sie wusste, dass Francis die Gesellschaft anderer Männer nicht sonderlich schätzte, aber sie wusste auch, dass sein künstlerischer Geschmack in Richtung der gehäuteten, gekreuzigten und blutenden biblischen Männergestalten Duccios ging und er für die glänzenden, muskulösen Renaissance-Sterblichen Michelangelos nichts übrig hatte. Der Regenbogenmann sprach sich dagegen entschieden für die Welt nach Raffael aus. Farben waren zwar irgendwie einfach (nur sieben Regenbogenstreifen, mehr nicht), doch zugleich unendlich kompliziert und tief mit den Geowissenschaften verbunden; Wissenschaften, die von Menschen studiert und sich zunutze gemacht worden waren.

Einige Farben waren Freunde. Orange, die einzige nach einer Frucht benannte Farbe, stand sowohl in ihrer Schattierung als auch in ihrer Chemie dem Gelb nah, Indischblau, die einzige Farbe, die den Namen eines Landes trug, war Violett so ähnlich, dass sich manche Pigmente kaum voneinander unterscheiden ließen. Sie lernte, dass für einen Chinesen Grün und Blau dasselbe Wort waren. Ihr eigener Wortschatz vergrößerte sich, als sie neben Italienisch auch noch die Sprache der Farben erlernte, und sie berauschte sich an der Poesie der Farbtöne: Persischindigo, tyrrisches Purpur, Mitternachtsblau.

Farben konnten Königen vorbehalten sein. Im mittelalterlichen Florenz durfte nur die Familie Medici Purpurrot tragen. Im alten Rom trugen es Kaiser auf ihren Triumphzügen, im modernen London wurden Königinnen darin gekrönt. Farben konnten gefährlich sein. Chinesischgelb war so giftig, dass es die friedliche Arbeit eines Künstlers, der es benutzte, so gefährlich wie das Soldatendasein machte. Manche Farben zerstörten andere. »Es war Leonardo da Vinci persönlich, der seine Malerkollegen davor gewarnt hat, Grünspan zu benutzen«, sagte der Regenbogenmann, »weil dieser andere Farben ruinieren kann, mit denen er in Berührung kommt.«

Jeden Abend beim Dinner berichtete Annie Francis, was sie am Tag gelernt hatte, aber er zeigte nie mehr als flüchtiges Interesse. Sie wusste, dass es ihn nicht im Geringsten interessierte, wo die Farben herkamen, solange sie sich rechtzeitig auf seiner Palette befanden, wenn er sie brauchte.

Zu dem Regenbogenmann entwickelte Annie eine wesentlich ausgeglichenere Freundschaft als zu Francis, denn er beantwortete viel mehr Fragen, als er stellte. Sicher, er hatte weniger zu verbergen als sie, aber er schien ihr gegenüber völlig offen zu sein. Er hatte nichts von Francis' Zurückhaltung. Trotz seines ernsten Verhaltens und seiner noblen Erscheinung war der Farbenhändler nach Art der meisten Italiener äußerst redselig; schon bald kannte sie alle Einzelheiten seiner Kindheit und jeden Zweig des Familienstammbaums. Wie viele seiner Landsleute schien er in unmittelbarer Nähe zu seiner Verwandtschaft zu leben. »Meine Nonna und Nonno Cilenti leben in Careggi, Nonno und Nonna Graziani in Sicci. Meine Eltern leben in Florenz. Ich habe vier Schwestern: Cicilia, Buona, Lisabetta und Tomasia. Buona hat zwei Söhne, Enzo und Rafi. Lisabetta erwartet im Herbst ein Kind.«

Das Gespräch stimmte Annie nachdenklich genug, um Francis direkt zu fragen. Es erschien ihr eigenartig, dass sie mehr über den Regenbogenmann wusste, den sie erst seit einem Monat kannte, als über ihren eigenen Ehemann. Während sie ihm an diesem Nachmittag Modell saß und das kühle weiße Alabastergefäß mit den Händen umschloss, stellte sie ihm die Frage, die ihr, wie sie jetzt wusste, schon lange im Hinterkopf herumspukte. »Francis, könnte ich deine Eltern kennenlernen?«

Für einen Moment erstarrte er. Sein mit dem Rot ihres Umhangs getränkter Pinsel schwebte in der Luft. »Möchtest du das denn?«

»Ich *würde* es gerne, sehr gerne sogar.«

Er lächelte bedauernd. »Das wäre im Moment etwas schwierig. Von Florenz nach Norfolk braucht es mehr als nur eine Droschkenfahrt.«

»Werden wir denn *nie* nach England zurückkehren?«

»Gefällt dir Florenz nicht, mein Täubchen?«

»Ich liebe es«, erwiderte sie absolut aufrichtig; wie so oft war sie besorgt, bei der Sünde der Undankbarkeit ertappt worden zu sein, für Francis die schlimmste aller Todsünden. »Ohne deine Güte hätte ich es mir nie träumen lassen können, eine so schöne Stadt zu besuchen, geschweige denn, hier zu leben.« Sie hätte vielleicht noch mehr gesagt, etwa dass sie Florenz so sehr liebte, dass sie wünschte, wieder in die Stadt selbst zurückkehren zu dürfen. Aber nun, seit der Regenbogenmann ins Haus kam, erschienen ihr diese Ausflüge nicht mehr ganz so wichtig. Wenn sie keine Gesellschaft suchen konnte, kam die Gesellschaft wenigstens zu ihr. Die alte Stadt würde auf sie warten. Aber was Francis' Eltern betraf... sie versuchte es erneut. »Vielleicht könnten sie hierher zu uns kommen. In die Villa Camellia.«

Er musterte sie; nicht als Magdalena, sondern als sie selbst. Sie konnte sehen, wie das Wetter in seinen grauen Augen umschlug. »Das ist eine Idee.« Bei dem Gedanken begannen sich seine Lippen vergnügt zu kräuseln. »Meine Mutter würde perfekt nach Florenz passen. Ich würde euch beide zu gerne einmal vor einer solchen Leinwand sehen. Ich werde ihr sofort schreiben. Jetzt halt den Topf etwas höher.« Er sprach wieder mit Magdalena, und sie drückte das Gefäß gehorsam an ihre Brust.

Den Rest des Nachmittags hing sie Tagträumen nach; sah sich mit einer eleganten, in Spitzen gekleideten Gestalt Arm in Arm unter demselben Sonnenschirm im Boboli-Garten spazieren gehen; einer Gestalt mit demselben braunen Haar und der aufrechten Haltung wie Francis. Sie sah sich im Geiste dieselbe Gestalt den Vasari-Gang entlang und nach Santa Croce führen und dann in Fiesole in einem der

Cafés am Hügelhang Tee trinken, leise reden und lachen, und sie sah die Gestalt dann ebenso bereitwillig lächeln wie ihr Sohn, wobei sich in den Winkeln der grauen Augen, die ihnen beiden gemein waren, feine Fältchen bildeten.

Während der nächsten Wochen fragte Annie mehrmals, ob er eine Antwort auf seinen Brief erhalten habe, aber Francis dämpfte ihre Erwartungen durch Warnungen bezüglich des toskanischen Postlagerungssystems, der Gefahren einer Kanalüberquerung im Sommer und des Zustands der Straßen zwischen Dover und Norfolk. »Es könnte Herbst werden, frühestens, bevor wir überhaupt etwas von Holkham hören, geschweige denn mit einem Besuch rechnen können.«

Damit musste sie sich zufriedengeben, und sie war auch im Moment ohne zusätzliche Besucher zufrieden, weil sie jetzt den Regenbogenmann zur Ablenkung hatte. Sie fragte sich manchmal, ob Francis von der Kameradschaft zwischen ihnen wusste, und wenn ja, ob er etwas dagegen hatte. Sie war es nicht gewöhnt, solche Überlegungen anzustellen, und sie war es auch nicht gewöhnt, nur einem einzigen Mann zu gehören. Für ihre Zeit zahlten viele, und sie gehörte einem Mann für eine Stunde oder eine Nacht oder die an den Glockenschlägen zu erkennenden Viertelstunden, für die er bezahlt hatte. Da Francis sie auf Dauer aushielt, schuldete sie ihm vermutlich Loyalität, aber sie sah keinen Treuebruch darin, sich mit einem Händler zu unterhalten, während er schlief. Der Regenbogenmann nahm Francis nichts weg. Sie würde ansonsten nur wie ein Schoßhund in der Sonne herumtrödeln und darauf warten, dass ihr Herrchen aufwachte und pfiff.

Im Haus herrschte während der Anwesenheit des Farbenhändlers eine fröhlichere Stimmung, eine paradoxe Veränderung, weil er niemals lächelte. Francis lächelte ständig, aber er brachte sie nicht halb so viel zum Lachen wie *l'uomo arcobaleno*. Es war höchst verwirrend.

Eines Tages im Garten konfrontierte sie den Regenbogenmann mit dieser Entdeckung. »Sie lächeln nie.«

»Regenbogen lächeln auch nie. Sehen Sie.« Er malte mit einem Finger einen nach unten gezogenen Mund in die Luft.

Annie versetzte ihre neue Erkenntnis, dass jemand, der nie lächelte, trotzdem amüsant sein konnte, einen Stich. Aus ihren Beobachtungen folgerte sie, dass der Regenbogenmann mit den Augen lächeln musste. Obwohl sein Mund diesen strengen natürlichen Bogen behielt, den sie bei David gesehen hatte, lag ein kleiner Funke in seinen schwarzen Augen, so wie der weiße Punkt, mit dem Francis immer den Augen in seinen Gemälden Leben verlieh.

Ihre genaue Musterung schien ihn nicht aus der Fassung zu bringen. »Lächeln ist nicht das beste Indiz für den Charakter eines Mannes«, sagte er. »Sagt nicht Ihr eigener Barde, dass jemand lächeln und trotzdem ein Schurke sein kann?«

Annie wurde aus der Bemerkung nicht schlau. »Barde?«

»Shake-speare.« Er teilte den Namen des Dramatikers in zwei Silben auf.

Jetzt runzelte sie die Stirn. »Ich habe für Mr. Shakespeare nicht viel übrig.« Bethnal Green schlug plötzlich wieder durch. »Ich habe einmal *Maß für Maß* gesehen, und das war der längste Abend meines Lebens.«

Sie hätte schwören können, dass er belustigt war. »Ich

mag ihn auch nicht«, sagte er. »Dante, das ist der einzige wahre Dichter. Und er hat unsere neue Nation hervorgebracht. Mazzini sagt, wir sollten alle Toskanisch sprechen, weil Toskanisch die Sprache Dantes ist.« Er seufzte. »In Florenz gibt es fast so viele englische Dichter wie englische Maler. Sie verstopfen unsere Straßen mit ihrer scheußlichen Mode und ihren schlechten Versen. Aber die Engländer kennen weder Leidenschaft noch Poesie.«

Annie fühlte sich berufen, ihr Land zu verteidigen. »Da kann ich Ihnen nicht zustimmen. Nehmen Sie Mr. Dickens. Er kann einen Satz drechseln wie ein Stuhlbein.«

»Ich kenne diesen Dick-ens nicht.« Die schwarzen Augen glitzerten. »Und dieses Stuhlbein auch nicht.«

Annie lachte. Sie war jetzt in der Gesellschaft des Regenbogenmannes gänzlich unbefangen. Er war ein Mann mit einem Flickenmantel und einer Familie und einem Beruf: Was gab es da zu fürchten? Sie hatte das Gefühl, ihn in- und auswendig zu kennen. Sie wusste die Namen seiner Schwestern, seines toten Hundes, seines ehemaligen Regiments. Er teilte mit ihr seine Ansichten über alles und jenes, vom Großherzog bis hin zum Wetter. Das Einzige, was sie nicht erfuhr, war sein wirklicher Name. Trotzdem kannte sie ihn, dachte sie erschauernd, viel besser als Francis. Sie wünschte mit einem Stich, der diesem ersten sehr glich, sie könnte ihm ebenso viel von sich anvertrauen. Alles, was sie ihm erzählt hatte, ihren Namen mit eingeschlossen, war gelogen gewesen. Sie war weder eine Signora Maybrick Gill noch irgendetwas, was diese Frau repräsentierte. Sie war ein Phantom, Francis' Frau; eine genauso kunstvolle Illusion wie die bewegten Bilder, die sie einst in den Vauxhall

Gardens gesehen hatte, und genauso falsch. Und doch bestand eine Art Verwandtschaft zwischen ihr und dem Regenbogenmann, etwas, was sie mit einem über ihre Jahre hinausgehenden Instinkt spürte, aber nicht beschreiben konnte. Vielleicht rührte ihre Ungezwungenheit ihm gegenüber daher, dass sie ihm nicht dankbar sein musste. Sie war es leid, so leid, dankbar zu sein.

In seiner Gesellschaft fühlte sie sich entspannt, weil sein Ausländerohr ihren Akzent nicht hörte, und er korrigierte ihre Bethnal-Green-Ausdrücke nicht. Nachdem sie all diese Monate lang erst die gefallenen Frauen der Geschichte und dann Signora Maybrick Gill und Maria Magdalena gespielt hatte, war sie wieder sie selbst. Obwohl sie ihn immer wieder belogen hatte, wurde in seiner Gegenwart Annie Stride wiedergeboren.

Er erreichte ihr altes Selbst auf eine ganz spezielle Weise. Sie sprachen immer noch über Farben, aber diesmal war sie es, die redete. Er hatte seine Lehrstunden beendet, jetzt wollte er in der Manier eines verliebten Verehrers, der sich nach der Stimme seiner Angebeteten sehnte, wissen, was die sieben Farben für sie bedeuteten.

»Unsere alte Freundin Blau, Signora«, sagte er, als sie eines Tages den Weg zwischen dem Lavendel hindurch hinunterschlenderten. »Wofür steht Blau für Sie?«

Das war leicht. Es war ein herrlicher Morgen, der Himmel bildete über ihnen einen heißen blauen Bogen, über den die Schwalben hinwegschossen. Sie zeigte nach oben.

Er schüttelte den Kopf. »Jeder hat einen Himmel«, sagte er. »Was bedeutet Blau für *Sie*? Hatten Sie als Kind ein Band für Ihre Haare? Oder ein Seidenkleid?«

Jetzt war es an ihr, zu lächeln. In der St. Jude's Street hatte es nicht viele Haarbänder und Seidenkleider gegeben.

»Schließen Sie die Augen«, forderte er sie auf. »Dann sehen wir wirklich. Farben sind wie Gerüche, ein bestimmter Farbton bringt genau wie ein Geruch ein Erlebnis aus der Vergangenheit oder eine Kindheitserinnerung zurück. Wenn ich die Tomatensauce meiner Nonna rieche, bin ich wieder fünf Jahre alt.« Er führte sie zu der inmitten des Lavendels aufgestellten alten Marmorbank. Der Stein fühlte sich warm unter ihren Röcken an. »Jetzt schließen Sie die Augen und suchen Sie nach Blau.«

Mit einem leichten Lächeln tat sie zerstreut, wie ihr geheißen. Als sie die Augen schloss, verschwanden die Villa und der Garten, und sie war im trüben, düsteren East End, wo der Nebel so dick wie Porridge war. Eine Gestalt in einem blauen Mantel mit glänzenden Knöpfen ragte aus diesem Nebel auf.

Die Stimme des Regenbogenmannes erklang. »Was sehen Sie?«

»Einen Blaurock«, erwiderte sie. »Einen Polizisten. Sein Mantel ist blau.« Blau bedeutete für sie Angst vor der Polizei. Sie hatte ihr ganzes Leben lang gegen das Gesetz verstoßen, von den Tagen an, wo sie als vorgeblich schlafendes Kind auf Türschwellen gelegen hatte, bis hin zu ihrer Zeit als aufgeputzter Lockvogel und den Nächten, wo sie Hunger gehabt und ihren Körper in einer Gasse hinter dem Ten Bells verkauft hatte. Polizisten jagten ihr immer Angst ein, sogar in ihrem ehrbaren Leben in der Gower Street.

Die Stimme ertönte von Neuem. »Warum fürchten Sie sich vor ihm?«

Seine Stimme und die drängende Frage übten eine seltsame Macht auf sie aus. Annie hatte in dem Schauspielhaus in der Exeter Street Zauberkünstler gesehen, die Zuschauern aus dem Publikum einredeten, sie hätten schon einmal gelebt, immer als berühmte oder adelige Persönlichkeiten, und sie dazu gebracht, als Napoleon oder Guinevere oder Cäsar herumzustolzieren. Doch der Farbenhändler hatte sie in ihre eigene Vergangenheit zurückversetzt, in der es keine Kronen oder Lorbeerkränze oder Throne gab, sondern nur einen kalten Platz auf einer Türschwelle und ein scharfes Klopfen an der Tür. Die Farbe Blau war für sie der Auslöser für eine Erinnerung von solcher Intensität, dass sie sich vorkam, als wäre sie wieder dort und würde das Geschehene erneut durchleben.

»Er könnte mich verhaften«, flüsterte sie.

»Warum sollte er das wollen? Was haben Sie denn getan?«

Sie erwiderte nichts darauf. In der Welt hinter ihren geschlossenen Lidern war sie in der Gower Street. Sie war in Sicherheit. Aber nein: ein mitternächtliches Klopfen.

»Jetzt stehen sie vor der Tür.«

»Wer? Polizisten?«

Sie riss die Augen auf. Ihr wurde bewusst, dass sie zu viel gesagt hatte. Der Regenbogenmann sah sie mit seinen olivenschwarzen Augen eindringlich an. Sie blickte auf ihre Hände hinunter.

»Nein.« Sie lachte kurz. »Ich habe mich geirrt. Sie trugen keine Uniformen. Sondern Norfolkjacken und Melonen.«

»Wer?«

»Die Männer, die in die Gower Street gekommen sind.

Francis'... unser Haus in London. In der Nacht vor unserer Abreise.«

Das schien ihn außerordentlich zu interessieren. »Sie kamen zu Ihnen? Oder zu Ihrem Mann?«

Sie begriff, dass sie nicht mehr über Farben sprachen, und drehte sich zu ihm. »Sie wollten zu Francis. Es waren keine Polizisten. Ich weiß nicht, wie ich darauf gekommen bin. Es waren Mäzene. Kritiker. Freunde.« Sie sah ihn an. »Als ich Sie das erste Mal gesehen habe, trugen Sie eine Uniform.«

Jetzt senkte er den Blick. »Das ist möglich.«

»Doch«, beharrte sie. »In den Uffizien. Eine schwarze Uniform mit vielen Knöpfen.«

Er zuckte auf seine übliche schiefe Art mit den Schultern. »Vielleicht ein Überbleibsel aus meiner Soldatenzeit.«

Aber er hatte gesagt, sie hätten in Rot gekämpft, und er war, dachte sie, nicht der Mann, der sich bezüglich einer Farbe irrte. Farben waren sein Credo.

Am nächsten Tag sprachen sie, als sie vor dem Mittagessen an den Eiben vorbeigingen, über Gelb. Gelb war eine Glücksfarbe. Gelb machte ihr keine Angst, sondern bewirkte, dass sie sich glücklich fühlte. Gelb war Nezettas Butter, die Sonne von Florenz, die Goldmünzen, die sie ein oder zwei Mal von großzügigen Bastarden bekommen hatte. Gold bedeutete Essen im Bauch und Kohle auf dem Feuer. Der Regenbogenmann bat sie, erneut die Augen zu schließen. Diesmal war sie unschlüssig; sie zögerte, die sonnige Gegenwart auszublenden und in die Vergangenheit einzutauchen.

»Gelb«, sagte er. »Wofür steht es?«

»Meine Haare«, erwiderte sie zu ihrer eigenen Überraschung. »Meine Haare hatten Glück.«

»Wieso?«, raunte er ihr ins Ohr.

Annie schwieg. Ihr Haar war mit ihrer Vergangenheit verbunden, und sie konnte nicht nach Bethnal Green zurückgehen.

»Waren es Ihre Haare, die Ihren Mann angezogen haben, als er Sie kennenlernte?«

Sie erinnerte sich an den eisigen Januarwind, ihre Haare, die auf der Waterloo Bridge wie ein goldenes Banner hinter ihr her wehten. »Vielleicht«, sagte sie. »Aber das ist nicht das Glück, von dem ich gesprochen habe.«

»Erzählen Sie es mir«, drängte er, als wäre es wichtig.

Sie hätte es so gerne getan. Ihre lieblose und, als Francis sie neu erschuf, ohne Bedenken über Bord geworfene Kindheit war nichtsdestotrotz ein Teil von ihr. Sie stieß langsam den Atem aus. »Sie haben mich zu etwas Besonderem gemacht. Meine Haare haben mich zu etwas Besonderem gemacht.«

»Inwiefern?«

Die Sommerbrise wehte ihr ins Gesicht; die Schatten der Olivenbaumblätter schossen wie Fische über ihre geschlossenen Lider. Sie bemerkte nichts davon. Wie schon einmal zuvor hatten die Fragen des Regenbogenmannes sie in die Vergangenheit zurückkatapultiert. Sie war wieder daheim in der St. Jude's Street.

»Es ist ein Sonntagnachmittag. Wir sitzen alle um den Tisch herum.«

»Alle?«

»Ich und meine Brüder und Schwestern. Wir sind insgesamt zwölf. Ma hat die Schere herausgeholt. Sie schneidet uns die Haare ab.« Sie erinnerte sich nur zu gut an das Knirschen der Schere, die langen Strähnen braunen und mausfarbenen Haares, die der Länge nach ausgebreitet auf der sauber geschrubbten Tischplatte lagen.

»Warum?«

»Für Perücken und Haarteile für die feinen Ladys. Zur Teezeit haben sie alle so geschorene Köpfe wie die Irrsinnigen in Bedlam. Die Mädchen sehen aus wie Jungen und die Jungen wie Mädchen. Man kann sie kaum voneinander unterscheiden. Pa sitzt in der Ecke im Schaukelstuhl und trinkt aus einer Steingutflasche. Essen gibt es nicht, aber er hat immer etwas zu trinken.« Ihre Lippe kräuselte sich. Sie konnte seinen Namen kaum aussprechen. »Ma kommt zu mir und packt meine Haare so nah bei der Kopfhaut, dass es wehtut. Dann leert Pa seine Flasche und wirft sie nach ihr. Er trifft sie am Kopf, sie stolpert und lässt die Schere fallen. Er steht auf und stößt sie vom Tisch zurück. ›Die hier nicht‹, sagt er. Er scheint meinen Namen kaum noch zu wissen. ›Diese Haare sind ein Vermögen wert.‹«

»Und stimmte das?«

Sie nickte. »Ein Vermögen, ja, aber nicht für mich, sondern für ihn. Und nicht für eine Perücke oder ein Haarteil, nein. Sie waren mehr wert, wenn sie wuchsen und dicht und glänzend waren und zu einem hübschen Kind gehörten. Ich kann ihm als Schlafkind, wie sie es nennen, viel Geld einbringen. Er nimmt einen gelben Strang in die Hand und nennt mich den Engel von Bethnal Green. Es ist das einzig Nette, das er je zu mir gesagt hat.«

Jetzt musste sie die Augen öffnen. Wenn sie sie geschlossen hielt, würden weitere Erinnerungen daran folgen, wie genau Pa ein Vermögen mit ihr verdient hatte; Erinnerungen an einen in Samt gekleideten Gentleman und den oberen Raum im Old George. Ihre Augen füllten sich augenblicklich mit Tränen. Sie erkannte, dass sie sich verraten hatte; jetzt wusste er, dass sie keine Dame war. Aber sie glaubte nicht, dass er sie bewusst überlistet hatte, und er schien jetzt auch nicht schlechter von ihr zu denken. In seinen Augen lag kein geringschätziges Urteil, als er sie musterte, nur Mitgefühl. Er hielt ihr sein buntes Taschentuch hin. Sie schüttelte den Kopf und lächelte. »Es ist die Sonne«, sagte sie. »Nur die Sonne.«

Orange am nächsten Tag war leicht: eine Frucht, die sie zu Weihnachten bekommen hatte – reine Süße und Glück, das auf ihrer Zunge explodierte. Und Grün am Tag danach lag auf der Hand – Francis' Atelier, eine Farbe aus ihrem neuen Leben, nicht aus ihrem alten. Es fiel ihr nicht schwer, von Grün zu sprechen, als sie inmitten der umherschwirrenden Libellen auf dem Rand des Springbrunnens saßen. Hier hätte sie für diese Farbe die Schwänze der Libellen oder das jadegrüne Wasser im Springbrunnenbecken wählen können, aber in London war sie nie auf dem Land gewesen, hatte nicht einmal ein grünes Feld gesehen. Das grüne Atelier in der Gower Street war ein Ort, wo sie sich sicher gefühlt, wo sie eine Arbeit gefunden hatte, die ihr gefiel. Ein Ort, wo sie weder hungrig noch durchgefroren noch krank war, wo ihr Körper unberührt geblieben war, wo sie schöne Kleider und Schmuck im Haar trug.

»Wie fühlen Sie sich?«

Sie hielt die Augen geschlossen. »Sicher.« Heute drohte keine Gefahr. Überhaupt keine. »Bei Francis bin ich sicher. In seinem scheelesgrünen Raum.«

Als sie die Augen aufschlug, sagte er: »Scheelesgrün hat Napoleon umgebracht.«

Sie runzelte leicht die Stirn. »Wie meinen Sie das?«

»Während seiner Gefangenschaft auf St. Helena wurde Napoleon in einen Raum gesperrt, der Seiner Majestät würdig war. Er war mit Scheelesgrün gestrichen, aber Scheelesgrün wird aus Arsen hergestellt. Napoleon atmete jeden Tag seiner Haft Arsen ein, was zu einem Krebsgeschwür in seinem Magen führte. Sie wollten ihn lebendig, er sollte in Sicherheit sein und sein Leben im Exil beenden, aber am Ende töteten sie ihn dadurch.«

Annie stockte der Atem. »Glauben Sie, Francis ist in Gefahr?«

Der Regenbogenmann schüttelte nachdrücklich den Kopf. »Nein. Er ist hier und atmet die florentinische Luft, den Sonnenschein und den Thymianduft ein. Ich wollte damit nur sagen, dass man selbst dann nicht sicher ist, wenn man glaubt, man wäre es.«

Die Bemerkung erschien ihr seltsam, aber sein nächster Satz war noch eigenartiger.

»Verlassen Sie diesen Besitz nie?«

»Nein.«

»Sie gehen nicht nach Florenz? Oder wenigstens nach Fiesole? Das dauert weniger als eine Viertelstunde.«

Sie schüttelte den Kopf. »Ich sagte doch, er sorgt für meine Sicherheit.«

»Napoleon wähnte sich auch in Sicherheit. Hat Ihr Mann Ihnen einen Grund genannt?«

»Nein. Das hat er nicht.«

Er schien einen Moment nachzudenken. Einzig das Plätschern des Springbrunnens in ihrem Rücken war zu vernehmen. Dann stand er auf. »Hören Sie. Ich gehe jetzt nach Fiesole. Es ist Markttag, und ich muss einige Gewürze für meine Farben kaufen. Ich habe Nezetta auch versprochen, ein paar Besorgungen für sie zu machen. Warum kommen Sie nicht mit? Es ist direkt hinter dem Hügel.«

»Ich kann nicht.«

»Warum nicht?«

»Es wäre nicht schicklich.«

»Es schickt sich nicht für die Hausherrin, zum Markt zu gehen? Und für ihren Farbenhändler nicht, ihr den Weg zu zeigen? Das ist wesentlich schicklicher, als alleine zu gehen.«

»Was würde Francis dazu sagen?«

»Warum fragen Sie ihn nicht?« Er blieb beharrlich.

»Er schläft bis mittags.«

»Und es ist noch nicht einmal zehn Uhr, wie sollte er etwas davon mitbekommen?«

»Ich kann vor ihm nichts geheim halten.«

»Das sollen Sie auch nicht. Aber er könnte Sie problemlos sehen«, gab er zu bedenken. »Sechs große Fenster gehen hier zu uns nach hinten heraus. Vorne sind es sieben. Wir verbergen nichts, er kann Sie ruhig gehen sehen. Hat er Ihnen ausdrücklich verboten, das Haus zu verlassen?«

»Nein«, räumte sie ein.

»Sind Sie eine Gefangene auf St. Helena?«

»Nein.« Sie lachte. »Nein, gewiss nicht.«

»Na dann.«

Die Wahrheit lautete, dass sie gern nach Fiesole gehen *wollte*. Die alte Annie Stride wäre mit einem Mann überall hingegangen. Francis würde doch sicher nichts dagegen einzuwenden haben? Er würde den ganzen Morgen schlafen, wie er es immer tat; sie würde zurück sein, bevor er aufwachte, und er würde überhaupt nichts merken. Was machte es für einen Unterschied, ob sie mit einem Mann im Garten oder mit demselben Mann in Fiesole spazieren ging?

Mit einem Mal spürte sie freudige Erregung in sich hochsprudeln. Bevor sie es sich anders überlegen konnte, erhob sie sich ebenfalls und ging vor ihm den Weg hinunter und zum Tor hinaus, wobei die Fenster der Vorderfront des Hauses sich in ihren Rücken brannten wie Augen und ihr Gehirn das sichere Wissen darum ignorierte, dass Francis tatsächlich sehr viel dagegen einzuwenden haben würde.

Fiesole lag so nah, wie der Regenbogenmann es versprochen hatte. Es war ein angenehmer Spaziergang den Hügel hinunter, und sie freute sich über jede Zeder und jede Straßenbiegung. Sie kannte die Villa Camellia inzwischen so gut, dass alles Neue willkommen war. Fiesole war eine goldene kleine Stadt am Rand eines Hügels, der ihr ihre Lieblingsaussicht auf Florenz unter ihr bot, als hätte jemand eine Schatztruhe ausgekippt. Der Duomo glich einem auf den Kopf gestellten Gral, einem vom Sonnenlicht vergoldeten Becher.

Der Regenbogenmann führte sie zwischen den goldenen Steinen eines in den Hang des Hügels gebauten römischen

Amphitheaters herum. Als sie auf die Bühne stieg und den Blick über ihre Umgebung schweifen ließ, wunderte sie sich laut darüber, wie das Publikum der Antike einer Schar umherstolzierender Schauspieler Beachtung schenken konnte, wenn es unter ihnen so viel Wunderbares zu sehen gab. Dann nahmen sie in einem der eleganten Cafés, wo redselige Kellner mit Lacklederhaar Tee in hohen Gläsern statt in Porzellan servierten, eine morgendliche Erfrischung ein. Sie waren nicht Hausherrin und Händler, sondern zwei anonyme Touristen. Hier sprachen sie nicht über Farben, sondern über Belangloses – die unverfänglichen, bedeutungslosen Belanglosigkeiten unverbindlicher Konversation, die so gut zu ihrem Tee passten. Dann schlenderten sie in die Hügel hinter dem Amphitheater und stießen auf ein Mohnblumenfeld mit einer atemberaubenden Aussicht.

Als sie sich in der Mittagshitze in das hohe Gras fallen ließ, fühlte sich Annie frei und glücklich. Hier musste sie nicht gerade sitzen und auf ihre Manieren achten. Sie machte es sich bequem, stützte das Kinn auf die Knie, schlang die Arme um die Beine und sog den Anblick in sich ein. Ihr Blick fiel auf ein anderes Florenz als von der Villa aus, aber das Bild, das sich ihr bot, war ebenso perfekt. Sie hatte zu glauben begonnen, dass ihre Beziehung zu der Stadt ausschließlich mit der Villa Camellia verbunden war; dass diese Aussicht nun, wo die Stadt selbst für sie verbotenes Terrain war, alles war, was ihr noch blieb, makellos und unbeweglich wie eine Postkarte an der Wand. Aber hier bot sich ihr ein anderer und sofort ebenso geliebter Blick. Hieß das, dass die Stadt auch nicht ausschließlich mit Francis verbunden war? Konnte sie auch ohne ihn hier leben?

Sie bemerkte, wie lange sie geschwiegen hatte. »Was für ein Tag«, sagte sie seufzend.

»Nicht mehr lange«, erwiderte der Regenbogenmann wehmütig und setzte sich neben sie.

Sie schaute in die Richtung, in die er zeigte, zu den bauschigen Wolken, die sich am Horizont zusammenzogen wie lila Pinselstriche. Zweifel keimten in ihr auf. Sie hätte nicht so lange bleiben sollen. »Ich sollte besser zurückgehen.«

Vielleicht hatte er sie nicht gehört. »Indigoblau und Violett«, sagte er. »Wo sind Ihnen diese Farben schon begegnet?«

Die nächsten Farben. Diesmal schloss sie bereitwillig die Augen. Orange und Grün hatten ihr gute Erinnerungen beschert. An diesem herrlichen Tag, auf dieser schönen Wiese, konnten sie keine Dämonen heimsuchen.

Sie taten es dennoch. Zu Beginn konnte sie nur Mary Jane sehen, auf ihrem Gesicht malte sich Schock ab, Augen und Mund waren rund. Dann sah sie sich selbst. Sie beide in einem Spiegel, dem fleckigen, schmutzigen Spiegel in Mutters Haus. Mary Jane stand hinter ihr, löste ob des Anblicks, der sich ihr bot, entsetzt das Korsett ihres Kleides. Und Mary Janes Stimme, die immer wieder den Namen des Erlösers rief. »Jesus, Annie. Jesus, Jesus, Jesus, Jesus. Was hat er mit dir *gemacht*?«

Irgendetwas schmerzte. Ihr ganzer Körper schmerzte, ihre ganze Haut, als wäre sie ihr abgezogen worden. Das Kleid glitt zu Boden.

Sie war nackt, sah aber aus, als wäre sie immer noch angezogen. Sie war in ein Kleid aus Blutergüssen gehüllt, ihr ganzer Körper schillerte vom Hals bis zu den Handgelenken und Füßen indigoblau und violett. Schreckliche Blutergüsse, überall.

Damals hatten sich Arme um sie geschlungen. Jetzt taten sie es wieder. Sie hatte alles laut ausgesprochen, und der Regenbogenmann hatte jedes Wort gehört. »Wer hat Ihnen das angetan?«, fragte er in ihr Haar.

Sie zitterte trotz der Hitze. »Seinen Namen habe ich nie erfahren. Ich glaube, er war ein Parlamentsmitglied, in der Regierung oder so.« Er hatte sie in einen getäfelten Raum in Westminster gebracht. Zuerst hatte er sie ausgezogen, dann war er über sie hergefallen, hatte mit Fäusten und Füßen auf sie eingedroschen. Sie konnte sehen, wie sein Glied mit jedem Schlag härter und härter wurde. Dann, erst dann, als sie sich nicht mehr rühren konnte, tat er es mit ihr. Und im Vergleich zu den Schlägen war es überhaupt nicht schmerzhaft gewesen.

Sie betrachtete die Aussicht durch eine Haarlocke des Regenbogenmannes hindurch, hielt ihn unter den sich zusammenballenden Wolken fest, als könnten er und Florenz gemeinsam ihr den Schmerz nehmen. Jetzt konnte sie ihm genauso gut alles erzählen. »Wer auch immer es war, er hatte genug Geld, um dafür zu bezahlen. Mutter, so mussten wir die Leiterin des Bordells nennen, ließ zu, dass er mir das antat. Sie sagte ihm nur: ›Nicht ins Gesicht.‹ Das brachte das Fass zum Überlaufen. Danach beschlossen wir, auf eigene Faust zu arbeiten, meine Freundin Mary Jane und ich.«

»Also waren Sie beide …«

»Ja.« Jetzt wusste er also Bescheid. Und jetzt würde er gehen.

Aber er hob die Hand zu ihrem Gesicht, zog sie so behutsam, als wäre sie immer noch mit Prellungen übersät, an sich und küsste sie.

Keine aufeinanderschlagenden Zähne. Keine aufdringliche Zunge. Keiner der gierigen, alles verschlingenden Akte der Bastarde, die küssten, als wollten sie sich in sie hineinbohren und sie von innen her aussaugen. Nur ein unglaublich sanfter Kuss auf die Lippen.

Sie wich zurück und sah ihn an. Er erwiderte ihren Blick. Einen Moment lang war alles in der Welt in Einklang, alles war gut. Er hatte es getan. Er hatte ihr den Schmerz genommen. Doch dann frischte der Wind auf, der rote Mohn ringsum wogte und gab ihr heftige Zeichen. Über der Stadt ballte sich der Sturm zusammen und brauste über sie hinweg, und die ersten dicken Regentropfen trafen ihre Haut.

Die Glocken des Mittagsangelus läuteten in der Ferne eine Warnung. Blitze zuckten wie goldene Eidechsen von den Wolken zum Boden. Der Wetterumschwung brach auch den Zauber des Augenblicks, und Annie bekam Angst, aber nicht wegen der Erinnerungen, sondern wegen dem, was sie getan hatte. Francis hatte sie vor dieser Welt gerettet, der Welt, in der Indigoblau und Violett Blutergüsse bedeuteten, und sie an einen Ort gebracht, wo die beiden Farben für Sommergewitterwolken über Florenz standen. Obwohl ihr Körper ein Spielzeug für ganz London gewesen war, war sie fest davon überzeugt, dass dieser eine keusche Kuss in einem Mohnfeld der größte Treuebruch war, den sie ihm antun konnte.

Sie brachte es nicht über sich, den Regenbogenmann anzusehen; sie fühlte sich schuldig, als hätten sie miteinander geschlafen. »Ich muss gehen«, murmelte sie, dabei löste sie sich von ihm. »Es tut mir leid.«

Sie rappelte sich auf und rannte den ganzen Weg zurück, lieferte sich einen Wettlauf mit dem Sturm, während der indigoblaue und violette Himmel erdrückend über ihr hing und der bittere Geruch des Regens auf der Straße ihr in die Nase stieg.

Die Fenster der Vorderfront der Villa Camellia verfolgten ihre Rückkehr. Als sie an dem Torpfosten vorbeilief und sich wieder auf sicherem Gelände befand, verspürte sie eine seltsame Mischung aus Erleichterung und Scham. Sie stürmte durch den Garten, ohne sich noch einmal umzublicken, und eilte die Treppe hoch zu Francis. Unberührt von dem draußen tobenden Unwetter lag er auf dem goldenen Diwan, seine Augen waren geschlossen, sein Gesicht entspannt. Er sah aus wie ein kleiner Junge.

Von Gewissensbissen geplagt sank sie neben ihm auf die Knie. Er schlug die Augen auf, sah sie schläfrig an und blinzelte. »Annie«, sagte er. »Du bist zurückgekommen.«

Da wusste sie, dass Francis, obwohl er geschlafen hatte, irgendwie mitbekommen hatte, dass sie sein Vertrauen missbraucht und dass ihre Beziehung sich geändert hatte. Nicht der Regenbogenmann war der Zauberer, sondern Francis. Francis wusste, dass Annie die Grenzen überschritten hatte, und zwar nicht nur die des Grundstücks der Villa, sondern die ihres unausgesprochenen Vertrages.

Er griff nach ihr, sie sank in seine Umarmung, und sein seidiges braunes Haar presste sich gegen ihre Wange, in die noch die dunklen Locken des Regenbogenmannes eingebrannt waren. Er vergrub den Kopf an ihrer Halsbeuge, und sie spürte erst seine Lippen, dann seine Zähne. Er saugte an ihrem Fleisch, als würde er sich von ihr nähren – halb Kuss, halb Biss. Dann murmelte er, als würde er zu ihrer Haut sprechen statt zu ihr: »Hintergehe mich nie wieder, Annie.«

Später betrachtete sie sich im Spiegel. Ein hässlicher kleiner indigoblauer und violetter Fleck blühte auf ihrem Hals. Sie würde ihn nicht verdecken können; für einen Kragen saß er zu hoch und für ein Kropfband zu tief. Als sie sich vom Spiegel abwandte, war ihr klar, dass Francis nicht wollte, dass sie ihn verbarg. Der Fleck markierte sie als sein Eigentum.

SECHZEHNTES KAPITEL

Ein Jahr, acht Monate und zwei Wochen zuvor.

Ich überquere die Waterloo Bridge, als ich den anständigen Mann wiedersehe; den, der dafür gesorgt hat, dass der Soldatenbastard mich bezahlt.

Er trägt heute keinen Schlapphut, aber wie man es von jemandem meines Gewerbes erwarten kann, habe ich ein gutes Auge für Gesichter. Und er hat ein anziehendes Gesicht, mit denselben grauen Augen und den braunen Haaren, an die ich mich von der Burlington-Arkade her erinnere.

Er bleibt vor mir stehen und verbeugt sich, als wäre ich Victoria persönlich.

»Guten Tag. Lady Burlington, nicht wahr?«

Ich lächele mein ganz eigenes Lächeln, mein Mary-Jane-Lächeln, weil ich mich aufrichtig freue, ihn zu sehen. »Ja«, erwidere ich und deute einen Knicks an. »Ich bin Ihnen wegen dem, was Sie an diesem Tag für mich getan haben, zu Dank verpflichtet.« Dann setze ich mein Arbeitslächeln auf. »Vielleicht kann ich im Gegenzug etwas für Sie tun?«

Er runzelt leicht die Stirn. Es steht ihm nicht, er scheint zum Lächeln geschaffen zu sein. »Was schlagen Sie vor?«

»Dass Sie mich mit zu sich nach Hause nehmen.«

»Das klingt nach einer ausgezeichneten Idee«, sagt er, und trotz des Geschäftes bin ich ein bisschen enttäuscht. Ich dachte, er wäre anders. Vermutlich sind sie doch alle gleich.

Aber er spricht weiter. »Ich werde jedoch nicht Ihre üblichen Dienste in Anspruch nehmen, wenn ich so frei sein darf. Ich bitte Sie nur, mir zu sitzen und mich Sie malen zu lassen.«

»Als Modell?«, frage ich.

»Es lohnt sich«, meint er.

Ich nehme prompt seinen Arm, und wir gehen über die Brücke zum Nordufer.

Annie war sich so sicher, wie sie nur sein konnte, dass Francis den Regenbogenmann nach ihrem Ausflug nach Fiesole fortschicken würde. Doch genau das Gegenteil geschah.

Er wollte ein Triptychon malen, eine massive dreiteilige Tafel, und würde zum ersten Mal auf Holz statt auf Leinwand arbeiten. Bei seinen zahlreichen einsamen Abstechern nach Florenz hatte er drei große, mit Angeln aus schimmerndem Messing aneinander befestigte Tafeln aus duftendem Pappelholz anfertigen lassen. Annie hatte zugeschaut, wie das Monstrum am Liefertag die Straße von Florenz hochkam, dieselbe Straße, die sie mit dem Regenbogenmann entlanggegangen war und deren verräterischer roter Staub an ihren Stiefeln geklebt hatte. Francis war neben ihr aufgetaucht, um ebenfalls zuzusehen, den Arm besitzergreifend um ihre Schultern gelegt. Der von ihm stammende Bluterguss verblasste immer noch an ihrem Hals. Er hatte sich aufmerksamer als je zuvor verhalten, aber das Machtverhältnis hatte sich leicht verschoben. Sie war bei einem Vergehen ertappt worden und jetzt weniger eine Ehefrau als vielmehr ein auf Abwege geratenes Kind, das nun eifrig bestrebt war, zu gefallen und sich nichts weiter zuschulden kommen zu lassen.

Die Tafel war auf einen Heuwagen gebunden, neben dem Jungen herliefen, um sie für ein paar Münzen zu stützen. »Was für ein riesiges Ding«, sagte sie obenhin, eine törichte, von den Anstrengungen der Männer beeindruckte Frau.

Sie hatte seine Stimmung richtig eingeschätzt. Francis senkte den Kopf und küsste sie auf die Schulter. »Sie werden eine Winde brauchen.«

Er behielt recht. Die Holztafeln waren so groß, dass sie durch das Fenster in das Atelier gehievt werden mussten, und die einheimischen Jungen blieben, um sich das Schauspiel nicht entgehen zu lassen, pfiffen und kreischten jedes Mal, wenn das schwere Pappelholz abzustürzen drohte. Trotz ihrer Hoffnungen und Befürchtungen stand die Konstruktion jetzt mitten im Atelier, schlicht wie eine Stalltür und darauf wartend, verziert zu werden.

Francis stand neben Annie und betrachtete das Holz, als sähe er unter der Maserung und den kleinen Knoten große Möglichkeiten. »Es wird mein größtes Werk werden«, sagte er. »Würdig, wie ich hoffe, in einer der Kirchen hier in Florenz ausgestellt zu werden. Was für eine Ehre, Annie, was für eine ungeheure Ehre, Teil der künstlerischen und religiösen Tradition dieser Stadt zu sein, dieser Stadt der Kunst und des Todes.«

Er hatte vor, Magdalena bei ihren drei berühmten Begegnungen mit Jesus zu malen. Zuerst würde sie auf der linken Seite dargestellt werden, wie sie seine Füße mit der kostbaren Salbe aus dem Alabastertiegel einrieb, die mittlere, größte Tafel zeigte sie zu Füßen des gekreuzigten Christus. Auf der rechten Tafel sollte sie den auferstandenen Herrn im Garten treffen, um den einzigartigen Moment einzufangen, wo er ihr sagte, er dürfe nicht angerührt werden. *Noli me tangere.*

Francis war bereit. Er hatte seine Magdalena. Er hatte seine Farben. Er brauchte nur noch einen Jesus.

Der Regenbogenmann zögerte zunächst. Annie, die im Schatten der großen Holztafel stand, beobachtete ihn argwöhnisch. Es war das erste Mal seit dem Kuss, dass sie ihn sah, und ihr Herz hämmerte, aber er war in Francis' Gegenwart so höflich und ehrerbietig gewesen wie immer. Sie hatten keine Gelegenheit gehabt, miteinander alleine zu sein, und sie war entschlossen, es nicht noch einmal dazu kommen zu lassen. Aber wenn Francis in dieser Angelegenheit seinen Willen durchsetzte, würden sie Tag für Tag als Modelle im Atelier zusammengepfercht sein.

Im Moment sah der Regenbogenmann sie allerdings nicht an. Er heftete seinen unschlüssigen Blick von seiner größeren Höhe aus auf Francis. Aber der kleinere Mann war Herr der Lage.

»Kommen Sie schon, Mann!«, befahl er. »Für eines der Bilder brauche ich nur Füße. Füße haben Sie doch, oder?«

Der Regenbogenmann hob eine dunkle Braue. »Es mangelt mir an Armen. Füße habe ich.«

Francis schien sich über seine eigene taktlose Bemerkung zu ärgern. »Worauf warten Sie dann noch?« Der Farbenhändler rührte sich nicht von der Stelle. »Ich bezahle Sie dafür.«

Die dunklen Augen flackerten. »Sie bezahlen mich bereits.«

»Dann bezahle ich Ihnen mehr.«

»Das wird nicht nötig sein.«

»Zu schade, dass ich nicht Josef und seinen bunten Mantel male.« Francis schritt um ihn herum wie ein Pferdehändler. »Vielleicht ein andermal. Sie haben eine gute Ausstrahlung. Eine außergewöhnlich gute Ausstrahlung.« Er blieb stehen und sah dem Regenbogenmann in die Augen. »Außerdem sind Sie mir das *schuldig*.«

Annie stockte der Atem; sie war sicher, dass Francis auf den Ausflug nach Fiesole anspielte. Der Regenbogenmann hatte sich eine Freiheit herausgenommen, nun musste er dafür zahlen.

»Es tut mir leid, Signor. Die Antwort lautet nein.«

Francis ließ den Kopf sinken und seufzte kurz. »Dann fürchte ich, dass sich unsere Wege trennen müssen.«

Annie schnappte unwillkürlich nach Luft.

Der Regenbogenmann blinzelte, als hätten ihm diese Worte einen Stich versetzt. Dann sagte er langsam: »Und was ist mit Ihren Farben?«

Francis sah ihn unverwandt an. »Für das Triptychon habe ich genug, denke ich. Ich brauche nicht noch mehr Farbe – was ich hingegen brauche, ist ein männliches Modell.«

Die beiden Männer standen sich wie Kämpfer gegenüber. Annie zweifelte nicht daran, dass Francis den Sieg davontragen würde, er war absolut unnachgiebig, wenn es um seine Malerei ging. Nichts durfte zwischen ihm und seinen Bedürfnissen stehen. Ihre Eingeweide zogen sich zusammen, ob vor Stolz oder vor Scham, konnte sie nicht sagen. Ohne den Blick von dem anderen Mann abzuwenden, sagte Francis freundlich zu Annie: »Sag *l'uomo arcobaleno* Auf Wiedersehen, meine Liebe.«

Der Regenbogenmann zauderte, dann zog er seinen Mantel aus, als wollte er sich für einen Kampf rüsten. Aber es war eine Geste des Nachgebens, nicht der Aggression; das Vertauschen einer Arbeit mit einer anderen. »Also schön«, willigte er ein.

Das Leben in der Villa Camellia hatte sich verändert. Der Regenbogenmann kam jetzt jeden Morgen nach dem Frühstück die ockerfarbene Straße hoch, stand den ganzen Tag mit Annie Modell und machte nur eine Pause, um mit Nezetta, Gennaro und Michelangelo in der Küche sein Mittagessen einzunehmen, während Annie ihres mit Francis auf der Terrasse verzehrte. Manchmal, wenn ihr Gespräch stockte, hörte sie Fetzen von wortreichem Toskanisch aus der Küche, dazu manchmal Lachen, und kam sich merkwürdig fehl am Platz vor.

Die erste Sitzung war so gewählt, dass sie für ein unerfahrenes Modell am leichtesten zu bewältigen war. »Wir fangen mit dem Ende an«, sagte Francis, »mit dem Bild von Jesus und Magdalena nach der Auferstehung im Garten, ihrer letzten Begegnung.«

Jetzt, da er seinen Willen hatte, war Francis die verkörperte fürsorgliche Freundlichkeit. Sein Lächeln erlosch nie, und er hätte seinem Modell gegenüber nicht aufmerksamer sein können. Er hatte eine Bahn groben cremefarbenen Stoff gefunden, die er über die Hosen und das weiße Hemd drapierte, das der Regenbogenmann für gewöhnlich unter seinem bunten Mantel trug. »Hier ist Ihr Leichentuch«, bemerkte er fröhlich. Der Farbenhändler musste seine Stiefel ausziehen. »Keine Nägel im Leben nach dem Tod«, meinte Francis. »Stellen Sie sich Ihre Füße auf kühlem grünen Gras statt auf diesem türkischen Teppich vor.«

Annie musste in ihrem roten Umhang knien, ihr Haar floss wie ein loser goldener Vorhang über ihren Rücken fast bis zum Boden. Das weiße Alabastergefäß stand vergessen hinter ihr. Sie hielt die gefalteten Hände vor sich, auf den Herrn gerichtet, und flehte ihn an, sie zu umarmen. Der Regenbogenmann stand mit erhobener Hand, die Handfläche nach außen gekehrt, mit ernster Miene vor ihr und verbot ihr, ihn zu berühren. Francis hatte ihn gebeten, sich für die Dauer der Sitzungen einen Bart stehen zu lassen. Am zweiten Tag hatte er einen aschefarbenen Schatten auf dem Kinn, am dritten Stoppeln, und als Francis, der mit den Füßen begonnen hatte, sich zu seinem Gesicht hochgearbeitet hatte, hatte er einen Vollbart. Er verlieh ihm, dachte Annie, das Aussehen eines Mystikers oder Visionärs, was Jesus ihrer Mutmaßung nach beides gewesen war.

Vielleicht war es seine physische Ähnlichkeit mit Christus, die den Regenbogenmann distanzierter wirken ließ, denn obwohl sie ihn häufiger sah als sonst, hatte sie das Gefühl, ihn weniger zu kennen. Es war schwer vorstellbar, dass sie je wieder so vertraut miteinander umgehen würden wie in diesem gestohlenen Moment im Mohnfeld über Fiesole; denn obgleich sie während der Sitzungen sprechen durften, wenn Francis nicht ihre Münder oder andere Gesichtszüge malte, schien sich der Regenbogenmann in Gegenwart des Künstlers in sich selbst zurückzuziehen. Es war, als hätte er ein Diener-Herr-Verhältnis zu Francis, aber ein gleichberechtigtes zu Annie und könnte beides nicht im selben Raum in Einklang miteinander bringen. Francis dagegen ließ nicht zu, dass er Distanz wahrte, er lockte ihn vielmehr aus der Reserve, als wäre er der Gastgeber einer übermäßig steifen Teegesellschaft. Annie spürte sehr schnell das Unbehagen, das es in ihr auslöste, mit den beiden einzigen Männern ihrer näheren Bekanntschaft in einem Raum zu sein. Nur Francis schien sich ungezwungen, fast spielerisch zu geben, und sie erkannte, dass sie sich tatsächlich in einem Salon befanden, aber sie tranken keinen Tee. Sie spielten ein Spiel.

Francis spielte mit einer samtenen Pfote mit dem Regenbogenmann. Er stellte ihm Fragen über seine Familie, Fragen, auf die Annie, wie er sehr wohl wusste, die Antwort bereits kannte. Ihr wurde bald klar, dass sie beide für ihre Vertrautheit bestraft wurden. Francis mochte nichts von dem heimlichen Ausflug nach Fiesole oder dem gestohlenen Moment im Mohnfeld gewusst haben, aber im Laufe der Zeit begriff sie, dass er herauszufinden versuchte, ob sie dem Regenbogenmann ihre Vergangenheit anvertraut hatte; ob die sorgsam aufgebaute Mrs. Maybrick Gill Stück für Stück demontiert worden war.

Francis horchte sie auf eine subtile Weise über ihr Vertrauensverhältnis aus – durch Konversation. Er wich nie von den Geboten der Höflichkeit ab und schmeichelte ihnen beiden, als würde er von großen Männern und Helden sprechen, aber seine Bemerkungen zielten darauf ab, ihnen intime Informationen zu entlocken. »Vier Schwestern! Meine Güte! Hast du das gehört, Annie? Fast so viele wie in deinem illustren Haushalt.« »Der Sohn eines Farbenhändlers und auch der Enkel von einem! Oh, die Söhne des Handwerks, denen wir Künstler so viel zu verdanken haben!« »Ein kleines Haus am Arno, sagen Sie? Denk doch nur, Annie! So viele Menschen in einem so kleinen Gebäude!« Jetzt merkte sie, wie sehr sie Francis verletzt hatte, und unter der Scham, die sich hartnäckig in ihrer Brust festgesetzt hatte, brannte die warme und ebenso hartnäckige Flamme seiner Wertschätzung.

Erst als er den Regenbogenmann nach seinen romantischen Beziehungen fragte, richtete er ernsthaften Schaden an, denn hier erfuhr Annie das, was sie noch nicht gewusst hatte.

»Und wie steht es mit der Romantik?«, erkundigte sich Francis verschmitzt, wobei er das R besonders betonte. »Gibt es eine Signora Arcobaleno?«

Annie hielt den Atem an. Da sie ihn kannte, hatte sie dem Regenbogenmann diese Frage nicht gestellt; eine Frage, von der sie jetzt wusste, dass sie sich verzweifelt eine Antwort darauf wünschte. Sie und Francis warteten, in ihrer Neugier vereint. Sie sah das tiefe Widerstreben des Regenbogenmannes, die Frage zu beantworten, wusste aber auch, dass Francis alle Trümpfe in der Hand hielt. Wenn der Regenbogenmann in diesem Haus bleiben wollte – und aus irgendeinem unerklärlichen Grund war sie sicher, dass er das wollte –, musste er sich an die Spielregeln halten.

Endlich erwiderte er: »Es gab einmal eine Dame. Sie liebte mich, bevor ich nach Mailand ging. Als ich zurückkam, tat sie es nicht mehr.«

»Warum nicht?«, fragte Francis interessiert. »Haben Sie eine Affäre mit einer schönen Mailänderin begonnen?«

Annie erstarrte, wartete aber wieder genauso begierig auf die Antwort wie Francis.

Das Gesicht des Regenbogenmannes blieb unergründlich. »Nein. Es war schlichtweg eine Frage der Ästhetik; etwas, was Sie sicher verstehen werden. Als ich nach Mailand ging, hatte ich zwei Arme, als ich zurückkam, nur noch einen.«

»Zeigen Sie es uns.«

Der Regenbogenmann drehte langsam den Kopf und sah Francis an. Annie legte aus ihrer knienden Position heraus den Kopf leicht schief; sie meinte, sich verhört zu haben. Aber die beiden Männer starrten sich an, und Francis wiederholte seinen Befehl.

»Zeigen Sie es uns. Sie sind ein gutaussehender Bursche, hochgewachsen und gut gebaut. Es muss ja ein furchtbarer Anblick sein, um sogar eine Geliebte abzuschrecken. Wir wollen es sehen.«

Wir wollen es sehen. Er hatte sie in dieser Angelegenheit zu seiner Komplizin gemacht, sie waren zwei gegen einen. *Zeigen Sie es uns*, hatte er gesagt, nicht: *Zeigen Sie es mir.* Und sie wollte es sehen, so sehr sich ihre neuen Manieren auch dagegen sträubten. Francis wusste das. Er kannte sie gut; er kannte die Menschen gut. Jeder mochte eine Monstrositätenschau, und sie bildete da keine Ausnahme. Sie waren wieder in den Vauxhall Gardens.

»Kommen Sie schon, Mann«, redete Francis ihm zu. »Wir sehen es ohnehin bald, denn für das letzte Bild müssen Sie sich ausziehen.«

Eine sehr lange Pause trat ein, die Pause eines Spiels mit dem Feuer. Dann erhob sich der Regenbogenmann, ohne den Blick von Francis abzuwenden, und zog sein Hemd aus. Sein Blick wurde nur kurz von dem über seinen Kopf gleitenden Kleidungsstück unterbrochen.

Annie starrte seinen Körper voll krankhafter Faszination an – so statuengleich, so kräftig und muskulös, aber mit einem furchtbaren Mangel. Wie von selbst wanderte ihr Blick zu der Stelle, wo sein fehlender Arm hätte sein sollen. Sie hatte in den dunklen Ecken von London viele Krüppel gesehen: Männer, die nur noch mit einem halben Körper aus dem Krieg zurückgekommen waren und sich auf kleinen hölzernen Rollbrettern fortbewegten, weshalb ihre Arme so übermäßig entwickelt waren wie die von Affen. Kinder, die mit fehlenden Gliedmaßen geboren worden und so für die Menschheit weniger, für skrupellose Eltern dafür umso mehr wert waren. Der Stumpf des Regenbogenmannes fesselte sie. Eine kräftige Schulter, die zu nichts zusammenschrumpfte; die Haut am Ende war hier blass und straff gespannt, dort faltig und rosig. Während sie ihn anblickte, fragte sie sich, wie seine Geliebte den ganzen Mann nur wegen eines fehlenden Arms hatte zurückstoßen können. Sie wünschte, sie könnte erklären, dass der Rest von ihm immer noch perfekt war. Wenn dem David ein Arm abgehackt würde, würde die Statue trotzdem weiterhin ausgestellt werden, da war sie sich sicher. Die Galerien, die sie besichtigt hatte, waren voll von verstümmeltem Stein, aber die Skulpturen wurden dennoch bewundert. Aber sie konnte sich nicht vorstellen, ein solches Thema anzuschneiden.

Auch Francis zeigte keinerlei Abscheu vor dem Anblick, aber seine Reaktion fiel etwas anders aus: Er schien sich von der Besonderheit regelrecht angezogen zu fühlen. Er ging direkt auf den Stumpf zu, beugte sich darüber und untersuchte ihn wie ein Arzt, während der Regenbogenmann ihn argwöhnisch beobachtete. »Er verfügt über eine eigenartige, ganz eigene Schönheit«, erklärte er, und dann tat er etwas Außergewöhnliches: Er lehnte sich vor und küsste wie Judas das Ende des Stumpfes. Einen Moment lang verharrten sie alle drei regungslos in dieser Szene erstarrt, als würden sie für ein Gemälde posieren, als könne keiner von ihnen glauben, was geschehen war. Der Augenblick schien sich so stark gespannt wie eine Klaviersaite bis in die Ewigkeit zu erstrecken. Dann sagte Francis: »Sie können sich anziehen.«

Danach schwieg er, und Annie fragte sich, ob ihm wohl klar geworden war, dass er zu weit gegangen war. Sie betrachtete das unbewegte Gesicht des Regenbogenmannes, das in seiner strengen Kraft noch mehr an den David erinnerte. Er war wütend, dachte sie, wirklich rasend wütend. Als das Licht des späten Nachmittags verblasste, überlegte sie unwillkürlich, warum er diese Demütigung zugelassen hatte. Wie viel auch immer Francis ihm zahlte, es war nicht genug.

Am Ende der Sitzung legte Francis seinen Pinsel weg und

verkündete. »Es ist geschafft. Die erste Tafel ist vollendet.« Der Regenbogenmann reagierte sofort, streifte seinen bunten Mantel über und verließ wortlos den Raum. Francis, der eine vergnügte Melodie pfiff, begann seine Pinsel zu säubern, und Annie, die plötzlich keine weiteren fröhlichen Klänge ertragen konnte, folgte dem Regenbogenmann und fasste ihn am Arm.

»Warum sind Sie geblieben?«, fragte sie. »Warum haben Sie ihn so mit Ihnen spielen lassen?«

In seinen Augen loderte ein wilder Ausdruck, halb verzweifelt, halb flehend. »Wissen Sie das denn nicht?«

Sie schüttelte den Kopf. »Nein.«

Er machte seinen Arm sacht los. »Ich werde es Ihnen bald sagen. Aber jetzt noch nicht.«

Und damit ging er die ockerfarbene Straße hinunter, den Weg, den er gekommen war.

Seltsam aufgewühlt kehrte Annie zum Atelier zurück. Francis war verschwunden, das Bild stand verlassen da. Sie fragte sich, wie das Endergebnis all dieses Unbehagens und dieser peinlichen Momente ausfallen würde; wie es sich auf dem Gesicht widerspiegeln würde. Sie ging zum vorderen Teil und sah ihn an. Die rechte Seite war fertig: Maria Magdalena kniete auf dem grünen Rasen, um den stehenden Christus anzuflehen. Das Bild war ausgezeichnet, die Farben leuchteten wie Juwelen, die Pinselführung war meisterhaft. Aber es war ihrer beider Gesichtsausdruck, der das Bild auf eine höhere Ebene hob. Er war genau getroffen; sie und der Regenbogenmann wirkten von Qualen zerrissen, aber nicht von körperlichen Schmerzen, sondern von den durch Francis' Fragen hervorgerufenen Seelenqualen. Und jetzt lag eine weitere Schicht Zweifel über ihrer Beziehung wie ein Firnis: Hatte Francis sie bewusst herbeigeführt, um den bestmöglichen Effekt für sein Bild zu erzielen? Noch vor einer Woche hätte sie ihn gefragt. Jetzt konnte sie es nicht mehr.

Das nächste Bild, das Magdalena beim Salben von Jesu Füßen zeigte, brachte Annie und den Regenbogenmann einander körperlich näher. Hier saß er in bequemen handgewebten Gewändern, während sie mit nach vorne fallendem Haar kniete und sein Fuß in ihrem Schoß ruhte. Es war das erste Mal, dass sie seine nackte Haut berührte. Er war nicht länger eine Statue, sondern ein sterblicher Mann; der Fuß war schwer und warm, bestand aus Fleisch und Sehnen und Muskeln und Knochen.

»Nimm deine Haare in die Hand und wisch damit seinen Fuß ab«, befahl Francis.

Sie ergriff einen dichten rotgoldenen Strang, zog ihn über ihre bloße Schulter und blickte auf den Fuß in ihrem Schoß hinab. Er war blasser als der Rest des Körpers, als hätte er immer in einem Stiefel gesteckt – ein Soldatenfuß, erinnerte sie sich. Es fiel ihr schwer, sich ihn jetzt als Kämpfer vorzustellen, so schwach und machtlos, wie er in Francis' Zermürbungskrieg wirkte.

Den Fuß in den nächsten Wochen zu halten, ohne abgesehen von einem verstohlenen Blick, den sie während einer Pause oder des Essens wechselten, seinen Besitzer anzuschauen, war eine merkwürdige Erfahrung. In ihrer früher so gleichberechtigten Beziehung lag nun eine eigenartige

Unausgewogenheit. Sie war die Hausherrin gewesen, er ein Händler, aber sie hatten immer wie Gleichgestellte miteinander gesprochen. Jetzt kam sie sich zum ersten Mal so vor, als stünde sie unter ihm. Wenn der Regenbogenmann sich Francis unterordnete, dann ordnete sie sich dem Regenbogenmann unter. Sie verstand nicht, wie sie sich geben, was für einen Gesichtsausdruck sie zur Schau tragen sollte, und das machte sich bemerkbar. Francis war nervös und unzufrieden und trat ständig kopfschüttelnd von der großen Holztafel zurück.

»Was ist los?«, fragte er beim Lunch. »Warum triffst du dieses Mal nicht den richtigen Ausdruck? Kannst du mir helfen, das zu verstehen?«

Sie rieb sich mit den Händen über das Gesicht, als würde sie sich waschen, als könnte sie ihm zuliebe den Ausdruck darauf auslöschen, damit er ihn von Neuem malen konnte. »Ich fühle mich wie eine Fußbank.«

Er stieß ein kurzes, bellendes Lachen aus. »Erklär es mir.«

»Ich komme mir...«, sie suchte nach dem richtigen Wort, »... dadurch *erniedrigt* vor.« Sie konnte das, was sie wirklich empfand, nicht in Worte fassen; seltsamerweise empfand sie das Salben von Füßen in gewisser Hinsicht herabsetzender als einige der demütigenden Handlungen, die sie auf Anordnung der Bastarde ausgeführt hatte.

Francis überlegte und meinte dann: »Du übersiehst den springenden Punkt. Sie hat den Fuß gewaschen, weil sie ihn *geliebt* hat. Er war ein Teil des Mannes, den sie über alles liebte, aber sie konnte es zu dieser Zeit nicht zeigen. Der Fuß war fast eine getrennte Einheit, ein eigenes Geschöpf.

Stell dir vor«, seine Augen glitzerten, »dass es sich um dein eigenes Kind handelt. Kannst du dir vorstellen, Annie, wie es gewesen wäre, ein Kind zu haben, es zu lieben und es so im Schoß zu wiegen?«

Sie konnte es nicht mehr ertragen, sie löste sich aus ihrer Pose und rannte mit geballten Fäusten in den Garten. Sie wusste nicht, ob sie vor der Erinnerung an den kleinen blonden Jungen in der Norfolkjacke davonlief, den sie vielleicht gehabt hätte, oder vor der bewussten Rohheit, mit der Francis mit ihr gesprochen hatte. Sie konnte nicht glauben, dass er so gefühllos sein würde, ihr ungeborenes Kind zu vergessen, oder so grausam, dieses Geheimnis zu benutzen, um sie zu verletzen. In jedem Fall verhielt er sich bösartig.

Eine einzelne Träne rann aus jedem Auge und tropfte von ihrem Kinn, aber sie wusste immer noch nicht, ob sie traurig oder wütend war. Dann stand jemand hinter ihr, und ein Arm legte sich um ihre Schulter. Er war gekommen, um seinen Fehler wieder gutzumachen. Aber es war nicht Francis, sondern der Regenbogenmann. Er hielt sie sanft fest und sprach in seiner eigenen Sprache auf sie ein – *non che lacrima, non che lacrima* –, als wäre sie selbst ein Kind. »Signora... Annie... nicht«, sagte er. Sie spürte seinen Atem in ihrem Haar und blickte durch ihre Tränen auf. »Nicht weinen«, sagte er. »Nicht wegen ihm.«

»Es ist nicht wegen Francis.« Ihre Stimme klang erstickt. »Es ist wegen *ihm*. Ich kann es nicht erklären.«

»Ich weiß«, sagte er. »Ein Kind, das Sie verloren haben.«

Sie hatte nicht gedacht, dass er so viel verstehen würde.

»Zeigen Sie es ihm nicht. Sie müssen zurückgehen. Wir

beide müssen es.« Er wischte ihre Tränen mit dem Daumen weg. »Sagen Sie nichts. Halten Sie die andere Wange hin.«

Wie Christus, dachte sie, als sie den Bezug auf die Bibel erkannte. Es war, als wäre der Jesus aus der Sonntagsschule aus seinem Holzschnitt gestiegen, um sie persönlich an dieses Gleichnis zu erinnern.

»Ignorieren Sie diese Spitze«, drängte er. »Halten Sie durch.«

»Wie kann ich das?«

»Sie *müssen*. Nur noch ein bisschen länger, dann wird es vorbei sein.« Und mit einem Mal war es nicht mehr Jesus, der zu ihr sprach; dieser bärtige Mann in seinem Gewand war ein anderer Regenbogenmann, ein Mann, den sie noch nicht kannte. Er legte auf einmal ein energisches, professionelles Gebaren an den Tag; er sprach im Befehlston, fast als wäre sie ein Soldat im Feld und er ihr Kommandant.

Einen Moment lang hatte sie das Gefühl, als würde er nicht über das Gemälde sprechen. Hier war jetzt noch etwas anderes im Gange. Plötzlich war sie sicher, dass er aus einem bestimmten Grund gekommen war, wegen einer Mission oder einer Buße, die bald vorüber sein würde. Sie wollte unbedingt wissen, was es war.

»Stellen Sie keine Fragen mehr«, warnte er. »Kommen Sie einfach mit mir zurück, posieren Sie und lassen Sie ihn malen. Er ist fast am Ende.«

Da war es wieder. Einen Moment dachte sie, er würde meinen, dass *Francis* fast am Ende war. Und dann verging der Augenblick; natürlich bezog er sich auf das Gemälde und auf nichts sonst.

Sie trocknete ihre Augen und ging mit ihm. Als sie das

Atelier betraten, sah sie, wie sich der Regenbogenmann erneut verwandelte, zurück in den unterwürfigen Händler, der jetzt kein Wort mehr sagte, bis er sich am Ende des Tages verabschiedete. Der Mann, der draußen mit ihr gesprochen hatte, war niemandes Vasall. Er war ein Befehlshaber. Daran erkannte sie, dass er eine Rolle spielte; es die ganze Zeit getan hatte. Genau wie seine geliebten Farben wies er so viele Farbtöne auf wie das Spektrum – ein wahres Chamäleon.

Der Regenbogenmann blickte zu dem aus Olivenholz gehauenen und im Atelier aufgestellten Kreuz auf, das sie alle drei überragte. »Signor, wir könnten da ein Problem bekommen.«

Francis sah ebenfalls zu dem Kreuz hoch. »Ich vermute, Sie sprechen von Ihren religiösen Gefühlen? Ich wage zu behaupten, mein lieber Freund, dass Ihre Zustimmung, mir zu sitzen, Ihrem Gott mehr dient als Ihre Weigerung. Würde es Ihnen helfen, Ihre Skrupel zu überwinden, wenn ich Ihnen versichere, dass dieses Werk Ihren Erlöser rühmen wird?«

Der Regenbogenmann strich über seinen neuen Bart. »Meine Skrupel sind nicht religiöser, sondern praktischer Natur.« Sarkastisch hielt er seinen leeren Ärmel hoch. »Wo sollten die Römer ihren vierten Nagel hineinschlagen?«

Francis wischte den Ärmel weg. »Machen Sie sich da keine Gedanken, Mann. Ich werde Ihren fehlenden Arm nach dem Vorbild des noch vorhandenen malen. Für dieses Bild müssen Sie sich natürlich wieder entkleiden.«

Sowie der Regenbogenmann seine Kleider abgelegt hatte

und nur noch ein kurzes Lendentuch seine Leistengegend bedeckte, nahm er auf Francis' Anweisung hin seine Position am Kreuz ein – seinen einen Arm über den Querbalken gelegt, die Füße am Fuß gekreuzt, den Kopf gesenkt. Francis beachtete den verstümmelten Arm diesmal nicht, er trat zurück und kniff die Augen zusammen, und Annie wusste, dass der Arm dank seiner magischen Künstleralchemie vor seinem geistigen Auge wieder wuchs wie der Ast eines Baumes. Hand und Finger sprossen und dehnten sich aus, und der Eisennagel wurde durch die neu entstandene Handfläche getrieben.

»Und wie lautet meine Instruktion?«, murmelte sie. Sie war plötzlich müde und vermochte die Erschöpfung in ihrer Stimme nicht zu verbergen.

»Ganz einfach.« Seine Augen glänzten vor einer seltsamen Erregung. »Du musst ihn ansehen, als würdest du ihn lieben.«

Sie verlagerte ihre Position. Ein paar unbequeme Tage standen ihr bevor. »Verlangst du von ihm nicht dasselbe?«

»Das muss ich nicht.« Francis machte sich nicht die Mühe, seine Stimme zu dämpfen. »Er liebt dich ja schon.«

Annie rang unwillkürlich nach Luft. Sie blickte zu dem Regenbogenmann am Kreuz auf. Er sah nicht sie an, sondern Francis, sein Gesicht wirkte wie versteinert. Einen Moment lang schenkte sie Francis' Behauptung keinen Glauben; sie war ein weiterer, ziemlich lahmer Scherz, eine neuerliche Provokation. Aber aus irgendeinem Grund hatte diese Spitze stärker ins Schwarze getroffen als jede andere. Der Regenbogenmann war in diesem Augenblick nicht Christus, sondern der heilige Sebastian, eine andere mit

Pfeilen gespickte Leidensgestalt mit Märtyrermiene, die sie überall in Florenz gesehen hatte.

Francis feuerte direkt den nächsten Schuss ab. »Nun, es stimmt doch, nicht wahr? Sie lieben meine Frau.«

Sie konnte den Blick nicht von seinem Statuengesicht abwenden; wartete, einmal mehr Francis' Komplizin, auf die Antwort.

»Ja«, entgegnete der Regenbogenmann schlicht.

Für Annie schien sich der Raum auf den Kopf zu stellen. Der Regenbogenmann liebte sie? Sie musterte ihn scharf, witterte einen Trick, wartete auf ein kaum merkliches Nicken, das ihr verriet, dass dies Teil eines größeren geheimen Plans war; ein Zucken der vollen Lippen, das auf einen Scherz hindeutete, aber er sah sie nicht einmal an. Er blickte unverwandt auf Francis.

Selbst Francis wirkte verwundert, als hätte er mit einem so unverblümten Geständnis nicht gerechnet. »Nun gut«, sagte er zögernd. »Dann schauen Sie sie mit dieser Liebe in den Augen an. Und du, meine Teuerste...« Er legte ihr die Hand auf die Wange, und sie zuckte fast zusammen. »Nun weiß ich ja, dass du ihn nicht liebst – wie könntest du auch einen einarmigen Farbenhändler lieben? Außerdem bist du dazu zu gescheit, nicht wahr, meine Annie? Du lässt dich ausschließlich von selbstsüchtigen Motiven leiten«, fuhr er im Plauderton fort. »Du, meine kleine kluge Eule, wüsstest, dass du alles wegwirfst, was du hier bei mir hast, wenn du mit diesem Mann anbändelst: dieses Haus, die schönen Kleider. Du weißt, dass du wieder in der Gosse landen würdest, wenn du mit einem solchen Gedanken spielst. Natürlich liebst du ihn nicht. Aber du bist eine gute kleine Schauspielerin, und du würdest mir einen großen Gefallen tun, wenn du ihn so ansehen würdest, als tätest du es.«

Das Blut rauschte in Annies Ohren, während sie seiner Rede lauschte. Abwechselnd wutentbrannt und dann wieder ängstlich hörte sie sich an, wie ihr Charakter schonungslos bloßgelegt wurde. Als Francis mit seinem Vortrag fertig war, fühlte sie sich gehäutet wie die unglücklichen Heiligen in den Uffizien und als das zur Schau gestellt, was sie wirklich war. Sie versuchte ihrer neuen Rolle entsprechend zu antworten, klammerte sich an die vor ihr zurückweichenden Rockzipfel der Signora Maybrick Gill.

»Mein Lieber«, sagte sie, jetzt ganz Ehefrau und nicht Modell. »Was du da verlangst, ist ungehörig. Stell dir nur vor, was ...«

»Mach schon«, unterbrach Francis. »Erwidere seine Liebe. Ich will *Liebe* sehen.« Es war sein Meisterzug, das Endspiel. Seine Augen glitzerten vor einem Vergnügen, das ihr erst einmal zuvor begegnet war, und zwar, als ein Mann beobachtet hatte, wie ein anderer Mann es mit ihr trieb. Sie hatte diese unzüchtige Wonne als Dreizehnjährige im oberen Raum des Old George gesehen.

Francis beherrschte die Situation. Er schien felsenfest überzeugt zu sein, dass sie sich beide fügen würden, und das taten sie dann auch. Sie sah dem Regenbogenmann zum ersten Mal, seit Francis die furchtbaren Worte gesagt hatte, in die dunklen Augen; sie blickte auf, er zu ihr hinunter, und innerhalb weniger Momente wurde ihr klar, dass Francis, weit davon entfernt, in diesem kleinen Spiel der Sieger zu sein, sich erneut eine Niederlage zugefügt hatte. In diesen kurzen Sekunden, in denen sie den Regenbogenmann ansah und er sie, machte sie eine verblüffende Entdeckung. Danach konnte sie den Blick nicht mehr abwenden.

Annie begann sich vor der Vollendung des Gemäldes zu fürchten. Sie und Francis lebten höflich, sogar freundschaftlich miteinander, die Oberfläche des Sees blieb unbewegt, während darunter dunkles Wasser mit Wirbeln und Unterströmungen aus Emotionen und nassem, erstickendem Seetang aus Hoffnungen und Zweifeln lag. Der Regenbogenmann liebte sie, Francis, soweit sie es beurteilen konnte, liebte sie nicht. Und das jagte ihr Angst ein. Sicher, sie war in vielerlei Hinsicht außer der einen seine Frau, und obwohl er in Gegenwart des Regenbogenmannes gnadenlos ihren Charakter enthüllt hatte, brachte er ihr privat denselben Respekt und dieselbe Zuneigung entgegen wie früher. Aber jetzt schien sich eine Kluft zwischen ihnen gebildet zu haben, als würde er sie für die Gefühle eines anderen Mannes bestrafen. Er versuchte nicht länger, irgendetwas an ihr zu perfektionieren, als wäre sie in gewisser Hinsicht vollendet, ein Werk, das er vor dem Triptychon fertiggestellt hatte. Tatsächlich schien er kein großes Interesse mehr an ihr zu haben. Sie gab sich Mühe, große Mühe sogar, seine Aufmerksamkeit zurückzugewinnen, da ihr plötzlich die furchtbare Unsicherheit ihrer Situation bewusst wurde.

Francis hatte in Bezug auf ihre Person vollkommen recht gehabt: Sie ließ sich ausschließlich von selbstsüchtigen Motiven leiten, hatte dies getan, seit sie mit dreizehn vor dem Grauen im oberen Raum des Old George davongelaufen war. Alles, was sie hatte, alles, was sie war, hing von ihm ab. Manchmal dachte sie, er hätte eine andere Frau; etwas schien ihn zu beschäftigen, und das war nicht das Gemälde. Er fuhr abends immer noch nach Florenz und küsste sie liebevoll auf die Wange, bevor er ging. *Gute Nacht, meine Liebe.* Dann kam er spät zurück, und sie fragte sich, ob er im Bett einer anderen Frau gelegen hatte. Aber die Vorstellung machte ihr nicht so viel aus, wie sie gedacht hatte; soweit sie wusste, gehörte das zu einer modernen Ehe.

Sie fragte sich, wie viele andere moderne Ehefrauen alleine in ihrem Bett lagen und auf das Klicken des Riegels warteten, das ihnen verriet, dass ihre herumstreifenden Männer nachts nach Hause kamen. Tausende, dachte sie, Millionen. Sie hatte selbst das genommen, was ihnen gehörte, diesen Frauen: das Geld ihrer Männer, ihre Schmeicheleien, ihren Schweiß, ihren Samen. Sie war die andere Frau *gewesen* und fühlte sich nun, da sie die Ehefrau war, verunsichert. Wenn sie an eine andere Frau in Francis' Bett dachte, machte es ihr nichts aus. Aber wenn sie sich vorstellte, dass eine andere Frau ihren Platz in der Villa Camellia einnahm, mit ihrem Silberbesteck aß und auf ihrem Stuhl Francis gegenüber am Kopfende des Tisches saß, dann begann sie flach zu atmen, und ihre Haut prickelte vor Furcht.

Gleichzeitig peinigte sie der Gedanke, dass der Regenbogenmann mit jemandem schlief. Die dunklen, tiefen Unterströmungen des Sees zogen sie unerbittlich zu ihm hin. Sie stellte ihn sich neben ihr, auf ihr und in ihr vor, erinnerte sich an alle Einzelheiten des Kusses in dem Mohnfeld von Fiesole; daran, wie sich seine Lippen auf ihren und seine Finger auf ihrer Wange angefühlt hatten. Und jetzt hütete sie jede dahinschwindende Minute der Sitzungen mit ihm wie einen Schatz, die stummen, ausdrucksvollen Blicke in die Augen des anderen, stundenlang und unverwandt, eine Zeit, in der alles und nichts gesagt wurde. Sie konnten natürlich nicht darüber sprechen, sie konnte ihn nicht nach seinen Gefühlen und Absichten fragen. Aber sie fürchtete das Ende dieser Zeit, den Tag, an dem ihre Verbindung abbrach.

Jeden Tag, wenn sie bei Sonnenuntergang die Sitzung beendeten und als kleines Trio vor dem Bild standen, stellte Annie fest, dass die Fertigstellung näher rückte. Sie alle drei wussten, dass sie Teil von etwas Großem waren. Dann, und nur in diesen Momenten herrschte Gleichheit und sogar Freundschaft in ihrer sonderbaren Dreieinigkeit. Es war, als hätten sie alle als Magdalena posiert, alle als Christus und als hätten sie alle das Bild gemalt. Am Dienstag schrieb Francis INRI auf die kleine Tafel an dem Kreuz. Am Mittwoch malte er fünf heruntergefallene Nägel an seinem Fuß. Donnerstag zeichnete er eine weiße Taube, so winzig und hoffnungslos wie eine ferne Wolke. Und am Freitag versah er die Augen seines Christus mit dem Glanzlicht, das eine einzelne Träne hätte sein können. Und mit diesem kleinen knochenweißen Punkt – alle Farben, wie sie sich erinnerte, und keine – war er fertig.

An diesem Tag, dem letzten, standen sie zum letzten Mal zusammen und betrachteten das Triptychon in seiner Gesamtheit. Die erste Tafel, das *noli me tangere*, war eine schöne ländliche Szene, Magdalena in Rot, Christus in Weiß, der Garten sattgrün und leuchtend. Magdalena blickte zu ihrem Herrn hoch, flehte um eine letzte Berührung, Jesus, hochgewachsen und ernst, weigerte sich, hatte sie bereits verlassen.

Auf dem zweiten Bild hätten Jesus und Magdalena verheiratet sein können. Ja, sie trocknete seine Füße mit ihren Haaren, ja, sie kniete erneut, während er saß, aber in ihrem Zusammensein, der Art, wie sie sich berührten, der Art, wie er sie und sie seinen Fuß ansah, lag eine vertraute Gleichgestelltheit. Das Alabastergefäß stand neben ihr auf dem Boden, aber es war der einzige kostbare Gegenstand in der Szene, sonst gab es nur einen grob gezimmerten Holztisch nebst Stuhl, ein auf der Schwelle scharrendes Huhn und auf dem Boden verstreute Holzspäne, das Symbol von Christi Beruf. Die Farben waren kräftig und dem Mittelalter entsprechend, die Anatomie die der Renaissance: Francis hatte seine eigene Epoche erschaffen. Bezüglich künstlerischer Gestaltung und Realismus war das Bild außergewöhnlich. Es war ein Meisterwerk, und sie alle wussten es.

Und dann kam die dritte und letzte Tafel, die Kreuzigung, und hier wurde einer aus der Dreieinigkeit ausgeschlossen, und drei wurden wieder zu zweien. Denn hier kniete Maria Magdalena, hier hing Jesus am Kreuz und tat seinen letzten Atemzug. Die beiden sahen sich an, und außerhalb ihres Blickes gab es nichts und niemanden sonst auf der Welt.

Annie wusste endlich mit absoluter Klarheit, warum sie sich so sehr vor der Vollendung des Bildes gefürchtet hatte. Sie wusste so sicher, wie sie das Ende der Geschichte in dem Bild kannte, was als Nächstes geschehen würde. Denn sie konnte sehen, was hier war, was Francis nur allzu perfekt in dem Blick zwischen Magdalena und Christus eingefangen hatte. Es war für jeden sichtbar. Liebe. Reine, glühende Liebe.

Als sie ihn an diesem Tag dort an seinem Kreuz angesehen hatte, hatte sie gewusst, dass Francis' Behauptung der Wahrheit entsprach, dass der Regenbogenmann in sie verliebt war. Jetzt machte sie eine noch erschütterndere Entdeckung: dass sie ihn ebenfalls liebte. Hatte sie es erkannt, als er sich wegen des Kindes so mitfühlend gezeigt hatte? Oder als er sie nach Fiesole mitgenommen, sie geküsst und wieder freigesetzt hatte, wer sie wirklich war, die Annie Stride, die in einer Schatulle eingesperrt gewesen und mit dem Rest des Gepäcks von London hierhergeschafft worden war? Oder hatte sie ihn geliebt, seit sie ihn erstmals in den Uffizien gesehen hatte, wo er stand und aussah wie der fleischgewordene David? Wie dem auch sei, es war passiert, und nun war es in Holz und Farbe verewigt.

Francis hatte es natürlich die ganze Zeit über gewusst. Und es mit Farbe niedergeschrieben.

»Meine Liebe«, sagte er, wie er es schon einmal getan hatte, aber diesmal mit einem anderen Unterton – nicht spielerisch drohend, sondern leise und grimmig. »Jetzt ist es an der Zeit, sich von *l'uomo arcobaleno* zu verabschieden.«

Da sah sie den Regenbogenmann an. Ihr Gesichtsausdruck glich dem Magdalenas, als sie Jesus am Kreuz ansah, seiner war ein Abbild der Art, wie Jesus ein letztes Mal Magdalena anschaute. »Auf Wiedersehen«, flüsterte sie.

Er nahm seinen vielfarbigen Mantel vom Stuhl, streifte ihn über und war im nächsten Augenblick verschwunden.

Francis kehrte ihr den Rücken zu, säuberte seine Pinsel und sang vor sich hin, als wäre nichts geschehen. Aber etwas *war* geschehen. Sie musste dem Regenbogenmann folgen. Natürlich musste sie das. Es war jetzt unvorstellbar, dass sie ohne ihn leben sollte. Sie trat zur Tür. »Wenn du gehst«, sagte Francis, ohne sich umzudrehen, »komm nicht zurück.«

Ihre Schritte stockten, und als sie leicht taumelte, war ihr, als würde sich unter ihr die Gosse auftun und auf ihre Rückkehr warten. Immer würde sie da sein, um ihren unvermeidlichen Fall mit all dem anderen Unrat menschlichen Lebens abzufedern. Francis hatte gesagt, der Regenbogenmann würde sie lieben; sein Gemälde erzählte dieselbe Geschichte, und Francis' Bilder logen nie. Aber wollte er sie bei sich haben, würde er sie heiraten und sie in einer von grünen Gärten umgebenen goldenen Villa voller Seidenkleider aushalten? Sie sammelte sich, straffte die Schultern und hob das Kinn.

Statt nach unten zur Gartentür zu gehen, stieg sie langsam, gesittet und in perfekter Haltung wie die Lady, die sie jetzt war, die Stufen hinauf. Als sie auf dem Absatz stand, ging die Sonne draußen vor den großen Fenstern unter, ertrank in ihrem eigenen Blut wie damals an jenem längst vergangenen Abend auf dem Kalvarienberg. Sie sah zu, wie der Regenbogenmann, der die Straße erreicht hatte, tief unter ihr auftauchte und rasch Richtung Stadt schritt. Sie folgte ihm mit den Augen, so lange sie konnte, bis er nur noch ein schwarzer Fleck war. Erst jetzt registrierte sie, dass sie etwas in den Händen zerknüllt hatte. Es war der rote Umhang der Magdalena, der rote Umhang, den sie nicht mehr benötigen würde. Noch ein Bild von Magdalena konnte es nicht geben, nicht nach diesem hier.

Sie faltete den Umhang peinlichst genau zusammen und legte ihn auf das Fensterbrett. Dabei fiel ihr ein, dass der Regenbogenmann und sie von allen Farben des Regenbogens allein über das Rot nicht gesprochen hatten und es jetzt auch nicht mehr tun würden.

SIEBZEHNTES KAPITEL

Ein Jahr und sechs Monate zuvor.

Noch nie habe ich mein Geld so leicht verdient wie als Modell.

Der anständige Mann heißt Francis Maybrick Gill, und er wohnt in einem schmucken Haus in der Gower Street. Ich muss nichts weiter tun, als ein weißes Kleid anziehen und mit ein paar weißen Blumen in der Hand in einem Stuhl sitzen.

Er rührt mich kein einziges Mal an.

Ich sitze den ganzen Nachmittag da, in einem grünen Raum mit großen Fenstern, und versuche mich möglichst nicht zu bewegen. Er ist freundlich zu mir. »Sind Sie müde, Mary Jane? Haben Sie Hunger, Mary Jane?« Er gibt mir zwischendurch Pausen, so dass ich mich ausruhen kann, und wenn ich sage, dass ich Hunger habe, bringt mir sein Dienstmädchen eine Scheibe Wildpastete und ein Glas Porter. Die Pastete ist das Beste, was ich je gegessen habe.

Als die Sonne untergeht, legt er seinen Stift weg. Er lässt mich einen Blick auf die Leinwand werfen. Der Bleistiftumriss des Mädchens sieht genauso aus wie ich.

Er bittet mich, am nächsten Tag wiederzukommen. Ich

willige sofort ein und kehre nach seinen alten Blumen stinkend zu Annie zum Haymarket zurück.

Francis sprach nie wieder von dem Regenbogenmann.

Alles ging so weiter wie zuvor. Die Wasseroberfläche ihrer vorgetäuschten Ehe war wieder glatt. Sie hielten sich nach wie vor für sich, und Francis war immer noch abends nicht zu Hause. Obwohl der Regenbogenmann das Wasser aufgewühlt und ihre gegenseitige Liebe die Wasseroberfläche wie ein hineingeworfener Kiesel in Wallung gebracht hatte, hatte Annie ihre Position als Signora Maybrick Gill behalten und war immer noch die Herrin der Villa Camellia. Sie hatte bekommen, was sie wollte, sich aber in ihrem Horst hier oben noch nie so gefangen und einsam gefühlt.

Als Francis sie zuerst in die Gower Street gebracht hatte, hatte sie den Luxus genossen, in Ruhe gelassen, nicht angerührt und nicht behelligt zu werden. Die Tage waren wundervoll, weil sie mit einem Mann weder sprechen noch ihn berühren musste, um zu essen zu haben. Versorgt zu werden, ohne dass eine Gegenleistung gefordert wurde, war schon allein ein Luxus. Ein Luxus, nach dem sie sich gesehnt, an den sie sich gewöhnt und der sie dann gelangweilt hatte. In ihrem früheren Gewerbe war sie trotz aller offensichtlichen Schattenseiten immer in Gesellschaft anderer Menschen gewesen, selbst wenn diese übelster Art waren. Jetzt hatte sie weniger Gesellschaft als die Kamelien, die ihre duftenden Köpfe zusammensteckten wie miteinander tuschelnde Schulmädchen. Und doch wusste sie, dass ihr nicht generell Gesellschaft fehlte, sondern die eines ganz bestimmten Mannes.

Sie rief sich jede Einzelheit ihrer Zeit mit dem Regenbogenmann ins Gedächtnis zurück: die Gespräche, die Kameradschaft, den Kuss. Wie er ihr zuerst vom Blau erzählt hatte und sie dann zu allen anderen Farben übergegangen waren, nicht darüber diskutiert hatten, was sie für ihn bedeuteten, sondern welche Bedeutung sie für sie hatten. Wie er die alte Annie Stride Farbe für Farbe anhand ihrer früheren Erfahrungen zum Vorschein gebracht hatte, bis er ihr gesamtes Spektrum kannte. Jede Farbe außer Rot. Sie waren getrennt worden, ehe er zu dem Karminrot kommen konnte, das Francis so verschwenderisch verwendete.

Sie hatte wenig, um sich von diesem neuen und übermächtigen Gefühl abzulenken. Tagsüber blieb ihr der Garten, aber trotz seiner Schönheit langweilte sie sich dort, und die von Eiben gesäumten Wege und der Kräutergarten erinnerten sie an die Zeit, wo sie mit jemand anderem hier entlanggegangen war. Weder malte noch zeichnete noch musizierte oder nähte sie; sie hatte es versucht, aber das Ergebnis war hoffnungslos. Sie hatte den Dante, konnte sich aber nicht auf den Text konzentrieren. Abends aß sie alleine, ging dann zur Loggia und sah auf die Lichter der Stadt hinunter, in der sich Francis ohne sie aufhielt. Aber sie fragte sich nicht länger, wo er war und was er dort tat. Sie dachte nur, dass der Regenbogenmann in seinem bunten Mantel irgendwo durch diese Straßen schlenderte und seine Flaschen klirrten und sangen.

Sie beobachtete trübsinnig, wie Francis' neuer Farbenhändler die Straße hochkam. Sein bunter Mantel bestand aus gleichmäßigen Würfeln statt aus Flicken und Fetzen, seine Flaschen trug er nicht auf der Schulter, sondern ordentlich aufgereiht in einem Koffer. Er war klein, kahl, wenig beeindruckend und blickte sie eulenhaft über einen goldenen Kneifer hinweg an. Auch er stellte sich als Signor Arcobaleno vor; es war ganz klar ein Titel, kein richtiger Name. Aber egal was für einem Beruf er nachging, er war nicht *ihr* Regenbogenmann. *Ihn* würde sie nicht über Rot ausfragen. Sie würde ihn überhaupt nichts fragen.

An den Abenden nahm sie sich den Dante vor. Sie bemühte sich, alles wieder so werden zu lassen, wie es früher gewesen war; versuchte das brennende Gefühl wiederzufinden, das sich eingestellt hatte, wenn sie alleine zu Bett gegangen war und sich nach seiner Berührung gesehnt hatte. Aber es war verschwunden, einfach verschwunden. Sie war Francis dankbar, würde ihm ewig dankbar sein. Aber Liebe? Sie musste sich jetzt eingestehen, dass sie ihn nicht liebte, ihn nie geliebt hatte. Also war sie liebevoller und aufmerksamer als je zuvor, als könnte man Liebe wie das Klavierspiel oder feine Näharbeiten durch Übung erlernen.

Francis malte sie jetzt nicht, obwohl er über die nötigen Farben dazu verfügte. Sie war inzwischen an das Auf und Ab seiner künstlerischen Leidenschaft gewöhnt. Er schloss das Atelier, und bald war der Geruch der Farben und ihres Regenbogenmannes aus dem Haus verflogen. An den stillen Nachmittagen schlenderte sie manchmal dort hinein, um das rote Gewand zu betasten. Rot, die Farbe des Umhangs, die einzige Farbe des Spektrums, über die sie und der Regenbogenmann nie gesprochen hatten, schien für Verlust zu stehen. Dann hob sie den Kopf zu den Hügeln, zu diesem hohen Punkt, wo das steinerne Maria-Magdalena-Kloster von Zypressen umgeben kauerte.

Sie wusste, dass sich Francis jetzt apathisch und still verhalten und vielleicht noch mehr schlafen würde, dass er möglicherweise mehr Zeit mit ihr in dem römischen Theater oder mit Fahrten in die Hügel oder in den Teesalons verbringen wollte. Sie gab sich Mühe, Freude an diesen Tagen und seiner Gesellschaft zu finden, zeigte Verständnis für ihn und umsorgte ihn, als wären sie tatsächlich verheiratet. Es war die Strafe für ihre Vergehen, das spürte sie; es fiel ihr unendlich schwer, die perfekte Ehefrau zu verkörpern. Sie unternahmen kein einziges Mal einen Ausflug nach Florenz, aber sie wusste, dass er auf der Suche nach Inspiration noch immer manchmal abends dorthin fuhr; er studierte, wie er sagte, eine Anzahl von Kirchen bei Sonnenuntergang. Doch diese Ausflüge schienen ihn aus der Fassung zu bringen, er kam aufgewühlt zurück und bat sie dann, ihm vorzulesen, egal wie spät es war. Eines Abends wirkte er besonders verstört, er kam nicht zur Ruhe, konnte weder still sitzen noch stehen. Während er von irgendeiner persönlichen Leidenschaft beseelt in der Loggia auf und ab schritt, wollte er einen bestimmten Gesang aus dem Dante hören. »Er erinnert mich an die Kamelien«, sagte er.

Sie fand die Stelle. »Die andre, die im Flug die Glorie dessen besingt und schaut, der sie mit Liebe fesselt, und seine Güte, die sie so geschaffen, kam wie ein Bienenschwarm, der zu den Blüten hinfliegt, um wieder dorthin heimzukehren, wo seine süße Arbeit angesammelt.«

Francis trat zu ihr, um sich neben sie zu setzen und ihre

Hände zu ergreifen. Sie ließ das Buch sinken. »Soll ich aufhören?«

Er berührte ihre Wange und sah sie wieder fast so an wie früher. »Es war langweilig hier für dich«, sagte er. »Kein Wunder, dass du die Regeln verletzt und die Gesellschaft eines anderen gesucht hast. Es ist ganz allein meine Schuld.«

Annie war gerührt. Sie versuchte, im Geist eine Beteuerung zu formulieren, dass der Regenbogenmann ihr nichts bedeutet hatte; dass sie froh war, ihn nicht mehr sehen zu müssen. Aber sie konnte ihn nicht wie ein Petrus verleugnen. Die Worte blieben ihr im Hals stecken.

»Ich habe meinen Vogel in einen Käfig gesperrt, und nun gehört er allein mir, aber er singt nicht mehr.« Er beugte sich vor und nahm ihre Hände. Seine Augen leuchteten. Er war beinahe wieder der alte Francis. »Wie würde dir eine kleine Ablenkung gefallen?«

Ohne ihre Antwort abzuwarten, sprang er auf und klatschte in die Hände. »Pack deine Sachen. Ich habe eine wundervolle Idee, und wir dürfen keine Zeit verlieren. Du und ich, wir werden eine ganz besondere Reise unternehmen.«

Seine Erregung und seine überstürzte Planung erinnerten sie stark an die Nacht, in der sie London verlassen hatten. Er und seine Launen stimmten sie plötzlich misstrauisch. Aber damals wie jetzt hatte sie keine Wahl. Sie wollte nicht von hier fort, fort von dem Ort, wo *er* war, ihr Regenbogenmann. Aber wenn sie nicht in ihr altes Leben zurückkehren wollte, blieb ihr nichts anderes übrig, als mit Francis zu gehen.

Sie erhob sich und griff nach seiner Hand. »Ich würde dir

bis ans Ende der Welt folgen, solange wir nur zusammen sind.« Es war eine lächerliche, melodramatische Aussage, aber sie dachte, wenn sie nur genug Leidenschaft hineinlegte, würde sie vielleicht wahr werden.

»Es wird nicht nötig sein, mir so weit zu folgen«, entgegnete er. »Nur bis nach Venedig.«

DRITTER TEIL

Venedig

ACHTZEHNTES KAPITEL

Ein Jahr, drei Monate, eine Woche und fünf Tage zuvor.

Wenn ich Francis Modell sitze, erzählt er mir Geschichten, um mir die Zeit zu vertreiben, denn stundenlanges Stillsitzen kann sehr ermüdend sein.

Er erzählt mir die Handlung eines Buches, das er liest. Es geht um eine Prostituierte namens Marguerite. Ein Mann namens Armand verliebt sich in sie, aber sie gibt ihn auf Wunsch seines Vaters auf, damit seine Schwester ohne Schande heiraten kann. Am Ende stirbt sie an der Schwindsucht, aber mir gefällt die Geschichte.

»Tut sie das?«, meint er, als ich ihm das sage. »Warum, Mary Jane?«

»Weil es zeigt, dass manche Huren Ehrgefühl haben.«

Venedig glich einer Spielzeugkiste, einem Pappmachéwunder aus Puppenhäusern.

Die Paläste sahen mit ihren Pastellfarben und ihren zierlichen Fenstern so unwirklich aus. Annie rechnete fast damit, dass die Bürger von Venedig, die in ihren Seidengewändern und mit ihren Masken selbst wie Puppen wirkten, ihre

Häuser nicht durch Türen betraten, sondern einen kleinen Messinghaken lösten, so dass sie die gesamte Puppenhausvorderfront aufklappen und den Blick auf all die Spielzeugräume dahinter freilegen konnten.

Es hatte den größten Teil des Tages gedauert, von Florenz hierherzukommen. Francis hatte Michelangelo zugunsten der *ferrovia*, der neuen Eisenbahn, über das Wochenende freigegeben. Sie hatten ein Abteil für sich, einen kleinen Glaswagen mit breiten Fenstern, bequemen Sitzen mit Schonbezügen und Lampen und einem Tisch für Erfrischungen. Unter den Wandlampen verlief sogar ein Spiegelstreifen. Darin erkannte sie ihr eigenes Bild kaum. Das Mädchen, das barfuß, mit offenen Haaren in einem Morgenrock durch den Garten der Villa Camellia geschwebt war, war verschwunden. Jetzt war sie einmal mehr Signora Maybrick Gill, eine englische Lady und Frau eines respektablen Künstlers.

Für diese Gelegenheit hatte ihr Francis ein Kleid aus flammenfarbenem Satin gekauft, das fast genau ihrer Haarfarbe entsprach. Das Mieder war mit Brillanten besetzt, und sie trug ein Fuchspelzcape mit daran befestigter Maske. Die kraftlos gefletschten Zähne erinnerten sie an ihren alten Freund, Jesebels Hund, der sogar im Angesicht des Todes, der ihn bereits in den Klauen hielt, trotzigen Mut zeigte, der allerdings zu spät kam. Sie trug bis zum Ellbogen reichende weiße Handschuhe, und ihr Haar war kunstvoll aufgesteckt. Nezetta hatte sich als geschickte Friseuse erwiesen und sich begeistert in die Aufgabe gestürzt, ihre junge Herrin für ihre Vergnügungsreise herzurichten. Sie hatte Bernsteinkämme und zimtfarbene Federn in die komplizierten honigblonden Flechten und Knoten geschoben, die sie geschaffen hatte. Währenddessen hatte sie Annie mit einem unaufhörlichen Strom Toskanisch beschwichtigt wie ein störrisches Pferd und war nach einer Stunde zufrieden einen Schritt zurückgetreten. Francis' Toilette hatte etwas weniger Zeit in Anspruch genommen, selbst ohne die Hilfe eines Kammerdieners. Er war dennoch makellos in einen Frack gekleidet, so wie sie ihn an jenem ersten Abend auf der Waterloo Bridge gesehen hatte, der Seufzerbrücke.

Annie hatte zugesehen, wie die Stadt, die sie jetzt als ihre Heimat bezeichnete, in der Ferne verschwand, als der Zug sie Richtung Norden brachte. Der Rhythmus der Räder auf den Schienen und die Wärme der Sonne hatten sie an Francis' Schulter in den Schlaf gelullt. Nur eine Sekunde schien vergangen zu sein, als sie mit einem Ruck erwachte; jetzt herrschte Zwielicht, und sie überquerten eine unter einem aprikosenfarbenen Himmel wie ein dunkler Spiegel schimmernde Lagune. Die Nacht brach an.

Vom Bahnhof aus gingen sie durch ein Labyrinth dunkler Straßen und Brücken. Francis führte sie so sicher wie ein Blinder; er war schon oft hier gewesen, sagte er, und Annie wurde erneut klar, wie wenig sie von ihm wusste. Hier und da erhaschten sie Blicke auf eine breite Wasserstraße, die Biegungen beschrieb wie die Themse. Aber weder sah die Themse diese Puppenhäuser mit den wie Zierdeckchen geschnittenen Steinfenstern an ihren Ufern Wache stehen, noch würde Venedig, daran hegte sie keinen Zweifel, seine Schätze gegen die trostlosen Kais und Wattstreifen von Wapping oder East India Quay eintauschen. Sie war sicher, dass es in dieser schimmernden Stadt keinen

Platz für Prostituierte gab, aber da irrte sie sich. »Schau«, sagte Francis. Er deutete zu einer Seitenbrücke hoch, auf der sich Menschen drängten und an deren Mauer ein Schild befestigt war: *Ponte delle Tette* stand dort in schwarzen Buchstaben. »Das heißt Tittenbrücke«, erklärte Francis.

Annie überlegte noch, ob sie lachen sollte, als sie erkannte, dass es sich bei der Menge um eine Gruppe schreiend bunt gekleideter Huren handelte und dass nicht eine von ihnen von der Taille aufwärts bekleidet war. Jede ließ ihre üppigen Brüste über das Geländer baumeln, um die vorüberkommenden Bootsmänner in Versuchung zu führen. »Sogar hier«, wunderte sie sich.

Francis nickte. »In London sagt man«, bemerkte er vergnügt, als sie weitergingen, »dass man nie mehr als zehn Schritte von einer Ratte entfernt ist. Ich vermute, dasselbe gilt auch für Huren. Sie sind nie weit weg.«

Sie maß ihn mit einem scharfen Blick. Seit er ihr in Gegenwart des Regenbogenmannes diese vergiftete Rede entgegengeschleudert hatte, war sie vor seiner Zunge auf der Hut. Aber in dieser Bemerkung schien keine Bosheit mitzuschwingen. Im Gegenteil, er schien sie überhaupt nicht auf sie gemünzt zu haben; er sann über den Lauf der Welt nach und zählte sie zusammen mit sich selbst zu den Glücklichen.

Gerade als sie sich in ihren eleganten Knöpfstiefeln sicher zu bewegen begann, öffneten sich die dunklen kleinen Gassen auf einen weitläufigen Platz mit einem großen weißen Marmorgebäude in einer Ecke, einem von mächtigen, mit Plakaten bepflasterten Säulen getragenen schneehellen Bau. Der Ponte delle Tette verschwand wie ein Albtraum im Schatten.

»Und jetzt zu der Überraschung«, kündigte er an. »Ein wahres Fest, ebenso sehr für mich wie für dich, wie ich zugeben muss.«

Auf den Plakaten stand *La Traviata*. Annie, die immer noch mit dem Italienischen zu kämpfen hatte, reimte sich zusammen, dass es irgendetwas mit dem Fallen zu tun hatte. »Was ist das für ein Stück?«

»Kein Stück, kein Shakespeare, das versichere ich dir.« Er lächelte. »Nein, eine Oper, die auf meinem Lieblingsstück basiert, das wiederum auf meinem Lieblingsbuch beruht.«

Annie war verwirrt. »Meinst du den Dante? Die *Divina Commedia*?« Ihr kam ein Gedanke, der sie mit Stolz auf sich selbst erfüllte. »Geht es um einen Mann, der gesündigt hat?«

»Nein, obwohl es sehr für dich spricht, dass du das denkst. Es geht nicht um einen gefallenen Mann, sondern um eine gefallene Frau.«

»Ist das die Bedeutung von *La Traviata*? Die gefallene Frau?«

»Ja.« Er führte sie an seinem Arm die breiten Steinstufen hoch und durch die Tür. Drinnen drängten sich Menschen, in leuchtend bunte Seide gekleidete Ladys und in Abendumhänge gehüllte Gentlemen sowie eine nicht geringe Anzahl Venezianer, die Masken angelegt hatten, als wären sie so theaterbesessen, dass sie nicht zwischen auf und vor der Bühne unterschieden. Von oben kam goldenes Licht und fing sich in den Kristallen von einem Dutzend Kronleuchtern. Sie befand sich in einem der Puppenhäuser.

Sie schritten durch die glitzernde Menge, und Francis reichte seine Eintrittskarte einem Platzanweiser in goldener

Livree, dann geleitete er sie eine Treppe hoch zu ihrer Loge. »Hier hat einst Napoleon mit seiner Kaiserin Josephine gesessen«, sagte er, aber Annie hörte ihm kaum zu, als sie wie in einem Traum gefangen vortrat, um das Theater ausgiebig zu betrachten. Sie rang vernehmlich nach Luft. Es war eine Schmuckschatulle aus Sitzreihen, hell türkisfarben gestrichen und mit verschnörkelten Lilien in einem rosigen Goldton verziert. Darüber wölbte sich ein türkisfarbener Himmel, und statt einer Sonne gab es einen riesigen, mit diamantengleich funkelnden Kristallen behängten und von Cherubim umringten Kronleuchter. Die Cherubim schienen um ihren Kopf zu fliegen, und der Leuchter drehte sich wie ein schimmerndes Wagenrad. Einen Moment lang war ihr schwindelig. Erst vor einer halben Stunde hatte sie eine Horde billiger Huren ihre Titten von einer Brücke herabbaumeln lassen sehen. Jetzt saß sie auf dem Platz einer Kaiserin.

Sie ließ den Fuchspelz von ihren Schultern gleiten. Wie eine Kaiserin sich benahm, wusste sie nicht; die einzige Königin, die ihr bekannt war, war Victoria, bei der es sich offenbar um eine sauertöpfische alte Vettel handelte. Sie stellte sich vor, wie Napoleons Kaiserin sich verhalten hätte. Sicherlich hatte Josephine ebenfalls Juwelen und Pelze getragen, als sie hier gesessen, auf dem vergoldeten Stuhl wie auf einem Thron Platz genommen und in das Programm geblickt hatte. »Würdest du mir«, bat sie, immer noch in der Rolle der Josephine, »ein wenig von der Geschichte erzählen?«

»Es ist eine Adaption von *La Dame aux Camélias*. Der französische Schriftsteller Alexandre Dumas verfasste das Stück, das auf seinem gleichnamigen Roman basiert, als

Tribut an eine Frau, die er einmal geliebt hat. Sie war eine gefeierte Pariser Schönheit mit Namen Marie Duplessis.« Er schlug die Beine übereinander. »Sie war auch eine Prostituierte.«

Sie sind nie weit weg. »Eine Hure?«

»Ja, aber eine von besonderer Art. Sie war eine Kurtisane, eine Dame, die reichen Männern im Gegenzug für eine Wohnung oder Schmuck oder kostbare Kleider ihre Gunst erwies.«

»Trotzdem eine Hure.« Annie dachte an die Mädchen auf der Brücke. »Wir ... *sie* sind alle gleich, egal wie hochrangig und mächtig oder wie gewöhnlich und niedrig.« Dann fiel es ihr ein. »Hast du mir einmal eine Passage aus dem Buch vorgelesen? In London, als ich ... indisponiert war? Über eine junge Frau und ein paar Blumen?«

Er stupste sie an der Nase. »Kluges Mädchen.«

Eine Glocke erklang, die Lichter wurden gedämpft, und das Orchester begann zu spielen, erst leise, dann eine schwungvolle, leichte Melodie, bei der auch ihr schweres Herz etwas leichter wurde. Francis hatte recht gehabt. Sie hatte diese Ablenkung gebraucht. Hier, wo er nie gewesen war und wo sie auch nicht mit ihm zu rechnen hatte, konnte sie versuchen, den Regenbogenmann zu vergessen.

Die Oper begann mit einem strahlenden Fest, das sich um eine Frau in einem ebenso roten Kleid wie der Umhang der Magdalena drehte. Annie erinnerte sich an die Schauspielerin, die im Adelphi die Isabella gegeben hatte, und dachte erneut, was sie damals gedacht hatte – dass diese Frau zu alt und zu dick war, um die junge Heldin zu spielen, aber sie vergaß ihre Bedenken, als ihr im selben Moment auffiel, dass sie eine weiße Blume im Haar trug. Sie beugte sich zu Francis' Ohr. »Sie trägt eine Kamelie.«

»Ja«, flüsterte er. »Diese Figur, Violetta, ist Marie Duplessis nachempfunden. Marie pflegte an jedem Tag des Monats eine weiße Kamelie im Haar zu tragen, nur nicht an den fünf Tagen, an denen sie ... unpässlich war.«

Francis formulierte das so höflich, dass Annie ein paar Momente brauchte, um zu begreifen, was er meinte.

»Und dann?«

»Dann trug sie eine rote.«

Annies Interesse war geweckt. Im East End pflegten die Mädchen Bänder um den Hals zu tragen, wenn sie ihre Monatsblutung hatten; sie hatte es selbst schon getan. Die meisten Bastarde gingen während dieser fünf Tage anderen Vergnügen nach, aber manche wurden von dem Blut angezogen wie die Skorpione. Einer davon hatte zu ihr gesagt, er würde Huren gerade während dieser Zeit am liebsten aufsuchen. »Schön glitschig«, hatte er gesagt. »Wie Aale in Aspik.«

Sie verdrängte die Erinnerung und versuchte sich auf die Handlung auf der Bühne zu konzentrieren; folgte der kleinen weißen Blume mit den Augen. Sie hätte fast schwören können, den verabscheuten widerlichen Geruch sogar aus dieser Entfernung wahrzunehmen, als hätten sich Augen und Nase miteinander verschworen. Sie sah zu, wie Violetta am Ende des ersten Aktes die Blume aus dem Haar nahm und sie einem ihrer Verehrer reichte, die sie umschwirrten wie Bienen. Wieder beugte sie sich zu Francis. »Was sagt sie?«

»Dass er wiederkommen soll, wenn die Blume verwelkt ist. Er setzt voraus, dass sie damit morgen meint.«

Dann sang Violetta alleine, und das Lied wurde plötzlich fröhlich wie ein Schmetterling, der von Blüte zu Blüte tanzt.

»Das ist ihre Hymne an die Freude. Sie singt, dass sie jeden Tag genießen und in Lebensfreude ertrinken will.«

Die Metapher löste in Annie eine unangenehme Erinnerung an Mary Janes Ende aus, und sie sah eine Weile ernst zu. Das Publikum verfiel nach dem tosenden Applaus, der auf den ersten Akt gefolgt war, ebenfalls in bedrücktes Schweigen, als sich das Schicksal gegen Violetta wandte. Der Kurtisane wurde klar, dass ihr Liebhaber Alfredo vielleicht der Mann war, der sie retten konnte, sie sang ihren Refrain *Ah, fors'è lui* – was Francis mit »vielleicht ist er derjenige« übersetzte –, begann dann aber zu husten und dramatisch die Hände auf die Brust zu pressen.

»Ist sie krank?«, flüsterte Annie.

»Ja«, erwiderte er. »Sie leidet an der Schwindsucht.«

Jetzt schaute sie voller Furcht auf die Bühne; sie glaubte zu wissen, was geschehen würde. Sie hatte gehört, dass viele Prostituierte diesen fürchterlichen Husten bekamen. Erst war es nur ein Kitzeln, als müssten sie sich räuspern, dann bellten sie wie Hunde. Später husteten sie Blut auf ihren Ärmel, und bald darauf lagen sie statt in einem warmen Bett in ihrem kalten Grab. Wie grausam, dass der Tod die Liebenden trennen sollte, wie unendlich grausam.

Aber ihre Vermutung bestätigte sich nicht. Nicht der Tod trennte die Liebenden, sondern Violetta selbst. Im zweiten Akt entsagte die Dame mit den Kamelien ihrem vergnüglichen Luxusleben, um sich in ein Haus auf dem Land zurückzuziehen. Dieses Haus ähnelte, der prächtigen Kulisse nach zu urteilen, der Villa Camellia. Dort führte sie mit ihrem Alfredo ein einfaches Leben, begnügte sich mit seiner Liebe, statt sich in einen endlosen Wirbel von Gesellschaften zu stürzen. Doch dann kam Alfredos ältlicher Vater Violetta besuchen, als sein Sohn nicht daheim war. Annie verfolgte ihren gesungenen Wortwechsel voll böser Vorahnungen. Francis' Atem wehte warm in ihr Ohr. »Er richtet eine dringende Bitte an sie. Er sagt, seine Tochter, also Alfredos Schwester, sei ein wahrer Engel. Sie sei mit einem Mann verlobt, den sie liebe, aber ihr Verlobter werde die Hochzeit absagen, wenn Alfredo an seiner schändlichen Beziehung zu einer Prostituierten festhalte. Violetta willigt ein, auf Alfredo zu verzichten, ihr Glück für das einer anderen Frau zu opfern.«

Annie behielt nicht länger die Blume im Auge, sondern Violetta. Jetzt erschien sie ihr nicht mehr feist und theatralisch, sondern edelmütig, als sie sich voller Bedauern einverstanden erklärte, mit Alfredo zu brechen, damit seine Schwester ihre große Liebe nicht verlor. Annie hatte genug herzzerreißende Varietémusik gehört, um zu wissen, was kommen würde. Dies war nicht das Whitechapel Empire, aber die Regeln waren dieselben; all die Mädchen in den Liedern nahmen ein pathetisches Ende: Polly Perkins aus Paddington Green hauchte ihr Leben aus, Clementine war verloren und für immer fort, Violetta würde einsam sterben.

Sie sah zu, wie Violetta einmal mehr zur Königin des gesellschaftlichen Trubels wurde und sich diesmal mit ihrem letzten Liebhaber zusammentat, dem reichen Baron Douphol. Der zurückgewiesene Alfredo, der ihre ehrenhaften Gründe für die Trennung nicht kannte, stellte sie vor der versammelten Gesellschaft bloß und beschuldigte sie, dem Luxus verfallen zu sein. Und dann kehrte die Musik zurück und verstärkte sich, wie Annie es vorhergesehen hatte: das Kitzeln, das Bellen, das Blut. Der Arzt wurde gerufen, kam und konnte nichts tun. *Der Arzt ist gekommen und wieder gegangen.* Angesichts einer so verhängnisvollen Farbe war er machtlos. Die rote Kamelie, Magdalenas Umhang, die Blume aus Blut auf dem Taschentuch, das Baby auf dem Bettlaken. All das schien in dieser letzten mitleiderregenden Arie vereint zu sein, als sich Violetta auf ihrem Sterbebett wand. Selbst Alfredos ständige Gegenwart konnte sie nicht retten; es war Annie kein Trost, dass Violetta in seinen Armen starb. Sie war also am Ende nicht allein, aber er schon.

Annie tastete nach Francis' Hand und drückte sie fest. In diesem Moment wollte sie ihn nie wieder loslassen. Sie konnte, sie würde nicht wieder in die Armut rutschen, sie konnte nicht zur Bettlerin werden, nicht einmal aus Liebe. Die Huren auf dem Ponte delle Tette hatten ihr furchtbare Angst eingejagt. *Sie sind nie weit weg. Nie mehr als zehn Schritte.*

Bei den letzten dramatischen Klängen des Orchesters erhob sich Francis, um voller Inbrunst zu applaudieren. Sie sah, dass seine Wangen tränenfeucht waren. Der größte Teil des Publikums schien seine Begeisterung nicht zu teilen. Der Beifall fiel spärlich aus, und viele Zuschauer steuerten schon auf die Ausgänge zu. »Es könnte das letzte Mal sein, dass diese Oper aufgeführt wird.« Francis betupfte seine Augen mit seinen behandschuhten Fingern. »Deswegen bin ich froh, dass wir hier sind.« Sie warf ihm einen Seitenblick zu. »Manchmal nehmen wir die kostbarsten

Dinge als selbstverständlich hin und wissen sie erst zu schätzen, wenn wir sie verloren haben«, meinte er. »Findest du nicht?«

Sie versuchte, nicht an den Regenbogenmann zu denken; zwang sich, sich nur auszumalen, wie ihr Leben ohne Francis aussähe, und umklammerte seine Hand fester. »Ja«, sagte sie ernüchtert.

Unten im Zuschauerraum löste Francis seine Hand behutsam aus ihrem Griff. »Warte hier auf mich, meine Liebe, und rühr dich nicht von der Stelle«, sagte er. »Ich habe noch etwas zu erledigen.« Sie stand einen Moment allein unter dem gemalten Himmel, wo die rosigen Cherubim zuvorkommend den Kristallkronleuchter über ihrem Kopf hochhielten.

Sie blickte sich um, und als hätte sie ihn herbeigerufen, war der Regenbogenmann plötzlich da, stand regungslos auf der anderen Seite der Vorderbühne und starrte sie an. Für einen langen Moment trafen sich ihre Blicke, und im Gewoge der Menge konnte sie ihn, wenn niemand zwischen ihnen stand, klar und deutlich sehen. Die Erscheinung schien sie stumm für ihren Pakt mit dem Teufel zu tadeln, den sie geschlossen hatte; sie würde Violettas Schicksal teilen, weil sie Wohlstand und Sicherheit der Liebe vorgezogen hatte. Dann schloss sich die sich zerstreuende Zuschauermenge wieder um ihn.

Sie blinzelte. Plötzlich war ihr eiskalt. Sie verrenkte sich schier den Hals, um zwischen Schultern hindurch und über Köpfe hinweg zu spähen, und erhob sich sogar auf die Zehenspitzen, um einen weiteren Blick auf ihn zu erhaschen. Aber er war wie ein Phantom verschwunden.

Sie schüttelte den Kopf. Ihre Sinne spielten ihr heute Abend einen Streich. Wenn der bloße Anblick einer Kamelie den verhassten Duft in ihre Nase steigen lassen konnte, konnten dieselben Augen leicht einen Geist heraufbeschwören. Er war es nicht gewesen. Weder hatte er den Regenbogenmantel angehabt, den er als Farbenhändler getragen hatte, noch den Militärmantel, den er als Geist anzulegen pflegte. Dieser Mann war zwar genauso groß und kräftig gewesen, aber glattrasiert und tadellos gekleidet, das lange Haar war mit Pomade zurückgekämmt, die weiße Krawatte perfekt um den gebräunten Hals geknotet. In dem dunklen Tuch seiner herabhängenden Ärmel hatte sie nicht erkennen können, ob er einen Arm hatte oder zwei. Nur seine Augen hatten an den Regenbogenmann erinnert, dunkel wie die Nacht und so tief wie die Verdammnis.

Sie öffnete ihren Fächer und wedelte die Erscheinung weg. Sie würde sich von der Erinnerung an den Regenbogenmann nicht von ihrer Entscheidung abbringen lassen. Von jetzt an nahm Francis den ersten Platz in ihrem Herzen ein. Also ging sie, als er zu ihr zurückkam, ihr seinen Arm bot und sagte, er wolle ihr etwas ganz Besonderes zeigen, bevor sie ihre *pensione* aufsuchten, eifrig darauf ein. »Oh ja, ja! Lieber Francis, zeig es mir sofort!«

Die Stadt erschien Annie fremdartig. Nach Monaten oben auf dem Hügel so eingeengt zu sein, sich im Herzen einer dunklen Stadt zu befinden und doch ständig Brücken über stillem Wasser zu überqueren war noch eigenartiger. Die eleganten Bürger schlenderten Arm in Arm umher und unterhielten sich, das Wasser plätscherte sanft am Fuß der Paläste und nagte an ihren Fundamenten. Es war keine

Pferdekutsche zu sehen, denn es gab keine Straßen, nur silbriges Wasser, das die schmalen Gassen pflasterte, und ein Dutzend Brücken, die es in ebenso vielen Momenten zu überqueren galt. In den Gassen trafen sie viele in Umhänge gehüllte maskierte Gestalten, und sie ertappte sich dabei, wie sie in jedem Gesicht forschte. Wieder musste sie sich entschlossen bemühen, ihn aus ihren Gedanken zu verbannen.

Auf ihrem Weg kamen sie an kleinen Geschäften mit Krimskrams aus buntem Glas, vergoldeten Masken und Ansichtskarten vorbei, doch Annie blieb nicht die Muße, stehen zu bleiben und die Nase gegen die Schaufenster zu pressen, wie sie es in Cheapside getan hatte. Francis führte sie unbeirrt zu dem größten Platz, den sie je gesehen hatte. Er war an drei Seiten von Säulengängen umschlossen, die Bögen aus Schatten verbargen, ein riesiger Turm ragte wie ein Speer über ihnen auf, und es gab noch eine Kathedrale mit goldener Kuppel und einem weißen Steinpalast, dessen Brustwehren so zart wie Spitze wirkten. Der Platz kam ihr bekannt vor. Francis blieb in der Mitte stehen, wobei er die Tauben aufscheuchte, die um sie herumflatterten wie rauchfarbene Geister. »Erinnerst du dich?«, fragte er.

Und plötzlich wusste sie es wieder: die Nacht, in der sie in den Vauxhall Gardens gewesen waren und eine Nachbildung genau dieses Platzes aus Gips und Pappe und bunter Farbe gesehen hatten. Sie erinnerte sich an den Harlekin, der mit Knallkörpern an den Absätzen von dem Hochseil heruntergesprungen war. In derselben Nacht hatten sie Mutter in den Schatten gesehen, und Mutter hatte vorgegeben, Francis zu kennen. Heute Abend hatte sie einen ähnlichen Schrecken erlitten: diese barbusigen Huren. *Sie sind überall.* Sie umklammerte Francis' Arm fester – die Muskeln, Knochen und Sehnen unter dem Stoff des Ärmels waren ein Talisman gegen den Geist.

»Der Markusplatz.« Er beschrieb eine Geste mit der Hand, als wäre der ganze Platz sein Geschenk. »Ruskin nannte ihn einen Schatzhaufen. In der Kirche liegt der Heilige selbst, ganz in Gold gekleidet.«

»Ist es das, was du mir zeigen wolltest?«

»Nein, ich möchte dir einen Ort zeigen, keine Person. Und wenn wir davorstehen, muss ich dich etwas fragen und dir etwas geben.«

Annie ging mit ihm über den großen, vom Mondlicht erleuchteten Platz. Ihr Herz schlug langsam und schmerzhaft im Rhythmus ihrer Schritte. Über ihren Köpfen läuteten die Glocken des großen Turms unheilverkündend. Sie wusste, was Francis fragen wollte. Das Thema der Oper, das Gespräch danach. Hatte er sie vielleicht sogar absichtlich an dem Ponte delle Tette vorbeigeführt, um ihr ein für alle Mal vor Augen zu führen, um wie viel besser eine Zukunft an seiner Seite wäre? Ja, sie wusste, was er fragen würde. Und sie wusste auch schon, was sie ihm antworten würde.

Sie spazierten den ganzen Weg bis zu der Lagune, wo der dunkle See an der Stadt nagte, und eine Promenade entlang zu einer breiten weißen Brücke, die zur Lagune hinausging. Der Wind brachte den ersten Atem des Herbstes vom Meer und zerzauste ihren Fuchspelz. Am Scheitelpunkt der Brücke blieb Francis stehen und drehte sie an den Schultern herum.

Von der Promenade zurückgesetzt überspannte eine überdachte, mit steinernen Schnörkeln verzierte und mit zwei Augen gleichenden quadratischen Fenstern versehene Brücke den Kanal zwischen zwei großen Palästen wie ein Regenbogen aus Stein.

»Das«, verkündete Francis, »ist die Seufzerbrücke.«

Annie musste sich einen Moment lang auf die Brüstung vor ihnen lehnen. Der kalte Stein presste sich schmerzhaft gegen ihre Rippen und drückte die Luft aus ihren Lungen, wobei sie selbst einen unfreiwilligen Seufzer ausstieß. Dies war also die *wirkliche* Seufzerbrücke, die Brücke, nach der die Waterloo Bridge benannt worden war. Sie starrte den Stein wie gebannt an, plötzlich an jenen eisigen Januarabend zurückversetzt, als sie sich auf eine Brüstung wie diese gelehnt und der Stein ihre Atemzüge erstickt hatte, die Atemzüge, von denen sie gedacht hatte, es würden ihre letzten sein. Dann war sie hinaufgeklettert und hatte die Arme wie Engelsflügel ausgebreitet, nur damit Francis sie gleich darauf am Ärmel packte und auf die Erde zurückzog. In derselben Nacht hatte sie das nach jener Brücke und nach dieser hier benannte Bild von Mary Jane gesehen.

In ihrem Kopf wurden Mary Jane und Violetta eins, die gefallenen Frauen, tot und für immer fort. Violetta hatte ihre Chance auf Glück gehabt, sie hätte Alfredo heiraten und sich mit ihm häuslich niederlassen können, aber sie hatte aus Ehrgefühl auf ihn verzichtet. Annie würde nicht denselben Fehler machen. Sie würde Francis nicht um seines Seelenheils oder seines Rufes willen zurückweisen. Er hatte keine Schwester, deren Hochzeit es zu retten galt, und selbst wenn er eine hätte, würde sich Annie Stride einen feuchten Kehricht darum scheren. Ihr Ehrenabzeichen, wenn sie je eines gehabt hatte, war ihr als Dreizehnjährige im oberen Raum des Old George vom Ärmel gerissen worden, und sie würde die Farben jetzt nicht wieder zum Leuchten bringen.

Sie wusste genau, wie sie antworten würde, wenn Francis sie bat, seine Frau zu werden. Wenn er ihr einen Ring überreichen würde, um das Gelübde zu besiegeln. Sie würde ihn mit Stolz tragen. Niemand hier kannte ihre Vorgeschichte; zurück in Florenz würde sie die Ehre, die sie einst verloren hatte, wieder herstellen. Sie würde nicht so dumm sein, ihn abzuweisen, denn wie könnte sie dann unter seinem Dach in der Villa Camellia bleiben? Sie würde dieses Haus verlassen müssen, und was dann? Nach England zurückkehren? Oder in den Straßen von Florenz arbeiten? Francis mochte nicht die Liebe in ihr erwecken, die sie für den Regenbogenmann empfand, die wahre Liebe, die in dem Triptychon der Magdalena verewigt worden war. Aber er stellte ihre beste Hoffnung für die Zukunft dar.

»Ich wollte, dass du diese Brücke siehst.« Seine Stimme klang leise und sanft. »Ich wollte, dass du siehst, wie weit du es gebracht hast. Deine Ausstrahlung, deine Schönheit, deine Stimme – du bist hier aufgeblüht. Du bist eine wundervolle junge Dame, Annie.« Sie drehte sich zu ihm, seine Augen waren auf einer Höhe mit ihren, sein anziehendes Gesicht lächelte dieses eine Mal nicht, die grauen Augen blickten ernst. »Ich habe etwas, das ich dir geben will, genau hier an diesem Ort.«

Er hielt eine Hand hinter seinem Rücken, verbarg etwas, verbarg den Ring. Sie holte tief Atem, als stünde sie im

Begriff, ins Wasser zu springen; ein Atemzug, der das Gegenteil von einem Seufzer war, ein Atemzug wie der, den sie an jenem Abend auf dem Geländer der Waterloo Bridge getan hatte. Wie seltsam, dass sie den Tod und ein neues Leben auf dieselbe Art und Weise begrüßen würde. Ihr Magen krampfte sich vor einem hohlen Gefühl zusammen, das ein wenig Resignation glich. Sie löste ihre Finger aus dem linken Handschuh, streckte die Hand aus und schloss die Augen, da sie nicht imstande war, diesem Anfang, diesem Ende ins Gesicht zu blicken. Dann beleidigte ein widerlich süßer Geruch ihre Nase, und ihre Finger trafen nicht auf einen harten Reif, sondern auf etwas Weiches, Samtartiges.

Sie schlug die Augen auf. Er hatte ihr eine Kamelie gegeben, weiß und verblüht, deren Blütenblätter schon zu welken begannen. »Es ist die aus La Traviatas Haar«, sagte er. »Ich habe sie für dich gerettet, nachdem der Vorhang gefallen war.« Er schob den Stiel zwischen Finger und Daumen ihrer ausgestreckten Hand. »Ich hoffe, du weißt, was das bedeutet.« Er nahm ihr Gesicht zwischen seine eiskalten Hände. »Ich will, dass du mir gehörst«, fuhr er fort. »In *jeder* Hinsicht. Verstehst du? Wenn wir zurückfahren, wird ein neues Kapitel beginnen.«

Sie blickte ihm in die Augen und las dort, was er meinte. »Ja«, erwiderte sie. »Ich werde sein, wer auch immer ich sein soll.« Sie hatte sagen wollen, sie würde tun, was immer er wollte, aber die Worte schienen sich selbst zu wählen. Sie hatte sie viele Male zu den Bastarden gesagt. Also war sie letztendlich immer noch eine Hure.

NEUNZEHNTES KAPITEL

Ein Jahr und drei Monate zuvor.

Jeden Tag, wenn ich in die Gower Street gehe, lässt mich Francis dasselbe Kleid anziehen – den weißen Musselin mit dem feinen Zweigmuster. Es ist ziemlich altmodisch, aber er besteht darauf. Bei dem Geld, das er hat, würde man doch denken, er könnte mir ein schönes Kleid aus Seide oder Satin kaufen. Dieses hier ist noch nicht einmal so hübsch wie die, in denen Annie und ich als Lockvögel unterwegs waren. Ich kenne Francis inzwischen gut genug, um dreist zu sein, also frage ich ihn danach. »Warum gefällt Ihnen dieses alte Kleid so gut?«

Er malt und sieht den Pinsel stirnrunzelnd an. »Es gefällt mir nicht, Mary Jane«, sagt er. »Ich hasse es.«

»Warum?«, frage ich.

Er blickt immer noch nicht auf. »Es gehörte der Mätresse meines Vaters.«

»Wo ist sie? Vermisst sie ihr Kleid nicht?«

»Sie lebt mit ihm in Norfolk.«

Ich denke darüber nach. »Wenn Ihr Vater eine Mätresse hat, wo ist dann Ihre Mutter?«

Jetzt legt er den Pinsel weg und geht zu einem kleinen

Schrank. Er schließt ihn auf, nimmt ein weißes Gefäß heraus und drückt es mir in die Hände. Es ist schwer und fühlt sich kalt an.

»Vorsichtig«, warnt er und nimmt den Deckel ab. Es enthält grauen Staub. »Das ist meine Mutter«, sagt er.

Da verstehe ich. Ich gebe ihm die Urne zurück. »Es tut mir leid.«

Er greift zu seinem Pinsel und fängt wieder an zu malen. »Mir auch«, sagt er. »Mir auch.«

Sowie sie in die Villa in Fiesole zurückgekehrt waren, ging Annie in den Garten und suchte nach einer roten Kamelie. Eine rote Kamelie würde ihr Zeit zum Nachdenken verschaffen. Seine Geliebte. Sie würde endlich Francis' Geliebte werden. Es war das, wonach sie sich einst gesehnt hatte, und jetzt, wo es ihr sicher war, wollte sie es nicht mehr.

Letzte Nacht in Venedig, in der *pensione*, wo sie, wie es sich gehörte, in getrennten Zimmern untergebracht gewesen waren, hatte es für Francis keine Chance gegeben, ihre neue Beziehung einzuleiten, doch heute Nacht würde das anders sein.

Francis ruhte sich nach der Zugfahrt aus. Aber Annie schlüpfte in den chinesischen Morgenrock und lief die Stufen hinunter in den Garten. Sie musste herausfinden, was sie jetzt, da sie wieder hier in Florenz war, empfand.

Sie schlenderte die Gartenwege entlang, wo die warme Sonne bereits die Kühle des frühen Herbstes vertrieb und durchsichtiger Tau auf dem Rasen lag, und dachte über die Zukunft nach. Keine Hochzeit. Kein Ring außer dem seiner

Mutter, ein Ring, der für seine Wertschätzung, nicht aber für das Sakrament der Ehe stand, nicht für eine lebenslange Bindung und nicht für Schutz für sie, falls er sterben sollte. Was war mit seinem Besitz, was war, wenn sich Kinder einstellten? War sie ohne eine Heirat nicht immer noch eine Hure? Eine der gehobenen Klasse, eine Kurtisane wie Violetta, aber nichtsdestotrotz eine Hure. Und wenn das zutraf, wie hoch war sie dann tatsächlich aus der Gosse aufgestiegen? Wenn sie Francis geliebt hätte, hätte nichts davon eine Rolle gespielt. Aber sie wusste jetzt, dass sie das nicht tat.

Sie brauchte etwas Zeit zum Nachdenken, um sich an diese neue Phase ihrer Beziehung zu gewöhnen, und die rote Kamelie repräsentierte diese Zeit. Da sie Francis kannte, war sie sicher, dass er die Regeln befolgen würde, die Regeln von Marie Duplessis, die Regeln von Alexandre Dumas, die Regeln der Kamelien selbst. Rote Kamelien standen für die Zeit des Blutens. Rote Kamelien bedeuteten fünf Tage Gnadenfrist.

Also suchte sie im Garten nach Rot, dem Rot der Magdalena, der einzigen Farbe, über die sie nicht mit dem Regenbogenmann gesprochen hatte. Endlich entdeckte sie hinter dem Fragment einer Statue hinter dem steinernen Sitz, auf dem sie manchmal mit dem Regenbogenmann gesessen hatte, wonach sie Ausschau hielt. Mühsam, weil der Stiel unerwartet drahtig und widerstandsfähig war, pflückte sie eine ab. Sie hasste die Blumen immer noch, hegte aber einen grollenden Respekt für sie, weil sie ihr das Pflücken so schwierig wie möglich machten. Sie waren genau wie Prostituierte, schön und zäh. Mit pochendem Herzen wand sie sich in die Haare, so dass er sie nicht übersehen konnte, und ging ins Haus zurück.

Francis saß in der Loggia und las eine florentinische Zeitung, die er rasch zusammenfaltete, als er sie kommen sah. Sie setzte sich auf die Liege, und er bemerkte die Blume sofort. »Ich würde dich gerne genau so malen«, sagte er, trat zu ihr, zog ihre Haare über die Schultern und zerzauste die goldene Masse. »In diesem Morgenrock, mit den Kamelien in den Haaren. Ich werde es *Das Mädchen mit den roten Kamelien* nennen, ein Gegenstück zu dem Bild, das ich in der Gower Street gemalt habe.« Er berührte die Blüte hinter ihrem Ohr. »Außerdem ist Rot die perfekte Farbe. Ich hätte wie ein Narr wieder Weiß gewählt.«

Es war Zeit für ihren Auftritt; die Ouvertüre war zu Ende, das Publikum verstummt. Sie senkte den Blick. »Ich trage sie nicht wegen ihrer Farbe, sondern wegen ihrer Botschaft.« Sie sah ihn unter ihren Wimpern hervor an, täuschte Schamhaftigkeit vor. »Unsere Vereinigung muss noch fünf Tage warten.«

Einen Herzschlag lang dachte sie, er würde ärgerlich werden; in seinen Augen flackerte etwas auf, was genauso schnell wieder verschwand. Er schürzte die Lippen, bis sie fast nicht mehr zu sehen waren, und meinte dann freundlich: »Dann werden wir die Zeit gut nutzen. Bleib, wo du bist, das Licht ist gerade perfekt.« Er küsste sie auf die Lippen, und sie versuchte das zu empfinden, was sie nur eine Meile entfernt in einem Feld voller Mohnblumen empfunden hatte.

Francis malte sie fünf Tage lang als Mädchen mit den roten Kamelien. Er arbeitete im Freien, und er arbeitete schnell.

Es war, als bliebe ihm nur die Zeitspanne ihrer Monatsblutung, um das Bild fertigzustellen, als würde sie die Farbe wechseln, wenn die Blume es tat, als hätte sie selbst Chamäleonblut in den Adern. Was in gewisser Hinsicht auch zutraf: Sie war ein Chamäleon. Dieses Mädchen unterschied sich drastisch von dem mit den weißen Kamelien. In London, wo sie mit den weißen Blumen posiert hatte, hatte sie in dem hochgeschlossenen weißen Musselin jungfräulich gewirkt. Er hatte für das gesamte Gemälde praktisch nur eine Farbschattierung verwendet: Knochenweiß. Sie hatte den Blumenstrauß wie eine Braut vor sich hochgehalten, die Brüste sittsam verdeckt, die Haare aufgesteckt getragen und eine unschlüssige Miene aufgesetzt. Dort war sie im Haus, im ersten Frühlingslicht in seinem Atelier gewesen. Jetzt war sie ein ganz anderes Geschöpf. Sie lag nur mit dem blauen chinesischen Morgenrock bekleidet im Freien auf der Chaiselongue in der Loggia. Auf Francis' Geheiß trug sie kein Korsett. Ihr nackter Körper war unter dem dünnen Stoff vollständig zu erkennen, ein Halbmond ihrer Brust lugte aus dem Ausschnitt hervor, in ihrer Leistengegend schimmerte ein dunkler, einladender Schatten. Ihre Haare waren offen, ihr Mund wollüstig halb geöffnet, die roten Kamelien steckten in ihrer üppigen, losen Mähne.

Sie fragte sich, ob er jetzt, da er beschlossen hatte, sie zu seiner Geliebten, seinem Spielzeug und seinem Besitz zu machen, die Grenzen dessen erprobte, wozu er sie bringen konnte. Sie sollte seine Fantasien verwirklichen, einen Vorgeschmack von ihrer gemeinsamen Zeit bekommen. Auf unheimliche Weise stellte sie fest, dass sich ihre Gedanken in dieselbe Richtung bewegten. »Das Mädchen mit den weißen Kamelien ist nie von einem Mann berührt worden«, hub er an. »Aber das mit den roten ... ein Mann hat gerade ihr Bett verlassen, sich von ihrem Körper gelöst, und sie ist bereit für mehr. Zeig mir das, Annie. Wie lange hattest du keinen Mann mehr? Du musst daran gedacht haben. Denk jetzt daran. Denk an unsere Vereinigung. Ich möchte die Begierde in deinem Gesicht widergespiegelt sehen.«

Sie versuchte es. Sie versuchte, Francis anzuschauen, als würde sie ihn begehren. Doch erst als sie ihren Blick leer werden ließ und ihrem geistigen Auge gestattete, Francis' dunklen Schatten in den Regenbogenmann zu verwandeln, spürte sie Hitze in sich aufsteigen. Als sie sich ihn auf ihr, in ihr und seinen Mund und seine Finger an jeder Stelle von ihr vorstellte, merkte sie, dass sie tun konnte, was Francis von ihr verlangte. Sie leckte sich über die Lippen und öffnete sie leicht. Sie bog den Rücken, so dass ihre verhärteten Brustwarzen nach oben stießen, der Morgenrock verrutschte und ihre nackten Brüste freigab. Sie spreizte leicht die Beine, zeigte die plötzliche Nässe dazwischen. In diesem Moment kümmerte es sie nicht, ob Gennaro oder Michelangelo oder Nezetta sie sahen. Tatsächlich erregte sie der Gedanke, dass sie ihr zusahen. *Wenn du jetzt zu mir kommen würdest, mein Regenbogenmann,* dachte sie, *würde ich mich direkt hier vor ihnen allen von dir nehmen lassen. Ich würde sie alle zuschauen lassen, sogar Francis. Besonders Francis.* Es drängte sie, sich selbst zu berühren, um dieses quälende Verlangen zu stillen, aber sie wusste, dass der Moment vorüber sein würde, wenn sie das tat, und sie nicht mehr so aussehen würde, wie Francis es wollte.

Francis arbeitete rasch, dabei atmete er schwer. Da er sah, wie aufgewühlt sie war, sprach er kein Wort, bis die Sonne unterging und ihr glühender Körper kalt wurde. Als er ihr endlich sagte, dass sie aufhören mussten, konnte sie sehen, dass er hart für sie war, was seit ihrer Ankunft in der Villa nicht der Fall gewesen war. Er verließ sie überstürzt, und sie war sich sicher, dass er geflüchtet war, um irgendwo in Ruhe Erlösung zu finden.

Alleine mit dem Bild zurückgeblieben, betrachtete sie es und entdeckte einen neuen Stil in seiner Malerei. Hier legte er keinen Wert auf Realismus; er hatte das Wesentliche von ihr eingefangen, und seine Technik war an manchen Stellen deutlich zu erkennen. Dieses Werk war genial, aber auf eine andere Weise als die fromme Perfektion auf der Pappelholztafel. Es war rau und leidenschaftlich und lüstern. Sie sah aus wie die Verkörperung reiner Lust. Und da fragte sie sich mit einem plötzlichen Übelkeitsgefühl, was Francis im Bett mit ihr anstellen würde.

Am fünften Tag pflückte sie die letzten der roten Kamelien. Am Abend würde sie in seinem Bett liegen, und er wusste das ebenfalls. Nachdem sie ihm am Morgen gesessen hatte, zog er die letzte Blume aus ihrem Haar, um sie in sein Knopfloch zu stecken, eine Geste, die er so bedeutungsvoll vollführte wie ein Schauspieler. Er hatte einen Interessenten für sein Triptychon der Magdalena gefunden, musste einen Priester in Florenz aufsuchen und würde sich von Michelangelo kutschieren lassen. »Wenn die Blume verwelkt, bin ich zurück. Bis heute Abend«, sagte er und küsste sie gierig, ein Vorspiel dessen, was kommen würde.

Annie hatte so viele Männer auf so viele verschiedene

Weisen gehabt, und jetzt entdeckte sie etwas Neues an Francis, das sie nie zuvor wahrgenommen hatte, eine Dunkelheit, wenn sie sich küssten, ein Blick in den Abgrund. Dort lauerte irgendeine unbekannte Verderbtheit; etwas, was außerhalb der alltäglichen Gelüste der Bastarde lag. Zum ersten Mal hatte sie Angst.

Sie konnte sich an diesem Tag mit nichts beschäftigen, sondern verbrachte den Nachmittag wie immer im Garten. Sie nahm den Dante mit; versuchte nicht daran zu denken, dass sie hier den Regenbogenmann zum ersten Mal gesehen hatte, bemühte sich, sich nicht zu erinnern, dass er Dante geliebt und den Dichter den Vater der italienischen Nation genannt hatte. Und dann, nach Monaten, während derer sie Dante lediglich ertragen und, wenn sie ehrlich war, nicht verstanden hatte, was das ganze Theater sollte, flammte die Poesie plötzlich vor ihren Augen auf, und eine Passage beschrieb unerwarteterweise genau ihre Gefühle für den Regenbogenmann: *Liebe, die schnell ein edles Herz ergreifet, hat jenen für den schönen Leib ergriffen, den ich verlor, noch muss die Art mich schmerzen. Liebe, der kein Geliebtes kann entgehen, griff mich nach ihm mit mächtigem Verlangen, das, wie du siehst, mich heut noch nicht verlassen.*

Sie klappte das Buch zu und heftete den Blick auf die ockerfarbene Straße. Sie redete sich ein, dass sie Francis' Rückkehr entgegenfieberte, aber es war der Regenbogenmann, nach dem sie Ausschau hielt. Der Tag ging zu Ende, die Sonne sank, und sie sah Nezetta und Gennaro Arm in Arm zu ihrem Dorf zurückgehen, weil ihr Sohn noch mit der Kutsche unterwegs war. Bei Einbruch der Dunkelheit musste sie sich eingestehen, dass sie sich vor Francis' Rückkehr fürchtete. Wenn sie heute Nacht mit ihm schlief, würde sich materiell nichts ändern; die Welt hielt sie bereits für verheiratet, und als der Regenbogenmann sie geküsst hatte, hatte er geglaubt, sie wäre Francis' Frau, und war zweifellos davon ausgegangen, dass sie bereits das Bett miteinander geteilt hatten. Aber sie spürte, dass die Brücke zwischen ihr und dem Regenbogenmann für immer abgebrochen sein würde, sobald sie sich Francis hingab. Sie hatte sich oft auf den Rücken oder den Bauch gelegt oder sich gegen eine Wand gelehnt und sich von den Bastarden nehmen lassen, aber diesmal würde es anders sein. Jetzt, da sie ihren Körper nicht mehr für Geld hergeben musste, hatte sie gehofft, ihn für die Liebe behalten zu können.

Die Wolken zogen sich über den Hügeln hinter ihr zusammen, ballten sich in dem Purpurrot der Medici und dem Indigoblau Ostindiens. Vor ihr tauchte ein Regenbogen über der vergoldeten Kuppel des Duomo auf und verhöhnte sie. War der Farbenhändler irgendwo unter diesem Bogen und warb mit seinem Harlekinmantel für die sieben Farben?

Aber ihr wurde nicht gestattet, ihren florentinischen Träumereien nachzuhängen, die Elemente hatten keinen Sinn für Romantik, die Wolken barsten und durchweichten sie auf höchst englische Weise. Sie griff hastig nach dem Dante und drückte ihn unter die Falten ihres chinesischen Morgenrocks, als sie den Zypressenpfad hoch und an dem Springbrunnen vorbeilief, dessen Wasseroberfläche von den Tropfen gekräuselt wurde. Ihre Haare waren nass, der Morgenrock schlug gegen ihre Beine. Feuchte Fußspuren hinterlassend tappte sie in die Bibliothek, um den ausgelesenen Dante in das Regal zurückzustellen, und stellte fest, dass der Einband einen roten Fleck auf ihren Fingern hinterlassen hatte.

Tropfend stand sie vor den schweigenden Büchern. Sie wusste nicht, wie lange Francis in der Stadt bleiben würde – einige seiner Künstlertreffen konnten sich bis Mitternacht und länger hinziehen, und wenn er nicht malte und keinen Grund hatte, am Morgen aufzustehen, ging er nicht früh zu Bett. Über ihr grollte Donner, und sie dachte an Michelangelos wackelige Kutsche auf der ungeschützten Straße und begann um Francis' Sicherheit zu fürchten. Was, wenn er nicht zurückkam? Der Gedanke ließ sie frösteln – doch dann fand sie ihre Sorge seltsam tröstlich. Wenn sie Angst um ihn hatte, wenn sie wollte, dass er unversehrt zurückkehrte, dann konnte sie sich vielleicht doch dazu bringen, ihn ein wenig zu lieben, oder?

Sie beschloss, dass sie jetzt, da sie mit dem Dante fertig war, Francis' Lieblingsbuch suchen würde. An den genauen Titel konnte sie sich nicht erinnern, aber das Thema kannte sie: Es ging um Kamelien. Eine Dame und ein paar Kamelien. Sie spürte, dass sie mehr Vergnügen daran finden würde als an dem Dante – es war das, was Francis als zeitgenössische Literatur bezeichnete, wie ihr geliebter Mr. Dickens, und was noch wichtiger war, es ging um eine Prostituierte wie sie selbst. Denn das war sie immer noch, ob es ihr nun gefiel oder nicht. Sie war niemands Frau. Sicher, sie arbeitete nicht mehr auf der Straße, aber sie war nichtsdestotrotz ein Straßenmädchen. Sie hatte die oberste Stufe der Leiter erklommen, wie sie und Mary Jane es sich immer erträumt hatten, und war jetzt eine Kurtisane, die Gespielin eines reichen Mannes. Sie war Violetta.

Methodisch suchte sie die Regale ab, kletterte auf alle dunklen Holzleitern bis auf eine, die ins Nichts zu führen schien, nur nutzlos an einem Abschlussstück lehnte. Aber sie konnte das Buch nicht finden.

Der Regen peitschte gegen die Fenster der Glastüren zum Garten. Der Sturm nahm an Stärke zu, die Zypressen bogen sich im Wind fast bis zum Boden. Sie konnte jetzt nichts mehr tun, außer auf Francis zu warten. Sollte sie in sein Zimmer gehen und sich ihm dort präsentieren, wie sie es getan hatte, wenn die reicheren Bastarde sie für eine ganze Nacht anheuerten? Sollte sie sich ausziehen und sich verlockend auf dem Bett räkeln? Oder würde er sie lieber so nehmen, wie sie war, wie er sie während der letzten Woche gemalt hatte, in dem chinesischen Morgenrock mit den sterbenden roten Kamelien im Haar? Fast hatte sie vergessen, wie das Spiel gespielt wurde.

Sie verließ die Bibliothek und ging die Treppe hoch, an ihrem eigenen Zimmer vorbei und den Gang entlang zu dem von Francis. Dort blieb sie mit der Hand an der Tür zögernd stehen. Es kam ihr eigenartig vor, sein Allerheiligstes zu betreten und dort auf ihn zu warten; trotz der eindeutigen Einladung irgendwie anmaßend. Sie ließ die Hand sinken und sah sich um. Es gab hier noch andere Räume, Räume, die sie nach dem Tag, an dem sie in die Villa gekommen war, nicht wirklich erkundet hatte. Plötzlich erinnerte sie sich an die Nacht in der Gower Street, in der sie Francis' Kuriositätenkabinett entdeckt hatte, wo sein ausgestopfter Hund Wache stand und sich die anderen toten

Tiere auf den Regalen reihten. Jetzt spähte sie in jeden Raum, aber es handelte sich samt und sonders um saubere, ordentliche Gästezimmer, alle für die Leute hergerichtet, die sie nie beherbergten, die Gäste, die nie blieben. Francis' brieflich eingeladene Mutter war nicht gekommen.

Diesmal gab es keinen verborgenen Raum am Ende des Ganges, nur eine kahle Wand. Sie runzelte die Stirn. Er erschien ihr irgendwie kürzer als der Gang in die entgegengesetzte Richtung. Irgendwie gekappt. Annie dachte oft in Bildern, und jetzt kam ihr plötzlich eines in den Sinn. Sie erinnerte sich an das Haus, wie man es vom Garten aus sah, als würde sie in ein Diastereoskop schauen und die Bilder würden klickend in ihre hölzernen Rahmen fallen. Sie sah die Villa wie auf einer Postkarte vor sich, schwarzweiß, mit einem schmalen weißen Rand und schwarzer Schrift entlang der Unterkante: *Die Villa Camellia, Fiesole, Vorderansicht*. Sieben Fenster entlang des oberen Stockwerks, über der Loggia. Klick. *Die Villa Camellia, Fiesole, Hinteransicht*. Sechs Fenster im oberen Stock. Klick. Sieben Fenster hinten.

Klick. Der Gedanke setzte sich in Annies Kopf fest.

Irgendwo in der Villa Camellia gab es ein Geheimzimmer.

Mit einem Mal fröstelnd ging sie langsam wieder die Stufen hinunter zur Bibliothek. Diesmal schaltete sie kein Licht ein. Sie trat zu der Leiter, die ins Nichts zu führen schien, und kletterte sie ganz hoch. Ihre Hand lag kalt auf der letzten Sprosse. Als sie ganz oben stand, blitzte kurz Licht auf und beleuchtete den großen Raum. Dann wurde es wieder dunkel, und sie sah eine Linie, eine haarfeine goldene Linie.

Licht, das von irgendwo herkam.

Licht, das aus einem Raum strömte.

Mit wild klopfendem Herzen zog sie an dem Bücherregal innerhalb des Rechtecks dieser goldenen Linie. Das Regal rührte sich nicht, und sie kam sich plötzlich lächerlich vor. Es war, als werde sie von dem massiven, unbeweglichen jahrhundertealten Eichenholz verspottet. Dann sah sie auf einmal *La Dame aux Camélias* auf der ganz linken Seite des Regals, die Vergoldung auf dem Buchrücken schien heller zu leuchten als die der anderen Bände. In dem Diastereoskop ihres Lebens erschien mit einem Klicken ein anderes Bild. Der Porcellino, die goldene Schweinefigur auf dem Markt von Florenz, aus deren Maul sich Wasser in das Becken des Springbrunnens ergoss. Alles an ihr schimmerte in einem stumpfen Bronzeton, abgesehen von der Schnauze, die von den Händen tausender Pilger, die sie berührten, weil es angeblich Glück brachte, zu Gold aufgehellt worden war. Das Buch war heller, weil es am häufigsten zur Hand genommen worden war.

Sie schloss die Finger um den Rücken von *La Dame aux Camélias*, um den Band herauszuziehen. Aber er rutschte nicht in ihre Hand, sondern mit einem leisen Klicken nach hinten, und das gesamte Regal schwang nach innen.

Vor ihr lag ein von Lampen schwach erleuchteter Raum mit einem Fenster am anderen Ende und Regalen, die die Wand säumten. Einen Moment lang dachte sie wirklich, sie wäre in einen Traum geraten und wieder in der Gower Street, denn auf den Regalen – und das vermochte sie kaum zu glauben – standen die ausgestopften Tiere aus Francis' Kuriositätenkabinett in London. Alle waren sie da, die

Geschöpfe aus der ersten Serie, die er von ihr gemalt hatte, den gefallenen Frauen: der große schwarze Hund mit den gefletschten Zähnen, die grüne Schlange, die schwarze Katze, das im Tod zusammengerollte Opferlamm und der Sündenbock mit den in rotes Tuch gewickelten Hörnern. Alle starrten sie reglos an, ihre Glasaugen glänzten im Lampenschein.

Ihr Verstand arbeitete langsam, ihre Gedanken waren zäh wie Sirup. Demnach hatte Francis diese ausgestopften Tiere den ganzen Weg bis hierher gebracht; hatte sie in diesen unzähligen Schrankkoffern mit dem Zug und dem Schiff hergeschafft, sie sorgfältig zusammen mit seinen Farben und Firnissen verpackt, nur um sie in diesem Raum aufzubewahren. Aber warum?

Sie trat in den Raum und drehte die Lampen hoch, wobei die Tiere sie beobachteten. Zuerst dachte sie, sie wären die einzigen Dinge im Raum; dass er sein Kabinett aus der Gower Street genau nachgestellt hatte. Doch dann blieb ihr fast das Herz stehen, als sie aus dem Augenwinkel heraus eine weiße Gestalt bemerkte, die sie gleichfalls beobachtete. Sie fuhr herum, stellte aber fest, dass es sich nur um ein Kleid handelte, das wie in einem Schrank aufgehängt worden war, mit wie zu einer Umarmung ausgebreiteten Ärmeln und über den Boden schleifendem Saum. Mit hämmerndem Herzen ging sie darauf zu und betastete den Stoff. Es war das Kleid, das sie in der Gower Street getragen hatte, um als Mädchen mit den weißen Kamelien zu posieren. Nicht so ungewöhnlich, sagte sie sich in dem Versuch, ihr rasendes Herz zu beruhigen. Vielleicht hatte Francis seine Sammlung für den Fall mitgebracht, dass er seinen Londoner Gemäldezyklus hier in Italien wieder aufnehmen wollte und dieselben Kostüme und dieselben leblosen Figuren brauchte. Aber dann erkannte sie, dass es hier auch noch andere Gegenstände gab, die er seiner Sammlung hinzugefügt hatte. Hier waren die roten Kamelien, die sie die ganze Woche im Haar getragen hatte – ein roter Kranz in verschiedenen Phasen des Verwelkens. Sie waren sorgsam in einem Kreis um den vielleicht seltsamsten Gegenstand überhaupt arrangiert. Das weiße Alabastergefäß.

Sie ging zu ihm und hob es hoch – sie hatte es so lange während all ihrer Sitzungen als Magdalena gehalten, aber jetzt fühlte es sich kalt und unvertraut an. Sie hob den schweren Deckel an, den Deckel, den sie einmal heruntergestoßen hatte – das einzige Mal, wie sie sich erinnerte, dass Francis wirklich böse auf sie geworden war. Sie hielt den Atem an, weil sie sich mit einem Mal davor fürchtete, was sie darin finden würde – doch wie zuvor enthielt es nur grauen Staub.

Sie musste ein paar Minuten mit dem schweren Gefäß dagestanden haben, denn es wurde unter ihrer Hand warm wie immer, wenn sie es während der stundenlangen Sitzungen hielt. Vorsichtig stellte sie es in die Mitte der Kamelien zurück, denn ein starker Instinkt riet ihr, Francis nicht wissen zu lassen, dass sie hier gewesen war. Sie hatte sich schon zum Gehen gewandt, als sie unter den Regalen eine Reihe langer Kartenschubladen entdeckte.

Sie legte die Hand auf den Griff der obersten Schublade und zog daran. Mühelos glitt sie auf, und ein Bild kam zum Vorschein. Es war ein Gemälde auf Leinwand, aufgezogen, aber nicht gerahmt, mit rauen Rändern, wo es von der Staffelei geschnitten worden war. Die Frau war nicht weiter bemerkenswert, sie lag fast nackt auf einer Chaiselongue, aber der Raum war einzigartig. Es war Francis' Atelier in der Gower Street.

Annie hätte den Raum überall erkannt – die hohen, kapellenartigen, in Kristalllilien endenden Fenster, das mit weinrotem Samt bezogene Sofa, auf dem sie als Lucrezia posiert hatte und dabei von genau derselben Eule beobachtet worden war, die sie auch jetzt von dem Regal anstarrte. Aber das Merkmal, das jeglichen Zweifel ausräumte, waren die scheelesgrünen Wände, die leuchtende, teure Farbe, die dem Raum seinen ganz eigenen Charakter verliehen hatte.

Nachdem sie den Ort der Handlung bestimmt hatte, sah sie sich das Mädchen, bei dem es sich zweifellos um eines von Francis' früheren Modellen handelte, mit der professionellen Neugier einer Rivalin genauer an. Sie kam sich nicht länger wie ein Eindringling vor; obwohl das Mädchen nackt war, gab es nichts Schockierendes zu sehen, ganz gewiss nichts, was jemanden mit Annies Erfahrung schockieren würde. Sie war recht hübsch, vielleicht ein bisschen älter als Annie selbst, mit lockigen kastanienbraunen Haaren. Es war keine schlechte Pose, aber ein bisschen zu entspannt. Dann sah sie auch, warum: das Modell schlief, schlief tief und fest, der Mund war schlaff, der Körper weich.

Annie fühlte sich ein bisschen überlegen. Als bloße Amateurin, die als Lucrezia posiert hatte, hatte sie genug gelernt, um zu wissen, dass man selbst dann, wenn man

Schlaf vortäuschte, ein gewisses Maß an Spannung im Körper halten sollte, um die Pose ästhetisch ansprechender wirken zu lassen. Fast hätte sie gelächelt. Sie hatte keine Angst mehr. An diesem Raum war nichts Unheimliches; Francis lagerte offensichtlich die Requisiten all seiner Gemälde hier, falls er sie noch einmal brauchte, und die Bilder bewahrte er hier auf, weil er sie für die Augen der Diener für unpassend hielt. Vielleicht hielt er sie auch für die Augen der Frau für unschicklich, die Annie für ihn sein sollte. Auf jeden Fall war dieser geheime Raum in der Bibliothek eine Eigenheit des Hauses, die er entdeckt und dann beschlossen hatte, das Zimmer als Lager zu benutzen. Daran war nichts Bedrohliches.

Sie fuhr fort, die Kartenschubladen zu durchsuchen. Unter dem ersten nackten Mädchen lag noch eines und noch eines, alle schlafend in derselben Pose in dem grünen Atelier. Sie legte sie sorgfältig zurück. Ihr war nicht klar, warum Francis gemeint hatte, solche unschuldigen Bilder verstecken zu müssen. Hatte er ihr nicht an ihrem ersten Abend in der Gower Street selbst erzählt, er würde Akte malen und seine Modelle in allen Gesellschaftsschichten finden?

Sie öffnete die zweite Schublade und konnte fast auf den ersten Blick sehen, dass es hier noch weniger Grund zur Beunruhigung gab. Hier fanden sich Studien derselben Mädchen, der blonden, der rothaarigen und der brünetten, alle vollendet und gefirnisst, alle aufgezogen und dann aus dem Rahmen geschnitten. Diesmal waren die Modelle jedoch bekleidet und in verschiedenen Posen dargestellt: sitzend, stehend, kniend oder gegen die scheelesgrüne Tapete oder die hohen Bogenfenster gelehnt. Interessiert nahm sie zur Kenntnis, dass sie in diesen bekleideten Studien ihre alten Freunde wiedersah, die ausgestopften Tiere von den Regalen. Hier kauerte die Eule auf dem Fensterbrett, dort spähte die Katze unter einem Unterrock hervor. Ein kniendes Mädchen hielt den Spatz in der Hand.

Sie schloss die Schublade, öffnete die letzte, die dritte, und nahm das oberste Bild heraus. Anfangs sah sie nur das weiße Kleid und den Arm voller Kamelien und dachte, es zeige sie selbst. Dann bemerkte sie die langen schwarzen Haare und das Gesicht, und ihr Herzschlag setzte einen Moment aus.

Es war Mary Jane.

Sie musste sich an der Wand abstützen. Ihre Gedanken überschlugen sich. Was hatte das zu bedeuten? Wann war Francis Mary Jane begegnet? Annie wusste natürlich, dass er ihren Leichnam für sein Seufzerbrücken-Gemälde gemalt hatte, aber er hatte nicht erwähnt, dass er ihr zu ihren Lebzeiten begegnet war. Waren sie miteinander bekannt gewesen? Sie mussten sich gekannt haben, denn dies war Mary Jane, lebend und atmend in dem grünen Atelier. Annie forschte in dem geliebten toten Gesicht nach Antworten, aber Mary Janes große dunkle Augen sahen sie blicklos an, das Gesicht blieb verschlossen und ausdruckslos.

Es waren die Blumen, die ihr die Antworten lieferten. Sie betrachtete die Kamelien in den Armen ihrer toten Freundin, und der Duft der sterbenden roten Kamelien rund um das Alabastergefäß auf dem Regal hinter ihr stieg ihr in die Nase und verursachte ihr Übelkeit, wie er es immer getan hatte.

Wie er es immer getan hatte. Ganz langsam setzte ihr benommener Verstand die Puzzleteile zusammen. Sie hatte den Geruch gehasst, seit sie die Kamelien auf dem Tisch in der Halle gesehen, seit sie sie zum ersten Mal gerochen hatte. Zum ersten Mal? Nein. Denn jetzt meldete sich ihr sensorisches Gedächtnis zu Wort. So wie der Duft einer Tanne ein längst vergangenes Weihnachtsfest oder ein frisch gemähter Rasen einen schönen Sommertag heraufbeschwören konnte, so weckte dieser Geruch in Annie die Erinnerung an Mary Jane, die von innen her leuchtend spätabends in ihre Unterkunft am Haymarket zurückgekommen war und gesagt hatte, sie hätte einen Mann kennengelernt.

Und die nach Kamelien gerochen hatte.

Die Erkenntnis löste sowohl Befriedigung als auch eine nagende Furcht in ihr aus. *Deswegen* hatte sie den Geruch immer gehasst. Dieser süße, unschuldige Blumenduft war für sie für immer vergiftet, denn so hatte Mary Jane gerochen, als sie sie das letzte Mal gesehen hatte. Für Annie war es der Geruch des Todes.

Mit langsam und schmerzhaft pochendem Herzen suchte sie weiter. Hier waren noch mehr Studien von Mary Jane, vollständig bekleidet, immer mit Kamelien – sie hielt sich eine einzelne Blume an die Nase, blickte mit einer Blüte in den Haaren aus dem Fenster oder hielt so viele in den Armen, dass ein paar Blütenblätter zu Boden fielen. Und darunter, ganz unten in der Schublade, lag ein einzelner Akt. Wie die anderen Mädchen räkelte sich Mary Jane mit geschlossenen Augen auf der Chaiselongue.

Annie betrachtete das Bild schuldbewusst. Sie hatte ihre Freundin nie ohne Kleider gesehen. Wenn sie sich wuschen, dann immer nur teilweise, und wenn sie im selben Bett schliefen, war es zu kalt, um auf Kleider zu verzichten. Mary Jane hatte nie zugelassen, dass die Bastarde sie nackt sahen, das wusste sie, denn sie hätte ihr Brandzeichen niemandem außer Annie gezeigt. Obwohl Francis Maler war, obwohl er ihr vielleicht geschmeichelt und sich auf künstlerische Wahrheit, Präsenz, Realismus und all die anderen wohlklingenden Worte berufen hatte, die er Annie beigebracht hatte, hätte sich Mary Jane nie dazu bereiterklärt. Sie hatte oft gesagt, sie würde keinen Mann ihr Brandzeichen sehen lassen, so lange sie lebte.

So lange sie lebte.

Annies Herz geriet ins Stolpern. Wieder studierte sie das Bild. Die Augen ihrer Freundin waren geschlossen, ihr rosiger Mund stand leicht offen. Ihr üppiges Haar, schwarz, glatt und mit dem bläulichen Glanz einer Elsternbrust, fiel zu Boden, ihr Arm hing schlaff herunter, und das Brandzeichen war deutlich zu sehen.

Mary Jane war tot.

Sie hatte tot in Francis' Haus gelegen. Man mochte sie unter der Waterloo Bridge gefunden haben, aber sie war schon tot gewesen, bevor sie überhaupt auf dem Wasser aufgeschlagen war.

Annie ließ das Bild fallen, als hätte sie sich verbrannt, und riss die anderen Schubladen auf. Mit zitternden Händen zog sie die Aktbilder – drei, fünf, zehn – heraus. Sie sah, dass ihr Modellinstinkt sie nicht getrogen hatte. Die Mädchen waren zu entspannt: ein schlaffer Mund, eine silberne Speichelspur, eine herabhängende Brust, auseinandergefallene Beine. Ungeschützt und unvorteilhaft.

Die Mädchen waren tot.

Alle.

Ein Blitzschlag direkt über ihrem Kopf ließ sie zusammenschrecken, und ein zweites Krachen rief sie an das Fenster. Sie dachte, einer der Bäume wäre getroffen worden, aber die dunklen wogenden Zypressen standen immer noch Wache, keine war vom Blitz gespalten oder in Brand gesetzt worden. Aber durch das regennasse Glas konnte sie weit unten auf der Straße ein Licht sehen.

Das winzige, schwankende Licht einer Kutschenlaterne.

Sie griff nach dem Akt von Mary Jane, rollte das Bild zusammen, so schnell sie konnte, und stopfte es in ihren Ärmel. Trotz ihrer Eile würde sie ihre Freundin nicht hier zurücklassen, damit er sich an seinem Andenken weiden, sie zu einer Trophäe wie die ausgestopften Tiere degradieren konnte. Sie schob die Kartenschubladen wieder zu, drehte die Lampen zu dem schwachen Glühen herunter, das sie vorgefunden hatte, und schlüpfte durch die Bücherregaltür, ohne darauf zu warten, dass sie mit einem Klicken hinter ihr zufiel. Sie stolperte die Holzleiter hinunter, wobei ihre Stiefel auf den schmiedeeisernen Sprossen ausglitten, und rannte dann durch die dunkle Bibliothek, den Gang hinunter und durch das elfenbeinfarbene Atrium. Dort zerrte sie die schwere Tür auf und stürmte in den Regen und die Nacht hinaus.

ZWANZIGSTES KAPITEL

Ein Jahr, zwei Wochen und drei Tage zuvor.

Francis fragt mich, ob ich ihm nackt Modell sitze. »Ich versichere Ihnen, dass mit meiner Bitte nichts Anstößiges verbunden ist«, beteuert er. »Für mich strahlt der nackte Körper nur Unschuld aus, Eden vor dem Sündenfall. Was sagen Sie? Werden Sie es tun?«

Ich muss nicht einmal darüber nachdenken. »Nie im Leben.«

»Ich zahle das Doppelte«, sagt er.

Ich bin nicht prüde – wie sollte ich auch? Das Problem ist das Brandzeichen auf meinem Arm. M für Mary Jane, M für Magdalena, M für Missetäterin. Ich habe geschworen, es nie zu zeigen, und ich werde meinen Schwur nicht brechen. »Selbst Sie haben nicht genug Geld, um mich dazu zu bringen, meine Meinung zu ändern.«

Er streicht sich über das Kinn und mustert mich fasziniert. »Ist das Ihre endgültige Antwort?«

»Wenn Sie eine andere Antwort wollen, fragen Sie ein anderes Mädchen.«

»Also gut, Mary Jane«, sagt er und fängt wieder an zu malen. Aber er wirkt nicht verärgert, eher ... amüsiert.

Annie rannte bergauf, immerzu bergauf, denn bergab waren die sich nähernde Kutsche und Francis.

Stolpernd und schluchzend, vom Regen durchweicht und wie ein Windhund in dem dünnen chinesischen Morgenrock zitternd, der sich um ihre Beine schlang und sie beim Laufen behinderte, floh sie in die Hügel. Oft fiel sie hin, zog sich Kratzer zu und starrte bald vor Schlamm, als der strömende Regen den roten Lehm in einen blutigen Matsch verwandelte. Bei ihrer Flucht verschwendete sie keinen Gedanken an sich selbst, sie dachte nur an das zusammengerollte Bild in ihrem Ärmel, als wäre es Mary Jane selbst, die sie festhielt.

Als sie hoch genug gelaufen war, zwang sie sich, stehen zu bleiben und sich umzudrehen. Sie beobachtete den dunklen Höcker der Villa Camellia, als das kleine Licht in die Einfahrt einbog, von der Kutsche gelöst und ins Haus getragen wurde.

Dann entzündete dieses Licht weitere Lichter.

Sie kannte das Haus gut und verfolgte mit klopfendem Herzen Francis' Weg durch die Villa, als die Lichter nacheinander angingen. Atrium, Treppe, sein Zimmer. Gang, Bibliothek, und dann das siebte Fenster. Das Geheimzimmer, das Kuriositätenkabinett.

Wie schnell würde er entdecken, dass Mary Jane verschwunden war? Einen Moment lang bereute sie ihren Impuls, das Bild mitzunehmen. Was konnte er Mary Jane denn jetzt noch antun? Annie hatte sich verraten; sie hatte ihn wissen lassen, dass sie in seinem Kabinett gewesen war. Sie zwang sich, zuzusehen, wie die Lichter nacheinander wieder gelöscht wurden. Der Regen fiel, ihr Herzschlag beruhigte sich. Vielleicht hatte er gar nicht bemerkt, dass etwas fehlte, vielleicht war er zu dem Schluss gekommen, dass sie zu Bett gegangen und er sicher war. Einen Moment blieb alles still. Dann beobachtete sie voller Entsetzen, dass sich ein kleines Licht von der dunklen Masse der Villa entfernte und sich ihr den Weg hügelaufwärts näherte. Er kam auf sie zu.

Sie rannte los.

Sie hatte keine Ahnung, wohin sie lief, als sie vor dem Licht unter sich floh, bis sie ein Licht über sich erblickte. Eine lange zurückliegende Sonntagsschulerinnerung brachte ihr eine Textzeile zurück.

Ich hebe meine Augen auf zu den Bergen, von welchen mir Hilfe kommt.

Sie stürmte weiter zu der Stelle hoch, wo sich das kleine Licht zwischen die Hügel schmiegte, kletterte blindlings darauf zu und wischte sich dabei Regen aus den Augen. Ihr Verstand blieb immer zwei Schritte hinter ihren Füßen zurück, bis ihr klar wurde, dass das Licht tatsächlich Rettung verhieß: es war das Licht, das sie so oft von ihrem Zimmer und abends von der Loggia aus gesehen hatte. Es war das Kloster Maria Magdalena.

Es gab einen Fußweg und einige in den Hügel gehauene breite Stufen, und als sie sich mit letzter Kraft dort hochschleppte, hörte sie das grässliche Geräusch anderer Schritte hinter sich auf der Treppe. Wie hatte er sie so schnell einholen können? Der Klang setzte letzte Energiereserven frei, die sie brauchte, sie kämpfte sich mit kreischenden Muskeln und berstenden Lungen weiter und warf sich gegen das verriegelte Tor. Dort zog sie an einem Seil, woraufhin eine Glocke in die Nacht läutete und ihren Standort verriet, doch sie scherte sich nicht darum. Die Zeit für Täuschungen war vorbei, jetzt war alles nur noch ein Wettrennen. *Wenn sie sie nicht einließen, bevor er sie endgültig einholte... wenn sie sie nicht einließen, bevor er sie endgültig einholte...* Bitte, bitte, *bitte*, formte sie mit den Lippen wie ein Gebet.

Nach einer gefühlten Ewigkeit schrie sie flehend: »Im Namen von Maria Magdalena, lasst mich herein!« Das hatte sie gar nicht sagen wollen; sie hatte an »Sesam öffne dich« oder etwas Ähnliches gedacht, aber der Zauber wirkte. Ein gütiges, von einer Sturmlaterne beleuchtetes Gesicht erschien an den Gitterstäben, und die Tore wurden geöffnet. Die Schritte ertönten auf der Schwelle hinter ihr, und sie stürzte in das Innere. »Er kommt«, keuchte sie und drehte sich um, um der Gestalt in der Ordenstracht zu helfen, das Tor zuzuschlagen und den Schlüssel zu drehen, ohne einen Moment zu verlieren.

In Sicherheit, aber vor Furcht und Wut halb wahnsinnig brüllte sie mit ihrem breitesten Bethnal-Green-Akzent, dem Akzent, den sie sich für ihn abgewöhnt hatte: »Fick dich, Francis Maybrick Gill!«

Ihr Verfolger löste sich aus dem Dunkel und trat völlig durchnässt, schwer atmend und mit am Kopf klebendem dunklen Haar an das Tor. Aber es war nicht Francis.

Es war der Regenbogenmann.

Annie schwieg. Sie konnte kaum glauben, was sie hörte, wusste aber zugleich, dass es der Wahrheit entsprach. Sie musste sich nur eine Minute Zeit nehmen, um von dem ganzen unglaublichen Bild zurückzutreten, das für sie gemalt wurde, so wie Francis von seinen Leinwänden zurückzutreten pflegte.

Anfangs war sie hysterisch gewesen. Sie hatte geglaubt, dass Francis sie mit übermenschlichen Kräften den Hügel hoch zu diesem Zufluchtsort gejagt hatte und aus dem Dunkel gesprungen war, um sie umzubringen. Sie hatte die Gitterstäbe zwischen ihnen gesegnet und sich schluchzend und schreiend an die ältere Nonne geklammert, die sie eingelassen hatte. Dann war sie auf dem Boden zusammengebrochen, während die Nonne in leisem, raschem, in dem tobenden Unwetter unverständlichem Toskanisch mit dem Regenbogenmann sprach. Feuchte Papiere wurden durch die Gitter und zurück gereicht, dann hatte Annie zugesehen, wie die Gestalt in der Ordenstracht das Tor geöffnet und den Regenbogenmann eingelassen hatte.

Jetzt saß sie mit einer Decke um die Schultern und einer Tasse Brühe in der Hand im Büro der Oberin. Im Kamin prasselte ein kleines, aber fröhliches Feuer, der Wind draußen hatte nachgelassen, alle sprachen Englisch, und sie begann zu begreifen, was ihr berichtet wurde.

Auch jetzt noch bat sie die Oberin, zu wiederholen, was sie gesagt hatte. Nur aus dem Mund einer Dienerin Gottes würde sie es glauben. Nicht aber aus dem der anderen Person im Raum, dem großen dunklen Mann, der auf dem dritten Stuhl saß.

Er war nicht mehr der Regenbogenmann. Jetzt war er ganz in Schwarz gekleidet wie damals, als sie ihn zum ersten Mal in den Uffizien gesehen hatte. Er saß in militärischer Haltung kerzengerade da. Heute trug er einen langen schwarzen Mantel mit einer Doppelreihe stumpfer Messingknöpfe, schwarze Hosen und eine schwarze Krawatte. Sein dunkles Haar war vom Regen strähnig, nur an den Schläfen begannen ein paar Locken zu trocknen und sich zu formen. Seine schwarzen Augen blickten todernst, sein Gesicht war blass und verschlossen. Er schwieg, während die Oberin sprach.

Die ältere Nonne hinter dem Schreibtisch aus Walnussholz faltete geduldig die Hände auf ihrer Kladde und erklärte alles noch einmal.

»Das ist Sovrintendente Lodovico Graziani von der Guardia Civica di Firenze. Er will Ihnen nichts Böses; ich kann Ihnen versichern, dass ich seine Referenzen persönlich überprüft habe, bevor er das Klostergelände betreten durfte. Sie sind in Sicherheit. Er ist hier, um Sie zu beschützen.«

Annie verstand immer noch nicht.

»Wer sind die Guardia ... Civi ... Was haben Sie gesagt?«

»Die Guardia Civica di Firenze. Die florentinische Zivilgarde. Sie sind die Hüter der Stadt und stehen unter dem Befehl des Großherzogs der Toskana.«

Annie fühlte sich plötzlich hilflos und weinerlich. »Es tut mir leid ... ich verstehe einfach nicht ...«

»Wir sind die Polizei.« Er sprach zum ersten Mal. »Die florentinische Polizei.«

Sie sah ihn an.

»In London«, sagte er sanft, »geht die Metropolitan Police auf den Straßen Streife, Ihre Bobbys, Blauröcke oder Polypen, nennen Sie sie, wie Sie wollen. In Florenz haben wir die Guardia Civica. In London gibt es auch noch eine neue Einheit von Kriminalbeamten, die ausschließlich Mordermittlungen durchführt. Ich weiß das, weil mein guter Freund zu ihnen gehört, ein Freund, der einst in Mailand an meiner Seite gekämpft und mir das Leben gerettet hat.«

Annies Verstand arbeitete quälend langsam. »Warum erzählen Sie mir das?«

Er ignorierte ihre Frage. »Sie erinnern sich, dass ich Ihnen eine Geschichte erzählt habe«, fuhr er so streng wie ein Schulmeister fort. »Die Geschichte eines Mannes, der während der Tabakaufstände für die *Jungen Italiener* gefochten hat, ein blonder Riese mit Backenbart? Sie erinnern sich doch auch, dass ich gesagt habe, er wäre nach London zurückgekehrt, um einen anderen Kampf zu bestreiten? Sie erinnern sich, dass ich Sie gefragt habe, ob Sie ihn kennen?«

»Ich kenne ihn, nicht wahr?«, erwiderte Annie langsam.

»Ja, Sie kennen ihn. Sein Name ist Inspektor Charlie Rablin von der Metropolitan Police. Er kam in einer Nacht im Juni in die Gower Street, um dem Hauseigentümer ein paar Fragen zu stellen. Im Verlauf dieser Befragung begann er zu spüren, dass etwas nicht ganz stimmte. Als er ging, sah er Sie auf den Stufen sitzen. Ihm kam der Gedanke, Sie auf der Stelle mitzunehmen, aber er tat es nicht, weil er wusste, dass er am nächsten Morgen mit Verstärkung zurückkommen würde, um den Maler Francis Maybrick Gill bezüglich einer Reihe kürzlich begangener Morde zu verhören.«

Annie blickte von dem Sprecher zu der Oberin hinter ihrem Schreibtisch. Die Nonne nickte einmal, als wollte sie die Worte bekräftigen, und er sprach weiter.

»Inspektor Rablin kam am Morgen zurück, aber Maybrick Gill war fort, und Sie mit ihm.«

»Nach Florenz«, flüsterte sie.

»Nach Florenz«, wiederholte er.

Er stand auf, ging zum Fenster und blickte durch den alten Steinbogen und die Glasscheiben auf die Lichter der Stadt unter ihnen. »Aber die Spur wurde nicht kalt. Der Inspektor stellte Nachforschungen in Dover an und fand heraus, wo Maybrick Gill hinwollte. Dann telegrafierte er einem Freund im *ufficio* der Guardia Civica in Florenz. Mir.«

Annie schüttelte sich das nasse Haar aus den Augen. »Ein Haufen Aufwand für ein einziges Mädchen, wie mir scheint.«

»Charlie ist ein guter Mann. Er konnte sich nicht verzeihen, Sie in der Gower Street zurückgelassen zu haben. Er hatte keinen Grund zu der Annahme«, er senkte den Blick, »dass Francis Maybrick Gill Ihnen etwas zuleide tun wollte. Er hatte keinen Grund, davon auszugehen, dass er etwas mit den zahlreichen Morden an jungen Frauen zu tun hatte, aber er hatte Beweise dafür, dass sich Maybrick Gill mit ein paar der Frauen von der Straße angefreundet und sie gemalt hatte, die später tot aufgefunden wurden.«

»Wie hießen sie?«

»Wie bitte?«

»Ich muss ihre Namen wissen.« Sie musste sicher sein.

Er zog ein Notizbuch aus weichem Leder aus seinem Mantel und löste die Schnur, die den Einband zusammenhielt. Dann verlas er die Namen so respektvoll wie ein Pfarrer in der Kirche. Die Liste wurde länger und länger, ein

Dutzend, zwanzig. Annie schloss die Augen und sah die Bilder der Mädchen in Francis' Kuriositätenkabinett vor sich. Mary Janes Portrait, komplett mit dem Brandzeichen, steckte noch zusammengerollt in ihrem nassen Ärmel. Er las zwanzig oder mehr Namen vor, die sie nicht kannte, und ganz zuletzt einen, den sie kannte.

Sie schlug die Augen wieder auf und sprach ihn zum ersten Mal direkt an. »Signor ... Graziani?«

»Ja.« Sein Gesicht war so ernst und unbewegt wie immer.

»Sind Sie überhaupt ein Farbenhändler?«

Er sah sie nicht an. »Mein Vater war einer. Und sein Vater vor ihm. Und ich auch, bevor ich in Mailand gekämpft habe.«

»Und danach?«

»Danach nicht mehr. Da ging ich zur Guardia. Und als der Fall Maybrick Gill kam, wurde ich aufgrund meiner Erfahrung dazu ausgewählt, sein Farbenhändler zu werden. Ich tat, was ich tun musste, um an ihn heranzukommen.«

Er hatte getan, was er hatte tun müssen. Er hatte sie auf bewundernswerte Weise umgarnt, sich genauso geschickt ihr Vertrauen erschlichen wie Francis'. All das Gerede über Farbe und Regenbögen und die Farbtöne, aus denen sich ihre Erinnerungen zusammensetzten; alles, was sie ihm aus ihrem früheren Leben anvertraut hatte – Himmel, sie hatte es *durchlebt* –, war nur Theater gewesen, ebensolche Illusionen wie die Schaus in den Vauxhall Gardens. Und er hatte sie geküsst, ein falscher Kuss von der falschen Persönlichkeit, die er verkörperte. *Er hatte getan, was er hatte tun müssen.*

»Jetzt werde ich wohl nie mehr etwas über Rot erfahren«, sagte sie völlig zusammenhangslos.

»Doch, das werden Sie zu gegebener Zeit.«

»Ich werde es nicht von Ihnen lernen«, erwiderte sie scharf. »Ich habe Ihnen mein wahres Gesicht gezeigt. Sie haben gelogen und gelogen.«

»Vielleicht. Aber wenige von uns sind die, die sie zu sein scheinen, Signorina Stride.« Er tat jetzt nicht mehr so, als wäre sie eine verheiratete Frau. »Francis Maybrick Gill war nicht so, wie er zu sein schien. Er war ein Raubtier, Annie. Er wählte seine Modelle sorgfältig aus. Sie waren alle so wie Sie«, fuhr er etwas sanfter fort. »Jede Einzelne. Mädchen, die ihr ganzes Leben lang von Männern missbraucht worden waren. Er hat sich allen auf dieselbe Art genähert, nämlich indem er sie freundlich und ritterlich behandelte, was für sie eine ganz neue Erfahrung war. Er nannte sie Madam, statt sie mit all den hässlichen Namen zu belegen, die sie gewöhnt waren. Er ließ sie in Ruhe und verlangte nichts von ihnen, von diesen Frauen, denen schon so viel abverlangt worden war. Dann traf er sie zufällig wieder und bot ihnen an, sie zu malen. Er gab ihnen das Gefühl, schön zu sein.« Er blickte auf seine Hand hinunter. »Ob er nun ein Mörder war oder nicht, er war ein Raubtier. Und als er dann nach Florenz kam, begannen auch hier Mädchen zu verschwinden. Hübsche Mädchen, Annie. Mädchen von der Straße. Aber wir hatten immer noch keine Beweise.«

Sie schluckte. »Er ist ein Mörder. Und ich habe in der Villa Camellia alle Beweise gefunden, die Sie brauchen.« Sie berichtete ihm leise, aber mit klarer Stimme von dem

Geheimzimmer, dem Kuriositätenkabinett, und den Bildern der ermordeten Mädchen, Francis' Totengalerie.

Er hörte schweigend zu, bis sie fertig war. Dann sagte er weich: »Das Bild Ihrer Freundin, das Sie mitgenommen haben. Es ist Beweismaterial. Ich brauche es.«

Sie zog das Bild aus ihrem Ärmel, entrollte es und reichte es ihm.

»Ich werde gut auf Mary Jane aufpassen«, versprach er, und daraufhin hätte sie am liebsten geweint. Erst jetzt erhaschte sie wieder einen Blick auf den Regenbogenmann, den Mann, der ihr ans Herz gewachsen war, in den sie sich verliebt hatte, aber ihre Freundschaft war nur ein Vorwand gewesen, eine Scharade, um einen Mörder zu fangen. Die Tränen traten ihr in die Augen und lösten sich daraus, und die Oberin erhob sich.

»Das reicht«, sagte sie streng. »Die junge Frau braucht Ruhe. Bis morgen keine Fragen mehr. Annie, unsere Postulantin Schwester Rafaella wird Ihnen Ihre Kammer zeigen.«

Die schwarz gekleidete Gestalt stand ebenfalls auf. »Ich komme morgen wieder«, sagte er. »Sie sind hier vollkommen sicher. Die Oberin hat Anweisung, niemanden außer mir hereinzulassen, bis Maybrick Gill gefasst ist.« Er musste Annies Gesicht gesehen haben. »Wir werden ihn finden.«

Er verabschiedete sich mit einer leichten Verbeugung von der Oberin und auf genau dieselbe Art von Annie. So korrekt, so formell. *Rühr mich nicht an.* Sie dachte an den Kuss, den er ihr einst gegeben hatte, so zärtlich, so real und dachte, dass sie noch nie in ihrem Leben so unglücklich gewesen war.

Aber Annie besaß die Unverwüstlichkeit der Jungen und Kräftigen. Sie schlief bis mittags, und als sie die hölzernen Fensterläden aufstieß, schien die Sonne, und Florenz erstreckte sich noch immer unter ihr.

Als sie erwacht war, hatte die junge Nonne, die ihr in der Nacht zuvor ihre Unterkunft gezeigt hatte, in einem Stuhl neben ihrem Bett gesessen und in einem Gebetbuch gelesen. Als sie sah, dass Annie sich rührte, sprang sie auf und lächelte. Annie gab das Lächeln zurück. Dank einer Mischung aus Toskanisch und Pantomime begriff sie, dass sie sich waschen sollte. Die junge Nonne brachte eine Messingkanne mit heißem Wasser, das sie in eine irdene Schüssel goss. Sie half Annie mit dem dampfenden Flanelltuch, bis sie sauber geschrubbt und rosig war. Dann half sie ihr, das einfache Nachthemd, in dem sie geschlafen hatte, mit einem schlichten langärmeligen Kleid zu vertauschen, band ihre Haare mit dem Geschick langer Erfahrung in ein weißes Kopftuch und verbarg seine ganze Schönheit unter dem Schleier.

Annie folgte ihr zu einem Refektorium mit spitz zulaufenden Fenstern und langen Holztischen, an denen die Nonnen in ordentlichen Reihen saßen. Dort verzehrte sie mit ihnen zusammen Würstchen und Obst und Brot und trank starken ungesüßten Kaffee aus einem Glas. Die Nonnen aßen schweigend, während eine von ihnen an einem Chorpult aus der Bibel vorlas. Der Rosenkranz in lateinischer Sprache wirkte beruhigend. Sie verstand zwar nur ein Wort von zehn, aber die Melodie der Sprache war Balsam für ihre geschundenen Nerven. Hier hatte sie Zuflucht gefunden, hier konnte sie nur an den nächsten Bissen, den nächsten Schluck Kaffee denken. Sie konnte sich an ihrem sauberen Körper, den einfachen, bequemen Kleidern, ihrem frisch geschrubbten Gesicht und ihren verdeckten Haaren freuen, von denen nicht eine Strähne zu sehen war. Sie spürte, dass sie in der Serie von Frauen, die sie verkörperte, jetzt in eine neue Rolle geschlüpft war: Sie gehörte nun dem Orden der Maria Magdalena an. Es gab noch drei weitere junge Frauen mit weißen Schleiern, also fiel sie nicht auf. Sie war für jeden zu sehen und doch in der Menge verborgen, kein berühmtes Modell und keine gefeierte Schönheit mehr. In dieser Schar war sie unsichtbar, eine von vielen, und jetzt gerade, wo sie den Schock der vorigen Nacht verarbeiten musste, passte ihr das ausgezeichnet.

Nach der Mahlzeit und einem Gebet brachte Schwester Rafaella sie zu der Oberin. Auf dem Weg durch die Kirche blieb die junge Postulantin stehen, um auf eine Wand mit Fresken zu zeigen. Darauf prangte ein Lamm, das eine Fahne über seine Schulter hielt, in einem Stil gehalten, den Annie zu kennen meinte. Die Augen schienen zu leben, das Vlies schien zu wachsen. »Giotto«, verkündete das Mädchen so stolz, als hätte sie es selbst gemalt. Annie war plötzlich wieder in Santa Croce, stand neben Francis und betrachtete andere Giottos, während er ihr erzählte, dass der Maler ursprünglich ein Schäfer gewesen war. Erschauernd ging sie weiter.

Die Oberin saß an ihrem Schreibtisch und schrieb statt mit einer Schreibfeder, wie Annie es erwartet hätte, mit einem modernen Tintenstift einen Brief. Sie legte den Stift weg, stand auf, um Annie bei den Schultern zu fassen, und musterte sie mit fast wimpernlosen Augen von der Farbe von Salbei.

»Sie sehen ein bisschen besser aus, nachdem Sie sich ausgeruht haben, mein Kind.«

»Ich fühle mich auch besser, Signora.«

»Sie reden mich mit Mutter Oberin an.«

Annie wurde mit der älteren Nonne und ihrer Art, sie »mein Kind« zu nennen, nicht sofort warm. Sie erinnerte sie an die blasierten, selbstzufriedenen Heuchler in Whitechapel, diese Pfaffen oder Pamphleteverteiler, die den gefallenen Frauen Predigten hielten, um sich selbst heilig zu fühlen. Sie statteten der Unterwelt, einer Welt, die sie nach einer oder zwei Stunden wieder verlassen konnten, ohne noch einmal zurückzublicken, nur zu gerne einen Besuch ab, damit sie sich dann in ihrer Gemeinde darüber auslassen und Nervenkitzel auslösen konnten. Sie vermutete, dass es für diese weltfremde Wohltäterin auch einen Kitzel darstellte, eine so nichtswürdige Kreatur wie sie unter ihrem Dach zu beherbergen. Aber Annie war in mancher Hinsicht immer noch Francis' Geschöpf und hatte den Firnis guter Manieren, die er ihr in der Gower Street beigebracht hatte, noch nicht ganz abgewaschen, daher sagte sie das, was angemessen war. »Danke, dass Sie mich hier aufgenommen haben, Mutter Oberin.«

»Was hätte ich denn sonst tun sollen? Dieses Kloster wurde gegründet, um Frauen im Namen Maria Magdalenas Obdach zu gewähren.«

Das ließ Annie nicht gelten. »In London gibt es ein Heim in ihrem Namen, wo sich die Frauen zu Tode schinden mussten.«

»Dann haben sie dort ihren Namen missbräuchlich im Munde geführt«, erklärte die Nonne streng. »Hier ist das zum Glück nicht der Fall. Wenn Sie arbeiten wollen, können Sie arbeiten. Wenn Sie beten möchten, können Sie beten.« Sie schob die Hände in ihre Ärmel, was ihr ein seltsames Aussehen verlieh. »Einige kommen nur für kurze Zeit her, manche bleiben für immer, aber alle von uns verehren unsere persönliche Heilige.«

Annie blickte in die wimpernlosen Augen. »Sie war eine Heilige? Maria Magdalena?«

Einen Moment lang legten sich Fältchen um die Augenwinkel. »Ja, natürlich. Sie wurde vor Jahrhunderten von der Kirche heiliggesprochen.«

Annie kam sich vor, als hätte man ihr erzählt, der Bäckersjunge wäre ein Baronet. »Das kann nicht sein. Sie hat sich durch alle Betten ge...«

»Ach, Annie.« Die Oberin lächelte traurig. »Sie haben so lange in einer Welt von Lügnern gelebt, dass Sie die Wahrheit nicht erkennen können. Der Herr umarmt alle seine Kinder. Unsere gewöhnliche Vergangenheit schließt uns nicht von Seiner Gnade aus. Sie hebt Sie hier kaum aus der Masse hervor, denn es ist eine, die wir alle teilen.«

Annie blieb der Mund offen stehen. »Sogar Sie?«

Die Salbeiaugen blinzelten. »Sogar ich. Ich habe viele Jahre lang auf den Straßen von Florenz gearbeitet, bevor die heilige Magdalena zu mir gesprochen und mir Errettung verheißen hat.«

Annies Groll schmolz dahin, und sie betrachtete die Nonne mit anderen Augen. Dann zuckte sie die Achseln. Jetzt war niemand da, der sie anwies, das zu unterlassen. »Sie hat von der Gosse aus einen langen Weg zurückgelegt.«

»Allerdings. Und auf dem Weg wurde sie zur Büßerin. Nach dem Tod unseres Herrn zog sie sich von der Welt zurück, so wie wir es hier tun.«

Also trat Annie einmal mehr in die Fußstapfen der Magdalena. Just in diesem Moment wäre sie am liebsten nie wieder von hier fortgegangen. Sie würde frohen Herzens bei diesen Frauen bleiben, wäre glücklich, sich für immer von Männern fernhalten zu können, die mordeten, logen und Judasküsse verteilten.

Aber es sollte nicht sein.

»Der Beamte von der Guardia Civica, der gestern Nacht hier war, Lodovico Graziani, ist wiedergekommen. Er sagte mir, dass seine Abteilung alles daransetzt, Ihren ... ehemaligen Freund aufzuspüren, bevor er wieder sündigen kann.«

Sündigen, dachte Annie. So konnte man es auch ausdrücken. Die Umschreibung der Weltverbesserer für Mord.

»Er möchte Ihnen gerne ein paar Fragen stellen. Fühlen Sie sich dazu in der Lage?«

»Nein.« Bei dem Gedanken stieg plötzlich Übelkeit in ihr auf. Einmal hatte sie zu Weihnachten nach einem besonders einträglichen Dezember zu viele kandierte Früchte gegessen und sich danach genauso gefühlt. Seltsam, dass zu viel Böses dieselben Symptome auslöste wie zu viele Süßigkeiten. Sie presste die Hand auf die Stelle unterhalb ihrer Rippen, wo das Gefühl zu sitzen schien, und tastete mit der anderen nach der hölzernen Bank hinter ihr. Sie kam sich vor, als hätte Francis, das personifizierte Böse, wie ein Inkubus von ihr Besitz ergriffen. Wie konnte es sein, dass sie so lange mit einem Mörder zusammengelebt, mit ihm zu Abend gegessen, ihm Modell gesessen, mit ihm Abende im

Theater oder in Konzerthallen verbracht und zugelassen hatte, dass er sie küsste, und beinahe – lieber Gott, *wie nah* sie davorgestanden hatte – mit ihm geschlafen hätte? Wie oft hatte sie die Hände gehalten, die Mary Jane umgebracht hatten? Mary Jane und wie viele andere?

Sie setzte sich und legte den Kopf auf die Knie, bis das furchtbare Gefühl nachließ. Dann richtete sie sich schwach und benommen wieder auf, um die Nonne anzusehen. Die Oberin legte ihr weder eine tröstende Hand auf die Schulter, noch bot sie ihr Wasser an. Stattdessen wandte sie sich ab und ging zu dem Steinfenster, um auf die alte Stadt hinunterzuschauen.

»Dort unten – Francis Maybrick Gill könnte jetzt dort unten sein und sich im Schatten verbergen. Ich weiß es nicht. Was ich aber weiß, ist, dass es Frauen geben wird, junge Frauen, Frauen wie Sie, die ihn dort nicht lauern sehen, die seine Schritte nicht hören, die nicht ahnen, dass er kommt.« Sie drehte sich wieder zu Annie um. »Sind Sie *jetzt* so weit?«

Annie drehte den Ring von Francis' Mutter von ihrem Finger, trat zum Fenster, warf ihn hinaus und wandte sich ab, ehe sie sehen oder hören konnte, wo er landete. »Jetzt ja.«

Sovrintendente Lodovico Graziani, der er jetzt wohl für sie sein musste, wartete im Kreuzgang auf Annie. Die Oberin hatte es so eingerichtet, dass sie sich während der Messe dort trafen, wenn die Klosterbewohner sich in der kleinen Kirche drängten, und sie allein sein würden. Einen Moment lang musterten sie sich, als müssten sie sich erst mit diesen neuen Versionen voneinander vertraut machen: er der Kriminalbeamte in Schwarz mit Messingknöpfen an der Jacke, sie die Novizin in Ordenstracht und Schleier.

In dem kleinen Klostergarten, wo Bienen über die Lavendelblüten summten und das Sonnenlicht auf die alten Steine fiel, befanden sie sich auf vertrautem Gelände. Als sie zwischen den Kräutern entlanggingen und der Duft von den zertretenen Blättern unter ihren Füßen aufstieg, hätten sie wieder in der Villa Camellia sein, durch den Garten spazieren und über Farben reden können. Nur drehte sich ihr Gespräch jetzt um ein weit finstereres Thema. Jetzt wurde nicht mehr gelogen und getäuscht. Der Tempelvorhang war zerrissen, und nun gab es nur noch die nackte Wahrheit.

Aus Gewohnheit begannen sie nebeneinander herzugehen, wie sie es viele Male zuvor getan hatten, aber es gab neue Energieflüsse zwischen ihnen. Auf ihrer Seite wuchs der Groll, da sie nun in Sicherheit war; was es von seiner aus war, wusste sie nicht.

»Werden Sie mich jetzt über Farben belehren?«, fragte sie spitz.

Er seufzte vernehmlich. »Ich sagte Ihnen doch, dass ich Farben herstelle. Was ich weiß, habe ich von meinem Vater und meinem Großvater gelernt, als hätte ich in einem Schulzimmer gesessen. Dann habe ich es Ihnen beigebracht. Was ich Ihnen vermittelt habe, waren Fakten, wissenschaftlich belegt und unanfechtbar.«

»Also stimmte das mit den Farben. Was ist mit dem Rest? Waren Sie überhaupt an den Tabakaufständen beteiligt?«

»Ja, und dort habe ich Charlie Rablin kennengelernt.« Er zupfte an seinem leeren Ärmelaufschlag. »In diesem Ärmel steckt tatsächlich kein Arm – ich habe ihn auch nicht abgesägt, um Sie zu täuschen.«

Sie war ernüchtert, blieb aber beharrlich. »Aber Sie haben mir Lügen aufgetischt.«

»Ja«, bestätigte er weich. »Es lag nie in meiner Absicht, jemanden zu täuschen. Es tut mir aufrichtig leid. Ich wollte niemanden anlügen, schon gar nicht Sie. Aber ich habe getan, was ich tun musste, um Maybrick Gill aufzuhalten. Ich habe vier Schwestern. Ich habe eine Mutter. Das waren keine Lügen, meine Familie war keine Erfindung. Ich will, dass sie sicher sind, ich will, dass jede Tochter von Florenz sicher ist.«

Sie kam sich albern und selbstsüchtig und trotzig vor, was sie alles nicht sein wollte, aber sie konnte sich die wehleidige Frage nicht verkneifen. »Was war mit *mir*? Mit *meiner* Sicherheit?«

»Es hat mich fast umgebracht, Sie dort zurückzulassen«, erwiderte er voller Mitgefühl. »Aber mir blieb keine andere Wahl. Sie fortzubringen hätte sein Misstrauen geweckt, und wir mussten ihn in Sicherheit wiegen, bis wir genug Beweismaterial zusammengetragen hatten. Aber ich war immer auf Ihre Sicherheit bedacht. Deswegen habe ich auch eingewilligt, ihm Modell zu stehen. Oder glauben Sie etwa, ich hätte den geheimen Wunsch gehegt, mich als Christus dargestellt zu sehen? Nein, ich blieb, um Sie zu beschützen, und erduldete all die Quälereien, die er sich für mich ausgedacht hatte. Selbst nachdem ich das Haus verlassen hatte, behielt ich es so oft im Auge, wie ich konnte.

Ich habe sogar meine anderen Pflichten vernachlässigt, um Wache zu halten. Was meinen Sie denn, wie ich Ihnen hierher folgen konnte? Ich sah Sie weglaufen und rannte den Hügel hoch.«

»Sie waren letzte Nacht bei der Villa Camellia?«

»Ja. In den Gärten, in denen wir spazieren gegangen sind. Ich beobachtete das Haus. Ich war gekommen, um Sie wegzubringen – ich hatte endlich einen Grund dafür. Aber Sie sind geflüchtet, ehe ich Sie befreien konnte. Aber wir gehen die Sache falsch an. Wir beginnen am Ende, es wäre vernünftiger, am Anfang zu beginnen.«

Er nahm sein Notizbuch aus seinem Mantel, das Buch mit dem weichen Ledereinband und der Schnur; das Buch, das die getöteten Mädchen enthielt wie gepresste Blumen. Er schlug es auf, zückte einen Bleistift und leckte an der Spitze.

»Fangen wir an. Hatte Francis Maybrick Gill in London, als Sie ihn kennengelernt haben, irgendwelche Vorlieben oder Interessen?«

»Abgesehen von seiner Malerei? Nein. Er hat sich ganz allgemein die Zeit vertrieben, wir sind ins Theater, zu Konzerten und in öffentliche Parks gegangen.«

Und dann fiel es ihr wieder ein.

»Wir waren einmal in den Vauxhall Gardens. Das ist ein Vergnügungspark, wissen Sie, ein berüchtigter Ort. Ich habe ihn dazu gebracht, dorthin zu gehen; ich wollte ihm meine Welt zeigen. Wir sind von den Wegen abgekommen und einer Frau aus meiner Vergangenheit begegnet – der Hurenwirtin unseres Bordells, wir nannten sie Mutter. Sie begrüßte Francis wie einen alten Freund.« Sie erinnerte sich an seinen Schock. »Er geriet völlig aus der Fassung, er wirkte zum ersten Mal, seit wir uns kannten, ernsthaft verängstigt und aufgeregt.« Jetzt dämmerte es ihr. »Vermutlich lag das daran, dass Mutter ihn tatsächlich kannte.«

»Oh, ich bin sicher, dass dem so war.«

Annie verschlug es vor Schreck die Sprache. Wie gut hatte Mutter Francis gekannt? Wie viele ihrer Mädchen waren zu ihm gegangen und nie zurückgekommen? Wie viel hatte er ihr bezahlt, damit sie ein Auge zudrückte, damit sie das Leben eines Mädchens einem Geldschein opferte? Sie erinnerte sich mit einem Gefühl der Übelkeit daran, dass Mary Jane ihr erzählt hatte, Mutter hätte sie nur deshalb nach ihrer Zeit in der Anstalt wieder aufgenommen, weil sie in diesem Sommer zwei Mädchen verloren hatte. Kein Wunder, dass Francis in der Droschke so elend ausgesehen hatte; dass er unbedingt viele Meilen Kutschfahrt zwischen sie beide und Mutter hatte legen wollen. Ein oder zwei Worte mehr, ein paar kleine Einzelheiten, ein paar anzügliche Bemerkungen, und die alte Kupplerin hätte ihn an Ort und Stelle demaskiert.

»Und zu Hause?«, zerriss Lodovico die nachdenkliche Stille.

»Da versuchte er, alles an mir zu verbessern: meine Sprache, meine Gedankenprozesse, mein Wissen über Kunst und Kultur. Er ließ sich als Teil meiner Erziehung abends von mir vorlesen, aber ich habe ihn nie ein Buch lesen sehen, außer einem. Es war das, aus dem er mir vorgelesen hat, als ich ein Kind verloren habe. Das Kind.« Sie erinnerte sich, wie sie von dem Baby gesprochen und der Regenbogenmann sie an dem Tag, an dem Francis sie zum Weinen gebracht hatte, im Garten umarmt hatte. Jetzt nickte er nur.

»Wissen Sie, um welches Buch es sich handelte?«

»Ja. *La Dame aux Camélias* von Alexandre Dumas. In Venedig sagte er mir, es wäre sein Lieblingsbuch.«

»Zu Venedig kommen wir später. Bleiben wir erst einmal in London. Wie steht es mit Freunden und Bekannten?«

»Er hatte keine. Er kannte Mr. Ruskin und Sir Charles Eastlake, sie schienen seine Mäzene oder Sponsoren zu sein. Er sagte, sie wären in dieser letzten Nacht in die Gower Street gekommen. Aber ich wusste, dass sie das nicht gewesen waren.«

»Woher?«

»Lizzie Siddal. Ein anderes Modell am Arm eines Künstlers. Ich habe sie am Abend von Francis' Ausstellung in der Royal Academy kennengelernt. Ich trug einen Pfauenmantel, den Mantel seiner Mutter. Francis hat sehr darauf geachtet, mich niemandem vorzustellen. Vielleicht schämte er sich für meine Herkunft, vielleicht dachte er, es würde mich geheimnisvoller erscheinen lassen. Aber Lizzie stellte sich mir vor und ich mich ihr. Dann sagte sie: ›Es interessiert sie nicht, was Sie denken. Die nicht. Weder den hochwohlgeborenen Sir Charles Eastlake noch den niedriggeborenen Mr. Ruskin.‹ Sehen Sie, daher wusste ich, dass es sich bei den nächtlichen Besuchern in der Gower Street nicht um diese beiden handelte. Inzwischen weiß ich natürlich, dass es Ihr Freund Charlie Rablin und sein Stellvertreter waren.«

»Ja.« Sie gingen einen Moment schweigend weiter, ihre

Schritte knirschten auf dem Schotter. »Wenden wir uns jetzt den Dienstboten in der Gower Street zu. Können Sie mich mit dem Haushalt vertraut machen?«

»Es gab ein kleines Dienstmädchen, Minnie hieß sie. Sie war während meiner ersten Nacht dort da, dann verschwand sie. Francis ersetzte sie durch die Zofe seiner Mutter aus Norfolk.«

»Name?«

»Eve.«

Er machte sich eine Notiz. »Wer noch?«

»Da war die Köchin, Mrs. Hoggarth, aber ich habe sie nie außerhalb der Küche gesehen. Oben war ein Butler, Bowering.«

»Wenn die Köchin immer unten blieb, könnte der Butler meiner Meinung nach ein Komplize sein. Es würde mich wundern, wenn er sich noch im Haus aufhält.«

Sie dachte an den aalglatten, wortkargen Bowering. »Hat die Fliege gemacht, meinen Sie?« Ohne Francis schwelgte sie geradezu in ihrer Rückkehr zu ihren Bethnal-Green-Ausdrücken.

»Ganz genau. War Maybrick Gill sonst noch mit jemandem bekannt?«

Sie runzelte die Stirn. »Er hat sich mit anderen Künstlern unterhalten, wenn wir ausgegangen sind oder eine Ausstellung oder eine andere Veranstaltung besucht haben. Rossetti, Millais, Holman Hunt.«

»Glauben Sie, er kannte sie gut?«

»Er schien zu wissen, was für eine Beziehung Rossetti zu Miss Siddal unterhielt. Und ein anderes Mal hat er Holman Hunt erwähnt. Er sprach über Mumienbraun, eine Farbe, die der Regenbogenmann ... Sie ... ihm verkauft hat.« Sie hatte fast vergessen, dass der freundliche, umgängliche Regenbogenmann und der ernste Polizeibeamte, der neben ihr herging, ein und dieselbe Person waren. »Er sagte, es würde aus ...«

»Mumifizierten Katzen hergestellt.« Fast lächelte er. »Ich weiß so viel, wie ich Ihnen erzählt habe, und mehr. Der Hämatit in den Mumien ergibt dieses rostige Rotbraun.«

»Ja. Francis sagte, dass Holman Hunt seine eigene Farbtube im Garten begraben hat, als er herausfand, was die Farbe enthielt. Ich fragte ihn, was er mit seiner machen würde, und er sagte, er würde damit malen. Der Umstand, dass die Farbe aus toten Katzen gemacht wird, schien ihn nicht...«

Sie brach abrupt ab.

»Was ist?« Er drehte sich zu ihr um.

»Tod.« Ein Schauer überlief sie. »Sein Interesse galt dem Tod.«

»Fahren Sie fort.«

Sie war nicht sicher, ob sie das über sich brachte. Der Gedanke wurde in ihrem Kopf zur Gewissheit, legte sich wie ein dunkler Gifthauch über sie. »Alle seine Gemälde bilden etwas Totes ab«, sagte sie langsam. »Das ist mir in der Royal Academy aufgefallen. Alle außer einem: das Bild von mir mit dem Arm voller Blumen, er nannte es *Das Mädchen mit den weißen Kamelien*.«

Lodovico überlegte. »Wenn die Kamelien abgeschnitten wurden, waren sie tot.«

Sie sah ihn mit einem Ausdruck an, der an Bewunderung

grenzte. »Daran habe ich gar nicht gedacht. Und«, fügte sie mit einem Schlucken in der Stimme fort, »bei der *Seufzerbrücke* war Mary Jane das tote Geschöpf.«

Eine kurze Pause trat ein, und diesmal war Annie diejenige, die das Schweigen brach. »Francis hat die Tiere behalten, müssen Sie wissen«, sagte sie. »Ich habe sie in seinem Kuriositätenkabinett in der Gower Street gesehen, und er hat sie bis nach Florenz mitgenommen. Sie müssen irgendwie in den Koffern und Packkisten mit uns auf dem Schiff gereist sein.«

»Ich weiß«, sagte er sachlich. »Ich habe sie in der Villa Camellia entdeckt – in einem Geheimzimmer über der Bibliothek.«

»Er liebte sie, weil sie tot waren. Er konnte sich nicht von ihnen trennen. Es passt alles zusammen«, entgegnete sie. »Er war in den Tod verliebt. In seinem Lieblingsroman ist die Heldin Marguerite, die Kameliendame, tot, bevor die Geschichte überhaupt beginnt. Und in dem Dante... nun ja, alle drei Bücher der *Divina Commedia* befassen sich mit dem Leben nach dem Tod: *Die Hölle, Der Läuterungsberg, Das Paradies*. Jede Figur, die der Dichter trifft, ist tot, nur er allein kehrt in die Welt zurück.«

Sie erinnerte sich an ihre Morgen mit Francis in Florenz, wo er sich an der Kunst der Jahrhunderte geweidet hatte. »Francis war die Kreuzigung immer lieber als die Geburt Christi. Er war ein wahrer Präraffaelit, seine Kunst sollte bluten, nicht leben. Als wir hierher kamen, standen wir auf dem Ponte Vecchio, und da sagte er... er sagte...«

»Was hat er gesagt?«

»Dass alles Interessante in Florenz tot wäre und es nichts

Wundervolleres als den Tod gäbe, damit man sich lebendig fühlt.«

Lodovico nickte grimmig. »Jetzt zu diesem Sommer. Dem Mordsommer. Die Morde waren das Stadtgespräch«, berichtete er. »Das war der Grund, weshalb Francis Sie von der Stadt ferngehalten hat. In Florenz hätten Sie unweigerlich die Schlagzeilen gelesen, den Klatsch gehört und überall Leute von der Guardia Civica gesehen. In London nennen Sie Ihre Polizisten Blauröcke. Hier sind wir wegen unserer schwarzen Uniformen als *corvi*, Krähen, bekannt. Wir sind den ganzen Sommer lang in der Stadt ausgeschwärmt, haben unsere Kreise gezogen und versucht, einen Mörder aufzuspüren.«

Sie nickte. »Und die ganze Zeit über war er dieser Mörder. Das hat er an den Abenden getan, wenn er fort war. Kein Wunder, dass er mich nie mitgenommen hat.« Die von zu viel Bösem ausgelöste Übelkeit kehrte zurück.

»Ich war genauso schuldig wie er. Ich dachte, solange Sie in der Villa Camellia bleiben und nicht in die Nähe des Flusses kommen würden, wären Sie sicher. Alle jungen Frauen in London wurden im Fluss ertränkt und alle jungen Frauen in Florenz im Arno – daran besteht kein Zweifel. Ich hätte Sie ausdrücklich warnen, hätte Sie aus der Villa wegbringen können. Aber zu dieser Zeit hatten wir keine hieb- und stichfesten Beweise dafür, dass Maybrick Gill der Mörder war. Doch ich hatte kein Recht, Sie um des Lebens anderer Frauen willen einer solchen Gefahr auszusetzen. Ich bin Ihnen eine Entschuldigung schuldig.« Es klang formell, kam aber von Herzen.

»Ich habe Ihnen schon verziehen«, gab sie zurück.

»Denn wenn Sie an einem Tag mein Leben aufs Spiel gesetzt haben, haben Sie die Schuld beglichen, indem Sie es mir am nächsten retteten.«

Er neigte den Kopf. »Als Maybrick Gill Sie nach Venedig brachte, befürchtete ich, ich würde Sie für immer verlieren.«

»Also sind Sie mir dorthin gefolgt. Das *waren* Sie dort im Theater.«

»Ja. Ich denke, Francis wusste, dass sich die Schlinge enger um ihn zusammenzieht. Er verließ Florenz so überstürzt, wie er London verlassen hatte. Ihm muss klar geworden sein, dass wir ihm auf den Fersen sind.«

»Aber er kehrte zurück«, gab Annie zu bedenken. »Er kam nach Florenz zurück.«

»Ja. Und das verstehe ich immer noch nicht. Ich dachte, er spürt, dass er uns bald ins Netz gehen würde. Doch dann kehrte er zurück und verhielt sich, als wäre nichts passiert, als würde er nicht länger glauben, in Gefahr zu schweben.«

»Ich glaube nicht, dass er meinte, die Schlinge um seinen Hals würde sich langsam zuziehen«, versetzte Annie bedächtig. »Ich denke, er ging aus einem ganz bestimmten Grund nach Venedig. Er lief nicht vor etwas *weg*, er lief auf etwas zu.«

»Worauf?«

»Die Oper.«

»*La Traviata?*«

»Ja«, bestätigte sie langsam. »*La Traviata* ist das Mädchen mit den Kamelien. Die Kamelien sind der Schlüssel zu allem, waren es von Anfang an. Als ich zum allerersten Mal in die Gower Street kam, hatte Francis eine Schale mit weißen Kamelien auf dem Tisch in der Halle stehen. Schon damals hat mich der Geruch gestört. Dann malte er mich, um seine Serie gefallener Frauen zu vollenden, als Frau, die einen Strauß weißer Kamelien hält. Damals war mir nicht klar, wie sie sich in diese Reihe einfügte, aber jetzt weiß ich es. Er hatte mir die Antwort bereits gegeben. Als ich in der Gower Street krank im Bett lag, las er mir aus einem Buch vor. Es war eine Passage über eine Frau und ein paar Blumen. Jetzt weiß ich, dass es sich bei dem Buch um *La Dame aux Camélias* handelte, der Geschichte von einer toten Kurtisane, die von ihrem Geliebten erzählt wird. Die Kurtisane trug jeden Tag Kamelien im Haar, und ihre Geschichte wurde später in eine Oper umgewandelt. Direkt nach unserem Besuch von *La Traviata* bat Francis mich, seine Mätresse zu werden. Er unterstrich die Bedeutung dieses Augenblicks, indem er mir eine Kamelie gab, die im Haar der Darstellerin der Violetta gesteckt hatte. Nachdem wir in seine Villa zurückgekehrt waren, ein Haus, das er nach Kamelien benannt hatte, ließ er mich einen bestimmten Absatz aus dem Dante vorlesen, und selbst das schien ihn an die Blumen zu erinnern.«

»Haben Sie diesen Absatz noch im Kopf?«

»Er lautete ungefähr so: ›Die andre, die im Flug die Glorie dessen besingt und schaut, kam hernieder zu der großen Blume, welche so viele Blätter schmückten.‹« Annie knetete ihren Rock mit den Fingern. »Jetzt weiß ich, warum ich den Geruch von Kamelien nicht ertragen kann.« Ihre Stimme brach. »So hat Mary Jane die letzten Male gerochen, als sie nach Hause kam.«

Lodovico blickte in sein Notizbuch. »Mary Jane Stoddard, nicht wahr?«

»Ja.« Tränen rannen aus ihren Augen. Sie holte tief Atem und wappnete sich, um zu der furchtbaren Frage zu kommen. Es war eine Frage, die sie ihm nicht stellen wollte, aber sie musste die Antwort wissen. »Wie ist sie gestorben? Ist es schnell gegangen?«

»Wir wissen es nicht.«

Sie warf ihm durch einen Tränenschleier hindurch einen Blick zu.

»Ich meine es ernst. Wir wissen es nicht. Alle jungen Frauen wurden ertrunken unter der Waterloo Bridge gefunden, und sie sind alle zuletzt in Maybrick Gills Gesellschaft gesehen worden. Es war der Gehilfe des Bestatters, der den Verdacht zuerst auf Maybrick Gill gelenkt hat. Er war immer anwesend, wenn die Frauen aus dem Fluss gefischt wurden, und er tauchte ebenfalls immer bei der gerichtlichen Untersuchung auf, um Einzelheiten über den Zustand der Leichen in Erfahrung zu bringen. Sie wiesen stets Zeichen von ... Verzeihung ... brutalem Geschlechtsverkehr auf. Maybrick Gill verhielt sich immer äußerst respektvoll und gab dem Gehilfen des Bestatters jedes Mal eine Münze für einen Sarg.«

Annie erinnerte sich an diesen ersten Abend in der Royal Academy. »Das hat er mir selbst erzählt.« Damals war ihm dafür ihr Herz zugeflogen. Wie viel sich geändert hatte!

»Da ist noch mehr. Er hat denselben Gehilfen für Informationen darüber bezahlt, wo die jungen Frauen beerdigt werden würden. Weitere Nachforschungen erzählten eine grausige Geschichte: Er bestach den Totengräber vom

St.-Leonard's-Friedhof, damit dieser die Armengräber öffnete.« Er hielt inne, als würde er es kaum über sich bringen, die Worte auszusprechen. »Er kaufte ihre Knochen.«

Die entsetzliche Wahrheit ballte sich über ihr zusammen wie ein lange gefürchtetes Gewitter. »Jesus«, keuchte sie. »Er hat Farbe aus ihnen hergestellt. Aus denselben Mädchen, die er umgebracht hat. Ich habe ihm dabei zugesehen ... gerne sogar ...« Sie schluckte ihren ihr in die Kehle steigenden Mageninhalt hinunter. »Er hatte immer reichlich Knochenmehl zur Verfügung. Ich dachte, er hätte die Knochen in Smithfield gekauft.«

»Offensichtlich nicht«, versetzte Lodovico knapp.

»Also hat tatsächlich jedes Gemälde Tod enthalten.«

»Ja. Er hat buchstäblich mit seinen Opfern gemalt.«

Sie brachte keinen Ton heraus. Wenn Lodovico ihre innere Qual bemerkte, äußerte er sich nicht dazu.

»Vielleicht gibt es einen kleinen Trost. Bei der Autopsie wurde Wasser in den Lungen gefunden, was auf Tod durch Ertrinken hindeutet. Aber es gab keine Anzeichen für einen Kampf, also kann er sie nicht von der Waterloo Bridge gestoßen haben. Sie hätten sich gewehrt. Wir glauben, dass er sie betäubt haben könnte. In der Gower Street wurden Spuren von Laudanum entdeckt, obgleich es sich dabei ja, wie Sie wissen, um eine gängige Medizin handelt.« Er sah sie mitfühlend an, dann senkte er den Blick zu seinen Stiefeln. »Wir haben jedoch Grund zu der Annahme, dass er Laudanum auch eingesetzt hat, um die Schwangerschaften seiner Modelle zu beenden.«

Das Böse in ihrer Magengrube stieg ihr erneut in die Kehle. Es war ihr unerträglich.

Hastig fuhr sie auf dem Schotterweg herum und stürmte aus dem Kräutergarten. Irgendwo hinter ihr hörte sie Lodovico rufen: »Annie? Annie?«

Sie verschwand hinter einer Mauer, so dass er sie nicht sehen konnte, und übergab sich heftig.

EINUNDZWANZIGSTES
KAPITEL

Ein Jahr und sechs Tage zuvor.

Ich bin wieder in Francis' grünem Atelier und sitze ihm Modell.

»Sie stammen aus Norfolk, nicht wahr, Mary Jane?«, fragt er.

»Das tue ich«, erwidere ich in meinem breitesten Tonfall. »Woher wissen Sie das?«

»Als wir uns das erste Mal in der Burlington begegnet sind, habe ich Ihren Akzent gleich erkannt. Ich bin auch aus Norfolk.«

»Woher genau?«

»Holkham. Meine Familie besitzt dort ein Herrenhaus.«

Ich setze mich kerzengerade auf. »Ich komme auch aus Holkham.«

Er lächelt halbherzig. »Ich wusste es.« Er bedeutet mir mit dem Pinsel, meine Haltung wieder einzunehmen, und ich gehorche. Ich weiß nicht, warum man sich immer freut, jemanden aus seiner Heimat zu treffen, es ist einfach so. Jetzt mag ich ihn noch lieber. Dann dämmert es mir. »Also sind Sie der Junge aus dem großen Haus?«

»Ja«, sagt er. »Warum? Glauben Sie, wir haben uns als Kinder gekannt?«

Es ist ein Scherz. Natürlich haben solche wie ich nie mit solchen wie ihm zu tun gehabt. *»Nein. Aber ich habe einmal gehört, wie Ihre Mutter in der Kirche aus der Bibel vorlas. Sie war schön. Hatte eine karamellsüße Stimme.«*

Er wirkt zärtlich und entrückt. *»Ja. Ja, die hatte sie.«*

Dann fallen mir einige Dinge wieder ein: Gerede über Vorfälle in dem großen Haus, Irrsinn, Selbstmord. *»Gab es nicht einen Skandal? Da müssen Sie noch ein Junge gewesen sein.«*

Er erstarrt, und sein Pinsel verharrt mitten in der Luft. Sofort ist mir klar, dass ich einen Fehler gemacht habe. Jetzt, denke ich, wird er mir sagen, dass ich gehen soll. Aber nach einem Moment malt er weiter. Eine Zeitlang schweigt er, und dann sagt er: *»Keine Geschichten mehr.«*

Jemand klopfte leise an die Tür von Annies Zelle.

Nach einem langen Moment nahm sie sich zusammen und öffnete die Tür. Lodovico stand vor ihr, sagte aber nichts. Sie setzte sich auf das Bett, er blieb stehen. »Ja«, flüsterte sie endlich. »Er hat mir das auch angetan. Als er mich rettete, war ich schwanger. Nach einer Nacht in seinem Haus nicht mehr.«

Er schwieg eine ganze Weile, dann setzte er sich neben sie auf das Bett. Sie spürte, wie die Matratze unter seinem Gewicht nachgab, aber sie sah ihn nicht an.

Dann fragte er sanft: »Hat er Ihnen in dieser ersten Nacht irgendetwas gegeben? Etwas zu trinken?«

»Ja«, nickte sie. »Posset.« *Ein Rezept meiner Mutter*, hatte er gesagt. Hatte seine Mutter auch Laudanum benutzt?

Lodovico wirkte ernst. »Dann ist es so gut wie sicher, dass das seine Methode war. Wir wissen nicht, warum er es getan hat, aber zwischen Florenz und London haben wir verschiedene Theorien entwickelt. Dass er vielleicht nicht wollte, dass eine Frau, die er als sein Eigentum betrachtete, den Stempel eines anderen Mannes trug oder dass seine Modelle durch die Schwangerschaft zu dick wurden, um von ihm gemalt zu werden.«

Sie war verwirrt. »Aber wie können Sie wissen, was er getan hat? Wie kann Charlie Rablin es wissen? Wie kann ein Leichnam so etwas verraten? Alle Frauen in den Gemälden sind tot.«

»Alle Frauen in London, das ja. Aber hier in Florenz konnte ihm eine junge Frau entkommen.«

Sie sah ihn mit geweiteten Augen an.

»Das war im Frühsommer, bevor ich das Telegramm aus London bekam. Sie kam eines Abends zum *ufficio* und machte einem Angehörigen der Guardia gegenüber eine Aussage, die einen englischen Gentleman betraf. Sie sagte, ein Mann hätte sie angesprochen und in seine *pensione* mitgenommen und dann versucht, sie in seiner Badewanne zu ertränken, während er sie vergewaltigte.«

Annie schnappte nach Luft, als sie an das luxuriöse Bad in der Gower Street dachte. »Was passierte mit ihr?«

»Sie wurde bewusstlos und behauptete, am Ufer des Arno wieder zu sich gekommen zu sein.«

»Also tötete er die Mädchen zu Hause«, folgerte sie langsam, »und warf sie dann in den Fluss. So muss er auch in London vorgegangen sein.« Sie konnte es nicht ertragen, an Mary Jane zu denken.

»Der Beamte war jung und dumm und noch nicht lange bei der Guardia, weil er zuvor in der Armee gedient hatte. Er war nicht geneigt, einer jungen Frau zu glauben, die diesem Gewerbe nachging. Er speiste sie als Fantastin ab und schickte sie weg, und seitdem ist sie verschwunden.«

»Tot?«, flüsterte Annie.

»Ich weiß es nicht.« Er machte einen zutiefst betroffenen Eindruck, und plötzlich verstand sie.

»Der junge Beamte. Das waren Sie, nicht?«

Er öffnete und schloss seine Hand. »Dann erhielt ich Charlies Telegramm und begriff, was ich getan hatte. Ich bete jede Nacht, dass sie noch am Leben ist. Ich konnte sie nicht beschützen, und ich konnte Sie gleichfalls nicht beschützen.«

»Sie haben es versucht«, erwiderte Annie. »Aber wenn er die anderen Frauen in der Gower Street getötet hat, war ich in der Villa nie sicher. Und ich bin überzeugt, dass er das getan hat.«

»Wie kommen Sie darauf?«

»Die Frauen auf den Bildern in der Schublade wurden alle in dem Atelier in der Gower Street gemalt. Dort gibt es eine ganz besondere Tapete, eine scheelesgrüne. Die Nackten lagen alle auf dem Diwan, und die grüne Tapete bildete den Hintergrund.«

»Natürlich hat er die Frauen in dem Atelier gemalt. Sie haben ihm Modell gesessen. Das stand nie zur Debatte.«

»Aber nicht nackt. Die nackten Frauen waren tot.«

»Wieso sind Sie sich da so sicher?«

»Ich habe selbst Modell gesessen«, entgegnete sie schlicht. »Ich kenne den Unterschied zwischen einer entspannten Pose und Bewusstlosigkeit. Und es gibt noch einen Grund.« Sie erzählte ihm von Mary Janes Anstaltsbrandzeichen, dem M der Schande. »Verstehen Sie, sie hat es niemandem gezeigt, auch den Bastarden nicht – ihren Kunden, meine ich. So bloßgestellt konnte sie nur im Tod werden.« Sie schluckte die aufsteigenden Tränen hinunter. »Ich denke, er hat sie bekleidet gemalt, sie dann umgebracht, sie nackt gemalt und die Leiche dann weggeschafft. Ich weiß nur nicht, warum.« Dann fiel ihr etwas ein. »Sie haben gesagt, Sie konnten bislang nicht gegen ihn vorgehen, weil Sie keine Beweise hatten. Gibt es jetzt welche?«

Er nickte. »Ja.«

»Die Bilder, die ich gefunden habe?«

»Sie untermauern unseren Verdacht. Aber es sind Beweise bezüglich der Tat, nicht des Motivs. Was das betrifft, haben wir anderes Beweismaterial, das ich erst gestern aus London erhalten habe.«

»Was denn?«

Er nahm etwas Weißes aus seinem Notizbuch. »Einen Brief von Charlie Rablin. Sein Inhalt hat mich sofort zur Villa Camellia geführt, um Sie dort wegzuholen.«

Der Papierbogen flatterte wie eine Kapitulationsfahne in seiner Hand. Der bloße Anblick ließ sie frösteln. »Bitte erzählen Sie mir, was darin steht.«

Zur Antwort reichte er ihr den Brief. Er war mit der Maschine getippt, so dass noch nicht einmal eine unleserliche Handschrift den Schlag abmilderte; der Text war klar, deutlich und schwarz wie Pech zu erkennen.

*An: Lodovico Graziani, Ufficio della Guardia Civica,
Firenze
Lieber Lodo,
ich hoffe, der Brief erreicht dich bei guter Gesundheit.
Bezüglich der Angelegenheit Francis Maybrick Gill
habe ich etliche Neuigkeiten für dich. Da ich selbst
nicht weiß, was ich von all dem halten soll, werde ich
dich nicht mit meinen armseligen Schlussfolgerungen
behelligen, sondern mich auf die Tatsachen beschränken. Ich berichte erst von London, bevor wir zu der
Straße nach Norfolk kommen.
In der Gower Street haben wir versucht, Maybrick
Gills Butler zu verhören, einen gewissen Jeremiah
Bowering, mussten aber, wie du schon vermutet hast,
feststellen, dass er den Besitz kurz nach der Abreise
seines Herrn nach Florenz heimlich verlassen hat. Ich
habe mich wegen Neuigkeiten bezüglich seines Aufenthaltsortes an die Lokalpolizei von Dartford in Kent
gewandt, da sich das Haus seiner Mutter in dieser
Gegend befindet, aber bislang nichts in Erfahrung
gebracht.
Die Köchin und das Mädchen für alles waren noch im
Haus und hielten alles in Ordnung, so gut sie konnten.
Die Köchin, eine Ina Hoggarth, wusste nichts; da ihr
Arbeitsbereich unterhalb der Treppe liegt, konnte sie
uns nur eines mit Sicherheit sagen, nämlich dass sie seit
letztem April nicht mehr bezahlt worden ist.
Das Dienstmädchen jedoch, das auf den Namen Eve
Richardson hört, erschien vielversprechender; sie hat
ihr kurzes Leben damit verbracht, zu beobachten und*

zu lauschen, daher hatte sie viel zu erzählen.
Sie sagte, sie wäre zur Antwort auf die Bitte um ein zuverlässiges Mädchen von dem Landsitz in Holkham in Norfolk in die Gower Street gebracht worden. Ich fragte sie, ob diese Art der Kommunikation an der Tagesordnung wäre, und sie sagte, das würde sie nicht glauben – der junge Herr und sein Vater wären einander entfremdet und hätten nicht die Gewohnheit, miteinander zu korrespondieren, und der Brief bezüglich eines neuen Dienstmädchens sei an die Haushälterin adressiert gewesen, nicht an den Earl. Die Haushälterin, offenbar eine vernünftige Frau, die nicht auf den Kopf gefallen war, wie man sagen könnte, hatte den alten Herrn nicht mit der Sache belästigt; da der Vater schon so betagt war und sie den zukünftigen Earl als Nachfolger im Auge hatte, glaubte sie, dass es ihrer Sache dienlicher sei, es sich nicht mit dem Sohn zu verderben. Also wurde das Mädchen in die Gower Street geschickt. Ich fragte sie, was mit ihrer Vorgängerin passiert wäre, und sie meinte, sie hätte den Eindruck, dass das Mädchen vor ihr – Minnie – nach kurzer Krankheit gestorben wäre.

Annie hielt mit dem Lesen inne. Der Brief hing schlaff in ihrer Hand, die Augen hatte sie blicklos auf die Landschaft gerichtet. Minnie, dieses mausähnliche, gefällige Mädchen – tot?

»Kann es sein, dass Francis sie aus dem Weg geräumt hat?«

»Ich denke ja. Sie hat etwas gesehen, was nicht für ihre

Augen bestimmt war – das Blut auf den Bettlaken. Sie hatten ganz eindeutig ein Kind verloren.«

»Ich habe es ihr sogar gesagt«, bestätigte Annie, die sich an das Blut, das Entsetzen erinnerte. »Ich sagte, *mein Baby*.«

»Sehen Sie. Sie hatte sicher vermutet, es wäre von Francis, und sie hätte reden können. Als Eve, das neue Mädchen, in der Gower Street eintraf, waren Sie nur ein Malermodell, das in seinem Haus lebte, während er Sie malte. In der guten Gesellschaft vielleicht verpönt, aber für den Bohemien, als der Maybrick Gill gelten wollte, durchaus vorstellbar. Sie teilten weder ein Zimmer noch ein Bett. Nichts übermäßig Schockierendes also. Aber Minnie wusste genug, um seinen Ruf zu ruinieren, einen Ruf, der die Grundvoraussetzung für seine Mordserie war.«

Wie du vorgeschlagen hast, fragte ich Eve nach Informationen über Maybrick Gills Mutter, und in diesem Punkt konnte sie mir nichts sagen. Sie war der Frau nie begegnet, erinnerte sich aber daran, dass Miss Stride ihr dieselbe Frage gestellt hatte. Danach verließen wir die Bewohner der Gower Street und reisten nach Norfolk. Der Earl empfing uns auf seinem Landsitz Holkham Hall, einem riesigen Besitz, wie ich dir versichere. Er gewährte uns widerstrebend Zutritt, und das auch nur, weil ich ihm mit der geballten Macht des Gesetzes drohte. Er zeigte sich so verschlossen wie eine Auster. Abgesehen von der Tatsache, dass sie vor einigen Jahren starb, gab er nichts über seine Frau preis.
Also begaben wir uns nach Holkham, ein hübsches

Dorf, das auf dem gleichnamigen Besitz liegt, und es wird dich nicht überraschen, dass ich während einer halben, in der örtlichen Gaststätte verbrachten Stunde fast alles herausfand, was ich wissen musste. Dorfbewohner schwatzen im Allgemeinen mehr, als einsame Witwer es zu tun pflegen.
Bei meinem Humpen Ale erfuhr ich die traurige Geschichte der Familie in dem großen Haus. Anscheinend hat Francis Maybrick Gill als Junge seine Mutter hingebungsvoll geliebt und sie ihn. Aber als er dreizehn war, begann sein Vater ein Verhältnis mit einer Frau, bei der es sich offenbar um eine ehemalige Prostituierte handelte. Lady Holkham ertrug die Situation einige Jahre lang, dann nahm sie sich von Elend und Demütigung überwältigt das Leben. Wie es aussieht, sprang sie von einer Zierbrücke über dem See auf dem Holkham-Landsitz.

Annie blickte mit großen Augen zu Lodovico auf.
»Lesen Sie weiter«, drängte er sie sanft.

Im Dorf herrschte die Meinung, dass der junge Francis die Geliebte seines Vaters für den Verlust seiner Mutter verantwortlich machte und seinem Vater nicht verzeihen konnte. Er verlangte ein unverhältnismäßig hohes Einkommen und zog in die Stadt, um dort als Maler Karriere zu machen. Am meisten wurde jedoch über die Tatsache getuschelt, meinten die Leute in der Gaststätte, dass er wohl keines seiner eigenen Kleidungsstücke mitgenommen hat, sondern nur das Kleid, in dem seine

Mutter ertrunken war: ein Kleid aus weißem gemusterten Musselin.

Sie blickte wieder auf. »Der weiße gemusterte Musselin«, keuchte sie. »Das war das Kleid, in dem ich in der Gower Street als Mädchen mit den weißen Kamelien posieren musste. Es war mir zu klein und vom Wasser steif und fleckig. Alle Mädchen auf seinen Bildern haben es getragen, und er hat es in seinem Kabinett aufbewahrt.«

»Allerdings«, bestätigte Lodovico. Er zog sein Notizbuch zu Rate. »Wir haben es dort gefunden, und jetzt ist es bei der Guardia. Wollen Sie weiterlesen?«

Sie nickte.

Vielleicht noch bedeutsamer war der Umstand, dass Maybrick Gill die Asche seiner Mutter mitnahm, als er ging. Gerüchten zufolge hat das halbe Dorf gehört, wie er seinen Vater anbrüllte, als er die Auffahrt hinunterritt; er würde ihm nicht trauen, er würde im Tod ebenso wenig auf sie achtgeben, wie er es zu ihren Lebzeiten getan hat. Die Asche, hieß es, wurde in einer weißen Alabasterurne aufbewahrt.

Annie ließ den Brief auf ihren Schoß fallen. »Das Gefäß! Es war eine Urne. Kein Wunder, dass sie ihm geradezu heilig war.«

»War es dasselbe Gefäß, mit dem Sie für das Bild mit mir posiert haben?«, fragte Lodovico.

»Ja. Einmal habe ich aus Versehen den Deckel hinuntergeworfen.« Sie erinnerte sich an den Tag und an Francis'

Zorn. »Es war das einzige Mal, dass er mir gegenüber die Stimme erhoben hat.«

»Können Sie sich erinnern, was genau er gesagt hat?«

»Er sagte mir, ich sollte aufpassen. Er hat nicht geflucht oder mich geschlagen, aber die Art, wie er es gesagt hat ... es hätte um Marias Myrrhe gehen können. Man hätte denken können, es wäre immens wertvoll.«

»Für ihn war es das eindeutig auch, und jetzt wissen wir, warum.« Er tippte auf den Brief, und sie las die Nachschrift.

Ich stelle sowohl in London als auch in Norfolk weitere Nachforschungen an, hielt es aber für das Beste, dir diese Einzelheiten zukommen zu lassen, da sie das darstellen, was wir in der Rechtsprechung als Motiv bezeichnen, und dir vielleicht auch Hinweise auf seinen Aufenthaltsort liefern. Bitte halte mich über deine eigenen Ermittlungen auf dem Laufenden oder benachrichtige mich, wenn Maybrick Gill gefasst ist.
Ich werde dir bald wieder schreiben.
Dein
Charles Rablin (Charlie) – Inspektor der Metropolitan Police

Annie schwieg. Der Choralgesang der Nonnen wehte von der Kapelle herüber. Einen flüchtigen Moment lang empfand sie einen widerwilligen Anflug von Mitleid mit dem jungen Francis Maybrick Gill, der allein in einem riesigen Haus von einem trauernden Vater aufgezogen worden war und alles gehabt hatte, was sich ein Junge wünschen konnte, nur nicht die Liebe einer Mutter.

Sie gab Lodovico den Brief zurück. »Die Urne?«, fragte sie, da ihr plötzlich ein Gedanke kam. »War sie noch da, als Sie die Villa durchsucht haben?«

Er klappte sein Notizbuch wieder auf. »Ja«, erwiderte er. »Sie steht ebenfalls sicher bei der Guardia.«

»Wo immer er also steckt«, sagte sie langsam, »er ist ohne seine Mutter dort. Sie war immer bei ihm. Er sprach von ihr, als wäre sie noch am Leben. Ich habe ihn sogar gebeten, sie einzuladen, uns zu besuchen.«

»Kein Wunder, dass sie nicht gekommen ist.« In der Bemerkung schwang kein Anflug von Humor mit.

»Gott weiß, zu was für Verzweiflungstaten er sich ohne sie hinreißen lässt«, sagte Annie. »Es war doch eindeutig der Verlust der Mutter, der ihn aus der Bahn geworfen hat.«

Lodovico verstaute den Brief wieder in seinem Notizbuch. »Und das hat wahrscheinlich auch in ihm den Wunsch ausgelöst, zu morden.«

»Glauben Sie, er hatte auch vor, *mich* zu töten?« Das konnte sie trotz allem, was ihr erzählt worden war, und nach dem, was sie sich selbst zusammengereimt hatte, immer noch kaum glauben.

»Ganz offen gestanden weiß ich es nicht. Er hat Sie länger am Leben gelassen als alle anderen; er zeigte alle Anzeichen dafür, sich für ein gemeinsames Leben mit Ihnen zu entscheiden. Hatten Sie das Gefühl, dass er Sie heiraten wollte?«

»Früher ja. Aber als es dann in Venedig so weit war, fragte er mich nicht. Er gab mir nur eine Kamelie, eine wie die, die ich in dem Bild in der Royal Academy in den Armen halte.«

»Kamelien.« Er nickte nachdenklich. »Verzeihen Sie meine Frage, aber haben Sie zusammengelebt, *als wären Sie verheiratet?*«

Er schien so gespannt auf ihre Antwort zu warten, als wäre sie wirklich wichtig für ihn. Einen Moment lang hielt sie ihn für eifersüchtig, und sie war froh darüber. Er hatte mit ihr gespielt, um an Francis heranzukommen, während ihre Gefühle echt gewesen waren. Sie war die zartfühlenden Umschreibungen leid. »Sie meinen, ob er mich gevögelt hat?«

Das hässliche Wort hallte in der Zelle wider, beschämte sie. Aber er blickte sie ohne jeden Vorwurf an. »Das meine ich, ja.«

»Nein. Auf diese Weise hat er mich nie berührt. Er hat mich noch nicht einmal geküsst... das heißt, nur einmal. Aber zu einem Kuss kann es auch kommen, ohne dass beide Parteien gefühlsmäßig beteiligt sind, nicht wahr?« Sie versetzte ihm erneut kleine Stiche, aber es kümmerte sie nicht. Sie wollte ihn an jenen Moment in den Mohnfeldern von Fiesole erinnern. Selbst um ihr schönzutun und seine kostbaren Informationen über Francis zusammenzutragen, war es doch sicher nicht nötig gewesen, so weit zu gehen?

Seine Lider flatterten; er hatte die Anspielung registriert. Aber er kam auf das Thema zurück. »Und hatten Sie den Eindruck, dass dieser Zustand sich ändern würde?«

»Ja, ich muss zugeben, dass das der Fall war. In Venedig sagte er mir unter der Seufzerbrücke, dass er mich zu seiner Geliebten machen wollte.«

»Und Sie willigten ein?«

»Ja.« Ihre Antwort schien ihn zu schmerzen; er wirkte so aufrichtig gequält, dass sie sich zu einer Erklärung genötigt fühlte. »Sie haben die Oper gesehen. La Traviata trennt sich von ihrem Geliebten und stirbt in Armut. Ohne eine Heirat oder irgendeine andere Art echter Bindung schien mir diese Übereinkunft mit Francis meine einzige Chance auf Sicherheit darzustellen. Und in meinem Leben hat es nicht viel Sicherheit gegeben, Signor Graziani.«

Er öffnete den Mund, um etwas zu sagen, schürzte dann die vollen Lippen, erhob sich vom Bett und begann wie von etwas gepeinigt im Raum auf und ab zu gehen. Dann stellte er seine nächste Frage in einem Ton, als könnte er die Antwort nicht ertragen. »Als Sie nach Florenz zurückkehrten, schliefen Sie also mit ihm?«

»Nein. Ich wollte ein bisschen Zeit schinden.«

»Hatten Sie vielleicht Angst vor dem Liebesakt?«

Sie lachte freudlos auf. »Nein, das nicht. Ich habe mein halbes Leben mit gespreizten Beinen auf dem Rücken verbracht.«

Er zuckte zusammen. »Hatten Sie dann vor ihm Angst?«

Sie erinnerte sich an Francis' harten Kuss, an die Dunkelheit, die sie gespürt hatte. »Ich fing an, Angst vor ihm zu bekommen.«

»Wollten Sie deswegen nicht mit ihm schlafen?«

Sie hatte begonnen, ganz ehrlich zu ihm zu sein, jetzt konnte sie genauso gut weitermachen. »Ich wollte nicht, weil ich ihn nicht geliebt habe.« Sie hätte hinzufügen können, dass sie einen anderen liebte, aber sie wollte ihm dieses Kompliment nicht machen. Sie war sicher, dass seine früheren Gefühle für sie nur im Zug seiner Ermittlungen vorgetäuscht gewesen waren. Sie würde nicht noch einmal darauf hereinfallen.

Er musterte sie forschend, und sie sah Erleichterung in seinen Augen aufflackern, bevor er den Blick abwandte.
»Haben Sie ihm gesagt, dass Sie ihn nicht lieben?«
»Nein.«
»Wie haben Sie dann seine Avancen abgewehrt, ohne ihn zu kränken?«
»Das haben die Kamelien für mich übernommen. Francis erzählte mir, dass Violetta, die Heldin von *La Traviata*, auf einer Frau namens Marie Duplessis basiert, der Geliebten von Alexandre Dumas. Marie pflegte an jedem Tag des Monats eine weiße Kamelie im Haar zu tragen, nur an den fünf Tagen ihrer Monatsblutung nicht, da nahm sie eine rote. Ich fand einen Busch roter Kamelien im Garten – bei der Steinbank.« Wieder konnte sie ihn kaum ansehen; es war die Bank, auf der sie zusammen gesessen hatten.
»Ich kenne sie«, erwiderte er ruhig.
»Ich fand genug davon, um mir einen Aufschub zu verschaffen. Es schien mir eine Regel zu sein, die er befolgen würde; er tat, was die Blumen ihm sagten. Ich nehme an«, fuhr sie mit stockender Stimme fort, »dass er verrückt sein muss.«
»Oh ja«, bestätigte Lodovico ruhig. »Daran besteht kein Zweifel. Er ist irrsinnig. Und nachdem diese fünf Tage vorüber waren?«, fragte er mit angehaltenem Atem, als wäre ihre Antwort die wichtigste, die sie ihm bislang gegeben hatte.
»Der fünfte Tag...« Konnte das wirklich wahr sein? »Der fünfte Tag war gestern. Ich lief wegen des Sturms ins

Haus und fand das Geheimzimmer über der Bibliothek. Dann bin ich geflüchtet, wie Sie wissen.«

»Genau wie er«, grübelte Lodovico laut. »Er muss gewusst haben, dass Sie sein Kuriositätenkabinett gesehen hatten und dass seine Sünden aufgeflogen waren.«

»Ja«, sagte Annie. »Ich habe die Tür in der Wand nicht richtig geschlossen. Selbst wenn er diesen Fehler übersehen hat, hätte er sofort gewusst, dass ich dort war, denn das Bild von Mary Jane fehlte. Als ich auf dem Hang des Hügels stand, sah ich die Lichter in der Villa nacheinander angehen – der geheime Raum war einer der ersten Orte, die er durchsucht hat.«

»Und jetzt ist er irgendwo da draußen. Zweifellos hält er sich ganz in der Nähe verborgen. Er kann noch nicht weit gekommen sein.« Er setzte sich wieder neben sie. »Gehen wir noch einmal alle Ihre Ausflüge durch.«

Also erzählte Annie Lodovico in der schattigen Zelle, deren Fenster Florenz wie ein goldenes Gemälde einrahmte, von all den Orten, die sie mit Francis in der alten Stadt besichtigt hatte. Die Uffizien, das Bargello, San Marco. Santa Croce, das Ospedale degli Innocenti, das Belvedere. Die Accademia, den Torre del Gallo und die kleine weiße Kirche von San Miniato.

Endlich seufzte er und reckte sich. »Wir haben alle diese Stätten durchsucht und Männer bei San Miniato und den Uffizien postiert. Es erscheint unwahrscheinlich, dass er sich in einer solchen Zeit seelenruhig Bilder und Kunstgegenstände anschaut. Aber er kann, wie ich glaube, auch nicht nach England zurückkehren, und laut Aussage des Agenten der Reederei hat er keine Schiffspassage gebucht.

Was übersehen wir? Wo in Florenz könnte er sich sonst noch verstecken?«

Sie dachte eine Weile nach, dann sagte sie plötzlich: »Warum muss es unbedingt Florenz sein? Warum nicht Venedig? Ihn scheint mit der Stadt viel zu verbinden, und er kennt sie gut – er könnte blind durch die Straßen gehen, dabei gleichen sie einem Labyrinth. Dort ist er mit mir in die Oper gegangen, und dort hat er mich gebeten, seine Geliebte zu werden. Diese Stadt hat eine große Bedeutung für ihn.« Sie schlug sich so heftig gegen die Stirn, dass er zusammenzuckte. »Mein dummes Gerede über Kamelien. Es war die ganze Zeit die Brücke. Die Brücke ist der Schlüssel.«

»Die Brücke?«

Sie drehte sich zu ihm. »Seine Mutter stürzte sich von einer Brücke, als sein Vater sich mit einer Prostituierten einließ. Er rächt sich an Straßenmädchen, an allen von uns, und die Brücke ist ein Teil davon.«

Er blickte zu seinem Notizbuch. »Sie meinen die Brücke, von der seine Mutter gesprungen ist?«

»Nein«, erwiderte sie langsam; setzte beim Sprechen die Puzzleteile zusammen. »Ich meine die Seufzerbrücke. Das Bild der toten Mary Jane in der Themse war das erste seiner Gemälde, das in der Royal Academy ausgestellt wurde. Es förderte seine Karriere. Er nannte es *Die Seufzerbrücke*, weil es die Waterloo Bridge zeigt. Sie ist bei Selbstmördern sehr beliebt. Die Brücke ist hoch, der Fluss tief und die Strömung an dieser Stelle sehr stark. Sie bot ihm die Möglichkeit, seine Morde wie Selbsttötungen aussehen zu lassen.« Sie holte tief Atem. »An diesem Abend, dem Abend der Ausstellung in der Royal Academy, hat er mich vom Geländer der Waterloo Bridge zurückgezogen. Ich war bereit, allem ein Ende zu setzen, so wie seine Mutter es getan hatte.« Sie hatte die Worte nie zuvor ausgesprochen und meinte an ihnen zu ersticken.

Lodovico saß schweigend da. Der Schock stand ihm auf dem Gesicht geschrieben.

»Es führt alles zu der Brücke zurück«, fuhr sie hastig fort. »Ich glaube, er ist bei der Seufzerbrücke.«

»In Waterloo?«

»Nein, bei der *ursprünglichen* Seufzerbrücke. Ich glaube, er ist in Venedig.«

In seinen dunklen Augen schien sich ein Funke zu entzünden. Er stand auf.

Sie erhob sich ebenfalls. »Ich möchte mitkommen.«

»Nein«, wehrte er ab, »auf keinen Fall. Hier sind Sie sicher. Ich könnte es nicht ertragen, Sie schon wieder in Gefahr zu wissen.« Er legte ihr die Hand auf die Wange. »Wissen Sie, ich liebe Sie, Annie. Was Francis in mir gesehen hat, was er gemalt hat, war echt. Ich weiß, dass Sie mir nicht glauben werden, und ich mache Ihnen keinen Vorwurf daraus. Aber jeder Blick, jede Berührung war ernst gemeint. Dieser Kuss war kein Judaskuss, er war aufrichtig. Was glauben Sie, warum ich das Haus im Auge behalten habe? Was glauben Sie, warum ich meine Karriere aufs Spiel gesetzt habe? Meine Kollegen hielten mich für besessen. Was glauben Sie, warum ich Francis' Sticheleien, seine Demütigungen hingenommen habe? Ja, ich wollte ihn fassen, aber ich wollte auch mit Ihnen zusammen sein. Sie *retten*.«

Sie griff nach der Hand, die auf ihrer Wange lag. »Sie wollen mich retten, aber ich will andere retten«, sagte sie. »Ich sagte einmal zu Francis, ich würde nicht an Selbstaufopferung glauben, aber ich habe mich geirrt. Wenn Sie eine Frau wollen, die Sie verdient, dann müssen Sie mich das tun lassen. Ich war eine wertlose billige Hure. Ein Schatten. Ich kann mich nicht erinnern, wann ich das letzte Mal etwas für einen anderen Menschen getan habe. Auf den Straßen von London hat mich nur mein Schicksal und das von Mary Jane gekümmert. Aber jetzt, wo ich einige Zeit hier, unter dem Schutz von Maria Magdalena verbracht habe, habe ich das Gefühl bekommen...«, sie bemühte sich, die richtigen Worte zu finden, »...als wäre *jede* Frau meine Angelegenheit. Und um weitere Frauen zu retten, Frauen wie Mary Jane, muss ich mich als Opferlamm anbieten. Francis hat einen gewaltigen Schrecken bekommen, und ohne den richtigen Anreiz kommt er vielleicht nie wieder zum Vorschein. Ich bin sicher, dass ich dieser Anreiz bin. Ich bin sicher, dass er sich mir zeigt.«

Stille trat ein. Vor dem Fenster zirpten die Grillen, und die Nonnen sangen ihre Choräle.

»Also gut«, willigte Lodovico ein. »Aber unter einer Bedingung. Diesmal lasse ich dich nicht aus den Augen. Ich schwöre, dass ich nie zulassen werde, dass dir durch seine Hand Leid zugefügt wird.« Er zog eine Taschenuhr aus seinem Mantel, warf einen Blick darauf und sprang auf. »Wir können den Sechs-Uhr-Zug noch erreichen.«

ZWEIUNDZWANZIGSTES KAPITEL

Genau ein Jahr zuvor.

Als ich das nächste Mal in die Gower Street gehe, dauert die Sitzung sehr lange. Da ich es abgelehnt habe, nackt zu posieren, hat mich Francis als die Heldin aus seinem Buch gemalt, die Frau mit den Kamelien. Wieder das weiße Kleid, weiße Blumen. Aus irgendeinem Grund ist er versessen darauf, das Bild heute fertigzustellen. Bei Sonnenuntergang ist es geschafft, ich schaue es mir an, und es gefällt mir. Die Frau sieht aus wie ich, aber irgendwie noch mehr.

Ich bin erschöpft, daher fragt er mich, ob ich ein Bad nehmen möchte. Ich drehe mich mit großen Augen zu ihm um. »Ein Bad? Sie haben eine Sitzbadewanne?«

Er lächelt. »Nein. Eine richtige Wanne – du kannst dich hineinlegen.«

Mehr brauche ich nicht zu hören. Ich folge seinem Dienstmädchen nach oben, und sie bereitet ein Bad für mich vor. Ich ziehe das weiße Kleid aus und lege es über die Lehne eines Stuhls. Dann steige ich in die Wanne, das Wasser ist herrlich warm, und ich lasse mich hineinsinken. Wonne pur.

Dann kommt Francis mit einem Glas in der Hand in das Badezimmer. Ich mache mir nicht die Mühe, mich zu bedecken, sondern umklammere nur meinen Oberarm mit der Hand.

»Es tut mir leid, wenn ich störe.« Er wendet höflich den Blick ab. »Ich bringe dir hier etwas ganz Besonderes – einen Wein aus den Kellern meines Vaters in Norfolk. Es ist der Lieblingswein meiner Mutter.«

Er stellt das Glas auf das Marmorregal neben der Wanne. Es ist aus Kristall, mit einem goldenen Rand. Der Wein hat die Farbe von Bernstein, es muss Madeira sein.

»Ich hoffe, er schmeckt dir«, sagt er und verlässt auf Zehenspitzen den Raum, als würde ich schlafen.

Ich lehne mich zurück, fühle mich fast glücklich. Das ist das Leben. Nach dem Bad werde ich zum letzten Mal zum Haymarket zurückgehen und Annie die Neuigkeit berichten, dass Francis mich gebeten hat, bei ihm einzuziehen. Ich werde ihr sagen, dass ich sie nicht im Stich lasse; dass ich dann besser in der Lage sein werde, ihr zu helfen. Vielleicht kann ich ihr hier eine Stelle als Dienstmädchen verschaffen, Francis scheint seine Dienstboten gut zu behandeln. Es wäre schön, wenn sie mit mir hier wohnen könnte, sicher wäre und ihr Geld nicht mehr auf dem Rücken verdienen müsste. Während ich mich an dem Gedanken erfreue, trinke ich den Wein, den Francis mir gebracht hat. Er ist stark und süß. Ich bin mit einem Mal entsetzlich müde. Ich versuche das Glas abzustellen, kann aber irgendwie das Regal nicht erreichen. Das Glas fällt klirrend zu Boden.

Dann ist Francis plötzlich da und schaut auf mich hinunter. Das Wasser schlägt Wellen zwischen uns, verzerrt seine Züge, und mir wird klar, dass ich mich unter der Wasseroberfläche befinden muss; ich muss einen Moment eingeschlafen und dabei nach unten gerutscht sein. Ich versuche mich hochzuziehen, aber plötzlich ist er bei mir in der Wanne, sein Gewicht drückt mich nach unten. Ich schlage um mich und schreie, aber es kommen nur Blasen heraus. Das Wasser schwappt über den Rand. Francis ist auf mir, er ist in mir, stößt wild in mich hinein. Dann weiß ich nichts mehr.

Als ich wieder zu mir komme, ist das Bad kalt, eiskalt.

Ich öffne die Augen und kann dort, wo klares Wasser war, nur Dunkelheit sehen und Tang anstelle der Lavendelblüten. Statt eines Kronleuchters über mir ist da der Mond. Ich treibe und drehe mich in dem eisigen Wasser, und ein großer Schatten schiebt sich über mich und verdeckt den Mond.

Es ist die Waterloo Bridge.

Ich reiße den Mund auf, will protestieren, dass ich nicht schwimmen kann, und das Wasser dringt hinein.

Annie wusste, dass sie Francis noch ein weiteres Mal sehen musste.

Während der Zugfahrt hatte sie viel über ihn nachgedacht, zugesehen, wie die Sonne unterging, als sie Richtung Norden fuhren, und am Himmel ein ganzes Farbenspektrum betrachtet. Furcht, Abscheu und Hass wegen dem, was er Mary Jane angetan hatte, tobten in ihr; Gefühle, die durch die Erkenntnis verstärkt wurden, dass es auf den Tag genau ein Jahr her war, dass sie sie verloren hatte. Aber sie lernte, dass diese Gefühle neben Dankbarkeit und Bedauern existieren konnten. Sie hatte sich so lange in seiner Schuld gefühlt, dass sie trotz seiner Taten diese Gewohnheit nicht ablegen konnte. Sie dachte an seine Freundlichkeit, seine Großzügigkeit, sein ständiges Lächeln und sogar an seine Genialität als Maler, denn niemand konnte leugnen, dass sein Magdalena-Triptychon brillant war. Die Frömmigkeit seiner Bilder schien in einem absoluten Gegensatz zur Farbe seiner Seele zu stehen. Vielleicht war er eine dieser wolfsähnlichen Kreaturen der Sensationsliteratur, die sich beim Aufgang des Mondes in ein ganz anderes Geschöpf verwandelten.

Angst milderte sich ab, je länger man mit ihr lebte, und während ihrer Zeit im Kloster hatte sie begonnen, sich zu entspannen und ihre Selbstbeherrschung zurückzugewinnen. Dort hatte sie nicht ernsthaft geglaubt, dass Francis in das Gebäude eindringen und sie töten konnte. Erstens glich das Kloster mit seinen unüberwindlichen Mauern, den hohen Fenstern und den Eisentoren einer Festung. Zweitens zog er aus dem Mord an ihr keinen Nutzen; sie konnte keine Geheimnisse ausplaudern, die der Behörde nicht ohnehin bekannt waren. Wenn er sich hier in Venedig aufhielt, würde er frisches Fleisch jagen.

Sie dachte an Francis' Hand, die sie von dem Geländer weggezogen hatte. Er hatte sie gerettet, vielleicht unterschied sie sich deshalb in seinen Augen von den anderen. Er spielte immer noch Gott, aber hier hatte er Leben gegeben, statt es zu nehmen. Vielleicht hatte er gedacht, indem er sie rettete, würde er in gewisser Hinsicht seine Mutter retten. Damals, in jenem furchtbaren Sommer seiner Kindheit, war er nicht imstande gewesen, seine Mutter von dem Sprung in den See abzuhalten. Aber als Mann war er rechtzeitig zur Stelle gewesen, um Annie eine Hand hinzustrecken. Vielleicht hatte sie das aus der Menge all der anderen herausgehoben; er hatte ihre Begegnung nicht bewusst herbeigeführt, sondern er hatte eingegriffen, er war der Agent des Schicksals gewesen. Er hätte sie ertrinken lassen können, hatte es aber nicht getan.

Sie dachte an die Zuneigung, mit der er mit ihr gesprochen hatte, die Art, wie er ihr den Ring seiner Mutter und ihren Pfauenmantel geschenkt hatte. Hatte er für die anderen Mädchen auch so viel getan? Sie glaubte es nicht. Sie war sich sicher, dass es zwischen Francis und ihr noch einen nicht abgehakten Punkt gab, der irgendwie mit seiner Mutter zusammenhing, und ein letztes Treffen würde das Rätsel lösen. Und mit dem Gedanken an dieses Treffen kam die Angst zurück, ein kaltes Entsetzen, das bewirkte, dass sich ihre Eingeweide zusammenkrampften.

Sie sah den ihr gegenübersitzenden Lodovico an. Seit seinem Geständnis hatten sie sich nicht einmal berührt, und jetzt, wo sie von Fremden umgeben waren, ergab sich keine Gelegenheit dazu. Er hatte den Kopf gegen den Schonbezug gelehnt und blickte die muschelähnlichen Lampen in den Haltern über ihrem Kopf an. Er wirkte ruhig, aber bereit, glich einer menschlichen Sprungfeder. Sie konnte den Pulsschlag an seinem Hals sehen. Er hatte sie in Gesellschaft anderer weder angesehen noch auf der Reise überhaupt mit ihr gesprochen. Aber sie wusste jetzt, dass er sie liebte, wie sie ihn liebte, und dass sie sich gemeinsam eine Zukunft aufbauen konnten. Sie wünschte sich nichts mehr, als weiterzumachen wie bisher und ein ruhiges Leben mit ihm zu führen. Aber es konnte nicht einfach so weitergehen, nicht ewig.

Vielleicht konnte sie eine Weile, eine sehr kurze Weile so tun, als würde alles gut ausgehen. Sie würden über Francis sprechen, seine unmittelbar bevorstehende Festnahme, seine wahrscheinliche Festnahme, seine unwahrscheinliche Festnahme. Es würde keine Nachrichten von ihm geben, oder sie würden erfahren, dass er sich nach Rom oder Sardinien oder gar Tunis abgesetzt hatte. Das Thema würde fallengelassen werden, wenn er zum Problem einer anderen Stadt geworden war.

Aber dann würde sie mit dem Wissen leben müssen, dass er auf freiem Fuß war. Es war nicht der Gedanke an seine grauen Augen, die sie aus den Schatten heraus beobachteten, oder das Kribbeln im Nacken, das ihr verriet, dass sie verfolgt wurde, wovor sie sich fürchtete. Sie konnte vielmehr nicht mit gutem Gewissen durch die Gassen von Florenz schlendern, wenn sie wusste, dass er in den Straßen einer anderen Stadt lauerte und dort andere Schatten jagte und fremde Flüsse suchte, in die er seine Opfer werfen konnte. Wie konnte sie an einem Sommertag den Arno betrachten? Wie konnte sie die perfekten Bögen des Ponte Vecchio bewundern? Wie konnte sie an Dantes Statue vorbeigehen und seinem anklagenden steinernen Blick standhalten oder durch die Galerien der Uffizien wandern und die Qualen der unzähligen Magdalenas ertragen? Das war keine Basis für ein neues Leben. Am Ende hatte sie gewusst, was sie tun musste. Sie musste sich der Gefahr stellen. Sie musste sich auf den Altar legen und Francis das gewetzte Messer aushändigen.

Am Bahnhof verliehen das Kreischen der Pfeife und das Seufzen des Dampfes dem Ausdruck, was sie empfand – einen plötzlichen scharfen Schmerz, dass sie Lodovico nicht wiedersehen würde.

Er eilte zur Tür des Abteils, öffnete sie für sie und berührte seinen Hut, als sie an ihm vorbeiging. Ihre Instruktionen lauteten, sich so zu verhalten, als wäre sie alleine gereist, in einem Zug voller Fremder. Sie nickte zum Dank. Er begegnete ihrem Blick mit seinen dunklen Augen und lächelte zum ersten Mal, seit sie ihn kannte. Sein Gesicht veränderte sich, der Ausdruck eines strengen Racheengels wich einem ausgesprochen sterblichen – er konnte ein Liebhaber, ein Ehemann, ein Vater, ein echter Familienmensch sein. Der Gedanke ließ ihr Herz von innen her schrumpfen. Dieses Lächeln vervielfachte das, was sie zu verlieren hatte. Sie trat auf den Bahnsteig. Obgleich Lodovico versprochen hatte, ihr wie ein Schatten zu folgen, musste sie jetzt so tun, als wäre sie allein.

Sie verließ den Bahnhof, ohne den atemberaubenden Blick auf den nächtlichen Canal Grande bewusst wahrzunehmen. Dann zog sie ihren Reiseführer zu Rate, wobei sie darauf achtete, dass sie gesehen werden konnte, blieb einen Moment stehen, stellte ihr schweres Köfferchen ab und machte viel Gewese um sein Gewicht. Danach nahm sie sich gemäß ihren Anweisungen eine Gondel und gab als Ziel laut und vernehmlich auf Englisch die Seufzerbrücke an.

Als sie sich in die roten Kissen lehnte, betrachtete sie die von innen mit Lampen und Kristall erleuchteten vorbeigleitenden goldenen Paläste, deren runde Fenster sie wie Augen beobachteten. Da wurde ihr klar, dass sie seit ihrer Flucht aus der Villa Camellia immer Francis' Blicke auf sich gespürt hatte. Sie hatte ihn nie wirklich zurückgelassen, er war ständig bei ihr. Wenn die heutige Nacht nach Plan verlief, würde sie seinen grauen Blick nie wieder ertragen müssen. Im Moment sehnte sie ihn herbei, sie wollte, dass er sie beobachtete, und war sicher, dass er genau das tat; auf dem fast verlassenen Wasser folgte weit in der Ferne eine schwarze Gondel ihrem Boot wie ein stummer Schatten.

Als sie an dem großen Platz vorbeiglitten, zu dem Francis sie am Abend ihres Opernbesuchs geführt hatte, konnte sie den weißen Marmor der Seufzerbrücke über sich im Mondlicht schimmern sehen. Sie bezahlte den Gondoliere, trat mit ihrer schweren Last an Land und ging mit unsicheren Schritten über den hölzernen Steg. Als sie zu dem Steinbogen hochblickte, erkannte sie, wie sehr er einem aller Farbe beraubten, knochenweißen Regenbogen glich. Da dachte sie an Lodovico, wie sie ihn anfangs gekannt hatte, als Regenbogenmann. Sie fragte sich, ob er in der Nähe war, und hoffte, dass er in seiner Rolle nicht versagen würde.

Jetzt stand sie in den frühen Morgenstunden im Mondschein hier, der Stein der Balustrade presste sich gegen ihre Rippen, und der Mond spiegelte sich in der Lagune wider. Sie wusste, dass sie recht gehabt hatte. Hier schloss sich ein Kreis, ein perfekter Kreis wie der Vollmond, der in der Nacht schwebte und diesen letzten Akt beleuchtete. Francis hatte sie auf einer Seufzerbrücke gefunden. Und hier, auf einer anderen, würde er sie verlieren.

Die Brücke war menschenleer; es war zu spät für Touristen und zu früh für die Marktbesucher. Im Mondlicht wirkte sie wie die Kulisse des Opernhauses ein wenig unwirklich. Annie trug ihr Kostüm, sie hatte sich aus der versiegelten Villa Camellia ein bestimmtes Kleid bringen lassen: den weißen Musselin, in dem Francis sie als *Mädchen mit den weißen Kamelien* gemalt hatte. Das Kleid, von dem sie jetzt wusste, dass es seiner Mutter gehört hatte und die Flecken darauf vom Wasser des Sees stammten, der sie in den Tod gezogen hatte. Alles war bühnenreif inszeniert, alles perfekt geplant. Sie hätte Isabella auf der Bühne des Adelphi oder Violetta auf der des Fenice sein können.

Szene: Eine Brücke in Venedig. Eine mondhelle Nacht.

Hauptdarstellerin: Miss Annie Stride.

Die Kulisse stand. Jetzt fehlte nur noch der Hauptdarsteller.

Mit einem Mal stand er da.

»Also glaubst du letztendlich doch an Selbstaufopferung.«

Seine Stimme klang so wie immer, glatt, leise, kultiviert. Sie hatte sie in den vielen Monaten ihres Zusammenlebens so oft gehört. Aber nur jetzt verfügte sie über die Macht, sie bis ins Mark erschaudern zu lassen.

»Wir enden also so, wie wir begonnen haben. Ich wusste, dass du es verstehen würdest. Du warst immer etwas Besonderes.«

Sie drehte sich nicht zu ihm um, und er lehnte sich in einer grässlichen Parodie der Art, wie sie an ihrem ersten Morgen in Florenz nebeneinandergestanden hatten, neben ihr auf die Brüstung, so dass sein Ärmel fast ihren berührte.

»Eine Brücke ist ein guter Ort zum Abschiednehmen.

Mary Jane und all die anderen.« Es war das erste Mal, dass er von den anderen Mädchen sprach. Es war ein Geständnis.

»Und deine Mutter.« Sie versuchte einen leichten Tonfall anzuschlagen. Sie musste das Thema anschneiden, und sie wartete mit angehaltenem Atem auf seine Reaktion.

Aber die Wut blieb aus. »Natürlich«, sagte er fast im Plauderton. »Sie war die Vorläuferin.« Er blickte zu dem silbernen Wasser hinab. »Ich habe das alles für sie getan. Glaubst du, sie ist dankbar? Glaubst du, sie liebt mich jetzt?« Einen Moment lang wurde seine Stimme quengelig – einen Moment lang war er ein einsamer, verängstigter kleiner Junge.

»Ich bin mir sicher, dass sie das tut«, erwiderte Annie beschwichtigend; sie zwang sich, ihn zu trösten.

»Sie mussten bestraft werden, weißt du.«

»Wer?«, fragte sie, wohl wissend, dass sie ihr Gespräch in die Länge ziehen musste.

»Die Huren. Huren wie die meines Vaters. Die Hure, die meine Mutter getötet hat.«

Er grub die Fäuste in die Augen und rieb sie, als würde er gerade aufwachen.

»Was war der dunkelste Moment deines Lebens, Annie?«

Sie zögerte. Zwar kannte sie die Antwort nur zu gut, zweifelte aber daran, dass sie sie laut auszusprechen vermochte.

»Quid pro quo, Annie. Ich bin sicher, dass ich dir diese lateinische Redensart beigebracht habe. Eine Gegenleistung für eine andere. Du kennst jetzt meine Geschichte. Es wird Zeit, dass ich deine erfahre.«

Sie schwieg noch immer, begann zu zittern.

»Also schön. Dann werde ich mich auf den Weg machen, bevor dein gutaussehender Polizist auftaucht.«

Also wusste er von Lodovico. Er wandte sich zum Gehen – sie musste ihn aufhalten.

»Es war im oberen Raum des Old George«, sagte sie.

Er blieb stehen.

Sie sprach zu seinem Rücken. »In Bethnal Green.« Vielleicht würde es ihr leichter fallen, wenn sie nicht in ein menschliches Gesicht blicken musste, wenn sie die Geschichte erzählte.

Aber er drehte sich um. »Was war das Old George?«

»Ein Gasthaus.«

»Wer hat dich dorthin gebracht?«

»Mein Vater. Er wohnte praktisch dort.«

Francis kam langsam näher wie ein Panther, der sich an seine Beute heranpirscht. »Wie alt warst du da?«

»Dreizehn.«

Er war ihr jetzt ganz nah, so dass sie den silbrigen Schimmer seiner grauen Augen sah. »Und was hat dich dort erwartet?«

»Ein rotes Zimmer. Alles Samt, wie das Innere eines Mundes. Es gab auch Spiegel und Kronleuchter. Ich fand es ungemein elegant.« Sie konnte das Zimmer vor sich sehen, als hätte sie es nie verlassen. Tatsächlich hatte sie das auch nie wirklich getan.

»Und was war da sonst noch?«

»Ein Mann.«

»Ein alter Mann? Oder ein junger?«

»Ein alter.« Sie erinnerte sich gut an ihn, an jede Einzelheit. Das silberne Haar, die Hängebacken, die Taschenuhr.

Die eingesunkenen, bösen kleinen Augen, die nie von ihrem Körper gewichen waren. Die schlaffen nassen, von einer purpurroten Zunge befeuchteten Lippen. Und das Schlimmste von allem: die bereits in der Leistengegend geöffnete Hose.

»Und reich, nehme ich an?«, fragte Francis weich. Sie nickte.

Er rückte näher, auch seine Augen fixierten sie.

»Also hat dein Vater dich – eine unberührte Jungfrau – einem reichen Mann zur Verfügung gestellt, um sich etwas Geld zum Versaufen zu verdienen.«

Diesmal nickte sie nicht.

»Oh«, machte er. »Noch schlimmer?«

Er sah sie an, und er musste die Wahrheit in ihren Augen gelesen haben, denn ein tückischer Funke glomm in seinen auf. »Es war dein eigener Vater, der dich geschändet hat«, sagte er langsam, kostete die schreckliche Feststellung aus. »Während der reiche Mann zugeschaut und sich selbst Vergnügen verschafft hat.«

Sie schloss die Augen. Aus dem Nichts quollen Tränen unter ihren Lidern hervor. Sie weinte um das arme kleine unschuldige Mädchen, das sich trotz seiner grausamen Kindheit nie hätte träumen lassen, dass die Welt so finster sein könnte. Dann hörte sie Francis' Stimme, leicht, weltgewandt – er hatte seine Haltung wiedergewonnen.

»Ich kann verstehen, dass du nach dem, was mit dem guten alten Dad passiert ist, die Liebe zu einem Elternteil nicht nachvollziehen kannst.«

Sie musste sich mit einer Hand an dem steinernen Geländer festhalten, um sich zu stützen. Auf diese Weise davon sprechen zu hören war unerträglich. Es wäre besser gewesen, er hätte sie geschlagen.

»Wolltest du ihn umbringen, Annie? Ich wette, das wolltest du.«

Sie schlug die Augen auf. Was auch immer er darin sah, schien ihn zu erfreuen. »Du *weißt* es also. Du weißt, wie es sich anfühlt, töten zu wollen. Siehst du, *mein* dunkelster Moment war der, als Mama von der Brücke sprang. Da verspürte ich zum ersten Mal den Wunsch zu morden. Die nächsten zehn Jahre habe ich damit verbracht, Rache für sie zu nehmen.«

»Ging es nur um sie?«, fragte sie rau. »Ich denke, du hattest Spaß daran, was du getan hast. Du hast deine Opfer nicht nur getötet, du hast sie *gevögelt*.« Sie war seiner glattzüngigen Lügen überdrüssig. Es war an der Zeit, die Dinge beim Namen zu nennen.

Er schnalzte missbilligend mit der Zunge. »Oh, Annie. Wie vulgär. Mama würde das nicht gefallen.« Er drohte ihr tadelnd mit dem Finger. »Aber ich gebe zu, dass meine Rache mit Vergnügen verbunden war. Natürlich nur, wenn sie starben«, erklärte er, als wären seine krankhaften Gelüste das Logischste auf der Welt. »Ich will ganz offen zu dir sein, ich hatte nie etwas Besseres. Eine lebende Hure könnte einer sterbenden nie das Wasser reichen.« Seine Stimme klang vertraulich. »Weißt du, im Todeskampf ziehen sich ihre Unterleiber zusammen wie ein Schraubstock.« Er rümpfte die Nase. »Außerdem wäre es Mama gegenüber respektlos, es zu tun, wenn sie am Leben waren.«

Er legte ihr die Hand auf die Wange, und sie hatte Mühe, nicht zurückzuzucken.

»Und dann kamst du. Du warst anders. Du warst würdig, ihren Mantel zu tragen. Ich gab dir ihren Ring. Als ich dich neu formte, wurde mir klar, dass du keine von ihnen warst. Du warst die Mühe wert. Du hast dich von mir leiten lassen, du wurdest eine außergewöhnliche junge Frau. Wenn du mein Kabinett in der Villa Camellia nicht gefunden hättest...« Er überlegte. »Schlaue Annie, waren es die Fenster? Sieben vorne, sechs hinten?«

»Ja.«

»Wenn du den Raum nicht entdeckt hättest, wären wir in dieser Nacht zusammengekommen.«

Ihre Haut wurde klamm. »Während du mich ertränkst?«

»Natürlich.«

Er nahm ihre Hand, und sie musste sich wappnen, um es zuzulassen, statt dem Impuls nachzugeben, sie ihm zu entreißen. War das der Moment, wo er sie in sein schickes Hotel schleppen würde? Es war niemand auf der Brücke, der ihn aufhalten konnte. Wo war Lodovico?

Francis' Haare schimmerten im Mondlicht silbern, in seinen Augen lag ein Glanzlicht aus Knochenweiß wie das, das er in ihre Augen zu malen pflegte, um Leben hineinzubringen. Aber diesmal bedeutete das Licht ihren Tod. »Komm mit, meine Liebe.« Seine Hand schloss sich um ihre. »Es ist so weit. Ich habe mir in der Nähe ein Zimmer genommen. Mit einem Bad.« Es war, als wären sie tatsächlich verheiratet und er hätte ein Zimmer für einen wundervollen Kurzurlaub gebucht. »Da können du und ich *alleine* sein.«

Er wusste es. Er wusste, dass Lodovico sie beobachtete. Sie war so auf die Brücke fixiert und so sicher gewesen, dass Francis sie hier umbringen würde, wo ihre Geschichte begonnen hatte und wo der über sie wachende Lodovico eingreifen konnte. Darüber hatte sie vergessen, dass Francis seine Opfer erst tötete und später von der Brücke warf. Wenn er sie in eine *pensione* schleifte, wohin Lodovico ihnen nicht folgen konnte, war sie verloren. Sie musste ihn hier festhalten, und sie wusste genau, wie sie das anstellen würde. Sie musste ihr Ass im Ärmel ausspielen.

»Es tut mir sehr leid, dass ich deine Mutter nie kennengelernt habe.«

»Du hättest ihr gefallen«, sagte Francis sanft. »Nicht zuerst, versteht sich, aber sobald du die Frau warst, zu der ich dich gemacht hatte.«

»Lass es uns herausfinden.«

Er lachte kurz auf. »*Was?*«

»Wir können sie fragen.« Sie bückte sich, um ihren Koffer zu öffnen, und nahm die schwere Last heraus, die sie seit Florenz bei sich getragen hatte. Dann stellte sie das Gefäß gefährlich nah an den Rand der steinernen Brüstung.

Francis' Augen wurden so groß wie der Mond. »Du hast sie hergebracht? Mama?«

Plötzlich waren seine Augen so schwarz und leer wie die stumpfen toten Augen seiner ausgestopften Geschöpfe. Seine behandschuhte Hand schoss unter seinem Mantel hervor und schloss sich um ihre Kehle.

Sie konnte nicht atmen, konnte nicht schreien. Sie konnte nur hoffen, dass Lodovico, wo immer er war, sah, was passierte, und ihre Haltung nicht mit einer Umarmung verwechselte. Francis' Gesicht war ihrem so nah, dass ein

Beobachter sie für ein Liebespaar halten könnte. Feurige Flecken tanzten vor ihren Augen. Sie krallte die Finger in die Hände um ihren Hals und lockerte den eisernen Griff weit genug, um zu zischen: »Nein, Francis, du darfst mir nicht vor ihr wehtun. Das würde ihr nicht gefallen.«

Er löste seinen Griff ein wenig, wirkte verwirrt, war plötzlich wieder ein kleiner Junge. Die große Urne glänzte zwischen ihnen im Mondlicht weiß wie Gebein.

»Schließlich...«, würgte Annie, die rasch das Bewusstsein verlor, »ist Mama... diejenige, die zählt... nicht wahr?«

Der kleine Junge nickte.

Mit letzter Kraft streckte sie ihre zitternde Hand zum Geländer aus. »Wir wollen... einmal sehen... wie sehr.«

Obgleich sie so schwer war, bedurfte es nur eines leichten Stoßes. Die Urne fiel. Die Zeit schien sich so straff zu spannen wie eine Celloseite. Dann ertönte ein Platschen.

Die Eisenhände lagen nicht länger um ihren Hals. Hinterher erinnerte sie sich daran, den Bruchteil einer Sekunde lang Francis' bestürztes Gesicht mit weit aufgerissenen Augen und Mund gesehen zu haben, bevor er sich in Bewegung setzte, blitzschnell auf das Geländer und ins Wasser sprang und beim Fallen »*Mama!*« schrie.

Annie rannte zum Geländer und beugte sich darüber. Ihre Rippen knackten auf dem Stein. Der schwarze Fleck eines Bootes trennte sich vom Schatten einer Brücke, und sie hörte jemanden ihren Namen rufen. Es war Lodovico, der wie geplant wartete. Sie rannte die Stufen hinunter, am Ufer entlang und sprang in das schwankende, sich drehende Boot. Im Wasser konnte sie eine dunkle, darin treibende Masse ausmachen, in deren Mitte die glatte Wölbung von

Alabaster schimmerte. Lodovico kroch zum Bug des Bootes, streckte den Arm aus und brüllte etwas auf Italienisch. Dann rief er undeutlich: »Die Urne, Mann! Lassen Sie die Urne los!« Aber Annie wusste, dass Francis das nicht tun würde.

Das Wasser verdunkelte Francis' Abendmantel. Er hielt die Arme fest um die Urne geschlungen. Als das Wasser um ihn herum einen Strudel bildete, kam es Annie so vor, als umarme er einen Totenschädel. Einen flüchtigen Moment sah sie sein Gesicht, es wirkte friedlich, die Augen waren geschlossen, er zeigte weder Panik noch Widerstand. Lodovico packte den nassen Stoff und begann ihn wie ein Netz voller Fische ins Boot zu ziehen. Sie hätte sich hinknien und ihm helfen können, aber sie unterließ es. Stattdessen fasste sie Lodovico bei der Schulter und beugte sich zu seinem Ohr. »Lass ihn los.«

Er drehte sich zu ihr. Seine Locken klebten an seinem Gesicht, von dem Wasser tropfte. »Was?«

»Lass ihn los«, wiederholte sie. Seine Augen bohrten sich in ihre, und ohne den Blick von ihm abzuwenden, legte sie ihre Hand über seine eisigen Finger und löste behutsam einen nach dem anderen von Francis' durchweichtem Mantel. Der dunkle Stoff fiel über den Rand des Bootes zurück, die Masse gluckerte und warf Blasen, ging unter und verschwand. Schwarzes Wasser schloss sich über Francis Maybrick Gill.

Lange Zeit sprachen sie kein Wort. Bald würde es Lärm und Pfiffe geben, und die Guardia würde mit ihren Schleppnetzen kommen, um die Lagune nach einem Leichnam abzusuchen. Aber just jetzt erschienen solche Dinge unerträglich, sie brauchten ein paar Momente der Ruhe.

Mit Lodovicos Mantel um ihrer beider Schultern gelegt saßen sie auf dem Marmordock und ließen die Füße über dem Wasser baumeln. Sie kehrten dem weißen Palast den Rücken zu und blickten über die Lagune hinweg. Keiner von ihnen brachte es über sich, die Brücke anzuschauen. Mit trüben Augen betrachteten sie die graue Dämmerung, die über die schlafende versilberte Stadt kroch. Nach einer langen Zeit ergriff Lodovico das Wort.

»Warum hast du ihn losgelassen?«

»Er wäre sowieso gehängt worden«, erwiderte Annie. »Besser, dass er ertrunken ist wie seine Opfer. Besser, dass er den Moment durchlebt hat, wo die Luft knapp wird und das Wasser in Mund und Nase dringt.« In jener dunklen Londoner Welt, die sie einst bewohnt hatte, war es allgemein bekannt, dass der Tod durch den Strang schnell eintreten konnte. Die Klappe öffnete sich, man fiel, dann brach der Hals. Francis verdiente einen solchen Tod nicht; ihm ein rasches Ende zuzubilligen, wäre einem Verrat an Mary Jane und all den anderen auf so tragische Weise ums Leben gekommenen Prostituierten gleichgekommen. Und sie hatte noch auf eine andere Weise Rache an ihm genommen: Er würde nicht mit der Asche seiner Mutter beerdigt werden, wie er es sich gewünscht hatte. Diesen Trost hatte Annie ihm verwehrt. »Ist Lady Holkhams Asche in Sicherheit?«

»In einem Sarg in Santa Maria Novella. Ich habe veranlasst, dass der Priester eine Messe für sie liest.«

Sie nickte. Was für ein Monster Francis auch gewesen

sein mochte, seine Mutter verdiente es nicht, dass ihre Asche als Köder benutzt wurde, um ihn in die Falle zu locken. Die Guardia hatte die Urne geleert, bevor sie sie Annie zusammen mit Lady Holkhams Kleid übergeben hatte.

Die Glocken begannen zu den ersten Gottesdiensten des Tages zu läuten. Sie sahen zu, wie die Sonne über der Stadt aufging und den Horizont blutrot färbte.

»Rot war die letzte Farbe«, erinnerte sie sich. Ihre Stimme wurde vom Stoff von Lodovicos Mantel gedämpft.

»Rot ist immer die letzte Farbe«, gab er zurück. »Sie wird aus Blut gemacht.«

EPILOG

Als Annie Stride das dritte Mal in ihrem Leben Londons Royal Academy betrat, war sie weder in die Lumpen einer Hure noch in einen prächtigen Pfauenmantel gekleidet. Sie trug ein voluminöses Reisecape, dessen Kapuze sie sich über den Kopf gezogen hatte, um ihr Gesicht teilweise zu verbergen. Das Cape verdeckte die Reisekleidung einer ehrbaren verheirateten Frau, und die Kleider verbargen ihrerseits noch etwas anderes: Unter dem Korsett, dem Mieder und den Unterröcken gab es eine kleine runde Wölbung; eine Wölbung, die noch kaum zu sehen war, sich aber durch ein leises Flattern wie Schmetterlingsflügel bemerkbar machte, was sie jedes Mal dazu brachte, stehen zu bleiben und lächelnd die Hand auf die kostbare Stelle zu legen. Aber trotz ihres Zustands war sie ohne Begleiter hier.

Die Ausstellung war eher ungewöhnlich, eine Retrospektive der Werke des vielversprechenden Künstlers Francis Maybrick Gill, der im vergangenen Sommer in Florenz, wo er gemalt hatte, durch einen tragischen Unfall ums Leben gekommen war. Es war wieder Januar und fast auf den Tag genau ein Jahr her, seit Annie hierher gebracht worden war, um den ersten jemals von der Akademie angenommenen Maybrick Gill zu sehen, seine berühmte *Seufzerbrücke*.

Wieder einmal stand sie vor diesem Gemälde und betrachtete die toten Augen der im Wasser treibenden Mary Jane und den wie Engelsflügel unter der Waterloo Bridge ausgebreiteten weißen Musselin. Sie wollte etwas Schreckliches und Biblisches über Vergeltung sagen, murmelte aber stattdessen nur: »Keine Sorge, er ist tot.« Sie sprach jetzt so selten Englisch, dass ihr Bethnal-Green-Akzent stärker durchschlug als je zuvor, wenn sie es tat. Sie liebte es.

Sie ging weiter in den großen Saal hinein, dorthin, wo Francis' Bilder aus der Gower Street hingen. Sie war Eva in ihrem grünen Kleid, mit dem Apfel in der Hand. Sie war Jesebel mit dem geflochtenen Haar und den Türkisen, dann Rahab in einem schlichten handgewebten Gewand und offenen Haaren wie eine Braut. Dort verkörperte sie die Hure von Babylon, das einzige Bild im Profil. In der weißen Hand hielt sie einen goldenen Kelch, und das Opferlamm lag zusammengerollt zu ihren Füßen. Und dort war Lucrezia, eine große horizontale Leinwand, auf der sie in eine weiße Toga gehüllt ausgestreckt dalag und ihr erdbeerblondes Haar bis zum Boden floss. Da war Manon bei ihrem verhängnisvollen Kartenspiel, dort kniete Gretchen in ihrem Gefängnis.

Sie ging weiter. Im nächsten Raum hingen die Werke aus Francis' florentinischer Periode: die Magdalena-Serie. In jedem Bild war das mysteriöse Alabastergefäß zu sehen, dessen Bedeutung die Kritiker nie entschlüsselt hatten. Alle Gemälde aus der Villa Camellia waren vorhanden, nur das riesige Pappelholztriptychon fehlte; es war auf rätselhafte Weise verschwunden.

An der hintersten Wand prangte sein letztes Bild: *Das*

Mädchen mit den roten Kamelien. Da war sie – wollüstig, träge, gesättigt – mit den roten Blüten im Haar, entblößten Brüsten und oben wie unten geöffneten Lippen. Daneben hing das Gegenstück, *Das Mädchen mit den weißen Kamelien,* auf dem sie jungfräulich und unsicher in dem Kleid dastand, das Francis' Mutter gehört hatte, und wie eine Braut einen Strauß weißer Blumen umklammerte. Die beiden Bilder bildeten einen erregenden Gegensatz. Sie zeigten so offensichtlich dasselbe Mädchen, aber auf dem weißen Bild war sie vollständig bekleidet und hielt sich sehr gerade, auf dem roten räkelte sie sich praktisch nackt. Annie erinnerte sich an das unanständige Stereogramm von der Frau, die auf aufeinanderfolgenden Fotoplatten schrittweise entkleidet wurde, das sie in den Vauxhall Gardens gesehen hatte.

Um das *Mädchen mit den roten Kamelien* hatte sich eine kleine Menge versammelt. Das überraschte sie nicht, die Leute, sogar die aus der Oberschicht, fühlten sich stets von Huren angezogen. Francis' Vater hatte, wie sie sich erinnerte, eine Hure seiner Frau vorgezogen, und damit hatte die ganze traurige Geschichte begonnen. Die adeligen Mäzene von der Royal Academy verhielten sich an diesem Abend nicht anders. Sie drängten sich um das Bild, wie sie sich um die Seufzerbrücke drängten, und ihr empörtes, ergötztes Getuschel wehte zu ihr hinüber wie das Zischen der Schlange in Eden.

Sie stand etwas abseits der lüsternen Menschentraube und leistete dem einsamen *Mädchen mit den weißen Kamelien* Gesellschaft. Sie war inzwischen so lange in der Galerie, dass ihr Mann kam, um sie zu holen. Entgegen seinem natürlichen Beschützerinstinkt hatte er ihr erlaubt, alleine hineinzugehen, wie sie es sich gewünscht hatte, aber nun war seine Geduld am Ende. »Ich habe mir Sorgen um dich gemacht«, sagte er, als er ihr seinen Arm bot.

Sie ergriff ihn bereitwillig. Sie und Lodovico hatten im Kloster Santa Maria Magdalena geheiratet, in Anwesenheit sämtlicher Nonnen. Die Gelübde hatten sie auf den Altarstufen gesprochen, vor der neuesten Errungenschaft des Klosters: Francis Maybrick Gills einzigartiges Triptychon *Das Leben der Magdalena*, das der Bräutigam aus der Villa Camellia hatte herschaffen lassen, bevor seine Abteilung eine Bestandsaufnahme der Besitztümer des verstorbenen Künstlers anfertigen konnte. In dem Bild waren Braut und Bräutigam als Maria Magdalena und Christus dargestellt.

Annie hatte am Vorabend ihrer Hochzeit mit der Oberin über das Gemälde gesprochen. Selbst in ihrem Überschwang an Glück hegte sie Zweifel, ob es seiner neuen Umgebung würdig war. Es war eindeutig eine geniale Arbeit, aber von einem Teufel in Menschengestalt geschaffen worden. Und es war noch in anderer Hinsicht heidnisch: wie alle von Francis' Bildern enthielt es die aus den Knochen seiner Opfer hergestellte weiße Farbe. Doch erstaunlicherweise war die Nonne nach dieser grässlichen Enthüllung bei ihrer Entscheidung geblieben. »Was auch immer Francis Maybrick Gill war«, hatte sie zu Annie in ihrer Zelle gesagt, »er hatte eine große Gabe. Sollen alle seine Bilder zerstört werden, weil er ein Mörder war? Wenn das die Regel würde, würde unsere gesamte kulturelle Landschaft vielleicht ganz anders aussehen. Sollen die Gemälde vergraben oder verbrannt werden, nur weil sie Spuren menschlicher Überreste enthalten? Florentinische Kirchen horten viele Schätze zweifelhafter Herkunft; mit Sicherheit sind Kinder der Sonne gestorben, während sie nach Perlen getaucht sind oder in Minen nach Gold für unsere kostbaren Reliquien geschürft haben. Sollten wir diese Gegenstände deshalb nicht ausstellen, oder sollten wir nicht lieber hoffen, dass ihre Opfer jetzt zu Andacht und Gebeten inspirieren? Können wir das Andenken an diese Frauen nicht in Ehren halten? Ist es nicht möglich, dass es diesem Mann in all seinem Bösen gelungen ist, Werke zu schaffen, die die Weiblichkeit feiern?« Sie hatte Annies Wange mit der Hand umschlossen. »Ich stimme Ihnen zu, dass sich Francis Maybrick Gill wie der Teufel persönlich verhalten hat, aber wenn sein Gemälde über die Kraft verfügt, Menschen dazu zu inspirieren, zu Gott zu beten, dann gehört es hierher.«

So fanden die Ehegelübde von Braut und Bräutigam unter den Augen ihrer Ebenbilder in Gestalt von Christus und Maria Magdalena statt.

Inzwischen lebte Signora Annie Graziani in Florenz, mitten in der Stadt, deren Anblick sie vom Hügel aus so geliebt hatte. Sie war in Lodovicos kleines Haus am Arno gezogen, wo sie täglich von Nonna und Nonno Cilenti, Nonno und Nonna Graziani, Mamma und Papa, Lodovicos Schwestern Cicilia, Buona, Lisabetta und Tommasia, Buonas kleinen Söhnen Enzo und Rafi und Lisabettas Töchterchen Caterina besucht wurden. Annie war von dem lebhaften Familienleben begeistert, und das neue Erlebnis von so viel Gesellschaft zeigte keinerlei Abnutzungserscheinungen. Trotzdem schätzte sie die Privatsphäre mit ihrem

Mann, ihre kostbaren Momente alleine miteinander und ihre Nächte in dem kleinen Mansardenzimmer mit Blick auf den Fluss. Von ihrem Schlafzimmer aus konnte sie den Ponte Vecchio sehen, eine Brücke, die sie liebte; eine Brücke, die nicht für Furcht und Tod stand, sondern für ein Zuhause. Sie konnte sich morgens bei Sonnenaufgang die Haare kämmen und auf die Brücke blicken, und dann seufzte sie nicht, sondern lächelte.

Jetzt drehte sie sich zu ihrem Mann und Vater ihres ungeborenen Kindes um. »War es richtig, dass wir diese Ausstellung gestattet haben?«, fragte sie ihn, dabei musterte sie die kleine Schar vor dem *Mädchen mit den roten Kamelien*, dem unbestrittenen Star der Schau. »Verdient er es, von der Nachwelt bewundert zu werden? Verdient er einen makellosen Ruf?«

»Nein«, erwiderte er freimütig. »Aber die Bilder sind gut, Annie, sie sind *alle* gut. Genau genommen sind sie brillant. Und aus all dem musste wenigstens etwas Gutes erwachsen.«

Annie fragte sich, ob er recht hatte, ob die Mutter Oberin recht gehabt hatte. Wie konnten die Werke eines Monsters die Frauen feiern? Wie konnte ein Mann, der Frauen tötete, sie gleichzeitig verehren?

»Als ich das letzte Mal hier war«, sagte sie, »fragte ich Francis, warum in dem Kamelienbild kein totes Wesen zu sehen ist. Er hat mir nie darauf geantwortet. Dann hast du im Kloster gemeint, dass die Kamelien selbst die toten Dinge sein könnten.«

»Ich weiß.« Lodovico legte ihr den Arm um die Taille, als könnte er sie so vor der Erinnerung schützen.

»Jetzt ist mir klar, dass nicht die Blumen das Tote in dem Bild sein sollten. Es war das Mädchen mit den Kamelien selbst«, sagte sie. »Ich war es. Ich hätte tot sein sollen, bevor diese Bilder zusammen ausgestellt werden: das rote und das weiße, das Blut und die Knochen.« Sie erschauerte, als sie daran dachte, wie knapp sie diesem Schicksal entronnen war, und Lodovico zog sie an sich.

Zur Antwort auf den Schauder strampelte das Baby in ihrem Bauch, und Annie dachte mit einem Mal an Francis' Mutter. Die Alabasterurne war aus dem venezianischen Kanal geborgen worden; Francis hatte sie mit seinen kalten Händen umklammert. Sie hatte darum gebeten, dass sein Leichnam wie für Mörder üblich in Ätzkalk geworfen, Lady Holkhams Urne jedoch, wieder mit ihrem ursprünglichen Inhalt, zum Landsitz seines Vaters geschickt wurde, damit die sterblichen Überreste der Lady im Familienmausoleum ruhen konnten. Wenn sie am Leben geblieben wäre, um ihren Sohn zu lieben, wäre er dann auch zu so einer Bestie geworden? Annie empfand einen plötzlichen und absolut unerwünschten Anflug von Mitleid mit Francis Maybrick Gill. Sie nahm Lodovicos Hand und führte ihn aus der Galerie.

In der Kutsche dachte sie an all die Frauen, die sie gewesen war, all diese Versionen von ihr, die an den Wänden der Royal Academy hingen. Und jetzt, als die Droschke über die Waterloo Bridge rumpelte, um den Zug zum Schiff zu erreichen, sah sie einige junge Frauen, deren Wangen ein bisschen zu rosig schimmerten und deren Kleider ein bisschen zu bunt und zu tief ausgeschnitten waren, in der eisigen Luft herumschlendern und die kleine Gruppe von Gentlemen, die sich versammelt hatte, mit aufgesetztem Lächeln zu begrüßen. Von Maria Magdalena zu dem Mädchen mit den Kamelien zu diesen Mädchen auf der Seufzerbrücke. Eine lange und unrühmliche Tradition – das älteste Gewerbe der Welt.

Wie es war am Anfang, jetzt und immerdar.

Annie wandte sich zu Lodovico. »Lass uns nach Hause fahren«, sagte sie.

DANKSAGUNG

Zuallererst muss ich mich bei meinen drei Musketieren – Sacha, Conrad und Ruby – bedanken, die mich während einiger schwieriger Jahre unterstützt haben, die sich für mich als echte Herausforderung erwiesen. Ein zusätzliches Dankeschön geht an Sacha, weil er mich aus schwarzen Plotlöchern herausgeholt und ein paar hübsche blutige Ausschmückungen für diesen Roman vorgeschlagen hat.

Ich möchte auch meinen Vater Adelin Fiorato erwähnen, der Anfang dieses Jahres verstorben ist. Ich glaube, er würde sich freuen, dass ich einmal mehr über die Kunst der Renaissance schreibe, ein Thema, dem er den größten Teil seines Lebens gewidmet hat.

Wie immer gebührt Teresa Chris dafür Dank, dass sie die treuste aller Agentinnen, eine loyale Freundin und die witzigste Begleiterin zum Lunch überhaupt ist.

Ich danke jedem bei Hodder & Stoughton, vor allem Emily Kitchen für ihre Begeisterung und ihre sachkundige Redaktionsarbeit und Jane Selley für ihr adleräugiges Lektorat. Danke auch für ein fantastisches Cover – Künstler hat es ganz eindeutig nicht nur in der Vergangenheit gegeben.

In Bezug auf die Recherchen für dieses Buch war ich sehr

glücklich, in meiner Heimatstadt London zu leben, wo man von Viktorianischem umgeben ist. Für den Fall, dass jemand ein bisschen tiefer in das viktorianische Leben eindringen will, gibt es in London auch einige der besten Museen und Galerien. Vor allem schulde ich der Tate Britain, wo ich einen sehr frühen Morgen völlig allein in einem großen Raum voller präraffaelitischer Gemälde von unschätzbarem Wert verbracht habe, großen Dank. Ich muss auch der Wellcome Collection und dem Hunterian Museum im Royal College of Surgeons für einen Einblick in einige der dunkleren Aspekte dieses Romans danken.

Ich hoffe, dass sich neben der Dunkelheit auch Schönheit in dem Buch findet. Wer Annie Stride kennenlernen möchte, findet sie in John Everett Millais' *Die Brautjungfer*, die die Inspiration für ihr Äußeres war.

»Herrlich. Dieses Buch macht Spaß!«
The Times

560 Seiten. ISBN 978-3-7341-0418-3

Dublin 1702. Die schöne Kit Kavanagh mit den feuerroten Haaren ist frisch verheiratet und glücklich. Doch dann wird ihr Mann Richard von Soldaten verschleppt, und Kit ist entschlossen, ihn zurückzuholen – koste es, was es wolle. So zieht sie ihm nach und schließt sich, als Soldat verkleidet, dem Regiment des attraktiven und charismatischen Captain Ross an. Kit spürt, dass sie mehr für Captain Ross empfindet als nur Gehorsam und Freundschaft. Doch sie muss nicht nur ihre wahre Identität, sondern auch die gefährliche Anziehungskraft um jeden Preis geheim halten. Als sie fast enttarnt wird und sich zu ihrer Sicherheit der gegnerischen Seite anschließen muss, begegnet sie Captain Ross erneut – diesmal aber als Frau …

Lesen Sie mehr unter: **www.blanvalet.de**

Europa zur Zeit der Inquisition, eine Frau mit einem gefährlichen Auftrag und eine Liebe, die den Tod bedeuten könnte ...

608 Seiten. ISBN 978-3-7341-0754-2

Im Prag des 15. Jahrhunderts fertigt die junge Anna heimlich verbotene Übersetzungen religiöser Schriften an – doch die Schlinge der Inquisition zieht sich immer weiter zu. Anna flüchtet nach Frankreich, wo sie Anstellung als Schriftenhändlerin findet und sich in den charismatischen Gabriel verliebt. Sie ahnt nicht, dass er in Wirklichkeit ein Priester ist, geschickt im Auftrag der Inquisition. Gabriel findet in Anna die Frau, die ihn an seinen Gelübden zweifeln lässt. Verraten und verfolgt, zerrissen zwischen Liebe und Glauben, drohen Anna und Gabriel im Sog ihrer gefährlichen Geheimnisse unterzugehen ...

Lesen Sie mehr unter: **www.blanvalet.de**